IL RISCHIO

UN ROMANZO DELLA SERIE: IL PUNTO DI NON RITORNO

Brenna Aubrey

Traduzione: Mirella Banfi

SILVER GRIFFON ASSOCIATES
ORANGE, CA, USA

Copertina: ©Sarah Hansen, Okay Creations
Foto di copertina: ©Eric David Battershell
Modelli in copertina: Joshua Scott Brown

ISBN 978-1-940951-67-6
Silver Griffon Associates
P.O. Box 7383
Orange, CA 92863
www.BrennaAubrey.it

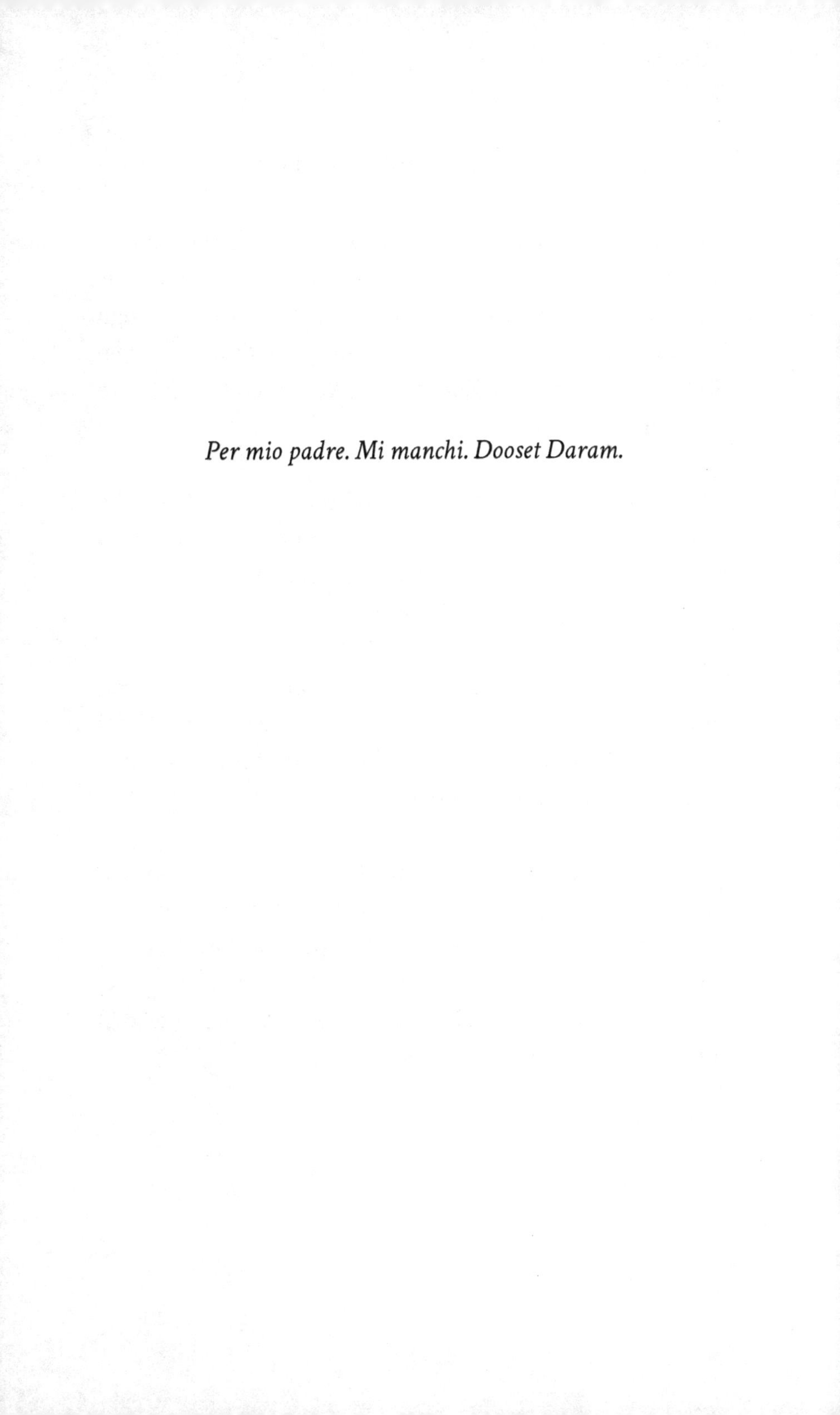

Per mio padre. Mi manchi. Dooset Daram.

RICONOSCIMENTI

Un enorme grazie alle mie prime lettrici, Kate McKinley e Sabrina Darby e anche alla mia esperta di romance in carica, Tessa Dare. La mia gratitudine va ai lettori beta, Leigh Lavalle, Natasha Boyd, Tessa Layne e l'editor Gretchen Stull. Grazie anche a Zoe York e Viv Arend, per i loro consigli da esperte.

Grazie alla mia "tribù" di grandiose autrici di livello superiore. Sapete chi siete e siete una bomba. E un URLO SUPER ai lettori e alle lettrici del Brenna Aubrey Book Group e l'adorabile Kelly Allenby.

Grazie al mio team grafico, Sarah Hansen per la copertina, Joshua Brown (il modello), ed Eric Battershell (fotografo)! E un grande grazie a Julianne Burke per la meravigliosa grafica del materiale promozionale.

E più di tutti, grazie alla mia famiglia... per il vostro incoraggiamento, il vostro amore incondizionato, la comprensione e tutto quello che fate per tenermi al sicuro, nutrita, amata e sana di mente mentre sto cercando di far uscire un libro... specialmente durante la corsa verso il traguardo. Vi amo fino alla luna e ritorno.

CAPITOLO UNO
COMANDANTE RYAN TYLER

HOUSTON NON AVREBBE INTERROTTO LE comunicazioni tra Xander e me se qualcosa non fosse andato terribilmente male. Ma dato che sono aggrappato al braccio robotico Canadarm della ISS, la stazione spaziale internazionale, non ricevo risposta mentre mi porta all'airlock, il portellone della stanza di compensazione.

Senza che me lo debbano chiedere controllo di nuovo i dati sulla tuta, meno di 0,20 bar. Sto ancora perdendo pressione e da un momento all'altro comincerò a sentire i sintomi dell'ipossia.

Ma non importa, perché non sono io quello più a rischio qui.

«CAPCOM» abbaio nel microfono. Ho bisogno di ricevere un aggiornamento su Xander, maledizione e non c'è niente oltre a un lungo silenzio. «Houston. *Non* lasciatemi all'oscuro. Dov'è? Perché mi avete tagliato fuori?»

«Ty.» È la voce di Noah. È nervoso e la sua voce trema, o è la mia immaginazione? Di solito è un tipo talmente freddo che mi stupisce sentire la sua emozione. «Stiamo lavorando su entrambi i problemi. Devi concentrarti sul metterti al sicuro. Lascia a noi la situazione di Xander.»

Stringo i denti, frustrato per essere stato liquidato in quel modo. Voltando la testa per guardare sopra il piano della stazione, lo cerco nell'oscurità nera come l'inchiostro punteggiata di stelle. È stato scagliato in quella direzione quando la sua tuta è entrata in contatto con la corrente elettrica dei pannelli solari.

Ma Houston può seguire la direzione del mio sguardo attraverso la telecamera attaccata al mio casco. Sanno che cosa sto pensando. Non riesco a vedere un accidente di niente.

«Ty, esegui gli ordini» dice Noah, registrando la mia esitazione.

«Posso farcela. Il mio SAFER funziona perfettamente. Lasciate che vada a prenderlo.»

«Negativo, Ty. Raggiungi il modulo Quest, *subito*.» Chiama l'airlock con la sua denominazione. «Ti aggiorneremo appena sarai fuori pericolo.»

Fottutamente fantastico.

Mi lascio andare a una sfilza di epiteti ingiuriosi, ben sapendo che il canale è aperto e lui può sentirmi. A questo punto non me ne frega un cazzo.

Anche se non è logico, immagino Xander che prende il controllo della tuta, attiva il suo SAFER, il sistema semplificato di soccorso durante le attività extraveicolari, aziona i getti per tornare alla stazione e usa un cavo per assicurarsi. Digrigno i denti, desiderandolo con tutto me stesso. Come se, in qualche modo, potessi farlo avverare.

Il silenzio alla radio si dilunga in modo interminabile finché raggiungo la mia destinazione. Entro nella camera di equilibrio *Quest* senza incidenti. Nessuno parla nei sette minuti che servono per il procedimento di re-pressurizzazione. Comunque riesco a malapena a sentire sopra il rumore dell'allarme di bassa pressione che mi risuona nelle orecchie e il capogiro che sta aumentando, e le macchie scure che si formano davanti ai miei occhi.

Il portellone interno si apre e le mie ultime speranze per Xander svaniscono quando la comandante della stazione e i due cosmonauti entrano nell'airlock.

Un'occhiata alle loro facce e so che lo abbiamo perso.

Sergei afferra la maniglia sul davanti della mia tuta spaziale mentre l'altro cosmonauta mi sgancia il casco. Sento immediatamente lo sbalzo di pressione nelle orecchie, una forte fitta di dolore attraverso i timpani. Sono quasi sicuro che uno si sia rotto, tutti i suoni mi arrivano come da un'enorme distanza. L'odore di metallo bruciato dello spazio sulla tuta e l'eterno odore di plastica nuova della stazione mi assalgono i sensi.

«Qualcuno mi dica che *cazzo* sta succedendo!» urlo.

Sergei si innervosisce e stringe più forte la maniglia. È solo in quel momento che mi rendo conto che i miei colleghi si aspettano che io cerchi di tornare fuori e andare a prendere Xander. Sergei ha già spinto il mio casco in direzione del portello interno, in modo che fluttui fuori dalla mia portata.

Ha ragione. Sarebbe un suicidio, ma mi conosce troppo bene. Ingoio il groppo che sento nella gola secca. Penny, la nostra comandante, mi guarda, con le lacrime come perline intorno agli occhi. Tutto in me sprofonda, tirato giù dalla gravità del mio stesso repentino dolore.

Alla radio, la voce di Noah è carica d'emozione. «Ty, mi dispiace. È troppo lontano e non c'è modo di riportarlo alla stazione.»

«Fai un respiro profondo, Ty» mi dice Sergei in russo. E non ho niente a cui aggrapparmi per staccarmi da lui. Siamo tutti senza peso qui, ma lui è ancorato con i piedi alla parete con una cinghia.

Ho il cervello in fiamme, e so che non hanno scelta. La capsula Soyuz non è pronta e non potrebbe comunque essere usata per un'operazione simile. Ma la mia mente si sta aggrappando a tutto. A qualunque possibilità, anche se chiaramente non ce ne sono, altrimenti loro l'avrebbero già trovata.

«No, *maledizione!*» grido, sbattendo una mano frustrata contro la parete di tela dell'airlock. I due russi distolgono lo sguardo, permettendomi di soffrire in privato.

Non posso mettermi un'altra tuta spaziale. E anche se potessi, sarebbe inutile per lo stesso motivo per cui i russi non hanno potuto uscire con le loro. Una passeggiata spaziale richiede almeno quattro ore di preparazione respiratoria per evitare di soffrire della sindrome da decompressione dovuta al cambio di pressione.

Noah si schiarisce rumorosamente la voce al microfono. «Noi, uhm, lo abbiamo in linea, Ty. Ha chiesto di parlare con te.»

Mi strofino forte gli occhi e mi mordo la guancia per controllare l'emozione. Penny fa un cenno ai russi, che lasciano lentamente il modulo *Quest*, dandomi occhiate preoccupate.

«Quanto tempo di supporto vitale gli resta?» le chiedo.

«Un po' più di un'ora... forse due. Ne ha usato parecchio mentre tentava di rimediare alla situazione. Non funziona nemmeno il serbatoio secondario dell'ossigeno.»

Di nuovo quel pugno nello stomaco. Deglutisco, faccio un respiro profondo e cerco di ricompormi. Sono invaso dai ricordi: il primo giorno insieme all'Accademia Navale, il sorriso da schiaffi che lo tradiva tutte le volte che cercava di farmi uno scherzo, la notte in cui eravamo rimasti chiusi fuori dal dormitorio in un inverno particolarmente rigido del Maryland; io, testimone delle sue nozze, che gli organizzavo una festa di addio al celibato. Le ore e ore in ospedale, nella sala d'attesa, con un orso di peluche gigantesco di fianco, ad aspettare la nascita di suo figlio.

Cazzo. Aveva tutto per cui vivere.

Penny mi dà un colpetto sul braccio. «Fallo, Ty. Sono venti minuti che chiede di te. Volevamo che fossi dentro, al sicuro prima di...» Smette di parlare.

Prima di dirmi che non c'era speranza.

È la mia comandante. Toccava a lei decidere, giustamente. Ma sono talmente incazzato che non riesco a guardarla. Una rabbia impotente mi sta divorando, ma non c'è tempo.

Penny ha ricominciato a parlare. «Stanno portando Karen e AJ al centro comunicazione per parlare con lui, ma ti darò tempo di parlare da solo con lui fino ad allora.»

Chiudo gli occhi. Karen e AJ, oh Dio, sua moglie e il suo bambino. Quel pensiero mi ricorda di nuovo che ha tutto per cui vivere. Ed io non ho niente.

Perché sono io quello al sicuro nell'airlock mentre lui sta andando alla deriva nel vuoto nero?

«Collegatemi, allora» dico a bassa voce a Noah. Penny arretra verso il portello da dove sono svaniti i russi.

Rumori di statica irrompono nel mio orecchio ferito mentre reindirizzano la frequenza.

In fondo, dentro di me, la sensazione di nausea è sempre più forte e mi fa sentire sporco, impotente. Una parte di me vorrebbe che Xander non avesse chiesto di parlare con me. Ma lo conosco.

Conosco Xander.

Un forte clic e sento la sua voce che arriva da dovunque sia.

«Ehi, amico. Mi sono messo in una brutta situazione. Sono chiuso fuori dal dormitorio e abbiamo bevuto troppo. Potrebbe cominciare a nevicare molto presto.»

Tiro forte il fiato mentre le sue parole mi trafiggono il cuore. Sento le lacrime che mi bruciano in fondo agli occhi. Non so quante persone stanno ascoltando questa conversazione. Ma tutto ciò che importa adesso è che non rivedrò più Xander. E questa è l'ultima occasione che ho per parlargli prima di perderlo per sempre.

E non me ne frega un cazzo chi mi sentirà perdere il controllo.

«Mi dispiace, amico. Dovrei esserci io lì, non tu.» Scuoto la testa, anche se non mi può vedere. L'emozione mi stringe la gola.

«Non esiste, fratello, non esiste. Non si parla di colpe, okay? Comunque non c'è tempo per quella roba. Karen arriverà da un momento all'altro. Ma non voglio sentirti più dire niente del genere, Ty. Inoltre... lì fuori è assolutamente fantastico. Non riesco a pensare a uno spettacolo migliore di questo per essere l'ultimo che vedrò. Non ho paura.»

Ma io sì. Ho tanta paura che riesco a malapena a respirare e anche quel pensiero mi soffoca con un rinnovato senso di colpa. «Xander.»

«Ci sono alcune cose, alcune cose private, che voglio dirti. Possono farlo? CAPCOM, puoi farlo, per favore?»

Apro la bocca, esitante, ma Noah interviene. «Possiamo farlo, Xander. Vi interromperemo nell'attimo in cui arriverà tua moglie. Non dovrebbe volerci molto.»

Mi fa male al cuore pensare a Karen che riceve la notizia, ad AJ cui devono dire che il suo papà non tornerà indietro. Che dovrà dirgli addio per sempre.

Come farò a guardarli ancora negli occhi?

C'è un altro clic e la qualità del suono cambia negli speaker che premono contro la mia testa attraverso lo Snoopy cap. Mi mordo le labbra e dico. «Sono qui, Xander. Penso che siamo soli.»

«Ero serio, Ty. Nessuna recriminazione, okay? È colpa mia, sono io quello che...» Smette di parlare ed io prendo spunto da lui.

«Xander, per favore. Non darei mai la colpa a te. Mi dispiace. Mi dispiace.»

«Ti conosco e so che te ne farai una colpa. Non osare rivendicare questo fottuto disastro. Se lo farai, tornerò indietro a perseguitarti, mi hai capito?»

«Sissignore» riesco a dire con voce soffocata. Ho le lacrime raccolte intorno agli occhi, che aderiscono ai bulbi come tante perline, vista l'assenza di gravità. *Cazzo.*

Sono rannicchiato su me stesso e piango come un bambino, senza quasi riuscire a tirare il fiato. E c'è questo dolore straziante che mi buca il petto a ogni respiro e non ha niente a che vedere con il cambio di pressione che ho appena subito.

Gesù, fa così male.

«Fammi un'altra promessa, Ryan.»

Passano i minuti mentre la delinea con calma. La sua voce è chiara e forte. Non ha nulla della tonalità di un uomo morente, ed io devo aprirmi un varco attraverso il mio stesso panico e il mio dolore per sentirlo.

Ci sono cose che prometto... una quantità di cose. Gli prometterei il sole se potessi.

Gli prometto che terrò d'occhio sua moglie e suo figlio, per me sono comunque già come una famiglia. Gli prometto il mio futuro. Prontamente. Facilmente. Senza nemmeno pensare a ciò che sto facendo. «Promettimelo, fratello.» La sua voce è roca, appena velata di emozione.

«Lo prometto.»

CAPITOLO DUE
RYAN

C IRCA UN ANNO DOPO...

M I PREMETTI LA BOTTIGLIA DI BIRRA GELATA CONTRO le labbra e la tracannai, ignorando gli occhi incollati a me. Solo io stavo bevendo birra a quell'ora.

Forse ero l'unico di noi così acutamente conscio della sedia vuota accanto a me. Quella dove avrebbe dovuto essere seduto Xander, con le sue risate e il suo sorriso scherzoso, parte del nostro gruppo. Per la millesima volta in quell'anno, desiderai che fosse lì.

Per la millesima volta, sentii la sua mancanza.

Il mio amico Kirill Stonov, un cosmonauta del programma spaziale russo, mi guardò, discretamente come riesce a fare solo un russo. Senza dubbio immaginava che non avrei notato la preoccupazione nei suoi occhi azzurri come il ghiaccio.

Perché quella preoccupazione? Era ora di pranzo e stavo bevendo una birra, per l'amor del cielo. Fino a poco tempo fa, nel suo paese natale, la birra era classificata come bevanda analcolica.

Eppure eravamo in servizio e aspettavamo che ci convocassero alla riunione degli investitori che stavano tenendo dall'altra parte della strada per presentare la nuova XVenture

Private Astronaut Corps, XPAC in breve. Entrare puzzando di birra non era l'idea più intelligente.

«Mi laverò i denti dopo pranzo. *Ne vyprygivay iz shtanov.*» Lo avvertii di non agitarsi troppo nella sua lingua madre. Tutti a tavola avevano almeno una discreta conoscenza della lingua. Kirill rise e smise di guardarmi, con la sua tipica nonchalance. Non c'era molto che lo scandalizzasse.

«Come pensate che stia andando là dentro?» chiese Mika Katoa, nome in codice "Hammer". Si stava agitando sulla sedia, visibilmente nervoso, com'era da giorni. Come veterano della NASA, aveva cominciato un paio d'anni prima di me, era stato uno dei figli preferiti di quell'istituzione. E, diversamente da me, lo era *ancora*. Se L'XPAC non avesse ricevuto i finanziamenti necessari, sarebbero passati anni prima che volasse di nuovo con la NASA, dato che, da loro, era fuori dalla turnazione di volo.

In quel momento l'XPAC sembrava essere la *mia* unica speranza di volare ancora, quindi meglio che arrivasse questo finanziamento. Ogni scatto nervoso del volto di Hammer rispecchiava la mia stessa ansia, sepolta molto in fondo e invisibile a tutti. Solo una forte fitta da qualche parte vicino al cuore.

Avevo una promessa da mantenere e l'avrei mantenuta. Avrei volato di nuovo, in un modo o nell'altro.

«Qualunque cosa coinvolga il nostro ragazzo d'oro avrà successo.» Kirill mi sorrise. Il suo ricco accento russo prestava bellezza alla lingua inglese in quella semplice frase. «Tutto ciò che devono fare è mostrare le belle fotografie di quel grande servizio fotografico. Il nuovo grande eroe americano. Vero, fratello?»

Intorno al tavolo ridacchiarono tutti ed io diedi loro un'occhiataccia. «Ah, allora è la giornata dello "smerdiamo Tyler" vero? Avevo dimenticato di segnarlo sul calendario.»

Il mio tipico modo di cambiar discorso. Odiavo quando mi provocavano con quella cazzata del grande eroe americano. Serviva solo ad agitare il vuoto che avevo dentro e non avevo nessuna voglia di ricordarlo, specialmente adesso. Ancora un po' di quella merda e mi sarei fiondato su un'altra birra.

«*Ogni* giornata è la giornata dello "smerdiamo Tyler"» borbottò Noah dal fondo del tavolo e i nostri sguardi si incrociarono. Se non avessi rilevato la tensione, l'elemento di verità nelle sue parole, avrei riso insieme a lui. Ma lui non stava ridendo. Ed io non stavo immaginando quella tensione. Che durava dall'incidente. E non era svanita dopo un anno lungo e straziante per entrambi.

Distolse gli occhi pur continuando a parlare. «È così che ti manteniamo umile. Kirya ed io abbiamo una turnazione programmata su chi ti tormenta in un dato giorno.»

«Buono a sapersi. Allora dovrei eiettarvi tutti quanti dall'airlock» dissi, finendo la frase con un sorso dalla bottiglia.

Come sempre, quando ero con i miei ex (e speravo, futuri) colleghi, era facile dimenticare che dall'altra parte della strada, nella sala conferenze della XVenture stavano decidendo il nostro destino professionale. L'affermata società aerospaziale stava per lanciare il primo corpo privato di astronauti, purché arrivassero i finanziamenti da certi uomini molto ricchi che erano ugualmente appassionati di esplorazioni spaziali.

Non ero superstizioso, ma avrei incrociato le dita delle mani e dei piedi, e perfino gli occhi se fosse servito.

«Abbiamo qualche fan dello spazio in quel gruppo, oggi» stava dicendo Hammer. «Alla riunione partecipa Adam Drake. È veramente eccitato.»

«Uno dei molti ricconi» annuì Noah. «Solo che ha progettato il mio videogioco preferito, quindi è già nelle mie grazie.»

Kirill ingoiò un boccone di sandwich. «Sembra giusto venendo da *te, Dragon*» disse con un sogghigno. Normalmente i cosmonauti non si davano nomi in codice come facevano gli astronauti della NASA, ma a Kirill piaceva rendere la vita difficile a Noah per il suo. Una volta ne avevo uno anch'io. Ora ero il controverso eppure utile fantoccio regolarmente sbattuto in copertina. Una caricatura invece del semplice essere umano che cercava di andare avanti un giorno per volta senza perdere il controllo.

«Ero sulla stazione con Adam qualche anno fa, durante la mia prima missione, quando è venuto come privato cittadino» dissi. «È una brava persona. Intelligente, lavoratore. Umile, per essere un nababbo. Ovviamente un grande fan del programma spaziale. E, cosa ancora più importante, è ricco da fare schifo, quindi probabilmente ci starà, a meno che Tolan mandi veramente tutto a puttane.»

Tolan Reeves, l'AD della XVenture, si stava occupando in prima persona della presentazione agli investitori, e anche se era un visionario, unico nel suo genere, con una personalità gradevole, era tremendo quando si trattava di parlare in pubblico. Aveva chiesto dei consigli a noi astronauti, dato che parlare in pubblico faceva spesso parte del nostro lavoro alla NASA. Tolan era così nervoso per le riunioni con questi *venture capitalist* che aveva lavorato sulla presentazione per settimane con un istruttore.

«Tolan non farà disastri» disse Kirill, scuotendo la testa con simpatia. «Ho brindato con lui con la vodka, prima, per scioglierlo un po'.» Gli diedi un'occhiataccia. Si era già sparato la vodka con Tolan. E mi stava giudicando per una birra?

«Già perché tutto migliora con l'alcol quando si tratta del protocollo russo, vero?» Noah diede un'occhiata di sottecchi a Kirill. «Ho sentito dire che alla riunione partecipa Conrad Barrett.»

Rimasi sbalordito quando anche Hammer annuì vigorosamente. «L'ho sentito anch'io e ho mandato un messaggio a Victoria per avere la conferma. Non mi ha ancora risposto.»

Sorseggiai pensieroso la birra, triste perché la bottiglia era quasi vuota. Eppure dovevo chiedermi se valeva la pena di sopportare tutte le stronzate degli uomini e ordinarne un'altra. Conrad Barrett era uno dei cinque uomini più ricchi del paese. Se avesse sottoscritto il nostro progetto e partecipato al finanziamento, sarebbe stata una cosa enorme. Enorme. Talmente enorme che avrebbe fatto la differenza.

L'XVenture era già una società privata di esplorazioni spaziali affermata, con contratti con società e governi in tutto il mondo per missioni senza equipaggio per l'invio dei loro satelliti nello spazio e perfino per rifornire la ISS. Ma ora, per la primissima volta, aveva intenzione di aggiungere un programma con equipaggio. L'inizio dell'esplorazione umana privata: l'XVenture Private Astronaut Corps. E per un'espansione così monumentale, aveva bisogno di finanziamenti. E *tanti*.

Ma se li avessimo ottenuti, io sarei stato in grado di volare nel volo di prova di quest'autunno, come programmato. Dio, avrei voluto che la voce su Conrad Barrett fosse vera. E già che c'ero, desiderai anche avere un'altra bottiglia piena di birra davanti a me.

Quasi come se avessi premuto il bottone per la chiamata, la nostra graziosa cameriera, Cheryl, una ragazza nuova, mi arrivò accanto, chinandosi perché potessi dare una bella occhiata al suo notevole davanzale. Incollai gli occhi sulla sua scollatura prima di auto-costringermi a distogliere lo sguardo. La ragazza lo notò, il suo sorriso si allargò, e lei si leccò le labbra.

Non si sputa nel piatto in cui si mangia, diceva il detto ed io mangiavo lì abbastanza spesso da non dar seguito al suo palese interesse. Inoltre avevo già una bella (ed entusiastica) compagna di letto in programma per quella sera.

«Un'altra birra, comandante Ty?»

Sbattei le palpebre, riflettendo su cosa poteva succedere se ne avessi ordinata un'altra. La lotta fu dura. «No, grazie, Cheryl. Magari dell'acqua.»

Senza nemmeno guardare gli altri al tavolo, Cheryl si affrettò a sbrigare il mio ordine. Ci furono occhiatacce e sbuffate, ma lei tornò dopo un paio di minuti con il bicchiere d'acqua.

E ignorò di nuovo i ragazzi per chinarsi verso di me. «Posso chiederle un favore? Mio nipote è un suo grande fan. Potrei avere il suo autografo su un tovagliolino?»

Mi battei sulla tasca dei jeans, cercando una penna, ma non la trovai. Noah ne aveva già pronta una e me la presentò con un gesto teatrale. Arrossii un po'. Dio, detestavo fare queste cose davanti ai ragazzi. Si assicuravano sempre di farmela pagare, per troppo, troppo tempo.

Bastardi gelosi.

«Se suo nipote è un fan degli astronauti, anche tutti questi tizi sono stati nello spazio. Alcuni più a lungo di me. E danno anche loro gli autografi.»

Lei guardò gli altri, rise e fece spallucce, ma non chiese loro di firmare niente. Apparentemente, solo gli "eroi dello spazio" avevano quell'onore. Strinsi i denti, risentito come sempre che la NASA mi avesse inesorabilmente marchiato in quel modo.

Lei mi mise davanti un tovagliolino pulito ed io mi preparai a scrivere. «Come si chiama suo nipote?»

«Uhm.» Lei arrossì di nuovo. «Beh, in realtà è per me. Le mie amiche non riescono a credere che lei sia uno dei miei clienti.»

Firmai il tovagliolo con il mio solito slogan.

Per Cheryl,
Continua a puntare alle stelle!
Comandante Ryan Tyler

«Non dimenticare il suo numero di telefono» disse Kirill in russo e gli altri sogghignarono.

«*Zatknis*» dissi seccamente, senza perdere un colpo. Con la sua boccaccia, non era insolito ordinargli regolarmente di chiudere il becco, in una lingua o nell'altra.

«Che cos'ha detto?» chiese Cheryl quando le consegnai il tovagliolo.

«Che vuole il suo numero» risposi e Kirill scoppiò a ridere, appoggiandosi allo schienale.

La cameriera sorrise, guardandolo rapidamente, probabilmente cercando di confrontarci per capire chi dei due le piaceva di più. L'unica cosa che avevo più di Kirill erano i capelli più scuri, parecchie apparizioni in TV e una dubbia notorietà che spesso serviva a foraggiare i tabloid.

Due secondi dopo, Cheryl era china vicino a me e stava angolando il telefono davanti alle nostre facce. «Selfie!» disse con la voce cantilenante, sistemando l'apparecchio e scattando tre foto in rapida successione.

«Per favore, non indichi la posizione se ha intenzione di postarle online» la pregai. Era tutto quello di cui avevo bisogno. *Altre groupie.*

«Assolutamente no! Voglio essere sicura che resti tutto mio.» Allungò la mano e mi diede un colpetto sulla guancia prima che io mi tirassi indietro. Quando fece una smorfia, sorrisi per coprire quel momento imbarazzante. Poi chiese in fretta agli altri se avevano bisogno di qualcosa, prese i loro ordini e si allontanò.

«Guarda che sedere, Ty» disse Hammer. «Hai perso un'occasione rifiutando *quello*.»

Alzai le spalle. «La terrò per dopo. Stasera viene Suzanne. Ci alleniamo insieme.»

«Ah... vi allenate *insieme*» mi prese in giro Kirill, facendo le virgolette con le dita, come al solito, sulla parola sbagliata. Non cessava mai di divertirci il fatto che sbagliasse sempre.

«No, Kirya, è *vi allenate* insieme» lo corresse Hammer, facendo anche lui le virgolette con le dita.

«Bah! A chi interessa. La sta scopando. È quello che vuol dire.»

Diavolo, meglio che volesse dire quello, altrimenti sarei rimasto veramente deluso, e ultimamente di delusioni ne avevo avute tante.

La lettera del direttore della NASA era arrivata solo la settimana prima, ma sembrava fosse passato più di un anno.

Riteniamo che sia nell'interesse di entrambe le parti e le facciamo i migliori auguri per i suoi futuri impegni.

Fanculo lui, fanculo la NASA. Strinsi le labbra e i ragazzi si scambiarono un'occhiata come se si fossero accorti immediatamente del mio cambio d'umore. Avevamo passato ore, mesi e anni ad addestrarci insieme, a volte nelle condizioni più estreme. Avevamo attraversato le cime delle montagne in Alaska durante l'addestramento ad alta quota. Ci eravamo rinchiusi in un habitat isolato di due metri quadrati per settimane durante un allenamento che simulava il viaggio spaziale. Avevamo passato infinite ore insieme in una delle piscine coperte più grandi al mondo, il laboratorio di fluttuazione neutra a Houston. Avevamo fatto una simulazione dopo l'altra. Conoscevamo il linguaggio dei nostri corpi e il minimo cambiamento nel tono di voce, e in più di una lingua. Eravamo un libro aperto l'uno per l'altro.

Non sapevo dove potesse esistere un gruppetto di uomini più in sintonia l'uno con l'altro come noi. Avevo sperimentato quel tipo di cameratismo solo quando avevo prestato servizio come Navy SEAL, prima di diventare astronauta.

Noah sembrò percepirlo per primo, con la testa che si piegava nella mia direzione come se stesse ricevendo direttamente la mia malinconia. Gli rivolsi un'occhiata colpevole e poi distolsi lo sguardo. Noah era quello più difficile da avere accanto. Lui c'era il giorno dell'incidente, non sulla stazione con noi, ma giù a Houston, a guidare gli astronauti nell'attività extraveicolare, come voce della missione, il nostro CAPCOM.

Lui si schiarì la voce. «Che c'è, Ty? Quel terrapiattista ti sta ancora dando fastidio? Ho sentito dire che ha intenzione di farti causa per averlo preso a pugni. Non so mai quando dar retta ai titoli dei tabloid.» Scosse la testa. «Quell'idiota se lo meritava.»

Kirill rise e diede una botta al tavolo con la sua mano enorme. «Adesso si terrà a distanza. Il suo naso non aveva un gran bell'aspetto dopo aver incontrato il pugno di Ty.»

Mi strinsi la radice del naso.

E quell'immagine mi riportò alla mente che ora c'era una denuncia in ballo, e che la storia era diventata virale. Essere noto come Ryan Tyler, eroe americano, almeno era più accettabile che non essere conosciuto come l'astronauta ubriaco che aveva preso a pugni il terrapiattista ed era stato licenziato dalla NASA. Curiosamente, i tabloid non avevano nemmeno accennato al fatto che quello stronzo mi aveva letteralmente sbattuto in faccia una bibbia, chiamandomi fottuto bugiardo perché mi ero rifiutato di giurare la verità per lui. Mi aveva detto che il mio miglior amico era vivo e stava bene da qualche parte, nel programma di protezione testimoni e non era soffocato dentro la sua stessa tuta spaziale durante una passeggiata a centinaia di chilometri sopra la superficie della terra.

La cosa peggiore? Che avrei voluto che la *sua* verità fosse quella giusta. Che desideravo riavere Xander vivo, anche se nascosto da qualche parte sotto falso nome e con una falsa identità. Almeno avrebbe camminato ancora su questa terra e il suo cadavere non sarebbe bruciato rientrando nell'atmosfera mesi dopo la sua morte.

Tutto ciò che mi restava dello scontro con quell'idiota, era una mano ammaccata, una probabile denuncia e i titoli dei tabloid. E la lettera "vai a farti fottere" della NASA, ovviamente.

«C'è Victoria» disse Kirill, passandosi la mano sui capelli biondo scuro per lisciarli.

«Carino, qualcuno ha preso una sbandata» disse Noah con una risatina.

«I russi non prendono sbandate» ringhiò Kirill.

Hammer parlò con un accento russo ridicolmente esagerato. «Nella Russia sovietica, noi non prendiamo sbandate. Sono le donne che ci schiacciano quando sbandano.»

«Molto divertente. Faccio un gesto volgare a entrambi» rispose Kirill. Ma nonostante le sue parole, non lo fece perché Victoria Breckenridge, una donna afro-americana molto attraente, si stava avvicinando e sembrava quasi la versione imprenditoriale, abbottonata, di una femme fatale, con il suo tailleur rosso scuro, la pettinatura perfetta e le scarpe firmate dal tacco vertiginoso. C'era qualcuno che non conoscevo che indugiava un passo dietro di lei. Una donna dalla figura sottile che indossava jeans e una felpa con l'immagine di un planetoide e lo slogan: *Plutone: non dimenticatelo. 1930-2006.* I capelli biondo scuro erano nascosti sotto un berretto da baseball della NASA. Non riuscii a fare a meno di ridere vedendo la felpa e farmi domande sulla giovane donna che la indossava.

Tornai a guardare Victoria, direttore delle Relazioni Pubbliche della XVenture, incaricata della pubblicità della XPAC. Quasi feci una smorfia al pensiero che potesse chiedermi di ricominciare con i talk show e il circuito delle radio. Nell'anno che era passato dall'incidente, la NASA non aveva esitato a sbandierarmi in giro come un orso ammaestrato. E come un orso ammaestrato, io avevo ubbidito, sperando che mi avrebbe aiutato a mantenere la mia promessa. Avrei dovuto sapere che mi avrebbero deluso, che mi avrebbero strappato quella possibilità e lasciato senza un futuro con loro.

In verità, avrei ucciso pur di evitare il circo mediatico, ma se era la mia unica possibilità di tornare nello spazio, ero già rassegnato a quella possibilità.

Probabilmente avrei dovuto sopportarlo per il bene della nuova XPAC. Se avesse significato volare di nuovo, sarei saltato attraverso cerchi di fuoco, come un leone ammaestrato.

Se mi fosse andata bene, non si sarebbe arrivati a tanto.

In ogni caso, avevo una promessa molto importante da mantenere.

Le due donne si avvicinarono al nostro tavolo e con le sue buone maniere vecchia scuola, da est Europa, Kirill si alzò immediatamente in piedi. Non restava mai seduto se c'era una donna in piedi accanto.

Victoria si fermò e ci sorrise, con il rossetto scuro che brillava sulle labbra perfette. «Ehi, ragazzi, siamo qui a ricontrollare l'ordine di catering per i nostri investitori. Sono quasi alla fine del loro giro e quasi pronti per il pranzo. Tolan non si è risparmiato, con lanci simulati e tutto il resto.»

«Penseranno di essere morti e di essere andati a Disneyland» dissi con un sogghigno, e lei alzò il mento ridendo.

«Come se la sta cavando Tolan? Non ha ancora vomitato per il nervosismo, vero?» le chiese Kirill.

Victoria sorrise ancora. «Non ancora. Ma non ha dovuto fare molto. Più che altro li ha seguiti, chiacchierando mentre andavano. Per adesso, tenete le dita incrociate.» Alzò una mano fresca di manicure con le dita dalle unghie scarlatte incrociate per dimostrarlo. «Andranno nella sala conferenze e parleranno d'affari durante il pranzo. Fra un'ora circa, quindi voglio essere sicura che tutto fili liscio.»

Il suo sguardo andò alla bottiglia di birra ormai vuota sul tavolo e, nonostante tutto, cominciai a sentirmi un po' in imbarazzo, anche se la sua espressione non cambiò. Ci sapeva fare. «Voi ragazzi conoscete tutti Gray, vero?»

«Chi?» esclamai prima di notare che Victoria stava indicando la nullità con la felpa planetaria e il berretto da baseball accanto a lei.

«Si è unita di recente all'équipe di salute comportamentale» aggiunse Victoria, ignorando la mia interruzione.

La ragazza (sembrava *giovane*) sbirciò da dietro la pesante montatura dei suoi occhiali sotto la visiera del berretto. Ora che era più vicina, riuscii a valutarla meglio. Di media statura, con una figura snella, quasi adolescenziale. Quando voltò la testa per guardare Victoria, riuscii a vedere una coda di cavallo biondo scuro che spuntava dal berretto.

«Ehi, ragazzi.» Sorrideva nervosamente. «È bello rivedervi tutti.»

Fu un'impresa, ma nessuno di noi gemette, anche se sono sicuro che tutti volessimo farlo. Gli psicologi dell'aviazione erano il tormento dell'esistenza di ogni astronauta alla NASA. Dovevamo rispondere alle loro domande, sopportare le loro valutazioni e, alla fin fine, vivere o volare secondo quanto decretavano loro.

Dubitavo che si sarebbe trattato di qualcosa di più anche qui. Kirill, che era ancora in piedi e sarebbe rimasto in piedi finché lo erano le donne, le tese la mano. Lei la strinse con un cenno entusiastico e un bel sorriso sulle labbra. Io mi alzai dalla sedia accanto a Kirill, allungando la mia.

«Non credo che ci siamo mai incontrati. Sono Ryan Tyler.»

Il sorriso sparì immediatamente dalla sua faccia e lei si ficcò entrambe le mani in tasca. Nell'aria rimase un silenzio imbarazzato. Apparentemente, la mano di Kirill era abbastanza buona da stringere, ma non la mia. *Che diavolo?*

«Ci siamo già conosciuti. Tu non lo ricordi» rispose seccamente, fissando il pavimento. Hammer ridacchiò mentre restavo lì con la mano ancora tesa come uno stupido. Come se avessi qualche tipo di malattia, magari anche il tipo di malattia che non si diffondeva da una stretta di mano. Mi facevo controllare regolarmente… non c'era *quel* pericolo.

Noah e Kirill si misero a ridere insieme, peggiorando notevolmente la situazione. E lei si rifiutava di guardarmi negli occhi, con le mani affondate nelle tasche talmente in fondo che praticamente toccavano le ginocchia. Quindi era così che voleva che andasse. Bene. In ogni caso, non avevo bisogno di una dannata psicologa che mi annusasse intorno.

Ritirai la mano tesa e le alzai entrambe con il palmo rivolto verso di lei. «Nessun problema, tesoro. Non riesci a gestire tutta questa magnificenza? Non tutte ci riescono.» Sottolineai la battuta strafottente con un enorme sorriso compiaciuto. Okay, era una cosa imbecille da dire e me ne resi conto immediatamente. Mi sarei anche scusato, se la sua reazione non mi avesse completamente distratto.

Arrossì immediatamente, diventando rosa scuro e le sopracciglia folte si unirono sopra la montatura degli occhiali. Sorprendentemente, la fece sembrare adorabile e ancora più innocente. Distolsi lo sguardo dai suoi inquietanti occhi verdi e ricaddi sulla sedia, praticamente voltandole le spalle.

Gray. Grigio. Chi cavolo dava un nome simile, specialmente a una figlia? Era il colore più blando che esistesse. Perché non scegliere Mauve o Chartreuse? Non che sapessi com'erano quei colori, ma suonavano molto più interessanti. Grigio era il colore del tempo orribile, dei mammiferi in fondo alla catena alimentare, dei calzini sporchi indossati troppo a lungo prima di essere lavati.

Hammer *finalmente* smise di ridere, quello stronzo, e si chinò in avanti. «Ehi, Victoria, non hai mai risposto al mio messaggio.»

«Non ho avuto il tempo di controllare il telefono. Di che cosa avevi bisogno, Hammer?»

«Ho sentito dire che c'è Conrad Barrett. È vero? Per favore dimmi che è vero e che è un fan dello spazio.»

Victoria e Cinquanta Sfumature di Blando Gray si scambiarono un'occhiata prima che Victoria rispondesse. «È vero a metà. Sì, c'è. Non so quanto sia un fan dello spazio, ma spero che adesso lo sia molto di più di quanto lo fosse quando è entrato in fabbrica oggi.»

«E speriamo che sganci un po' dei suoi tanti soldi.» Noah fischiò e alzò la mano con le dita incrociate. «Comunque preghiamo.»

Kirill batté tre volte sul tavolo e voltò di scatto la testa verso sinistra, un gesto russo di buon augurio.

Io bevvi un po' d'acqua prima di aggiungere. «Ehi, Conrad Barrett è noto per essere un bigotto avaro. Scommettiamo che invece si schiera con i terrapiattisti?» Nonostante il mio atteggiamento irriverente, speravo anch'io che fosse un fan dello spazio. Quel bastardo poteva significare la differenza tra lanciare il programma o farlo morire. Odiavo, tantissimo, il fatto che alla fine fossimo tutti alla mercé degli investitori. Ma nell'America capitalista, che altro si poteva fare?

Victoria scosse la testa e controllò il suo elegante smartwatch. «Dobbiamo andare a controllare l'ordine. Voi siete in servizio per qualche altra ora, nel caso in cui il gruppo di investitori voglia incontrarvi. Vi informeremo. Nel frattempo, niente cocktail o birra. Consideratevi in stato di volo imminente.» Inarcò le sopracciglia come se fosse una mamma che facesse la ramanzina a dei bambini capricciosi, cercando di fare del suo meglio per parlare "astronautichese".

«Ragazzi, siamo stati ufficialmente richiamati all'ordine» brontolò Hammer mentre guardavamo le donne allontanarsi. Non potei fare a meno di notare che la nuova arrivata aveva un bel sederino in quei jeans, nonostante il fatto che avesse un aspetto adolescenziale vista dal davanti. Aveva ancora i pugni ficcati in fondo alle tasche e le spalle rigide. Era arrabbiata per qualcosa? O forse aveva una scopa ficcata nel culo in permanenza? Chi lo sa? Cinquanta Sfumature di Snob.

Controllai l'orologio e mi rilassai con un sospiro. Avevamo ancora parecchio da aspettare e avevamo tutti bisogno di qualcosa per distrarci. La riunione poteva andare bene e avremmo avuto i nostri soldi, oppure ci sarebbero voluti ancora mesi e mesi di limbo mentre aspettavamo.

Strinsi i denti e poi mi costrinsi a rilassarli. Quando Cheryl tornò al nostro tavolo, le chiedemmo di accendere la TV sul canale dove davano la partita, sperando di allentare la tensione dell'attesa. Ci sistemammo un po' a disagio e aspettammo il nostro turno per andare in scena.

CAPITOLO TRE
GRAY BARRETT

E RA DECISAMENTE UNO DEGLI SCHERZI PIÙ CRUDELI DEL destino che più il cibo era tossico e spazzatura, più regalava conforto. Vaschette da due litri di gelato e un cucchiaio per le separazioni. Litri e litri di caffè, e/o bevande alla caffeina per le nottate frenetiche passate studiando. Ora a quell'elenco stavo aggiungendo patatine unte per l'attesa nervosa.

Camminavo ansiosamente avanti e indietro fuori dalla sala riunioni, un'area anonima con tavoli, scrivanie e sedie da ufficio cromate dall'aspetto futuristico. Lo schema di colori verde lime e ciano brillante risaltava qua e là sul pavimento di marmo bianco.

Fermandomi, fissai il sacchetto extra-large di patatine al sale e aceto che la mia amica e collega, Parvati "Pari" Sharma, mi stava sventolando sotto il naso. Prometteva di calmare la mente farneticante del fascio di nervi che ero diventata nell'ultima settimana.

Sapevo che avrei dovuto resistere, usare il potere della mia mente. I jeans erano già un po' stretti sul sedere, *troppa robaccia, e finisce tutta nel posteriore, Gray.* Non era esattamente quello che mi ero detta quella mattina, mentre mi dimenavo per riuscire a infilarli?

Ma, accidenti, ero sulle spine da tutto il giorno ed era mezzogiorno, senza il tempo di concedermi un pranzo salutare.

Il mio stomaco ruggì. I carboidrati erano proficui per le funzioni cerebrali, permettevano un'elaborazione più veloce del pensiero. Dopotutto, durante ogni dato periodo di ventiquattr'ore, ottanta miliardi di neuroni inviano e ricevono segnali elettrici. E il cervello consumava quasi la metà del glucosio del corpo. E i carboidrati si convertivano direttamente in glucosio durante la digestione e le patatine erano piene di carboidrati, ergo...

Quelle patatine andavano bene per il mio cervello. *Sìì!* Strappai il sacchetto gigante di patatine dalla mano di Pari più in fretta di quanto si riuscisse a dire *psicologia cognitiva metabolica*. E lo aprii.

«Wow, *sei* veramente un fascio di nervi.» Le sopracciglia nere di Pari si arrampicarono sulla fronte quando spalancò gli occhi scuri. «L'ho capito quando hai cominciato a mandarmi messaggi pieni di pastrocchi dovuti all'autocorrezione.»

Alzai le spalle, infilando la mano per prendere qualche patatina e ficcarmela in bocca. «Le mani probabilmente mi tremavano un po' troppo per avere un senso.»

«*Un po?* Mi hai detto *Vieni nella daunia conferenze innocentemente.* Ho tirato a indovinare.» Si morse il labbro. I suoi folti capelli scuri sventolarono intorno alla faccia. «Ti avverto, però. Io non faccio *niente* innocentemente.»

Non risposi. Ero troppo occupata a ingozzarmi di patatine.

«Per l'amore di Asgard, Gray. Rallenta. Respira. Ingoia. Finirai per morire soffocata per l'ingordigia.»

Mi scuffiai qualche altra patatina. «Non posso. Mmm. Sono così buone.»

Pari scosse la testa. «No, non farlo. Non gemere di piacere per le patatine. È triste.»

L'anno prima, Pari ed io ci eravamo conosciute grazie alla comune amicizia con Tolan Reeves, l'amministratore delegato della XVenture Space Co., ed eravamo diventate in fretta amiche e, di recente, colleghe.

Eravamo diametralmente opposte, in tanti modi. Lei era una scienziata missilistica ed io ero un'aspirante psicoterapista. Io ero bionda e lei, grazie alle origini indiane, era bruna. Lei faceva amicizia istantaneamente, mentre io sragionavo quando avevo di fronte astronauti fighi e famosi che volevano stringere la mia mano sudata.

Già, Pari ed io eravamo diverse, ma amavamo entrambe lo spazio, ci abbuffavamo di ogni genere di fantascienza e fantasy, ed eravamo entrambe nuove e piene di ambizione nelle nostre rispettive carriere.

Pari andò a un tavolo vicino, prese un rotolo di tovaglioli di carta, ne strappò un pezzo e me lo passò. «Pulisciti la bocca e le mani. Non sei un bello spettacolo.»

«Hai portato *tu* le patatine» dissi, e ubbidii, pulendomi la bocca.

Pari aggrottò le sopracciglia. «Le cose vanno tanto male? Tolan ha fatto casino con gli investitori nel tour della capsula?»

Scossi la testa e mi portai un dito alle labbra, zittendola e indicando la porta della sala conferenze. All'interno, Tolan, Victoria e i *venture capitalist* che, auspicabilmente, sarebbero diventati i futuri investitori dell'XVenture Private Astronaut Corps, l'XPAC, stavano pranzando. Con un po' di fortuna, mentre mangiavano, stavano discutendo i piani per finanziare la società e, di conseguenza, il lavoro dei miei sogni come psicologa sperimentale specializzata nel campo dell'aviazione.

«Che cosa ne pensava tuo padre?» chiese con la voce un po' più bassa.

Le diedi un'occhiata minacciosa. Il promemoria che mio padre faceva parte del gruppo dei predetti investitori mi fece venir voglia di ficcarmi in bocca le patatine con entrambe le mani.

«Dai, Gray. Tutti al mondo vogliono sapere dove getterà i suoi soldi Conrad Barrett. *Mio* padre segue i suoi suggerimenti sulla Borsa come se fosse una religione. È come Ganesh in persona, sceso dal cielo. Ma è *tuo* padre e non riesco a immaginare che non sganci qualche centinaio di milioni di dollari per aiutare la tua futura carriera.»

Sospirai. Già, avrebbe avuto senso per chiunque altro al mondo, ma non per chi conosceva mio padre. «Papà non è convinto che sia questo che dovrei fare nel mio futuro.»

Pari sbuffò, ridendo. «Problemi dei bianchi. Almeno hai potuto scegliere quando hai optato per la psicologia invece delle finanze.»

Mi leccai le labbra salate, desiderando di avere una bevanda dolce da risucchiare in gola. Il sale e l'aceto mi avevano fatto venir sete, come sempre. Ma, oddio, erano così buone!

Pari afferrò il sacchetto di patatine che avevo lasciato sul banco della reception. Stendendo attentamente un tovagliolo, se ne versò un mucchietto e ne prese una, portandosela delicatamente alla boccuccia. Pari era minuta, con capelli lunghi, neri e lucenti, legati in una coda di cavallo, e occhi colore dell'ebano.

Il silenzio continuò tra di noi mentre ascoltavamo, con le teste piegate verso la porta. Ma si sentiva solo il rombo delle voci all'interno, punteggiato dall'occasionale risata o da un colpo di tosse. Sì, Pari aiutava a costruire i razzi e la XVenture aveva decisamente dimostrato che erano *molto* bravi a fare i razzi e a realizzare utili. Ma mandare astronauti nello spazio? Non era mai stato fatto da una società privata. Era un territorio vergine, un territorio molto eccitante per gente come me che voleva essere parte integrante del futuro degli umani che lavoravano nello spazio.

Ma tutto, come spesso succedeva, era appeso al filo sottile dei cordoni della borsa. Senza finanziamenti non saremmo mai decollati, letteralmente o figurativamente.

«Ho spiato il tour per un po', per vedere chi c'era. Un gruppo piuttosto impressionante.» Masticò qualche altra patatina, con le dita coperte da anelli che luccicavano sotto le luci industriali. I tatuaggi Mendhi temporanei, all'hennè, sul dorso delle mani e dei polsi, residuo dei festeggiamenti per il matrimonio di sua sorella, stavano sbiadendo ma erano ancora visibili. Li studiai per la ventesima volta, affascinata dalla loro delicata maestria.

«Non credevo che Adam Drake fosse così sexy nella vita reale» disse di punto in bianco, scuotendo la testa al ricordo. «È un undici sulla scala da Thor a Loki.»

La guardai perplessa. «Lo stavi slumando? C'era sua *moglie* con lui.» Tossii per liberare la gola dalle briciole di patatine. «Oltre a tutto, i maschi non sono il tuo forte, ricordi?»

Lei afferrò un'altra patatina e la mordicchiò tenendola tra le labbra. «Io pendo da entrambi i lati. I maschi non sono stati il mio forte *ultimamente*» mi corresse. «Inoltre una ragazza può sempre apprezzare un bell'uomo e il suo conto in banca. Fa squittire la mia nerd videogiocatrice interiore.»

«Non così interiore.» Quella ragazza giocava a Dragon Epoch per ore e ore. Mi chinai in avanti, afferrando qualche patatina dal suo mucchietto, nonostante avessi giurato che avrei smesso di mangiarle.

«Tuo padre sembrava molto interessato ai particolari del tour. Faceva un sacco di domande.»

Scossi la testa. Domande, uno dei metodi preferiti da mio padre per temporeggiare. Usava regolarmente quella tattica durante le trattative come modo per sollevare le sue obiezioni.

«Allora, che cosa credi che pensi tuo padre?» mi chiese, premendo la punta delle dita unte sul tovagliolo.

«Non lo so, non è facile da capire. Perfino per me. Uffa. Penso che mi stia venendo un'emicrania. Questa faccenda mi sta stressando troppo.» Mi strofinai le tempie, senza poter far niente. Normalmente avevo un dono quando si trattava di leggere i segnali non verbali e il linguaggio del corpo. Ma mio padre giocava sempre a carte coperte. Era una cosa per cui era famoso. Non si arriva a essere uno degli uomini più ricchi del paese, continuando a essere noto per la frugalità e per l'abilità di negoziatore, senza essere discreti.

Strofinai insieme le dita, cercando di rinsaldare la mia decisione di non toccare nemmeno un'altra patatina, ungendole di nuovo. «Tolan può essere un'ispirazione quando lo si ascolta. L'altro giorno, mentre parlava dei nostri obiettivi di andare sulla Luna e poi su Marte e oltre, dei nostri obiettivi come istituzione... *io* avevo i brividi.»

«Ma tu sei già convinta, dato che sei una nerd dello spazio in piena regola.»

Feci spallucce. «Sapevo che sarebbe stato difficile quando hanno scelto il comandante Ty come testimonial del programma.» Il pensiero di Ryan Tyler mi fece venir voglia di ficcarmi in bocca una manciata di patatine. Maledizione. Ero stata a *tanto così*, dal convincere papà per conto mio prima che facessero quell'annuncio.

«Ma Ty porterà altri investitori» ribatté Pari. «Solo dal punto di vista delle pubbliche relazioni...»

«PR» sbuffai, alzando le mani. «Se conti i tabloid come PR.»

Lei piegò la testa come se non potesse credere a ciò che stavo dicendo. «Ty è l'eroe americano ideale, con una storia che genera immediatamente simpatia. Il comandante Ryan Tyler, un astronauta che è sopravvissuto a una tragedia durante la quale ha salvato l'intera stazione spaziale dimostrando un coraggio non comune. *E* il suo miglior amico è morto in quello stesso incidente.»

Evitai di guardarla negli occhi, fissando nel vuoto mentre riflettevo sulle sue parole. Aveva ragione, ovviamente, e lo capivo, ma non cambiava come quell'uomo mi facesse sentire a disagio tutte le volte in cui ero nelle sue vicinanze.

«Inoltre non sono solo i tabloid, Gray. È apparso anche su *Time, Newsweek* e altre riviste. Ha un libro in uscita e un film che stanno girando. Documentari, cicli di conferenze, apparizioni in TV. È sotto l'occhio del pubblico per il suo eroismo.» Masticò ancora qualche patatina mentre io facevo il broncio per protesta.

Pari sospirò a lungo. «E oltre a quello, è sexy da morire.» Si sventolò con la mano. «Personalmente, penso che dovrebbero far posare Ty per i poster davanti al razzo Rubicon III, senza la maglietta. *Quello* sì che attirerebbe l'attenzione della gente!»

Alzai gli occhi al cielo e distolsi lo sguardo per coprire il rossore mentre ricordavo di aver rifiutato la sua stretta di mano un'ora prima e la sua reazione idiota al mio supposto sgarbo. Come a dire che tutte le donne al mondo lo volevano e dato che io non gli avevo stretto la mano, stavo dichiarando una preferenza sessuale. Avevo stretto la mano di Kirill Stonov, certo. Ma lui si era anche ricordato chi ero.

Ma quando il possente Ryan Tyler si era alzato e aveva teso la mano, io avevo cominciato immediatamente a sudare. Quello, insieme all'imbarazzo perché ovviamente non si ricordava di me, mi aveva fatto andare nel panico, e mi ero ficcata le mani in tasca. C'erano buone probabilità che, visto che non gli avevo fatto la benché minima impressione la prima volta in cui ci eravamo incontrati, avesse probabilmente già dimenticato il mio presunto affronto. Aveva una donna diversa appesa al braccio ogni settimana. Figurarsi se si sarebbe ricordato di me, e probabilmente lo stesso scenario si sarebbe ripetuto la *prossima* volta in cui sarei rimasta incastrata in una stanza con lui.

Pari non aveva esagerato. Quell'uomo era una leggenda vivente. Incontravo spesso persone famose, ero la figlia di mio padre dopotutto. Ma un famoso astronauta? Un eroe che aveva salvato la ISS? E, sì, non guastava che avesse un aspetto migliore della media. Parecchio migliore della media.

Espirai a lungo, come se mi avessero tirato fuori il fiato a forza.

«Papà è molto più concentrato sui lati negativi del coinvolgimento di Ty nel nostro programma. Devi ammettere che la sua vita è andata a pezzi dopo l'incidente. Le feste, le donne. Ha distrutto una stanza d'albergo. Ha dato un pugno a un tizio mentre lo filmavano. Ha anche distrutto una moto in un incidente, dove è lecito chiedersi se fosse o no ubriaco. Essere licenziato dalla NASA...»

Pari sorrise, ripiegando le braccia sul petto. «Oh, Gray, sei una psicologa. Devi aver capito perché la XVenture ha fatto di Ty il testimonial per la XPAC.»

«Sono un'aspirante psicoterapeuta, per essere precisi. Non avrò il titolo fino a quando non avrò completato la discussione della tesi e le ore di tirocinio.»

Pari mosse di scatto la testa. «Beh, penso che il suo eroismo si trasferirà all'XPAC... *la cosa giusta* eccetera.»

«Nessuno lo spera più di me.» Mi misi la mano sul petto per enfatizzarlo. «Ma se papà non investe, non ci sarà nessun programma quest'anno. Non volerà *nessuno*. Nemmeno Ty.» I soldi di papà avrebbero fatto la differenza tra poter fare il volo di prova a settembre, pubblicitariamente una cosa enorme, o doverlo rimandare di un anno, forse di più.

E a quel punto, dove sarebbe finita la mia ricerca? Avevo dei protocolli di addestramento da scrivere e analoghi di simulazione da sviluppare. Il solo pensiero mi eccitava, ma a meno che il programma non trovasse tutti i finanziamenti necessari, non ci sarebbe stata nessuna missione con equipaggio e gli astronauti avrebbero dovuto trovare un altro lavoro o tornare dal loro precedente datore di lavoro.

Mentre cercavo di cambiare argomento, i quattro astronauti che erano seduti a tavola nel ristorante dall'altra parte della strada, entrarono nella stanza con Tyler davanti a tutti.

Come avevo notato le due volte precedenti in cui l'avevo visto, Ty era un esempio straordinario di virilità al massimo della forma. Un po' più di un metro e ottanta, capelli scuri, sensazionali occhi azzurri, sui trentacinque. Si muoveva con determinazione e non poca spavalderia. Aveva la sicurezza di sé, di un uomo a proprio agio nel suo corpo e nello spazio intorno a sé.

E non guastava che avesse la faccia e il corpo di un dio greco. Quel mento avrebbe potuto tagliare i diamanti, sormontato da labbra generose, un naso diritto e occhi dalle ciglia foltissime. *Maledizione.*

Uno splendido essere umano, che sembrava attirare i miei occhi come il campo gravitazionale di Giove. E come tutto ciò che orbitava intorno al pianeta più grande del sistema solare, c'era il pericolo costante di essere schiacciati o cambiati in modi che non riuscivo nemmeno a contemplare.

Quindi, anche se dentro di me stavo vibrando, sapevo che era una persona da cui dovevo restare molto, molto, lontano. *Evitare, evitare, evitare.*

Ora, se fossi riuscita a dare ai miei occhi e al mio cuore martellante lo stesso messaggio... sembravano voler fare di testa loro. Deglutii, cercando di mandare un po' di umidità nella gola secca e distolsi gli occhi, sperando di non avere macchie di unto o briciole di patatine intorno alla bocca.

«Parvati!» disse il grosso cosmonauta russo.

«Kirill Andreivich!» rispose Pari, tutta un sorriso.

«Perché non stai lavorando sui razzi? A noi serve che tu lavori sui razzi.»

«Una ragazza deve fare una pausa ogni tanto.» Pari si alzò e si pulì le mani unte di grasso sui jeans. «Ma ora che me lo fai notare, è ora che torni al lavoro prima che esca Vic.»

E fu solo a quel punto che mi resi conto che Pari sembrava aver deliberatamente evitato Victoria nelle ultime settimane. Mi presi un appunto mentale di chiederglielo dopo. Decisamente non in quel momento.

In quel momento avevo quattro paia di occhi che mi fissavano in attesa. Alzai le spalle. «Che c'è?»

«Victoria ci ha convocati qui» disse Hammer, come lo chiamavano tutti. «Sai per caso se dobbiamo entrare o no?»

Aprii la bocca per dirgli che non avevo la minima idea dei programmi di Victoria, quando la porta della sala conferenze si aprì e Victoria mise fuori la testa. «Ragazzi! Perfetto! Uhm, per il momento ho bisogno solo di Ty.» Ispezionò la stanza e mi vide. «E Gray, entra anche tu» disse con un'espressione sul viso che probabilmente significava che mio padre era il solito rompiballe. Avevo visto la stessa espressione esasperata sul volto di molte persone che avevano lavorato con lui.

Ignorai l'occhiata incuriosita di Ty. Senza dubbio si stava chiedendo perché una nullità, che lui non si era nemmeno preso la briga di ricordare di aver già incontrato, fosse coinvolta in quella discussione importante. E chiaramente, non ero vestita per l'occasione. Okay. La flessibilità era uno dei miei punti di forza.

Almeno Ty ebbe il buonsenso di non fare un'altra delle sue stupide battute sessiste.

Lo seguii nella stanza. Nonostante la sua personalità irritante, dovevo ammettere che aveva un posteriore favoloso. Cercai con tutte le mie forze di non notare gli avambracci muscolosi, con le vene in rilievo, messi in mostra dalla polo che indossava. Per un istante mi apparve un'immagine impossibile di me, jeans, felpa, capelli in disordine e tutto, appesa ai suoi bicipiti gonfi e perfetti, mentre mi chinavo per annusarlo. Com'era il suo odore?

Intendevo dire i feromoni, l'odore del suo sudore sotto il sapone e il dopobarba che poteva portare?

Accidenti, Gray. Datti una controllata. È uno stronzo di maschio alfa. Mi riscossi dalla momentanea psicosi. *Ecco. Fattela passare.* Non è che non fossi mai stata alla presenza di uomini attraenti. *Caspita.*

La sala conferenze principale della XVenture era spaziosa. Il tavolo bianco componibile era stato spostato di lato e le finestre sull'esterno oscurate per permettere la proiezione della presentazione, che era arrivata all'ultima slide, sullo schermo dietro di noi. Fortunatamente (o *sfortunatamente* nel mio caso) le luci si alzarono a sufficienza per permetterci di vedere le due dozzine circa di persone nella stanza, tutti con degli eleganti dossier davanti a loro sui tavoli di vetro e cromo. Sulle pareti c'erano poster a colori vivaci di razzi in vari stadi di volo e al soffitto era appeso in orizzontale un modello in scala, lungo cinque metri, di un razzo Rubicon III.

Tutti gli occhi si puntarono su Ty che era accanto a me, rigido, sicuro di sé. Chiaramente era a suo agio al centro dell'attenzione e lo era da parecchio. Diedi un'occhiata a mio padre. Anche lui stava studiando Ty.

Una cosa che avevo pensato potesse andare a nostro favore era il legame con la marina. Papà era stato in servizio come ufficiale di marina su una portaerei dopo il college, e Ty era un ex Navy SEAL, prima di essere selezionato dalla NASA per diventare un astronauta. Gli ufficiali di marina tendevano a riverire quell'élite di guerrieri. Quindi forse papà avrebbe visto l'effetto potenzialmente positivo di avere Ty collegato al programma. Incrociai le dita, dietro la schiena, conscia che le mie mani erano fredde e tremavano.

Se il programma non avesse ricevuto i fondi necessari, avrebbe significato la fine di uno dei miei grandi sogni. Avrei dovuto accontentarmi di fare consulenza aziendale, o, peggio ancora, lavorare per mio padre. Ed ero quasi sicura che lui contasse su quello.

Dopo aver presentato le persone nella stanza, Victoria spiegò che eravamo lì per chiarire alcuni punti per gli investitori.

«Comandante Tyler, volevamo sapere da lei dei recenti avvenimenti» cominciò a dire Victoria, ma la sua voce morì quando mio padre si mise eretto sulla sedia e Tyler incrociò le braccia, sulla difensiva. *Uh uh.*

«Certamente. Ho rilasciato una dichiarazione alla stampa, ma sono lieto di ripeterla. Sono stato avvicinato da un fanatico terrapiattista che mi ha sbattuto la sua bibbia in faccia, pretendendo che giurassi su Dio che c'era una Stazione Spaziale Internazionale e che avevo passato mesi lassù lavorando in orbita.»

Papà piegò la testa di lato, con l'incredulità scritta sia sul volto sia nell'atteggiamento. «Ha preso a pugni un uomo perché l'ha urtata con una bibbia?»

«Era insistente e incredibilmente insultante.»

«Ha preso a pugni un uomo per averla *insultata*?» ribatté mio padre, sempre più scettico. Oh… oh, merda. Il mio cuore accelerò e le pareti mi sembrarono più vicine di quanto lo fossero solo qualche momento prima. Ingoiai una palla spinosa di paura. Quella conversazione non prometteva bene per il resto della riunione.

Si intromise un uomo dai capelli scuri seduto accanto a papà. Spinsi gli occhiali sul naso per vederlo meglio. Era Adam Drake, il progettista di videogiochi su cui stava sbavando Pari. Era l'unico nella stanza che aveva realmente visitato la stazione come privato cittadino, qualche anno prima. La mia mente terrorizzata si aggrappò a lui come a un piccolo raggio di speranza che forse avrebbe potuto rovesciare le cose. Era un appassionato sostenitore del nostro programma da mesi, ed era anche il tipo di uomo d'affari che mio padre rispettava, uno che si era fatto da solo.

«Ho letto che alcuni di quei pazzoidi terrapiattisti possono diventare veramente cattivi e, in alcuni casi, anche violenti. Inoltre Ty è in buona compagnia. Buzz Aldrin è stato coinvolto in un alterco con un terrapiattista dopo essere stato chiamato sporco bugiardo e falso. Hanno perseguitato anche Neil Armstrong per lo sbarco sulla luna per anni prima che morisse. Possono essere tremendi quando cercano di portare avanti i loro argomenti. Il comandante Ty non potrebbe trovarsi in miglior compagnia.»

Papà piegò la testa, riconoscendo il contributo del signor Drake prima di tornare a dare una bella occhiata a Ty. «Ma gli astronauti non imparano durante l'addestramento a non perdere la calma? E prima c'è stato il suo addestramento in marina. Un ufficiale? Un diplomato dell'Accademia navale?»

Durante la diatriba, Ty si era raddrizzato, lasciando cadere le braccia lungo i fianchi come se si stesse mettendo sull'attenti davanti a un rimprovero di un ufficiale superiore.

«Signor Barrett…»

«Sappiamo entrambi come andrà, *Comandante*» disse papà. «Io le porrò delle domande. Lei cercherà di citare le notizie vere riportate su di lei da media rispettabili…»

«Da non confondere con tutte le bugie diffuse o esagerate dai tabloid.» Un pugno si chiuse sul fianco di Ty, a sottolineare la sua risposta.

Papà annuì, arricciando le labbra, come se lo stesse prendendo in considerazione. «In aggiunta a quel video di lei che prende a pugni quel tizio, ci sono segnalazioni di festini e di suite d'albergo distrutte. Donne diverse tutte le settimane, a ogni apparizione pubblica. Un vero playboy che sfrutta la sua immagine eroica per far centro. Sono veramente bugie o la disastrosa verità è più interessante?»

Oh, merda, *merda*. Non andava bene. Per niente. Ispezionai la stanza. Qualche testa stava annuendo, pendendo dalle labbra di mio padre. Lui aveva quell'effetto sulla gente.

Ancora un po' così e avrebbe convinto perfino il più sfegatato dei nerd dello spazio a ritirarsi. Intercettai lo sguardo di Victoria e guardai significativamente la schiena di Ty. Lei strinse le labbra e scosse leggermente la testa.

Feci un passo avanti, barcollando un po' come se stessi per avventurarmi in una zona di guerra. Era la terra di nessuno, con papà in una trincea e Ty nell'altra, ciascuno dei due protetto dal filo spinato, che fissava il nemico dall'altra parte.

«Vorrei intervenire e suggerire di portare questa discussione in una direzione più... produttiva» dissi quasi nello stesso momento in cui Ty aprì la bocca per contestare, di sicuro violentemente, mio padre. Lui girò di scatto la testa verso di me, con l'animosità che gli usciva dagli occhi come fosse un proiettile.

Mi rivolsi a mio padre. «Ovviamente hai qualche obiezione. Sono sicura che si possano risolvere i problemi di PR. Victoria è *molto* brava nel suo lavoro.»

Victoria aggiunse. «Sì, abbiamo già preparato un'intera campagna...»

Ma papà non si era nemmeno voltato a guardarla. Era ancora concentrato su di me. «Tu che ne pensi? La tua sincera opinione. Se fosse toccato a te, avresti deciso per il comandante Ty come testimonial dell'XPAC?»

Restai di sasso. Oh, merda, e altre parolacce che ero troppo nel panico per riuscire a trovare. Tutti gli occhi nella stanza si puntarono su di me. Papà. Tolan, Victoria, Adam Drake e tutti gli altri. E anche Ty. Gli diedi un'occhiata di sottecchi. «Sono più che disposta a rispondere a questa domanda... in privato.»

Tyler restò a bocca aperta. A quanto pareva, perfino l'esistenza di un accenno di dubbio su di lui non era accettabile. Si erse in tutta la sua statura, ripiegando le braccia sul petto. «Tutto quello che hai intenzione di dire su di me, puoi anche dirlo qui, adesso. Posso accettarlo. Ma la tua opinione *professionale* su di me non potrà avere un gran valore, visto che ci siamo appena conosciuti.»

Sbattei gli occhi, irritata dal promemoria che pensava ancora a me come a una nullità indegna di essere ricordata. «Non è la prima volta che ci incontriamo, comandante Tyler, ma va bene lo stesso. Ho preso nota.»

Mi schiarii la voce, notando con la coda dell'occhio che Tolan si stava mordendo il labbro inferiore, fissandomi impietrito. Tornai a guardare la gente davanti a noi. Papà si chinò in avanti, appoggiando il mento sulla mano e concentrandosi su di me. Il modo migliore per trattare con lui era la franca sincerità. Papà non sopportava gli stupidi e le stronzate. In effetti, era il suo motto.

Dopo una lunga pausa, continuai. «Non ritengo che usare il comandante Tyler come testimonial del nostro programma sia stata la scelta più saggia. Avrei preferito che fosse stato scelto Noah Sutton. È molto meno controverso. Ma non toccava a me scegliere. Toccava a Tolan e ai capi delle squadre. Ma sono sicura che avessero ottime ragioni per la scelta che hanno fatto.»

Il resto della stanza era in assoluto silenzio e sentii l'ostilità che trasudava da Tyler da un metro di distanza. Ma sembrava che tutti stessero trattenendo il fiato, aspettando che cosa avrebbe detto mio padre.

«Noah sarebbe stato un testimonial eccellente» disse Tolan prima che mio padre potesse rispondere. Sembrava stesse scegliendo con cura le parole. «Ma non ha la stessa attrattiva nei confronti del pubblico del comandante Tyler.»

Annuii. «Vero, come ho detto, avevi dei buoni motivi ed io stavo dando la mia sincera opinione. Questo non significa che non dovremmo procedere con il comandante Tyler. Sarebbe un rischio molto minore, a determinate condizioni.»

«Che tipo di condizioni, piccola?» mi interruppe mio padre, ed io cercai di non mostrare la mia irritazione nei suoi confronti stringendo i denti. *Non* avevo bisogno dell'ulteriore pressione causata dal fatto che aveva rivelato il nostro rapporto ai presenti. «A me sembra un uomo fuori controllo.»

Diedi un'occhiata veloce a Tyler, che adesso sembrava più arrabbiato con me che con mio padre. Oh, bene. Non c'era pericolo che avrebbe dimenticato chi ero, adesso. «Non è fuori controllo. *Ha* dei problemi. Ne ha passate tante nell'ultimo anno. Non è un superuomo. Chiunque sarebbe stato segnato da ciò che gli è successo.»

«Aspetta un attimo...» cominciò a dire Tyler, ma smise di parlare quando Victoria gli toccò il braccio.

«Stai diagnosticando una psicosi temporanea?» mi chiese mio padre, con un sorrisetto sulle labbra.

«Sai che non posso ancora fare diagnosi. Se Tolan ritiene che il comandante Tyler sia un buon testimonial per il programma, allora mi fido di lui. Anche se il comandante potrebbe non essere l'ideale, non con tutto ciò che si dice di lui sulla stampa, ci sono cose che si possono sfruttare. Penso che abbia bisogno di un guinzaglio più corto. Per il bene suo e del programma.»

«Si può anche cambiare quello che la stampa dice di lui. Fa parte dei miei piani» disse Victoria con la voce un po' più debole, mentre la gente si concentrava su di noi, rapita, come se stesse guardando un dramma greco dipanarsi sul palcoscenico di fronte a loro.

Papà si mise comodo, con le sopracciglia che si arrampicavano sulla fronte. Si voltò verso Ty, che ora era pazzo di rabbia e mi stava lanciando occhiate di fuoco. Evitai il suo sguardo per quanto possibile, cercando di ignorare il cuore che batteva forsennatamente e il definitivo scatenarsi dell'emicrania che avevo sentito arrivare poco prima.

«Allora, come si fa a controllare ciò che si dice?» chiese mio padre con un'occhiata malevola a Ty. «Anche se dovesse mettere la testa a posto, il danno non è già stato fatto?»

Tolan si chinò in avanti, mettendo le mani sulle ginocchia per rivolgersi a mio padre con quella voce sincera che usava quasi in ogni contatto umano. «Signor Barrett, stiamo facendo tutto il possibile per riparare l'immagine del comandante Tyler durante l'estate, prima del volo di prova. Lascerò che glielo spieghi Victoria.»

«Cambiamo la percezione» continuò agevolmente Victoria quando Tolan le porse la battuta. «Daremo al comandante Tyler l'apparenza di stabilità inventando una relazione perfetta per le telecamere. Lo fanno continuamente a Hollywood. Come Kara Jean e Jimmy Kane, per esempio.»

«*Cosa*? Io pensavo che fosse reale» disse uno dei potenziali investitori, un importante magnate immobiliare, amico di Tolan. Era seduto dietro a mio padre. Dopo un colpo di tosse e un paio di sorrisi e risatine, fece un gran sospiro. «Karimmy per sempre.»

Victoria sorrise come se stesse cercando di soffocare una risata. «Quella breve relazione ha catapultato entrambi verso il successo. Alla fine sono usciti dalla "rottura" con un nuovo contratto discografico per lei e tre nuovi film per lui. La gente adora le storie d'amore. Li adorava e faceva il tifo per loro. Potremmo fare la stessa cosa per Ty. Niente cambia la percezione della gente in modo più efficace di un'irresistibile ed eccitante storia d'amore. Specialmente se coinvolge un cattivo ragazzo che si è ravveduto.»

Tyler sbatté le palpebre, fissando Victoria come se si stesse chiedendo se aveva sentito bene. Quasi mi misi a ridere vedendo l'espressione sbigottita sul suo volto. Il pensiero di essere legato a una sola donna per qualche mese era così impensabile? Poteva essere peggiore di tutte le cose spiacevoli che aveva dovuto fare mentre si addestrava per diventare un Navy SEAL e poi un astronauta?

Sembrava effettivamente che stesse reagendo come se essere catturato e torturato dietro le linee nemiche sarebbe stato un destino preferibile.

E chi lo sapeva, magari per Tyler *era* preferibile.

«Allora la domanda è… presumendo che il comandante Tyler accetti…» Victoria si voltò a parlare alla stanza. «Chi potremmo usare per fare la parte della ragazza del comandante Tyler e l'amore della sua vita?»

1-2-3-Non quello, fu il mio primo pensiero prima di mordermi la lingua e fare una smorfia. L'attimo seguente fu consumato da una risata improvvisa quando vidi l'espressione sulla faccia di Tyler in risposta alla frase di Victoria.

Sembra che non potesse credere a ciò che era uscito dalla sua bocca e allo stesso tempo volesse metterle le mani intorno al collo e strozzarla.

Nella stanza praticamente risuonava la domanda senza risposta… Tyler lo voleva abbastanza da andare fino in fondo?

CAPITOLO QUATTRO
RYAN

BENE, BENE. SEMBRAVA CHE MI AVESSERO APPENA gettato in pasto alle belve.

Lottai contro l'istinto di interromperla, mentre Victoria continuava a parlare. Tutto ciò che riuscivo a sentire era un borbottio incoerente, come gli adulti nei fumetti dei Peanuts. «Bla bla, bla blaa bla blaaaaaa.»

Invece guardai Conrad Barrett che ascoltava attentamente il folle piano di Victoria. «Fotografie a eventi di beneficenza. Concerti. Accompagnarla sul tappeto rosso. A marzo, ho fatto in modo che il comandante Tyler accompagnasse Keely Dawson alla cerimonia degli Oscar, appena dopo l'annuncio dell'apertura dell'XPAC, per ottenere visibilità. Lei sta diventando molto popolare nei media e credo sia perfetta per lui. Dato che sono apparsi insieme due mesi fa, la cosa non sembrerebbe così improvvisa. E sono amica della sua addetta stampa.»

Gli altri stavano annuendo. Ci fu qualche sorriso. Perfino Adam Drake sembrava ascoltare con attenzione e borbottando che era una "soluzione accettabile" al "problema di pubbliche relazioni".

Strinsi così forte i denti che si sarebbero potuti spezzare, con l'ombra di un battito che mi pulsava alla tempia. Come diavolo avevo potuto perdere così alla svelta il controllo della riunione?

Mi sembrava che stessero parlando della vita di qualcun altro.

Come se stessero programmando di mettere in mostra qualcun altro, servirlo come esca ai pescecani dei media del giorno d'oggi, sia professionisti sia dilettanti. Avrei perfino potuto ridere del povero idiota di cui stavano discutendo.

Ma ero io l'idiota. E la cosa non mi divertiva.

Miss Gray-la-Perfettina stava facendo una domanda a Victoria. «Basterà un romanzetto estivo? Siamo già a maggio.»

M'irrigidii, interrompendo la risposta di Victoria. «Ho l'addestramento, impegni...»

«Possiamo lavorare rispettando i tuoi programmi» disse Victoria.

Arrossii. «E come...»

«Comandante, vuole o no volare di nuovo?» L'accento nasale del Midwest interruppe tutte le stronzate. «Perché ho intenzione di investire, se c'è un piano solido. E sembra che se ne stia formando uno, purché lei accetti. Forse potrebbe aiutarla anche a rimettere in ordine la sua vita.»

Che ca... ma era serio?

La mia vita non era così incasinata, okay, c'erano dei problemi. Ma, maledizione, non avrei consegnato il controllo sulla mia vita a qualche maledetto comitato, per i soldi e per una trovata pubblicitaria.

Solo che quella domanda mi risuonava nelle orecchie. *Vuole o no volare di nuovo?* Quella era la domanda da un milione, o in questo caso, da molti milioni di dollari.

E la risposta era sì. Diavolo, sì. E, a quanto pareva, una vita di studio, capacità perfezionate, e addestramento mirato non sarebbero stati un prezzo sufficiente.

«Ascolti, Barrett...» Feci un passo avanti, puntando l'indice nella sua direzione.

«Grazie per la sua sincerità, signor Barrett» si intromise Adam Drake prima che potessi continuare, chinandosi in avanti per cogliere lo sguardo di Barrett. Si scambiarono un cenno di capo. «Penso anch'io che sia un buon piano. So che quando stavo per far partire la mia società, i finanziamenti erano tutto. È un grande passo per la XVenture passare dall'essere un solido fornitore di razzi e un appaltatore a diventare una forza concorrenziale nell'esplorazione spaziale con equipaggio.»

Adam voltò la testa per guardarmi negli occhi mentre continuava a parlare, sembrò voler comunicare qualcosa di inespresso, specialmente a me. Non avevo bisogno del promemoria, ma a quanto pareva, lui pensava di sì.

Tu quoque, Drake? Maledizione. Stavano mettendosi tutti in fila dietro a Conrad Barrett come tanti soldatini, o droni. Ovvio, mio zio seguiva i suoi suggerimenti sulla Borsa come se fossero scritture bibliche scolpite sulla pietra del Monte Sinai. Nessuno rappresentava il buon sogno capitalistico americano come Conrad Barrett.

«Un passo che farà la storia» aggiunse Adam.

Inspirai a fondo e poi espirai, bloccando la sfuriata che ero sul punto di fare. Stavo comunque solo rafforzando le obiezioni di Barrett, rifiutandomi di contenere le emozioni.

Sono una foglia al vento. Quella merda sarebbe diventata il mio nuovo mantra. Non che ne avessi uno vecchio.

Chissà poi che cos'era un mantra. *È una stronzata...* quello sì che era un mantra.

Mi schiarii la voce, ordinando alla mia voce di parlare in tono pacato. «Ho sacrificato parecchio al servizio del governo e dei miei concittadini americani. Ho sacrificato parecchio per volare nello spazio, ma...»

Cinquanta Sfumature di... Irritante... Gray mi interruppe. «Sembra che dovrai sacrificare un po' del tuo tempo quest'estate, per avere una bella attrice al braccio e posare per delle foto in cui vi baciate. È una vita dura.» La stanza esplose in una risata. Mi voltai a esaminarla: schiena eretta, braccia conserte. Senza il berretto da baseball i capelli erano in disordine.

Non si poteva dire che fosse poco attraente, ma comunque era l'esatto opposto dell'impeccabile Victoria, che era accanto a lei e annuiva. Se non fossi stato così infastidito dalle sue parole, sarei rimasto impressionato che avesse avuto il fegato di prendere posizione e interrompermi. E comunque, *chi* era quella ragazza?

Era apparsa dal nulla e ora stava esprimendo opinioni dal tono professionale sulla mia idoneità a essere a capo del nuovo corpo privato di astronauti. E per peggiorare le cose, suggerire idee destinate a cambiare la mia vita nel più scomodo dei modi.

Bruciavo di risentimento, ma lo ingoiai. Mantenere la freddezza in quel momento era essenziale. *Sono una foglia al vento. Guardate come mi libro.*

«Quindi, presumendo che possa convincerla, lei sarebbe responsabile della coreografia del romanzetto con Keely Dawson.» Barrett si spostò sulla sedia e poi si concentrò sulla giovane donna a cui stava dando fin troppo credito. «Ma, Gray, hai detto che si dovrebbero porre certe condizioni. Immagino che tu intenda dire restrizioni? Questa attrice, sarebbe in grado di tenerlo in riga?» Gli occhi di Barrett mi percorsero dalla testa ai piedi come se stesse ispezionando un'auto usata difettosa che qualcuno stava cercando di rifilargli. Non avevo mai avuto più voglia di prendere a pugni qualcuno, eccetto forse quel coglione di terrapiattista il mese prima.

Ma Barrett veniva subito dopo.

Ciò nonostante, aveva una fenomenale montagna di soldi di cui avevamo disperatamente bisogno. Ed io avevo disperatamente bisogno di volare di nuovo. E visto che la NASA mi aveva pugnalato alle spalle, quella era la mia unica speranza. La mia promessa a Xander non era mai molto lontana dai miei pensieri. *Mai.*

Sarei stato uno stupido a non saltare nei fottuti cerchi di fuoco di Barrett. Ma oltre ai cerchi, ora dovevo anche avere un supervisore?

«No, non credo che qualunque attrice possiamo assumere sarebbe d'accordo di far rispettare delle restrizioni.» Victoria scosse la testa e appoggiò un'unghia scarlatta al labbro in tinta. Brava Victoria! Era la risposta che mi serviva. «Normalmente, in relazioni simulate come questa, la coppia è assieme per eventi di alto profilo o servizi fotografici. Oppure organizziamo tranquille fughe romantiche e facciamo una soffiata alla stampa, per ottenere una rappresentazione più veritiera.» Barrett sembrava tutt'altro che impressionato. «Ma che cosa succede se mettiamo in piedi tutta la faccenda, io sgancio i soldi e lui manda tutto a puttane ubriacandosi in pubblico e causando altri problemi?»

«Allora che cosa propone, una dannata babysitter?» Mi misi a ridere e poi smisi quando mi resi conto di essere l'unico che rideva.

«È esattamente ciò che sto proponendo» disse Barrett, puntandomi il dito addosso. «In effetti, penso che Gray farebbe un buon lavoro.» Si voltò verso miss Perfettina-Imbalsamata, che sembrava sbalordita quanto lo ero stato io all'inizio di quella conversazione.

«Non è quello che...» riuscì appena a dire.

«Non è una cattiva idea» si inserì Victoria e mentalmente ritirai il "brava ragazza" che le avevo assegnato. «Se io devo coreografare tutta la faccenda, usare i miei contatti per mettere in moto i piani, tu potresti essere la mia rappresentante sul campo, aiutarmi a gestire i dettagli» disse Victoria. «Dato che ho anche la campagna di PR da lanciare, tu potresti viaggiare con lui, assisterlo nei suoi impegni e occasioni pubblicitarie con l'attrice. Cose del genere.»

Gray sgranò gli occhi e scosse la testa, ficcandosi le mani in tasca, con le spalle curve. Quasi mi misi a ridere e, se non fossi stato tanto arrabbiato, le avrei detto qualcosa. Tipo, strano lanciare un boomerang e poi stupirsi se torna indietro a colpirti nella schiena. Cinquanta Sfumature di Intrappolata, e aveva fatto tutto da sola.

Lei arrossì. «Ho del lavoro da fare qui.»

«Questo è più importante. Se riuscirai a farlo funzionare, ne beneficeremo tutti» aggiunse Tolan Reeves. Merda, se anche lui era d'accordo, ero veramente e completamente fottuto.

Quindi si trattava di fare passerella e sorridere con quell'attrice, recitare la parte dell'innamorato cotto, o non volare mai più. Perché la NASA aveva messo in chiaro, perfino prima di licenziarmi, che non avrei mai più volato con loro.

Ed io dovevo risalire lassù. L'avevo promesso a Xander. Le ultime parole che gli avevo detto, in effetti, quando mi aveva pregato di prometterglielo. Non avrei permesso all'incidente di mettere fine ai nostri sogni. Avrei volato di nuovo, in suo onore. Io non mi rimangiavo mai le promesse, e specialmente non quella. La promessa fatto a un uomo che non avrei più rivisto in questa vita.

E la NASA mi aveva congedato. Beh, fanculo loro. Non erano l'unico mezzo per andare nello spazio. E se questa era l'unica maniera di dimostrare alla XVenture, e al mondo, che il comandante Ryan Tyler, eroe americano dello spazio e qualunque altro titolo idiota mi avevano attribuito, *stava bene*, allora lo avrei fatto.

Fanculo a tutti.

«Non ho bisogno che mi faccia da babysitter. Farò da solo» dissi alla fine.

Conrad Barrett sorrise, tornando ad appoggiarsi allo schienale. «Bene. Perché se lei ci sta, allora ci sto anch'io. E insisto che Gray gestisca la situazione. Mi sentirei molto meglio riguardo a dove finiscono i miei preziosi dollari.»

Gray scosse la testa con veemenza.

«Dai, Gracie» le disse Barrett in uno strano tono di voce, quasi inquietante. Quasi paterno.

Lei s'irrigidì di nuovo ed io aprii la bocca per parlare quando Barrett aggiunse. «Se qualcuno ce la può fare, quella è la mia bambina.»

La stanza piombò in un silenzio profondo.

Si sarebbe potuto sentire cadere uno spillo. Beh, io sentii cadere *una penna*. Quella che avevo io stretta in pugno cadde sul pavimento.

La sua bambina.

Gray stava sbuffando e voltandosi, ma non prima che la sentissi borbottare, in modo appena udibile, «*Papà.*»

Beh, non metteva tutto sotto una nuova luce?

Passò del tempo e la discussione continuò per qualche altro minuto. Il gruppo mi fece alcune domande sul volo di prova. Era un lancio veloce in orbita terrestre bassa, un breve arco parabolico e rientro, che avrebbe rispecchiato lo storico primo viaggio nello spazio di Alan Shepard nel 1961. Sarebbe stato il primo viaggio del genere oltre l'atmosfera terrestre per un astronauta privato.

La riunione si avviò alla fine poco dopo ed io ero ancora incredulo, e stavo cercando di capire che cosa avrebbe significato avere la figlia del nostro maggior investitore come babysitter. Spiegava un mucchio di cose, eppure mi lasciava ancora più confuso.

Qual era esattamente il suo rapporto con Tolan?

Ricevetti una parziale risposta quando, mentre rispondevo alle domande del gruppetto di gente intorno a me, vidi Tolan che girava intorno al gruppo e si avvicinava a lei. Con un occhio a ciò che stavo facendo e l'altro su loro due, piegai la testa per vedere se sarei riuscito a sentire di che cosa stavano parlando.

Tolan le afferrò il braccio e piegò la testa verso di lei, come se stesse parlando in confidenza. Ma la sua voce era abbastanza forte da sentirlo.

«Volevo solo controllare con te. Sei sicura di farcela? Io farò in modo da liberarti dagli altri impegni e dare priorità a questo incarico.»

La ragazza diede una breve occhiata verso di me ed io cercai di concentrarmi sulla conversazione che stavo avendo. Alcuni investitori stavano chiedendo i particolari del volo di prova programmato per l'autunno.

Mi sfuggì la risposta di Gray ma notai come la mano di Tolan salisse sulla sua spalla prima di toglierla, annuendo. Stava sorridendo. «Ha ragione, sai. Ce la puoi fare, ed io sarei...»

«Deve essere così eccitato di volare di nuovo.» La persona con cui stavo parlando richiamò la mia attenzione.

Annuii, facendo un respiro profondo. «È un onore e un privilegio.» E sì, probabilmente meritava tutti i ridicoli salti mortali che mi stavano chiedendo di fare.

La babysitter, però, era più di quanto mi fossi aspettato. Guardai nel punto dov'era la piccola miss Perfettina, solo per notare che era svanita e si stava dirigendo verso la porta.

«Scusatemi un attimo. Devo andare in bagno.»

Mi precipitai attraverso quella porta, all'inseguimento.

Lei stava camminando in fretta ed era qualche passo davanti a me. Zigzagammo attraverso le sale vuote della sede della XVenture, tutta soffitti alti, pareti bianche, vetro, e accessori cromati. Enormi finestre altissime e lucernari fornivano tutta la luce naturale possibile durante il giorno. C'erano poster dappertutto e cornici a colori vivaci intorno a ogni porta.

E quella ragazza ebbe il fegato di accelerare quando sentì i passi dietro di lei.

Ah no, miss Figlia-di-Barrett, non mi scapperai così facilmente.

Fece per svoltare in un altro corridoio che finiva a una porta laterale che portava nel parcheggio. Allungai la mano e la presi per il braccio sopra il gomito. «Barrett, una parola per favore.»

Lei sobbalzò, voltandosi verso di me, a bocca aperta. Quando si irrigidì, voltando di colpo la testa, colsi il suo profumo distintivo di fragole fresche. Fragole e... aceto? E qualcos'altro che non riuscivo a definire. Un odore piacevole. Mi sentii invadere da una piacevole sensazione di calore.

Strinsi la mano attorno al suo braccio, stupito. Da dove veniva *quella* sensazione? Sbattei gli occhi e mi sforzai di ignorarla, concentrandomi sul lato fisico. Gray Barrett aveva una quantità sorprendente di massa muscolare sotto la manica della sottile felpa. Feci scivolare il pollice all'interno del braccio, per valutarla meglio.

Lei arrossì violentemente. «Giù le mani» disse fermamente, strappando il braccio dalla mia presa e facendo un passo indietro, affrontandomi, con i piccoli pugni stretti lungo i fianchi.

Alzai un sopracciglio e alzai una mano aperta, arrendendomi. «Scusa se ti ho afferrato. Non volevo che scappassi come sembravi decisa a fare.»

Gray strinse le labbra rosa. Quasi non riuscivo a vedere i suoi occhi per il riflesso della luce sulle lenti dei suoi occhiali. «Che cosa vuoi, Tyler?» Il suo tono era secco, irritato.

Che cazzo di diritto aveva *lei* di essere irritata? Sinceramente.

«Volevo sapere che cosa diavolo stavi pensando quando hai organizzato la tua piccola manovra.»

Lei divenne ancora più tesa. «Io non avevo programmato niente. Sono rimasta sbalordita quanto te per la richiesta di mio padre. Che cosa avrei da guadagnare passando il mio tempo prezioso a gestire una persona che non vuole…»

«Che ha dei problemi. Non dimenticare i miei *problemi*» dissi sfottendola.

Lei piegò la testa di lato, mettendo le braccia conserte. «Ah, vedo. Ho ammaccato il tuo ego e vuoi delle scuse?» Alzò le spalle. «Mio padre si aspetta completa sincerità e quando ha chiesto la mia opinione, non avevo altra scelta che dargliela, *sinceramente.* Riesce sempre a capire quando sto mentendo.»

«E tu pensi che io non sia idoneo al volo.»

Lei sembrò sorpresa. «Non ha niente a che vedere con il volo. Penso che tu non sia idoneo per essere il volto di questo programma. Penso che la tua predisposizione per il melodramma ci danneggerà. E sì, hai dei problemi.»

Feci un passo avanti e lei arretrò verso la parete dall'altra parte del corridoio. Sgranò gli occhi guardandomi. Sembrava intimidita. No, non sarei diventato aggressivo né l'avrei toccata di nuovo, ma mi stava bene intimidirla. Appoggiai la mano sulla parete sopra la sua testa e mi chinai avvicinandomi. Mmm. Ancora quel delizioso profumo di fragole. Era quasi irresistibile.

«E tu sei perfetta e vuoi aggiustarmi, vero? Ammettilo. Nella tua testolina di strizzacervelli c'è il sogno proibito di *aggiustarmi.*»

Lei scosse la testa, con le ciocche di capelli biondo scuro che si sistemavano intorno alle sue spalle in modo seducente. Lasciai correre lo sguardo dal lungo collo fino alla bocca, il nasino all'insù e le sopracciglia scure che facevano capolino sopra la montatura degli occhiali. Non era bruttina. Al contrario era piuttosto carina... quando non era completamente irritante, o *sincera*, come cercava di farmi credere.

Sembrava facesse fatica a respirare. Inspirò profondamente, tossì una volta, si schiarì la gola e distolse gli occhi, arrossendo. «Mi dispiace rovinarti l'illusione, ma il mondo non gira intorno a te. Tu puoi avere tutti i problemi che vuoi. Non è compito mio *aggiustarti.*»

«Ah, allora a chi tocca?» le chiesi con un sorrisetto.

«A te, comandante.» Si leccò le labbra e alzò quelle folte sopracciglia scure, fissandomi, e il sorriso compiaciuto mi svanì dalla faccia. Oh, quando questa ragazza contrattaccava, sapeva bene dove colpire.

Sentii una piccola fitta d'emozione arrivare fino in fondo. Era paura? Rabbia per la sua sfida? Chi *era* questa donna?

Tirandomi indietro la guardai... la guardai veramente, cogliendo l'immagine di profondi occhi verdi sotto tutto quello schermo protettivo.

Lei alzò il polso di scatto per guardare significativamente l'orologio. «Devo andare. Sono sicura che ci vedremo spesso nei prossimi giorni. Più di quanto vogliamo entrambi.»

Sentii il rumore di passi dietro di noi. Miss Non-Così-Blanda diede un'occhiata a chiunque si stesse avvicinando, spalancando gli occhi. «Signor Drake.» Fece un cenno con la testa, con la voce che si addolciva. Io mi raddrizzai e mi staccai dalla parete, voltandomi verso di lui.

«Quindi è qui che eri sparito Ty» disse Adam Drake. «Volevo presentarti a un paio di persone presenti alla riunione. Ti dispiace se te lo rubo, Gray?»

La bocca di Gray si aprì in un enorme sorriso. «Prego, fai pure. Sono sicura che in qualche modo riuscirò a sopravvivere.»

Non mi sfuggì l'acido sarcasmo del suo tono mite, ma era abbastanza discreto da far reagire Drake sorridendo. «Grazie. Vieni, amico. Questa non te la puoi perdere.»

Diedi un'ultima occhiata in direzione di Gray, vedendo che si stava coprendo la bocca con la mano, con le spalle che si scuotevano piano mentre rideva. *Stava ridendo.*

Quindi pensava che quella stronzata fosse divertente? *Ti farò vedere io cos'è divertente. Ti fornirò parecchio di cui ridere.* Cominciai a fantasticare sulla miriade di modi in cui avrei potuto scuoterla.

Seguii Drake nella sala riunioni, con un sorriso stampato sulle labbra, strinsi le mani ai compari e indirettamente elemosinai soldi.

In effetti, era solo in momenti come quelli che detestavo veramente il mio lavoro.

CAPITOLO CINQUE
GRAY

UN QUARTO D'ORA DOPO LO SCONTRO NEL CORRIDOIO con il Comandante Egocentrico, stavo ancora aspettando nel parcheggio, appoggiata alla familiare Cadillac Seville color bronzo, vecchia di quindici anni. Mi infilai il telefono in tasca dopo aver mandato al proprietario dell'auto un altro messaggio, solo per vederlo uscire dalle porte di vetro, seguito da altri tre uomini che avevano partecipato alla riunione degli investitori.

Sembravano tutti tempestarlo di domande. Scossi la testa e lo osservai. Il vestito che indossava cadeva male in alcuni punti. Di recente aveva perso un po' di peso e non aveva voluto ordinare abiti nuovi. Non ne vedeva la necessità, quando quelli che aveva erano perfettamente a posto e gli stavano ancora "abbastanza bene".

E non avrebbe mai ordinato un abito su misura, quando era sufficiente un abito pronto, modificato da un sarto esperto. *Papà.* Uno degli uomini più ricchi del paese, del mondo in effetti, era anche parsimonioso come un vero spilorcio. Eppure aveva il cervello più brillante di quasi chiunque altro quando si trattava di soldi e di investimenti. La gente pendeva dalle sue labbra, cercando le chiavi magiche del regno che doveva possedere.

Il problema era che, a poco più di sessant'anni, praticamente nessuno che conoscessi, o di cui avessi mai sentito parlare, lavorava sodo come mio padre. Era l'unico figlio di un venditore e di un'insegnante. Nato in Illinois, il prodotto della classe media dell'America media. Aveva lottato e si era fatto strada con le unghie e con i denti per avere l'immenso successo che aveva raggiunto, usando la sua genialità e il suo acume.

E tutti lo ammiravano. Era noto per la sua correttezza e la sua sincerità, a volte eccessiva. Aveva un forte impulso a prendersi cura dei suoi cari.

Nessuno avrebbe sospettato che non fosse poi così facile essere sua figlia. La sua unica figlia.

«Gray!» esclamò una volta che fu a portata d'orecchi. Congedò i suoi ammiratori con un cenno di saluto. «Scusate, gente, ho un appuntamento con la ragazza più bella al mondo.»

Sbuffai e gli uomini risero. Lui si avvicinò.

«Ci hai messo parecchio» gli dissi con un sorriso. «È mezz'ora che ti mando messaggi.»

«Oh, tesoro. Sai che non controllo spesso il telefono. Inoltre penso che probabilmente la batteria sia scarica.» Infilò la mano nella tasca del vestito e tolse un telefono a conchiglia vecchio stile. Tipico di papà.

«Devi metterlo in carica quando salirai in auto. E se qualcuno stesse cercando di mettersi in contatto con te?»

Lui arricciò le labbra come se avesse assaggiato qualcosa di amaro. «Allora possono benissimo aspettare che torni in ufficio, come facevano vent'anni fa. Tornare ai bei vecchi tempi, quando la gente non si portava intorno queste seccature. Ora assorbono più tempo e rubano l'attenzione di tutti quanti. *Smart*phone. Telefoni intelligenti. Pfui.» Sventolò il suo telefono a conchiglia prima di rimetterlo in tasca. «La gente non si distrae mentre guida con questo tipo di telefono. *Questo* è un telefono veramente intelligente.»

Trattenni il sorriso davanti alla sua sceneggiata. Dopotutto ero ancora irritata con lui.

Si chinò a darmi un bacio sulla guancia. «Allora, stasera ceno con la mia ragazza preferita?»

Mi morsi il labbro. «No, papà. A quanto pare devo prepararmi per un nuovo lavoro. Quello che mi hai assegnato tu. Fare da babysitter a un astronauta adulto per i prossimi tre mesi.»

«Ah, quello» disse mettendosi a ridere.

Stava *ridendo*. Confermando i miei sospetti. Anche se mio padre era dolce, gentile e amorevole e si prendeva cura dei suoi, poteva anche essere un gran rompiballe. «Lo sapevo.»

Lui sbloccò la serratura della sua Cadillac e aprì la portiera, mettendo la valigetta sul sedile accanto. «Che cosa sapevi?»

«Che l'hai fatto apposta. È un altro dei tuoi test.» Avrei dovuto saperlo. Una vecchia volpe come lui difficilmente inventava trucchetti nuovi, quando quelli sperimentati funzionavano magnificamente.

Lui alzò le spalle. «Tu sembri sapere perfettamente ciò che vuoi. E se è quello che vuoi, allora non dovresti avere remore nel fare ciò che serve.»

«Pensavo ti fossi già reso conto che sono una gran lavoratrice.» Per quanto tentassi di evitarlo, sentii la lieve traccia di dolore nella mia voce. Come sempre, mio padre non se ne accorse.

Sollevò gli angoli della bocca. «Mi conosci. Sai che non butto i miei soldi dove capita. E il fatto che mia figlia sia coinvolta non fa differenza.»

«Pensavo lo stessi facendo per Tolan quanto per me. Eri il suo mentore, dopotutto.» In qualche modo, quel rapporto, per mio padre, aveva più importanza della consanguineità. E Tolan lo idolatrava in modo quasi ridicolo.

Mi rammentai da sola di non mettermi sulla difensiva. «La XVenture ha già dimostrato di essere una società redditizia...»

Mio padre alzò una mano. «Io non ti do consigli sulla psicologia e la scienza della mente, vero? Non ho obiettato quando hai scelto di concentrarti sulle scienze deboli. Per favore, evita di darmi consigli sulle mie pratiche imprenditoriali.»

Sospirai. Uscì in modo più esplosivo di quanto intendessi, probabilmente per sfogare la mia frustrazione. Probabilmente sembravo più un'adolescente ribelle che una donna che cercava di far valere le sue, valide, ragioni.

Mio padre mi mise una mano sulla guancia. «Mi sembri un po' pallida oggi, Gracie. Stai prendendo i farmaci tutti i giorni, come dovresti fare?»

Mi risentii, irrigidendomi, sia all'uso del soprannome infantile sia per l'inopportuno promemoria che nonostante anelassi all'indipendenza, sarei dipesa dai farmaci per il resto della mia vita.

«Non cercare di cambiare argomento. Ho venticinque anni e posso prendermi cura di me stessa.» Voltai la faccia, evitando la sua carezza, e lui lasciò cadere la mano, continuando a osservarmi attentamente. «Sono frustrata, papà. Tu non ti fidi del mio giudizio. E, per qualche motivo, ritieni necessario crearmi difficoltà.»

«Sono affari. Che si tratti o meno della famiglia. Ed io mi fido di te. Mi fido che riesca ad avere successo. In effetti, mi fido talmente che sono disposto a raddoppiare il mio investimento iniziale se riuscirai a rendere il comandante Tyler presentabile per quando ci sarà il volo di prova. Se tutto andrà bene, allora ci sarà il volo e investirò il doppio.»

Restai a bocca aperta e lo guardai sospettosa. Spostai il peso da una gamba all'altra, con le mani ficcate nelle tasche dei jeans. Doveva esserci un trabocchetto. Lo conoscevo troppo bene. Stava addolcendo la pillola prima di far scattare la trappola.

«E se non dovessi riuscire a far funzionare le cose?»

Mio padre guardò nel vuoto, come se stesse riflettendo sulla risposta. Una risposta che sapevo maledettamente bene che conosceva già ancor prima di fare l'offerta. *Il doppio o niente.* Era una delle sue tipiche mosse.

«Bene. Immagino che se non riuscirai a farlo funzionare, allora non ci sarà molto da fare per te qui alla XVenture. Nessun programma astronautico con equipaggio, nessun bisogno di psicologi, o di un programma di salute comportamentale. E c'è ancora quel lavoro nella società di gestione delle risorse umane che la mia holding ha appena acquisito. Mi potresti veramente essere utile lì.»

Sbattei le palpebre, restando impassibile. Avevo imparato fin da piccola a nascondere le mie emozioni ai miei genitori, in particolare l'ansia, la paura e il dolore. Ma nemmeno io ero perfetta. Mio padre mi aveva fatto la stessa offerta quando avevo completato il mio programma di dottorato, mesi prima.

Papà si prendeva cura dei suoi, e non c'era niente che volesse di più che continuare a prendersi cura di me. E non importava che stesse distruggendo i miei sogni facendolo. Lui non la vedeva in quel modo perché il bisogno di avere le persone a lui care al sicuro e protette era più grande.

E la sua generosità aveva un prezzo. Sempre.

Non battei ciglio.

«Stai cercando di incastrarmi per ottenere ciò che vuoi» gli dissi.

«Non sto cercando di fare in modo che tu fallisca, ma che tu abbia successo.» Lo fissai per qualche altro minuto prima che sorridesse e scuotesse dolcemente la testa. «Sono sorpreso che tu abbia così poca fiducia nella tua capacità di guarire qualcuno. Sei una guaritrice nata, Gracie.»

Incrociai le braccia sul petto. «Non posso curare qualcuno che non vuole essere curato. Non ci proverò nemmeno.»

Mio padre fece spallucce. «Il lavoro non sarà facile, ma sono pienamente convinto che tu ce la possa fare. *Ce la farai.* Puoi fare tutto ciò che ti metti in testa di fare. Te l'ho visto fare. Hai passato l'adolescenza in un letto d'ospedale. Ma guardati adesso. Tutta sana, cresciuta e bella.»

Arricciai sardonicamente le labbra. «Belle parole. A quanto pare sono pallida e sembra che non abbia preso i miei farmaci.»

Papà si mise a ridere. «Ovviamente continuerò a preoccuparmi per te. Sempre. Ora vieni a cena con me, così poi potrai decidere che cosa fare con quel somaro belligerante e arrogante.»

Con un altro profondo sospiro, rilassai le spalle e imitai il suo gesto, andando dalla parte del passeggero dell'auto. «Oddio, quando la metti così, perché non sto facendo i salti di gioia e gridando evviva a quell'idea?»

Lui ridacchiò, ma, saggiamente, non rispose, invece si sistemò dietro al volante dell'auto e mise in moto appena mi fui allacciata la cintura. Qualche ora dopo mi riportò alla mia auto e arrivai a casa abbastanza presto per cominciare le mie ricerche e le mie note sul nuovo compito che avevo davanti.

***

Sistemai il blocco per gli appunti sul ginocchio e fissai l'immagine bloccata sullo schermo, l'edizione speciale dell'intervista con Ryan Tyler poco dopo l'incidente. Mi ero cambiata, mettendomi un paio di leggings e calzini da casa e avevo appoggiato i piedi sul tavolino. Pari sarebbe arrivata più tardi per la nostra serata settimanale di cinema, ma avevo dei compiti da fare prima che arrivasse.

Appoggiai la stampata evidenziata della biografia di Wikipedia sul comandante Ryan Tyler e presi il telecomando, facendo partire il video dell'intervista che era andata originariamente in onda durante l'inverno. Sullo schermo apparve Diana Hunter, la stimata giornalista e conduttrice da prima serata, con la sua pettinatura perfetta e il tailleur con la gonna, in piedi davanti a un'immagine ad altezza d'uomo di Ryan Tyler e Xander Freed nelle loro tute di volo della NASA, blu scuro, con il braccio uno sulle spalle dell'altro, mentre posavano davanti a un caccia T38 Talon a Cape Canaveral. Tyler era alto, capelli scuri e occhi azzurri, mentre il suo amico aveva gli occhi color ambra e i capelli del colore del grano.

I loro sorrisi. La loro bellezza maschia dietro i fichissimi occhiali da aviatore. Sembravano entusiasti, con gli stemmi della spedizione numero 53 della ISS, la missione maledetta. Accidenti. Conoscevo bene la storia, ma sarebbe stato comunque difficile guardare. Premetti invio e Diana cominciò a raccontare, con i bei lineamenti rilassati.

«Questa è la storia di due ragazzi americani, provenienti da due ambienti completamente diversi, che hanno scoperto l'amicizia più vera servendo il loro paese. Hanno forgiato una fratellanza che li avrebbe portati letteralmente fuori dal mondo e alle stelle, solo per essere spezzata da una tragedia e il sacrificio ultimo della morte. Un incidente che avrebbe distrutto entrambi, in modi molto diversi.»

L'immagine di Diana fu sostituita da una ripresa del campus dell'Accademia Navale degli Stati Uniti ad Annapolis, nel Maryland. Una formazione di marinai nelle loro uniformi bianche marciava davanti a una miriade di edifici storici.

«Quell'improbabile amicizia cominciò quando, da cadetti, Ryan Tyler e Alexander Freed diventarono compagni di stanza. Un rapporto che presto divenne un legame indistruttibile.»

«Eravamo diametralmente opposti, in quasi tutti i sensi.» Si sentì la voce del comandante Tyler mentre passava un montaggio di fotografie e video dei loro tempi all'accademia, il loro primo taglio militare dal barbiere, un'immagine di loro che correvano durante l'addestramento fisico, immagini di loro che studiavano. «Xander era quello estroverso. Poteva fare amicizia con chiunque, e ovunque. Era così popolare. Io ero quello più riservato.»

Il montaggio continuò, questa volta con fotografie dell'infanzia, prima di Xander, mentre la conduttrice descriveva il suo passato.

«Xander Freed era il classico atleta americano, il maggiore di quattro figli di una famiglia della classe media superiore dell'Ohio. La stella delle squadre di baseball e di atletica. Ryan Tyler era il primo della classe e campione di nuoto. Figlio unico del Navy SEAL Joshua Tyler, caduto in servizio, e di sua moglie Anya, che era emigrata in giovane età dall'Ucraina, Ryan è cresciuto a Las Vegas, nel Nevada. I suoi genitori avevano divorziato quando era ancora un bambino, e alla tenera età di quindici anni, al giovane Tyler fu detto che suo padre non sarebbe più tornato a casa da una missione in Medio Oriente.»

Il montaggio delle foto d'infanzia sfumò, l'ultima immagine quella di Ryan con il padre che portava orgoglioso sul bavero l'Aquila d'oro e il Tridente dei Navy SEAL. L'immagine si spostò su Diana, contro uno sfondo scuro, l'immagine della ISS che orbitava intorno alla terra, seduta davanti a Tyler.

Lui indossava dei calzoni scuri e un blazer in tinta. Una camicia bianca slacciata al collo mostrava la colonna forte del suo collo. Sul bavero, la spilla di astronauta della NASA, una stella con tre raggi che si estendevano verso il basso, con un anello intorno. Era d'oro invece che d'argento, per indicare che aveva volato nello spazio. Aveva appoggiato la caviglia al ginocchio e sembrava teso, nonostante la posa casuale. Ed era magnificamente bello, come sempre, senza traccia dell'arroganza che aveva dimostrato quel giorno nei miei confronti.

Aveva ripreso a parlare. «Perfino i nostri obiettivi erano diversi. Eravamo entrambi in marina ma Xander era diretto alla scuola piloti fin dal primo giorno. Io volevo essere un Navy SEAL, come mio padre.»

«Ma quegli obiettivi diversi non sembra abbiano ostacolato la vostra amicizia, anche quando vi siete entrambi diplomati all'Accademia» suggerì Diana.

Tyler scosse la testa. «No, ci siamo sempre tenuti in contatto. Sono stato il suo testimone di nozze.» Sullo schermo apparve un'immagine di Xander, sorridente, accanto alla sposa, una bella brunetta. Quando l'immagine svanì, Tyler continuò a parlare. «Lui rimase nel Maryland per la scuola di addestramento al volo.

Io andai in California per l'addestramento BUD/S. Ci sentivamo sempre. Stavamo insieme tutte le volte che potevamo.»

«Come fratelli» disse Diana.

Lui annuì. «Sì. Come fratelli.» Fece una piccola risata sbuffante, ironica, che mi trapassò il cuore, nonostante la mia determinazione di osservare l'intervista con obiettività. «Il fratello che non avevo mai avuto.»

L'intervistatrice si appoggiò allo schienale e lasciò passare un momento di drammatico silenzio, prima di dire al pubblico che sarebbero tornati dopo la pubblicità.

Io stavo vedendo l'intervista in streaming, quindi non c'erano interruzioni pubblicitarie, ma la feci avanzare comunque in fretta, conscia del poco tempo che avevo.

«Lei e Xander avete fatto domanda di entrare alla NASA nello stesso anno» continuò Diana.

«Sì. Era l'obiettivo di Xander fin dall'inizio» rispose Tyler.

«E non il suo?»

Lui alzò le spalle, con un sorrisino sghembo. «Xander ha dovuto convincermi.»

Diana lo guardò sorpresa. «Ma è stato lei a essere accettato subito. Xander non c'era riuscito la prima volta.»

«Xander era stato ferito in un incidente proprio in quel periodo. Quindi la sua domanda era rimasta in sospeso.»

«Quindi lei ha cominciato il suo addestramento. Ha volato per primo... Xander non se n'è mai risentito?»

L'espressione di Tyler non cambiò. «No, mai. Xander non era quel tipo di persona.» Scribacchiai qualche osservazione, perplessa, notando come parlasse del suo amico e lo glorificasse. Se fosse per la trasmissione oppure se fosse ciò che sentiva veramente era tutta un'altra questione, ma mi portò a chiedermi quanto fosse grande il senso di colpa che l'aveva travolto dopo l'incidente.

Tyler si sentiva responsabile dato che era l'astronauta capo in quell'EVA e Xander era il novellino? Aggiunsi anche quella all'elenco di domande e diedi un'occhiata ai vari titoli che aveva raccolto dall'incidente in poi.

Ubriachezza molesta. Aggressione. I tabloid che l'avevano associato ogni settimana a una donna diversa, single, donne sposate, non faceva differenza. L'incidente in motocicletta. I media certo non lo stavano lasciando in pace, ma anche lui non faceva niente per evitarlo. Scrissi qualche altra domanda nel mio elenco puntato.

- *Consumo di alcol?*

Quando Diana, durante l'intervista aveva cominciato a porre domande sull'incidente, Pari era arrivata con gli snack e si era seduta con me, e, grazie al cielo, aveva lasciato a casa le patatine. Premetti play dopo aver finito di scrivere l'ultimo gruppo di appunti.

«È protocollo standard che gli astronauti siano costantemente collegati alla stazione spaziale con uno o due cavi di sicurezza. Quindi come ha fatto Xander a staccarsi?» chiese Diana Hunter.

Tyler esitò, stringendo i denti, cosa che servì solo a renderlo più attraente di quanto non fosse già. C'era un'intensità nei suoi occhi azzurri, e il pugno destro che aveva appoggiato sul ginocchio si contrasse.

«Non è chiaro. Eravamo nel bel mezzo di una situazione difficile. Un getto di ammoniaca sotto pressione mi aveva sbattuto contro le capriate. Nella mia tuta spaziale si era aperta una falla e cominciava a perdere pressione. Ma dovevamo chiudere la valvola per fermare la perdita. Stavamo perdendo refrigerante a una velocità allarmante, e oltre a quello, la fuoriuscita di gas stava spingendo la stazione fuori rotta. E perfino una perdita minima poteva causare problemi enormi per la stabilizzazione orbitale.»

Diana annuì. «E mentre lottavate per chiudere la valvola, Xander è stato sbattuto contro i pannelli solari in tensione.»

«Sì, la sua EMU, l'unità di mobilità extra-veicolare, come viene chiamata la tuta per le passeggiate spaziali» chiarì per gli spettatori, «andò in corto circuito. Perse il controllo della mobilità, molti dei giunti della tuta si bloccarono. Non poteva più nemmeno usare il SAFER.»

«Può spiegarci che cos'è il SAFER?»

La domanda meno minacciosa sembrò farlo rilassare. Le spalle persero un po' della loro rigidità e il pugno si aprì sul ginocchio. Il piede appoggiato al ginocchio, saltellò un paio di volte.

«Certo. Alla NASA piacciono gli acronimi. SAFER sta per Simplified Aid for EVA Rescue. È essenzialmente un piccolo jet pack alla base dello zaino di supporto vitale che permette, nel caso in cui un astronauta si sleghi e venga scagliato lontano dal veicolo, di tornare in volo all'airlock.»

«L'incidente aveva bloccato metà della tuta di Xander, quindi non poteva usare i jet del SAFER per tornare alla stazione? Ed era stato scagliato lontano e continuava ad allontanarsi molto velocemente. Lei non poteva azionare il suo SAFER e andargli dietro, comandante Tyler?»

La mandibola si strinse di nuovo e Tyler si sforzò di nasconderlo. Vidi il dolore nei suoi occhi prima che riprendesse l'espressione impassibile e riportasse lo sguardo sull'intervistatrice. «Dovetti eseguire gli ordini e chiudere la valvola. Inoltre la mia tuta stava perdendo velocemente pressione a causa della prima esplosione...»

«La falla dovuta al getto di ammoniaca sotto pressione?»

«Sì.»

Diana si chinò in avanti come per enfatizzare la storia tragica che stavano per raccontare. Ma era coinvolgente già di suo.

«Quindi la sua tuta stava perdendo pressione e se non avesse chiuso la valvola, quali sarebbero state le conseguenze per la stazione?»

I lineamenti di Tyler erano assolutamente impassibili, come se stesse per raccontare una sequenza di lancio invece dell'evento estremo che aveva vissuto solo qualche mese prima. «I pannelli si surriscaldano e si bruciano. L'intera stazione rimane senza energia. Senza supporto vitale e la possibilità di correggere l'orbita. Forse anche senza la possibilità di lanciare le capsule Soyuz per far tornare gli astronauti e i cosmonauti sulla Terra.»

Diana piegò enfaticamente la testa. «Quindi dovette fare una scelta proprio in quel momento, se sacrificare la possibilità di salvare il suo amico per salvare la stazione e tutti gli altri a bordo.»

Pari afferrò il telecomando e mise in pausa mentre io aggiungevo alcuni appunti. Elencai alcuni segni rivelatori nelle sue espressioni facciali e nel linguaggio del corpo che avevo notato in quella e altre interviste precedenti. Qualunque cosa potesse indicare che stava nascondendo emozioni più profonde.

Sarebbero stati utili quando avrei trattato con lui a faccia a faccia... *speravo*.

Pari scosse la testa. «Situazione orribile» disse senza fiato. «Ho letto degli articoli su cos'è successo, ma sentirglielo dire in quel modo.» Mimò un pugno nello stomaco. «Mi prende proprio qui.»

Diedi un'occhiata all'immagine in pausa, il volto bloccato in una mezza smorfia. Aveva fatto l'elogio funebre del comandante Freed una settimana prima di quell'intervista, durante la cerimonia al Cimitero Nazionale di Arlington. Ovviamente non c'era stato un corpo da seppellire.

Premetti play e ascoltai gli ultimi momenti dell'intervista. Il racconto di Tyler dei suoi ultimi momenti con il suo amico. Xander non era stato recuperato e Tyler aveva solo potuto parlare con lui nell'interfono. E poi Xander Freed aveva detto addio alla sua famiglia, mentre aspettava che il suo supporto vitale si esaurisse. Ci erano volute ore. Ore in cui Xander era andato alla deriva sempre più lontano dalla stazione e poi era morto.

La scena dell'intervista virò al nero e poi passarono i titoli di coda.

«Mi chiedo se pensi sia stata colpa sua» chiese Pari, passandosi pensierosa un'unghia sul labbro inferiore. «Voglio dire, a questi militari, specialmente i SEAL, viene inculcato in testa costantemente: non si lascia indietro nessuno. Ma lui aveva dovuto fare esattamente quello. Esattamente la cosa che per anni era stato addestrato a non fare mai. Gli hanno *ordinato* di lasciare Xander dov'era mentre sistemava quello che doveva sistemare e riportava la sua tuta bucata al portellone. E poi ha dovuto ascoltare il suo miglior amico morire, soffocato, all'interfono. È una cosa da pazzi.»

Alzai le spalle, pensando alle parole che mi aveva detto. *Nella tua testolina di strizzacervelli c'è il sogno proibito di aggiustarmi.*

Era stato un tale stronzo, ma anche adesso non potevo fare a meno di sentirmi dispiaciuta per lui. Sentii l'emozione che mi stringeva la gola immaginando la situazione. Ma si era sentito insultato e si era arrabbiato quando avevo suggerito che nessuno avrebbe potuto passare ciò che aveva passato lui e uscirne indenne. Un drago non doveva mai mostrare il suo ventre molle, la crepa nella sua armatura.

E la corazza di Ryan Tyler era, in effetti, molto robusta. Ma ingoiai quell'emozione, il bruciore delle lacrime di compassione che minacciavano la mia imparzialità. Non potevo permettermi di dispiacermi per lui. Sarebbe stata la mia rovina.

Ryan Tyler, per me, era un mezzo per raggiungere un fine. Ecco tutto.

«I suoi problemi sono solo suoi. L'ha messo in chiaro oggi. Io mi concentrerò sul gestirlo.»

Pari mi guardò con gli occhi lucidi e un sorriso malizioso. «Oh, dai, l'idea di guarire l'eroe ferito non ti attizza, almeno un po'?»

Sentii un dolore che pulsava in fondo a me. Niente mi sarebbe piaciuto di più, ma lui non lo voleva. E non potevo aiutare qualcuno che non voleva il mio aiuto.

«C'è un mucchio di gente che dipende dal fatto che riesca a riabilitare la sua immagine pubblica, riportandola a quella dell'eroe americano che tutti vogliono amare e per cui vogliono fare il tifo. Se ci riuscirà, avremo i finanziamenti per l'XPAC.» Mi voltai a guardarla. «La XVenture sta già facendo un ottimo lavoro nel lanciare i suoi razzi, quindi tu hai già il lavoro dei tuoi sogni. Lavorare in questo campo come psicologa è il mio sogno. Se l'XPAC non ottiene i finanziamenti, non ci saranno astronauti con cui lavorare, e quindi nessun lavoro per me.»

Pari sorrise ancora. «Quindi sei la sua babysitter.»

La guardai con le sopracciglia alzate. «Sarò il suo fottuto secondino se significa che non rivedrò una ripetizione di questa robaccia.» Indicai i titoli che avevo stampato e messo sul tavolino. «Ha una possibilità di ripulire la sua immagine. Comunque non ho intenzione di lasciare che dipenda solo da lui e dalla provvidenza il fatto che arrivi tutto intero a quella pista di lancio in Florida il 14 settembre.»

«Ma se è così aggressivo con te, come farai ad assicurarti che collabori?»

Mi sistemai gli occhiali sul naso, cercando di non sbuffare. «Questa è la domanda da un milione di dollari. Gli astronauti sono notoriamente sospettosi nei riguardi della psicoterapia e degli psicologi.»

Pari sorrise. «Allora non essere la sua strizzacervelli. Sii una sua amica.»

«Mmm. Un'amica?» Arricciai il naso.

Lei si mise a ridere. «Già, ti ricordi come si fa, vero? Non fare troppe domande e non usare quello sguardo, quello che mi rivolgi sempre.»

La guardai sorpresa. «Che sguardo?»

«Quello che fa sembrare alla gente che tu stia sbirciando nel profondo della loro anima. È inquietante.»

Scossi la testa e risi anch'io. «Io non ho quello sguardo.»

«Sì, invece. Non usarlo con lui, altrimenti si chiuderà in se stesso. Meglio ancora, trova qualcosa su cui legare. Tu sei una nerd dello spazio, lui è un astronauta. Sai... sii una sua *amica*.»

«Continuando a mantenere una distanza professionale?»

Pari fece spallucce. «Dovrai capire da sola come fare.» Picchiettò l'immagine di Tyler nella tuta di volo blu scuro che avevo stampato dalla sua pagina su Wikipedia. «Guarda quest'uomo. È un esemplare perfetto. Navy SEAL. Laurea magistrale in ingegneria meccanica. Fisicamente in forma e favoloso. Peccato che sia a pezzi.»

Strinsi le labbra ma non risposi con quello che avrei voluto dire. *E peccato che si comporti come un coglione quando vuole.*

«Allora, qual è il piano?»

Guardai il taccuino con tutti gli appunti che avevo preso: voci cerchiate, altre evidenziate o sottolineate. Ero stata meticolosa con le mie osservazioni. «Andrò a casa sua domani, per farmi un'idea del posto.»

«Mmm... sarebbe molto più interessante se riuscissi a farti un'idea dell'uomo. Occhiolino, occhiolino.»

Alzai gli occhi al cielo. «Sei senza speranze.»

«Così mi dice continuamente mia madre» mi rispose con una risatina.

«A parte tutte le allusioni, il comandante Tyler non sa ancora che andrò a casa sua, ma farò in modo che Tolan fissi l'appuntamento. Hai qualche suggerimento su cosa fare perché mi venga incontro a metà strada?»

Pari alzò le sopracciglia scure. «Indossare un'armatura?»

«Lo farò. Sono decisa» dissi ridendo.

La determinazione mi aveva fatto superare parecchie difficoltà. Mi aveva fatto finire la scuola anni prima di quanto avrei dovuto normalmente. Ero una candidata al dottorato a venticinque anni, con una tesi già difesa. Tutto quello che mi mancava erano le ore di tirocinio necessarie per ottenere il dottorato.

Pari mi capiva. Avevamo legato perché eravamo le più giovani e tra le più istruite, all'XVenture. La nostra amicizia era cominciata lì e ci eravamo guardate le spalle a vicenda. Era un anno che tentavo di ottenere quel lavoro. Ed ero vicina. *Così vicina.*

Il mio capo mi aveva praticamente detto che se l'XPAC fosse decollata, avrei avuto un posto permanente nella squadra di salute comportamentale. Quindi, adesso, tutto ciò di cui avevo bisogno, grazie al mio buon vecchio padre, era consegnare un luccicante, immacolato astronauta alla rampa di lancio all'inizio dell'autunno.

Facile, giusto? Soffiai fuori il fiato, con lo stomaco che si annodava per lo stress a quel pensiero.

***

Il mio laptop suonò fin troppo presto e ricordai, ancora semiaddormentata, che mia madre mi aveva detto che mi avrebbe chiamato oggi. Spostando il laptop, cercai di sedermi sul letto. Come al solito, la mia cara mammina aveva dimenticato l'esatta differenza d'orario tra la California e il Galles.

Stavo ancora cercando di liberarmi gli occhi dal sonno e sbattendo le palpebre verso l'orologio in alto a destra dello schermo. Appena le sei del mattino. *Uffa, mamma.*

«Ciao, *cariad*» cinguettò mia madre a voce fin troppo alta, e fin troppo allegra, per quell'ora del mattino. Ovviamente non era mattino a Cardiff. Il sole pomeridiano inondava il giardino dietro di lei.

Mi strofinai gli occhi. «Hai dimenticato di nuovo la differenza di fuso orario?»

«Oh…» Diede un'occhiata fuori dallo schermo come se stesse controllando un orologio. «Ho dimenticato di controllare l'ora. Beh, tanto avresti dovuto alzarti comunque fra poco per andare a lavorare, no?»

Mi sforzai di mettermi seduta. «È sabato, mamma svampita.»

Lei rise, con quella risata musicale tutta sua. Aveva i capelli biondi in disordine intorno alla testa e parzialmente raccolti, anche se non erano abbastanza lunghi per restare a posto. Le piccole rughe intorno agli occhi quando rideva erano le uniche sul suo viso, nonostante avesse passato i cinquanta.

«Beh, una volta eri così mattiniera. Il college ti ha certamente cambiato.»

Un mucchio di cose mi avevano cambiato, ma mia madre non era stata molto presente negli ultimi sette anni, quindi non poteva saperlo.

«Com'è andata la riunione con i grandi investitori? Stavo pensando a te ieri, o era questa mattina? Non riesco a tener conto della differenza di otto ore. Comunque, se non stavo dormendo stavo pensando a te.»

Mi grattai il naso. «Grazie. C'è stata ieri pomeriggio tardi, quindi probabilmente stavi dormendo, ma apprezzo il gesto.»

Mia madre arricciò la bocca. «Tuo padre si è fatto vivo come aveva promesso?»

Annuii, stringendo le labbra. Non avevo ancora deciso quanto dovevo dirle. La mamma e papà erano amichevoli tra di loro quando erano nella stessa stanza o quando si parlavano per cose che riguardavano me. Altrimenti non facevano nulla per restare in contatto.

Non erano nemici, certo, ma nemmeno buoni amici. E avevo spesso sperato che potessero esserlo. A volte mi stancavo di essere l'intermediaria.

«Che cos'è quella faccia? Non è andata bene? Sai quanto può essere pignolo su dove vanno i suoi soldi.»

«Uhm, ha intenzione di investire.»

Mia madre a volte poteva essere una testa vuota, ma era perspicace quanto me. Capì immediatamente che stavo nascondendole qualcosa.

«A che condizioni?»

Con un sospiro, le dissi del mio lavoro da babysitter per i prossimi tre mesi. Le sue sopracciglia si alzarono man mano che parlavo, finché, alla fine, si piegò in due ridendo.

«Non è divertente.»

Si raddrizzò, asciugandosi gli occhi con l'indice. «È spassoso, Gray. E così tipico di tuo padre. Avrei potuto dirti che l'avrebbe fatto.»

Digrignai i denti, desiderando disperatamente cambiare argomento. La mamma tornò seria e prima che potessi chiederle del tempo nella sua terra natia, continuò. «Ti ha offerto di nuovo quel lavoro alle risorse umane, vero?»

Mi morsi il labbro. Nessuno, *nessuno*, su questo pianeta conosceva mio padre meglio di mia madre. Aveva senso. Erano stati sposati per quasi vent'anni prima di divorziare. Mia madre, nata in Gran Bretagna, era cresciuta negli Stati Uniti e aveva conosciuto mio padre mentre lavoravano a un progetto congiunto, e poco prima che lui comprasse la ditta per cui lei lavorava. La loro storia era stata un turbine, così poco in carattere con mio padre.

Ma erano troppo diversi e per maledettamente troppo tempo avevano cercato di farla funzionare per il mio bene. Il loro mondo era finito per girare intorno a me, molto più di quanto succeda normalmente quando una coppia ha un figlio. Il mondo tende a prendere una piega particolare quando tua figlia soffre di un'emergenza sanitaria dopo l'altra. Sbattei le palpebre, riportando l'attenzione su ciò che stava dicendo mia madre.

«Lascia che te lo dica. E te lo dico tutte le volte ma continuerò a ripeterlo nel caso tu non ascolti. Devi toglierti dalla tutela di tuo padre. So che ti fa sentire al sicuro, ma...»

«... "ha un prezzo". Sì, lo so mamma.»

«Non accontentarti perché è ciò che vuole lui. Hai il diritto di provare e scoprire quello che vuoi veramente fare.»

Sorrisi. A volte queste conversazioni con mia madre erano tutto ciò di cui avevo bisogno per rinforzare la mia determinazione.

«A papà piace prendersi cura della gente.»

Lei annuì. «Tuo padre è una persona eccellente. *Ma...*» Sbattei gli occhi, rendendomi conto che forse era per quello che la mamma era scappata nel Galles dopo il divorzio. Lei mi pregava regolarmente di andarla a trovare, ma dato che ero stata a scuola ininterrottamente da quando avevo appena diciassette anni, incluso durante l'estate, avevo accettato solo raramente il suo invito.

«Ricorda solo tuo cugino John» disse la mamma. Lo tirava in ballo spesso. «Vive e muore secondo quello che approva tuo padre: la sua casa, il suo stile di vita, perfino chi ha sposato. Sembra felice, ma è una gabbia dorata quella in cui vive.»

«Non ti devi preoccupare, mamma. Ti ho detto che voglio dimostrare di farcela da sola, nonostante sia la figlia di Conrad Barrett.»

Il sorriso di sua madre sbiadì un po'. «La società ha talmente bisogno di soldi da costringerti ad andare a chiederli a tuo padre? Avresti fatto meglio a tenerlo alla larga.»

Sospirai. «È stato Tolan a chiederglieli.»

Mia madre aggrottò lievemente la fronte. «Tolan è un bravo ragazzo. Come se la sta cavando?»

Quasi mi misi a ridere. Quel "bravo ragazzo" aveva quasi quarant'anni. Ma la mamma ovviamente lo ricordava come uno dei più fedeli pupilli, fresco di college, di mio padre.

«Bene. Meglio se mio padre avesse accettato di scucire i soldi.»

«Cosa che tu e Tolan sapete che Conrad Barrett non farebbe mai.»

Ricaddi contro il cuscino e fissai lo schermo con un sorriso malinconico. «Già, ci hai preso in pieno.»

Mia madre riprese a sorridere e agitò la mano come per schiarire l'aria davanti a sé. «Basta parlarne... tu come stai? Sei stata nel nostro posto di recente?»

Soffocai uno sbadiglio e risposi. «Tutte le volte che vado da papà, cerco di fare anche una passeggiata intorno al Griffith Park.»

«Scommetto che i gelsomini sono in fiore adesso. Il loro profumo è *così buono*. Mi manca il profumo della California del sud in maggio.»

Risi e chiacchierammo per un'altra mezz'ora prima che mia madre dichiarasse di aver bisogno di una tazza di tè e di andare. Ovviamente non tornai più a dormire, quindi mandai un messaggio a Tolan con il mio piano per la giornata, chiedendo il suo aiuto.

Avevo un astronauta grande e grosso da addomesticare. Era assolutamente ora che mi mettessi in moto.

CAPITOLO SEI
GRAY

TOLAN MI MANDÒ UN MESSAGGIO QUALCHE ORA DOPO dicendomi che il comandante Tyler era stato avvisato della mia visita. E quindi mi preparai come meglio potevo per essere amichevole. Mi vestii in modo non minaccioso, con una t-shirt e jeans. Okay, forse era il mio abbigliamento preferito, ma poteva anche facilmente dire "ragazza della porta accanto" e "persona amichevole non minacciosa".

Tyler era intelligente, però, e non potevo essere troppo ovvia avvicinandolo o avrei peggiorato ancora una situazione già imbarazzante.

Quando arrivai al suo viale in cima alla collina, nell'esclusivo quartiere Cowan Heights a North Tustin, erano passate da poco le quattro del pomeriggio. Tolan aveva preso gli accordi, e, per caso, avevo incrociato Lee, l'assistente e biografo di Tyler mentre usciva. Lui sorrise e mi tese la mano.

«Salve, Gray. Ben arrivata. Ty si sta allenando, ma l'ho avvisato a pranzo a che ora saresti arrivata. Puoi aspettarlo in soggiorno. Dovrebbe scendere tra poco.»

La casa in sé era enorme, costruita su un lato del Peter's Canyon, e dava sull'habitat arido della vegetazione arbustiva sempreverde della costa della California e su dirupi di sabbia rossastra. Era un bel posto e la casa, di notevoli dimensioni, era probabilmente più grandiosa e più impressionante di qualsiasi posto in cui lui avesse mai vissuto.

Ryan Tyler aveva sponsor importanti e faceva parecchie apparizioni e discorsi motivazionali a sei cifre a botta, grazie alla sua notorietà. Inoltre aveva appena firmato un accordo a otto cifre per un libro, con i diritti per un film già opzionati per un importo ancora sconosciuto tratto dal libro di memorie non ancora pubblicato. Quindi si poteva permettere un posto del genere. Non potei fare a meno di meravigliarmi però del prezzo che aveva pagato per quella ricchezza e quella fama. E mi chiedevo come si sentisse al riguardo, nel suo profondo.

Controllai il mio smartwatch per assicurarmi di non essere in ritardo, no, ero puntuale. L'anticamera era vuota, ma pensai che sarebbe andata come mi aveva detto Lee. Ty sarebbe sceso fra breve dopo aver finito l'allenamento. Forse avrebbe fatto prima una breve doccia. Bruciai qualche minuto camminando intorno alla stanza per vedere l'arredamento e le suppellettili, niente di abbastanza personale da rivelare qualcosa di lui. Il posto era stato arredato professionalmente in nero, avorio e un tenue turchese. Era una bella stanza, ma decisamente non era *lui*. Non era proprio ciò che mi ero aspettata, cioè arredamento in stile appartamento da scapolo. Divani in pelle, grandi poltrone imbottite, TV enorme e una console per videogiochi con un sistema sonoro supercostoso, forse. Lì non c'era niente del genere.

Forse aveva riservato tutto alla camera da letto.

Arrossii immediatamente pensando alla sua stanza, poi rammentai a me stessa che ero un'idiota. Cavolo, ero una donna adulta che pensava a un uomo molto sexy che guardava la TV o giocava alla console nella sua stanza, e perfino quello mi faceva arrossire.

Avevo passato tutto il giorno prima studiandolo, leggendo articoli su di lui e sulla sua vita pre-incidente e sull'evento stesso, prendendo appunti e facendo riferimenti incrociati. Adesso, mi aggiravo per la stanza, controllando l'orologio molto più spesso di quanto servisse, e cercando indizi su chi fosse veramente.

Dopo mezz'ora, decisi che una cosa gli mancava, ed era la puntualità. Strano per un astronauta. Ma forse mi stava deliberatamente evitando? Non me ne sarei meravigliata. Era stato piuttosto irritato il giorno prima, quando mi aveva accusato di aver pianificato l'intera situazione.

Vagai per la stanza verso la cucina, avendo intravisto una fila di grandi fotografie, incorniciate e protette dal vetro.

Erano splendide, sicuramente di qualità professionale, e ciascuna di esse mostrava un luogo sulla superficie del pianeta, ripreso da una bassa orbita terrestre. Mi fermai accanto a una di loro che mostrava una fila di isole, stretti e istmi, immersi in una ventina di diverse sfumature di azzurro e verde. Incredibile. Mi stavo avvicinando per vederla meglio quando sentii un tonfo contro la parete.

Come se qualcuno in una stanza accanto fosse caduto. O, accidenti. Ty aveva lasciato cadere i pesi che stava sollevando? Era nei pasticci? Era caduto?

Feci un passo verso il suono quando un altro tonfo seguì il primo, poi un altro. E un altro colpo contro la parete.

C'era un certo... ritmo in quei colpi, a pensarci bene. E mentre mi stavo avvicinando al rumore, qualcuno emise un forte gemito.

Mi stava prendendo per il culo?

Mi tirai immediatamente indietro, tornando sui miei passi.

O c'era gente che stava facendo sesso qualche stanza più in là, o quello era un sistema audio super realistico che accompagnava un video porno. Feci un altro passo indietro e sbattei contro la parete, rumorosamente.

Merda. Mi bloccai, trattenendo il fiato. Non avrei mai creduto di poterlo pensare, ma speravo che fossero troppo impegnati a fottere per essere disturbati dalla mia intrusione.

Fortunatamente era così. Era così, oppure lei era profondamente impegnata a rivolgersi a un'entità superiore, durante una preghiera che sembrava molto intensa.

Il quadro dietro di me si inclinò sul gancio e mi voltai per afferrarlo prima che cadesse dal muro. Merda. Ero arrivata a tanto così dal farlo cadere e romperlo.

Bum. Bum. Bum.

Il ritmo adesso stava accelerando ed io fuggii lungo il corridoio, lasciando il quadro orribilmente storto sul suo gancio.

A quel punto, anche in soggiorno riuscivo a sentire le grida di estasi della donna.

Controllai l'orologio. Era passata quasi un'ora da quella fissata per il nostro appuntamento.

Mi sentii ribollire il sangue. Era intenzionale. Stava deliberatamente saltando un appuntamento importante per poter scopare qualcuno. Okay, probabilmente era quello che avrebbe fatto la maggior parte degli uomini, ma mi sembrava decisamente un gesto deliberato nei miei confronti, per vendicarsi del giorno prima.

Babbeo.

Eroe americano, col cazzo. Meglio dire puttaniere americano.

Che uomo insopportabile! Avrei quasi voluto aver sbattuto più forte contro la parete, in modo che sapessero che ero lì. In modo che sapessero che erano talmente rumorosi da rendere ovvio ciò che stavano facendo.

Forse avrei dovuto far cadere dal tavolino quel vaso dall'aspetto costoso per creare un tonfo super rumoroso. Rabbia e imbarazzo mi fecero bruciare il viso e irrigidire tutti i muscoli della mandibola, delle spalle e perfino delle braccia, mentre camminavo in circolo intorno al divano e al tavolino, con le braccia ripiegate strette contro il petto.

Ero così presa nel mio sogno di vendetta a occhi aperti, che non avevo nemmeno notato che avevano smesso, o finito, o altro. Non volevo saperlo. Troppe. Informazioni.

Decisamente troppe.

Mi sventolai la faccia troppo calda e mi ordinai di calmarmi. Adesso stavano parlando, ma non riuscivo a capire le parole. Afferrai il telefono e cercai di decidere che cosa fare. Avrei dovuto mandargli un messaggio? Chiamarlo? Non avevo nemmeno il suo numero. Avrei dovuto precipitarmi fuori di lì, mostrandogli mentalmente il dito medio?

No. Non potevo farlo. Coglione o no, avevo bisogno di lui. La XVenture aveva bisogno di lui. Il comandante Tyler, eroe americano, era vitale per lanciare la XPAC.

E papà mi aveva assegnato quel compito come una sua versione personale di un test. E non avevo intenzione di dimostrargli che avevo bisogno di tornare di corsa da lui per ottenere un lavoro. Forse lui sperava segretamente che la XPAC fosse una scommessa persa. Beh...

Sfida accettata, papà.

Cominciai a togliere le mie cose dalla borsa. Un blocco per appunti, un fascio di matite appuntite. Il mio tablet, che era completamente carico. Un assortimento di biro speciali che scivolavano quando le usavo e non sbavavano sulla mano quando scrivevo, perché ero mancina.

Voleva liberarsi di me? Beh, fanculo. Mi stavo sistemando, che lo volesse o no, e non me ne sarei andata finché *io* non fossi stata pronta.

Allineai tutto sul tavolino di vetro, attenta a tenere nascosto il blocco con i miei appunti in modo che non potesse vederli per caso. Poi sprofondai nel divano gigantesco e rimasi lì ad aspettare, battendo il piede.

Sarebbe uscito? O si sarebbe voltato su un fianco e si sarebbe messo a dormire? Era metà pomeriggio, dopotutto. Ma chi lo sa? Magari gli piacevano i pisolini.

Dio, speravo di non dover restare lì seduta ad ascoltare un secondo round. No. Assolutamente no. Se avessero ricominciato, avrei dovuto precipitarmi nella stanza e interromperli, con le mani sopra gli occhi, ovviamente.

Prima che quel pensiero si consolidasse o portasse a un'altra sfilza di pensieri che si sarebbero rincorsi l'un l'altro nella tana di conigli che era diventato il mio cervello, mi resi conto che le voci erano salite di volume, e che erano accompagnate da passi. Che si stavano avvicinando.

Restai lì, tesa, incrociando e raddrizzando le gambe sul divano prima di decidere di metter le mani in grembo, elegantemente unite.

Ciò nonostante, balzai fuori dal divano appena le due persone svoltarono l'angolo. Quando mi videro si immobilizzarono. La donna, una bionda platino carina, minuta ma molto in forma, con una tuta da ginnastica firmata, di velluto, e una costosa borsa da palestra sulla spalla, diede un'occhiata a Ty, sorpresa.

Lui, l'eroe americano, indossava i pantaloni di una tuta, bassi sui fianchi e assolutamente niente sopra la vita. Beh, almeno stavano continuando in modo semi-convincente con la pretesa dell'allenamento.

Avrei perfino potuto crederci. Ma il sesso non assomigliava nemmeno un po' a un allenamento.

Non potei fare a meno di notare il suo corpo perfetto. Era scolpito in tutti i posti giusti. Le braccia con le vene in rilievo, bicipiti definiti, spalle potenti. I fianchi stretti, solidi, con ogni muscolo ben delineato sotto la pelle. Addominali, addominali e ancora addominali. *Tanti addominali.*

Cioè, più di una normale tartaruga. Mi ritrovai a contarli. Mi fermai a dieci quando lui si schiarì la voce e parlò.

«Oh, sei qui.»

Sbattei le palpebre, staccando gli occhi dalla cresta lungo il fianco che scendeva dentro quei pantaloni. Uffa. Era un porco maleducato, quindi, chiaramente, il bell'involucro non avrebbe dovuto contare.

Accidenti, Gray! Strinsi le labbra e socchiusi gli occhi guardandolo, rammentandomi che era solo un uomo. Un grandissimo coglione. Che, per caso, era incredibilmente sexy, ma potevo ignorare quella parte, e lo avrei fatto.

«Sono arrivata puntuale. Esattamente all'ora che credo ti abbia detto Tolan» gli dissi, sottolineando specialmente il nome.

Lui alzò gli occhi al cielo scuotendo piano la testa.

Sì. *Alzò veramente gli occhi al cielo.* Proprio dove potevo vederlo. Non si preoccupò nemmeno di voltare la schiena o guardare da un'altra parte o roba simile.

Senza un'altra parola, e senza presentarmi la sua amichetta, si voltò e la scortò alla porta. Quando lui allungò la mano per aprirla, lei mi diede un'altra lunga occhiata prima di sorridere e lasciarsi andare addosso a lui, gettandogli drammaticamente le braccia al collo e baciandolo come se fossero due amanti da tempo perduti che si stessero dicendo addio per sempre. E come se ci fossero dozzine di telecamere puntate su di loro. E la musica fosse arrivata a un crescendo drammatico mentre la coppia tormentata si rendeva conto che il loro destino era di non stare mai più insieme. Lei spostò perfino la testa contro quella di Tyler, piegandosi all'indietro così che i lunghi capelli ondeggiassero verso terra.

Da parte sua, lui si irrigidì e le mise le mani sulle spalle, staccandosi in fretta da lei. «Ci vediamo la settimana prossima, Suz» le disse sottovoce.

«Chiamami prima, okay. Possiamo stare insieme anche quando non ti stai allenando.»

«Certo... sì.» Tyler aveva già la mano sulla porta, pronto a chiuderla mentre lei restava in corridoio. Era come se non potesse liberarsi di lei abbastanza in fretta e mi chiesi se era così che trattava tutte le sue amanti o se quello fosse uno spettacolo a mio beneficio.

Mi sentii stringere lo stomaco e potei quasi vedere il sorriso vittorioso di mio padre. Come diavolo sarei riuscita a tenerlo sotto controllo senza una sorveglianza continua?

Appena la porta si chiuse, lui si voltò verso di me, guardando significativamente il suo orologio. «Allora a che ora era esattamente la nostra riunione?»

«Più di un'ora fa. Alle quattro.» Misi le braccia conserte, tamburellando con un dito. «Ma avevi da fare, o ti stavi *dando da fare*, dovrei dire. Meno male che non c'è voluto molto.» Mimai il suo gesto, con un'occhiata insolente al mio smartwatch.

Lui non si preoccupò nemmeno di nascondere la sua irritazione mentre veniva verso di me. Poi si fermò, afferrò una t-shirt che non avevo notato sul pavimento, come se l'avesse scartata in tutta fretta durante i preliminari frenetici. La raccolse e se l'infilò con un movimento fluido. C'era il logo della NASA stampato sul petto. Ora tutta quella stupefacente bellezza era coperta. Ovviamente la maglietta gli aderiva come un guanto, fasciando i pettorali sporgenti e il torace solido. Se solo la t-shirt avesse potuto coprire quello stupido, strafottente sorriso.

«Finora non ho avuto reclami. Fammi pure sapere quando vuoi fare un giro di prova.»

Il mio volto andò in fiamme. *Caldo.* Tanto caldo che ero sicura che potesse vederne il colore. La mia carnagione era chiara e quando arrossivo era molto evidente. Annaspai, cercando di coprirlo con un colpo di tosse e dicendogli. «Dovevamo teoricamente discutere il piano per cambiare il modo in cui la gente ti vede, non l'abilità con cui puoi sfogliare il Kama Sutra. E se vuoi convincere la gente che sei perfettamente a posto, saltare un appuntamento importante per del sesso compulsivo non è un buon inizio.»

«*Convincere la gente.* Che gente devo convincere?»

Alzai le sopracciglia guardandolo, come per dire: *prova a indovinare.*

Lui si mise la mano sul cuore. «Beh, Barrett, se…»

«Mi chiamo Gray. Non fare tardi un'altra volta» lo interruppi prima che potesse uscirsene con un altro invito sessuale.

Gli tremarono le sopracciglia e il sorriso divenne, se possibile, più ampio. «Allora è così che fai. Dimenticare apposta il tuo cognome in modo che la gente non si renda immediatamente conto di chi è il paparino?»

Allora era così che sarebbe andata? Uffa. Arrivare tardi, e scopare rumorosamente la sua allenatrice, era una dimostrazione, non distrazione. Non mi sarei aspettata che un militare, un *astronauta* proattivo, fosse passivo-aggressivo.

«Qui non si tratta di me. Ma tanto perché tu lo sappia, non sono il tipo di persona che approfitta di un nome famoso.» *Diversamente da altra gente in questa stanza*, aggiunsi mentalmente. Anche se come reazione era comunque piuttosto deboluccia. Dopo avergli data una bell'occhiata, ero sicura che non doveva basarsi sul suo nome famoso, o la sua faccia, per attirare le donne nel suo letto. Anche se fosse stato un signor nessuno, era sexy da morire, come aveva detto Pari il giorno prima.

Lui rimase impietrito. «Comunque sarebbe stato carino se me lo avessi fatto capire quando ci siamo incontrati ieri.»

Dovetti lottare contro me stessa per evitare di sbuffare… *qualcuno*, doveva dimostrarsi superiore. «Ieri non era la prima volta che ci vedevamo e il giorno in cui ci siamo incontrati mi hanno presentato con il mio nome completo. Non è colpa mia se non mi hai ritenuto abbastanza importante da ricordarmi.»

Lui sbatté gli occhi, di nuovo chiaramente irritato, con un pugno che si stringeva lungo la coscia. «Tagliamo corto con le stronzate e dimmi perché sei qui.»

Non fece lo sforzo di sedersi. In effetti, sembrava che stesse per scappare dalla stanza da un momento all'altro.

Mi misi eretta, conscia di sembrare una nullità. Sicuramente mi vestivo come una nullità. Maledissi silenziosamente la mia decisione di vestirmi in modo casual in modo da apparire più amichevole. Invece avrei dovuto mettermi un tailleur e i tacchi alti. Questi tipi militari, tutto machismo, reagivano meglio ai tailleur che ai miei jeans sbiaditi e alle t-shirt.

Alzai la testa e lo fissai negli occhi... uffa. Quegli occhi erano così azzurri che era quasi impossibile non notarli.

Già, ma di che colore erano? Indaco? Zaffiro? Fiordaliso? No, i fiordalisi erano troppo chiari per quella tonalità di azzurro intenso. Come l'azzurro scuro sotto il nero dello spazio. Il colore dell'alta atmosfera, forse, o perfino della termosfera. Non che fossi mai stata così in alto.

Accidenti, perfino il colore dei suoi occhi mi affascinava. Che cazzo. Erano solo stupidi occhi azzurri. Uffa. Distolsi lo sguardo e mi sforzai di ricordare la coglionaggine che si accompagnava a quei celestiali occhi azzurri. Servì.

«Sono qui per discutere il piano.» *E per capire quanto sei incasinato.*

Si finse stupito. «Oh. Posso dire la mia? Pensavo che fosse il caro paparino a gestire lo show.»

Oddio. *Ecco che c'eravamo di nuovo.* Stava invocando mio padre a ogni passo. O stava usando la sua antipatia per Conrad Barrett come scudo per sviarmi, oppure le sincere, ma non tanto gentili, cose che mio padre gli aveva detto ieri gli erano rimaste sul gozzo.

In un modo o nell'altro, era ora che si rendesse conto che io non ero mio padre.

«Sono qui per aiutarti a fare il tuo lavoro, Tyler. Ecco tutto.» Alzai le mani con il palmo rivolto verso di lui. «Pensi che avrei accettato questo teatrino se avessi potuto far cambiare facilmente idea a mio padre?»

Speravo che non avrebbe richiesto più di un controllo quotidiano. Forse un coprifuoco, se ce n'era bisogno. Non avevo voglia di litigare con lui per tutto il tempo.

Ma lo avrei fatto. Lo avrei fatto se fosse stato necessario.

La palla è nella tua metà campo, signor Astronauta Eroe Americano. Mi preparai per qualunque battuta volesse scagliarmi addosso.

Mi sorprese.

CAPITOLO SETTE
RYAN

SENZA DIRE ALTRO, MI VOLTAI E LASCIAI GRAY BARRETT IN anticamera, con le braccia conserte, il volto arrossato. Il bar era nella stanza accanto. Poteva seguirmi lì se voleva continuare la conversazione e se non lo avesse fatto, tanto meglio. Attraversai il soggiorno, diretto al bancone del bar, andai dietro e presi una bottiglia mezza vuota di Stolichnaya Elite. Me ne versai un bicchierino.

Gray Barrett trotterellò dietro di me. Il suo volto era tranquillo, gli occhi acutamente attenti, ma non mostrò alcuna emozione mentre mi osservava da sotto la pesante montatura di quegli occhiali. Controllò però, palesemente, ancora una volta l'orologio. Era abbastanza vicino a un'ora accettabile.

Sorrisi prima di buttar giù la vodka. Ne era valsa la pena. Inclinai la bottiglia per versarmene un altro bicchierino, ma lei fece un balzo in avanti, ponendo la mano sopra il bicchiere e impedendomi di versare.

Bene, bene, bene. Aveva fegato... ed era fastidiosamente sfacciata.

Alzai gli occhi, con le sopracciglia alzate. «Mai mettersi tra un bevitore e la sua vodka» dissi in russo.

Lei strinse le labbra, ma quello fu l'unico indizio che provasse emozioni. La sua voce era tranquilla e sicura. «Okay, hai reso l'idea. Capisco. Questa faccenda non ti piace.»

Esplosi in una risata prima ancora di rendermi conto di cosa stava succedendo. «Hai un vero talento per gli eufemismi, Gray Barrett.»

«Solo Gray, per favore. Io...»

«Sì. *Gray*» abbaiai. «I tuoi genitori non sono riusciti a pensare a un colore più interessante con cui chiamarti?»

Si mordicchiò il labbro inferiore. «È un nomignolo.»

«Quindi vuoi diventare mia amica? Tutto qui?»

Gray aggrottò le sopracciglia scure. Io diedi un colpetto alla sua mano con il fondo della bottiglia di vodka. Lei non la spostò.

Con un lungo sospiro, rimisi il tappo alla bottiglia e la misi da parte. «Ho passato un anno intero nel circo dei media per la NASA, dopo l'incidente. Mostrato in giro come un cavallo di razza per le interviste, i discorsi, le apparizioni, cene ed eventi mediatici. Fatto, rifatto e ho la maledetta t-shirt per provarlo.» Indicai il logo della NASA sul petto per sottolinearlo.

Gray abbassò gli occhi sul mio torace, poi si risucchiò le labbra in bocca. Fu solo allora che mi resi conto di quanto fosse affascinante la sua bocca. Era piccola, alla base di un paio di zigomi favolosi. Le labbra non erano particolarmente piene o imbronciate, ma aveva quella deliziosa profonda valletta dove si curvava il labbro superiore, dal fondo del nasino all'insù fino in cima a quel labbro color corallo. Era sporgente e... seducente.

Baciabile. Avrei scommesso che le sue labbra fossero molto dolci.

Sbattei lentamente gli occhi e scossi la testa. *Maledizione.* Non toccavo la vodka da una settimana. Quel bicchierino mi stava colpendo duro, più di quanto mi sarei aspettato. *Appunto mentale: vacci piano con la pozione russa.*

Feci un passo indietro, fortificandomi con un respiro profondo. Lei mi guardava con quegli occhi verde-foglia.

«Perché quel nomignolo?» sbottai, prima ancora di rendermi conto che mi interessava saperlo.

Lei sbatté le palpebre e si tirò indietro «Uhm, cosa?»

«Gray. Perché quel soprannome? Perché ti chiamano così?»

Le sue sopracciglia folte si arcuarono sopra la montatura degli occhiali mentre lei si schiariva la voce. «È l'abbreviazione del mio vero nome: Angharad Grace.»

«Ah, sì. È… è uno scioglilingua.»

«Dice il tizio che si mette a parlare in russo senza preavviso?»

Risi ma non risposi.

«Mi hanno chiamato così dal nome delle mie due nonne. E non mi chiamano Gray. *Io* mi chiamo Gray.»

Strinsi gli occhi fissandola. «Sembri sorpresa che io sia irritato per questa situazione.»

Lei alzò le spalle. «Mi sorprende che non ti prenda la briga di nascondere l'irritazione. Mi sorprende la tua esplicita maleducazione. Avevo immaginato che la parte logica del tuo cervello e i tuoi anni di addestramento ti avrebbero aiutato a venire a patti e fare quello che devi fare.»

Alzai anch'io le spalle, irritato per l'accusa. «Non ho problemi a fare quello che devo fare. L'XVenture ha i razzi. Ha gli astronauti. Ora, facciamoli volare. Facciamolo.»

Lei scosse la testa. «Sappiamo entrambi che non è così facile.»

Le studiai la faccia mentre parlava. Aveva una pelle meravigliosa. Era luminosa, anche nella stanza semibuia, con metà delle tende tirate contro il sole del tardo pomeriggio. Più il tempo passava, più mi teneva testa, più contrattaccava, più mi rendevo conto di quanto fossi stato un idiota ad aver dimenticato il nostro incontro la prima volta. Era tutt'altro che dimenticabile.

Una scintilla d'attrazione, piccola, sorprendente, mi scoppiò in petto e cominciò a bruciare un po' più sotto. Persistente.

«La questione di fondo è: sei pronto a fare il tuo lavoro?» mi chiese.

«Perché sei qui?» ribattei.

Lei si risistemò gli occhiali e piegò la testa di lato come se volesse studiarmi. «Sono qui per il mio futuro. Per il lavoro dei miei sogni. E per Tolan. E per tutti gli altri che sognano di far parte del primo programma astronautico commerciale di sempre. Gente che vuole scrivere la storia, che non ritiene che il governo stia facendo tutto ciò che dovrebbe fare per promuovere gli obiettivi dell'umanità con l'esplorazione dello spazio. *Tu* perché sei qui?»

Le mie sopracciglia si unirono da sole. Uhm. A quanto pareva, mi stava ripagando con la stessa moneta.

Rimasi in silenzio, senza sapere esattamente che cosa fare della sua franchezza. Ultimamente la gente non me ne aveva dimostrata molta. Erano troppo occupati a venerare l'eroe. Nessuno diceva più quello che pensava. E anche se il modo in cui parlava mi infastidiva, era confortante sentire un'opinione sincera una volta ogni tanto.

Da quell'angolazione, i suoi capelli biondo scuro catturavano la luce e brillavano come oro. Aumentavano ancora quella strana aura di innocente so-tutto che sembrava proiettare. Era come un'Hermione adulta, sul punto di rimproverare Ron Wesley per la centesima volta. Wow.

«Non posso fare a meno di chiedermi che cosa vuoi veramente, Tyler.» Indicò la stanza intorno a noi. «Forse è restare seduto tutto il giorno in un villone pagato con i contratti per i libri e conferenze per il tuo pubblico adorante. Oh, e anche goderti i vantaggi di portarti a letto donne che pensano che adorarti sia un loro dovere patriottico.»

Maledizione. Proprio Hermione. «Con ogni donna che viene a letto con me, mi assicuro che il *dovere* sia la cosa più lontana dai suoi pensieri.»

Su quella pelle luminosa si accese un po' di colore e dovetti ammettere di essere soddisfatto di vederlo.

E decisi proprio in quel momento che volevo che succedesse ancora.

«Ovviamente il nostro piano di ripulire la tua immagine ti infastidisce. Vuoi parlarne?»

Strinsi le labbra come se avessi succhiato un limone, sopraffatto dalla sensazione che avrei dovuto essere sdraiato su un lettino. «Non giocare a fare la strizzacervelli con me.»

Sulla graziosa boccuccia apparve un leggero sorriso. «Non sto giocando.»

La guardai da capo a piedi, una cosina snella. Non sembrava avere più di venti o ventuno anni al massimo, anche se sapevo che doveva averne qualcuno di più per aver frequentato abbastanza anni di università da essere sul punto di ottenere il dottorato di ricerca.

«Beh, non mi serve uno strizzacervelli, né una babysitter. Ho trentacinque anni.»

Lei alzò le spalle. «Allora non pensare a me come a una strizzacervelli. Pensa a me come a un'assistente personale.»

La guardai storto. «Ho già un assistente.»

«Una chaperon, un supervisore, una governante? Scegli tu.» Alzò le mani aperte.

«Escort?»

Le mani ricaddero e la bocca diventò sottile. «Quello no.»

«Non ho bisogno...»

«Non importa di che cosa credi di avere bisogno.» Indicò se stessa. «E nemmeno che cosa penso io di che cosa tu abbia bisogno. Il fatto è che gli investitori non sganceranno i soldi finché non saranno convinti che la tua vita non è uno casino. Siamo qui per cambiare il modo in cui la vedono, ricordi?»

Mi irrigidii. «*Un casino*? È questo che pensi sia la mia vita?»

Lei premette insieme quelle piccole labbra rosa. «Uh-uh. Lasciamo perdere. Non importa...»

«Importa a me. Tu che cosa pensi?» *Hai dei problemi*, aveva detto. Ciò che volevo sapere era esattamente quali erano. E dato che prima non si era tirata indietro...

Lei sbatté le palpebre, si schiarì la voce e poi si sistemò gli occhiali sul naso. Io restai lì, ad aspettare e finalmente lei mise le braccia conserte. La maggior parte delle donne che conoscevo lo faceva per attirare l'attenzione su quello che avevano da offrire, ma non questa. Lei mi stava studiando apertamente. E inoltre... non è che avesse molto da offrire. Non sul petto, almeno.

Ma la trovavo comunque affascinante. Il modo in cui le sue clavicole sbucavano dalla scollatura della t-shirt come un paio di ali stilizzate. Parallele, lievemente curve, aggraziate, pronte a prendere il volo. Le tracciai con gli occhi. Poi alzai lo sguardo e incrociai il suo.

Quella scintilla scoppiò di nuovo e bruciò più forte di prima. Mi venne voglia di assaggiare quel collo snello, quelle clavicole aggraziate, passarvi sopra la lingua e sentirla rabbrividire in risposta...

Sorpreso, cercai con forza di nascondere quei pensieri, anche se fui contento di notare che c'era una battaglia simile che si rispecchiava nei suoi lineamenti delicati. Le sopracciglia aggrottate. Quello sguardo intenso. La bocca leggermente aperta.

Sembrava assolutamente sbalordita.

Per avere qualcosa da fare, per fugare il potere di quel momento, ripetei la domanda. Non avevo intenzione di dargliela vinta. «Beh, che cosa ne pensi?»

La sua voce tremava un po' quando rispose. «Mi sto... riservando il giudizio.» Squadrò le spalle con un gesto quasi adorabile. «Ma non serve dire, specialmente nel mio campo di studi, che il disturbo da stress post-traumatico è una realtà e...»

«Io non soffro di PTSD» sbottai, chiudendo un pugno sul bar tra di noi. Lei fissò quel gesto ed io tirai indietro di colpo la mano, irrigidendomi. Maledizione, come avevo fatto a permetterle di innervosirmi in quel modo?

Era scioccante, in realtà. Lei non era il mio tipo. E, ultimamente, del mio tipo potevo averne quante ne volevo.

Forse era quel vecchio istinto del conquistatore. Scorreva nel mio sangue come il nutrimento dal latte materno. Se vedevo un ostacolo insormontabile, dovevo conquistarlo. Per me era una reazione naturale come respirare. E in quel momento, miss Gray Barrett sembrava veramente una sfida e un ostacolo formidabile.

Un piccolo, saporito ostacolo. Scivolai nuovamente con gli occhi sul suo corpo snello, solo per notare la T-shirt ricamata con razzi e stelle, i jeans aderenti.

Una groupie dello spazio, come ci piaceva chiamarle. Strano, non sembrava abbagliata da un astronauta in carne e ossa come la maggior parte delle Cape Cookies. Forse preferiva le donne. Il pensiero successivo fu che sarebbe stato un maledetto peccato.

Mi tirai indietro, stupito e mi obbligai a pensare ad altro. Traiettorie di volo, sequenze di lancio… no, no, decisamente non sequenze di lancio. *Che diavolo?*

Girai intorno al bar e uscii in fretta dalla stanza.

Lei mi seguì, esasperante, mentre camminavo lungo il corridoio verso il guardaroba in anticamera, lo aprivo e afferravo le scarpe da cross-training.

«Forza, Tyler. Eri un Navy SEAL. Se hai potuto fare tre turni in Medio Oriente puoi…»

«Che pensiero allegro.» A quanto pareva si era informata. Sembrava che avesse mandato a memoria il mio curriculum, probabilmente annotando i suoi appunti psicologici su un taccuino.

«Stavo solo… dove stai andando?»

«A fare una corsa» dissi, dopo essermi infilato le scarpe. Diedi un'occhiata significativa ai suoi piedi. «Direi che potresti unirti a me, ma quelle sneakers non ce la farebbero mai nel canyon.»

«Ma stiamo…»

«Ci vedremo quanto torno, se vuoi aspettare tanto. Puoi fidarti, non ho intenzione di buttarmi da una scogliera.»

Mi seguì con la faccia furiosa fino alla porta laterale che portava nel cortile posteriore, da dove potevo entrare nel canyon attraverso un sentiero e cominciare a percorrere il mio solito anello.

Lei si gettò con il corpo sottile contro la porta prima che potessi aprirla. «Non mi pianterai qui dopo avermi fatto aspettare per un'ora mentre fottevi la tua allenatrice.»

Mi tirai indietro, fissandola.

«Voglio andare a fare una corsa. Ho bisogno di esercizio.»

«Hai appena fatto un bel po' di esercizio orizzontale!» ribatté.

Sbattei gli occhi, confuso. Aveva decisamente aspettato parecchio per mostrare il peperino interiore. Chi diavolo era quella ragazza? Mi aveva impedito di versarmi un drink, si era gettata contro la porta per tenermi nella stanza, e mi aveva coinvolto in quella puttanata di piano.

Mi sentii ribollire il sangue. Sì, avrei tranquillamente potuto spostarla dalla porta. Avrei potuto buttarmela sulla spalla e rimuoverla fisicamente da casa mia. Ma era la figlia di Conrad Barrett, per l'amor del cielo. E, sì, lui era un figlio di puttana, ma il suo portafogli mi avrebbe riportato nello spazio. *Almeno lo speravo.*

Quindi ero veramente incastrato con quella piccola rompiballe di ragazzetta?

Strinsi i denti e mi chinai per avvicinare la faccia alla sua. «Spostati dalla porta» ringhiai.

Lei non fece una piega, non sbatté nemmeno le palpebre. Invece, fece un respiro profondo e non si mosse. «Non ho mai detto che avessi il PTSD. Ho detto che mi riservavo il giudizio.»

Mi raddrizzai. Aveva ragione. «Ma il sottinteso…»

«Ascolta, sanno tutti che in quest'ultimo anno ne hai passate tante.»

Cristo. Mi piaceva di più quando mi faceva notare le mie stronzate. «Non trattarmi con condiscendenza.»

«Non è quello che sto facendo. Ma è virtualmente impossibile non subire un trauma dopo quello che ti è successo. Non ti rende debole. Ti rende umano.»

Mi chinai in avanti, avvicinandomi, quasi naso contro naso, un po' come avevo fatto il giorno prima nel corridoio all'XVenture. «Io non soffro di PTSD, capito?»

Quegli occhi verdi sostennero risolutamente il mio sguardo. «Non mi interessa.»

Piegai la testa, sicuro di aver capito male. *Cosa?*

Lei si mise eretta, alzando il mento. «Ho detto: non mi interessa.»

Lasciai andare il fiato che non mi ero reso conto di aver trattenuto. Quella ragazza mi stava sorprendendo sempre più a ogni parola che pronunciava. «Davvero? Allora perché tirarlo in ballo?»

«Mi hai chiesto che cosa ne pensavo. Ti ho dato la mia risposta sincera.»

«Beh, ti sbagli.» Mi bruciava la pelle.

«Così hai detto. Non mi spaventa avere torto. Ma non hai fatto né detto niente per convincermi del contrario.» Mi ficcò addosso gli occhi come dardi. «Non chiedermelo di nuovo ed io non dovrò darti la mia opinione.»

Scossi la testa. Maledizione. Perché il fatto che si rifiutasse di rimangiarsi un'opinione sbagliata mi infastidiva tanto? Forse a lei non interessava, ma perché diavolo a me importava tanto?

Gray annuì, lugubre. «Forza, vai a fare la tua corsa. Sarò decisamente qui quando tornerai. In effetti, mentre sarai via, sceglierò una delle stanze degli ospiti in cui restare... ovviamente non quella in cui hai scopato *Suz*. Immagino che non la scopi nella tua camera.»

Sbattei gli occhi. Come faceva a saperlo? E... aspetta... cosa?

Lei si staccò dalla porta e agitò una mano come per sfidarmi a uscire. Poi, con un'alzata di spalle decisa, mi diede un'ultima occhiata da sopra la spalla prima di tornare nel soggiorno.

La fulminai con gli occhi e poi, ovviamente, la seguii, conscio che si trattava molto probabilmente di un trucchetto di psicologia inversa.

«Tu non ti trasferisci qui.»

In soggiorno, guardai il tavolino, notando la fila di penne, alcune cartellette, e un blocco per appunti tutti attentamente allineati. Ma non c'erano borse di nessun tipo, solo la custodia piatta di un laptop.

«Non hai nemmeno le tue cose con te.»

Si voltò a guardarmi. «Sopravvivrò fino a domani. Poi, dopo la riunione con Victoria e Keely Dawson domani mattina, andrò a prendere un po' di vestiti e tornerò. Da allora, ho intenzione di restarti appiccicata come il velcro.»

«Tu non resterai qui» ripetei.

«Tengo un nécessaire con gli articoli di toilette e altra roba in macchina, sempre. Questa sera mi tornerà comodo.» Sottolineò le parole con un sorriso allegro. Quasi gongolante. Mi stava sfidando a buttarla fuori.

La fissai a occhi spalancati, incredulo mentre prendeva un rotolo di tessuto che non avevo notato. «E, guarda, ho ancora l'asciugamano da ieri, il Giorno Ufficiale dell'Asciugamano! Un asciugamano è più o meno la cosa più immensamente utile nell'universo.»

Sbattei gli occhi. Quella conversazione stava diventando più bizzarra, e, stranamente, più interessante, di momento in momento. Con le mani sui fianchi, l'osservai mentre srotolava l'asciugamano e se lo avvolgeva intorno. «Visto? Posso avvolgermelo intorno per tenermi calda o stendermi sopra o usarlo come segnalazione d'emergenza, o… o…» Sembrava stesse cercando di ricordare il resto.

Soffiai fuori il fiato e continuai in tono secco. «O usarlo per evitare lo sguardo della Vorace Bestia Bugblatta di Traal, che pensa che se tu non lo vedi nemmeno lui può vedere te.»

Gray s'illuminò. «Hai letto *La guida galattica per gli autostoppisti!* Il 25 maggio è il Giorno Ufficiale dell'Asciugamano.»

Le diedi un'occhiata come per dire *ovvio che l'abbia letto*, «Sono un astronauta. E comunque, tu non resti qui.»

Lei allargò le braccia, «Hai un mucchio di stanze in questa casa.»

«Niente da fare» ripetei.

Lei prese il telefono dalla tasca posteriore e lo alzò. «Okay, farò sapere a Tolan che i piani sono cambiati. Che mi stai buttando fuori.»

Tesi una mano. «Aspetta.»

Mi fissò con i pollici pronti sullo schermo. «Sto aspettando.»

«Non ho bisogno che tu stia qui.»

Lei alzò una mano e cominciò a contare sulle dita mentre faceva l'elenco. «A parte tutti quei titoli interessanti in cui sei menzionato, vediamo il tuo comportamento nell'ultima ora. Hai saltato un appuntamento importante per del sesso compulsivo, e impulsivo. Superalcolici a un'ora a malapena accettabile.»

«Erano quasi le cinque…»

«Atteggiamento di merda.»

Beh, okay. Su quello non aveva torto.

E sì, fare sesso mentre mi stava aspettando era stato da maleducati. Sapevo che stava per arrivare, ma avevo voluto evitare la riunione. Quando Suz aveva cominciato a strapparmi la maglietta di dosso tre minuti dopo essere entrata, non avevo detto di no. Chi avrebbe detto no al sesso con la sua allenatrice sexy perché qualche giovane strizzacervelli rompiballe aveva un appuntamento con lui alla stessa ora?

«La ragione di fondo, dato che stiamo cercando di essere completamente sinceri, vero?» Alzò le sopracciglia guardandomi ed io annuii, dandole il via libera e preparandomi a un'altra offensiva del suo speciale tipo di sincerità. «Ci sono una serie di cose, recentemente, che dimostrano che non hai la testa a posto, ed io sono qui per aiutarti a darti una regolata e a restare sotto controllo fino al volo di prova. E questo significa niente feste, niente sbronze, e niente donne.»

Sbuffai. «Perché non mi fai ricoverare nel locale istituto di riabilitazione, barra monastero?»

Lei mi sorrise. «È tutta questione di opinione pubblica e di che cosa pensa la gente. E gli investitori. E Tolan, se è per quello. Se vuoi volare di nuovo, allora lo farai. Abbiamo gli stessi obiettivi, Tyler. Io voglio che tu sia in grado di volare. Voglio che ci sia il volo di prova esattamente quanto te. Siamo dalla stessa parte. Inoltre, questa casa è grande, non mi noterai nemmeno. Non ti darò fastidio.»

Ero furioso. Avere una strizzacervelli tra i piedi mi avrebbe rovinato la piazza. Non mi importava quanto fosse grande la casa. Non c'era alcuna possibilità che le permettessi di ficcare il naso nella mia vita.

Diede nuovamente un'occhiata al telefono che aveva in mano. Ma potevo permettermi che facesse la spia a Tolan, e a tutto il resto degli astronauti dell'XPAC?

Avrebbero fatto tutti domande, e, senza dubbio, mi avrebbero strapazzato per non aver fatto la più semplice delle cose per collaborare. Tolan avrebbe potuto facilmente escludermi dal volo, proprio come me lo aveva assegnato. Certo, non avrebbe ottenuto i benefici dalle pubbliche relazioni...

E, parliamoci chiaro, non ero tanto fuori di testa da dimenticare i contatti di questa ragazza. Suo padre. Tolan. Avevo le spalle al muro.

Gesù. *Cazzo.* Come avevo fatto a finire in quella situazione?

Gray mi tese la mano come se fossi entrato nel suo ufficio di strizzacervelli e lei stesse indicando il lettino. «Per favore, siediti.»

«Preferisco restare in piedi. A meno che tu non intenda installare il tuo chioschetto e il tuo barattolo? *Aiuto psichiatrico, 5 centesimi.*»

Lei sogghignò. «Quello è lo sconto per Snoopy. A te costerà un po' di più.»

Peccato che non mi potesse costare qualche bacio, magari una palpata o due di quel bel culetto. Mi misi le mani sui fianchi e mi rifiutai di sedermi.

Lei sospirò. «Va bene, staremo in piedi.»

Piegai la testa per studiarla. Almeno la mia carceriera per i prossimi tre mesi era carina, a modo suo.

Gray aspettò pazientemente, grattandosi il lato del naso e, per un fuggevole istante, colsi un lampo d'oro sulla sua mano sinistra, sull'anulare. Mi mancò il fiato. Era sposata?

Poi notai la pietra rossa scintillante in mezzo. Voltai la testa per vederla meglio. C'era un anno inciso sul lato. E, guardando meglio, era sul dito medio, non sull'anulare. Chiaramente un anello celebrativo. Cercai di non pensare a come il mio cuore avesse perso un battito davanti alla possibilità che potesse non essere disponibile.

Poteva vivere con un boyfriend, per quanto ne sapevo, o uscire stabilmente con qualcuno. Non doveva essere sposata per non essere disponibile, e, comunque, perché cazzo me ne fregava tanto? Sulla mano destra non aveva niente, eccetto una catenina d'argento con un medaglione intorno al polso.

«Beh, non mi lasci molta scelta, vero?»

«Non voglio che tu la prenda in questo modo. Non voglio che ti senta in trappola. Siamo sulla stessa...»

«... barca. Sì, ti stavo ascoltando durante il tuo discorsetto. Ma hai delle regole mentre sei la mia carceriera ed io sono agli arresti domiciliari. Devo portare una cavigliera elettronica? Riferirti i miei spostamenti in ogni momento?»

Gray scosse la testa. «Sono qui per tenerti sulla retta via.»

Strinsi i denti, poi rilassai la mandibola. Distolsi gli occhi. «Sembra noioso.»

«Noioso va bene. Noioso è stabile. Noioso è...»

«*Sicuro*. Proprio come coinvolgere papà perché investa i suoi soldi. Ti piace andare sul sicuro, vero?»

«Mi piace giocare secondo le regole.» Sulle belle labbra fiorì un sorriso sincero. «Le regole sono essenziali, ed io sono bravissima a seguirle.»

Con gli occhi fissi su quella bocca, quella curva deliziosa sul labbro superiore, quella piega sotto il naso. Volevo assaggiarla. E, Dio, quanto mi sarebbe piaciuto farle infrangere le regole nell'attimo in cui aveva detto che le piacevano?

Tantissimo.

Aspetta, miss Gray.

Aspetta e vedrai, mi diceva quella vocina perversa nella mia testa. Non solo le avrei fatto infrangere le regole, ma le sarebbe piaciuto ogni momento.

CAPITOLO OTTO
GRAY

RESTAMMO LÌ A FISSARCI PER UN LUNGO MOMENTO. NON riuscivo a leggere niente in quei profondi occhi azzurri. La tensione nell'aria tra di noi era reale e pesante. Come una caramella mou, burro di noccioline, forse zuppa cremosa. Con il pane. Maledizione, sapevo che non avrei dovuto saltare il pranzo. Erano le cinque passate ed io stavo morendo di fame.

Il mio stomaco brontolò. *Rumorosamente.* Intendo dire che non si limitò a brontolare. Ruggì come Smaug che si svegliava ed emergeva da sotto la Montagna solitaria dopo aver dormito per due secoli, con il fumo che gli usciva dalle narici e il fuoco negli occhi. Pronto a far piovere morte e fiamme sulla vicina Lake Town.

Sì, il mio stomaco assomigliava a un drago arrabbiato affamato di tesori... preferibilmente del tipo commestibile.

L'espressione sulla faccia di Ty espresse la domanda che non aveva fatto a voce alta... *che cazzo era?* Scoppiai a ridere, senza rispondere. Potevo ridere oppure morire d'imbarazzo e avevo già troppi incontri ravvicinati con l'imbarazzo ogni sacrosanto giorno per sentirmi a disagio per il fatto di essere una lavoratrice così indefessa da aver saltato il pranzo.

Il drago ruggì ancora più forte. E adesso stavo ridendo ancora più forte.

E anche lui. Era un suono sexy, una sorta di basso rombo che gli saliva dal fondo del petto, il suo petto grande e ampio. E grazie alla precedente mancanza di maglietta, sapevo che era solido e pieno di muscoli.

«A quanto pare sei affamata» disse mentre mi asciugavo le lacrime dagli angoli degli occhi. «Oppure qualcuno ha liberato il Kraken.»

«In effetti, è un drago, Smaug.»

«Ah. Dov'è Bilbo Baggins quando c'è bisogno di lui?»

Inarcai le sopracciglia, impressionata dalla sua conoscenza di narrativa. Prima *La guida intergalattica per gli autostoppisti,* e adesso *Il Signore degli anelli.* Non sapevo che agli astronauti piacesse tanto leggere per diletto. Ciò nonostante, i dettagli della storia erano sbagliati. «Il Bardo. È stato il Bardo a uccidere Smaug.»

«Ma era stato Bilbo a dirgli come fare.»

Annuii. «Giusto.»

Il drago ruggì ancora una volta e lui corrugò la fronte, con la faccia che sembrava ancora piuttosto burbera. «Hai il numero di qualcuno che consegni la pizza?» gli chiesi con un sorriso speranzoso.

Tyler sospirò e aveva un'espressione *lo rimpiangerò* sul volto. «Ti preparo un sandwich. Ho sviluppato un certo appetito anch'io.»

Sorrisi e, stupidamente, non mi morsi la lingua quando avrei dovuto. «Oh, sono sicura di sì.»

Mi diede un'occhiata e si voltò, lasciandomi dov'ero. Oh, Gesù. A volte non riuscivo a tenere la bocca chiusa, e non eravamo a un punto tale da poterlo prendere in giro per le sue offese, per quanto lo meritasse.

Trotterellai dietro a lui nella grande, splendente cucina, con gli elettrodomestici di rame spazzolato ed eleganti ripiani di granito avorio e nero.

Lui si voltò e indicò uno degli sgabelli accanto al ripiano davanti al frigorifero ed io mi sedetti obbedientemente. Nel frattempo, lui stava estraendo alcune cose dall'enorme frigorifero: pane integrale, maionese, verdure, pomodori, affettati freschi avvolti in carta oleata marrone.

«Sei vegana o intollerante al glutine? Perché non ti posso aiutare se è così. Beh, se sei vegana potrei lanciarti una foglia di spinacio.»

Lo guardai sorpresa, confusa dal suo repentino passaggio alla modalità di risoluzione problemi. Lo osservai per un momento, notando i suoi movimenti veloci, scattanti, che sembravano esprimere una latente irritazione. Avrebbe probabilmente cercato di appianare la situazione, cercato di negoziare una via d'uscita, e spedirmi fuori da casa sua per tutto il periodo. Strinsi gli occhi e mi preparai ad affrontare la sua prossima mossa.

Quei guerrieri alfa usavano tutti lo stesso manuale. Ordini. Protagonismo. Altri gesti drammatici. E, a seconda delle loro personalità, qualche parolina dolce qua e là e il fascino. Avrei resistito e non avrei pensato nemmeno una volta che era incredibilmente bello, anche mentre preparava un sandwich, quegli avambracci da sogno, quelle mani forti, capaci. Distolsi gli occhi e cercai di concentrarmi su ciò che mi aveva chiesto.

«Non posso mangiare spinaci o cavolo.» Indicai un sacchetto di foglie di spinaci baby. Lui aggrottò la fronte ma li ripose in frigorifero. «Ma a parte quello, va tutto bene.»

Il mio stomaco brontolò di nuovo, come se stesse partecipando direttamente alla conversazione e presentando la sua (rumorosa) protesta.

«Sto lavorando più in fretta che posso» disse Tyler, con le spalle verso di me, ma era facile capire che era divertito, dalla sua voce e da come le spalle si scuotevano mentre assemblava i sandwich.

«È estremamente gentile da parte tua prepararmi da mangiare. Ma voglio che sappia che non dovrai provvedere a nutrirmi per tutti i pasti. Domani, quando tornerò, passerò al supermercato. Non sono una gran cuoca ma preparo delle colazioni fantastiche.»

Lui mi diede un'occhiata furba ma sembrò si stesse mordendo la lingua. Molto probabilmente un'altra allusione sessuale, questa volta trattenuta, se Dio vuole. Grugnì evasivamente mentre affettava un pomodoro e posava le fette su due fette di pane.

«Che ne dici di un compromesso» cominciò a dire nello stesso tono di voce bonario. «Non credo che tu abbia voglia di restare qui più di quanto ti voglia qui io. Potremmo incontrarci ogni giorno. Ti farei rapporto...»

Io mi misi diritta, e mi stampai in faccia un enorme sorriso, come un cucciolo eccitato. «Vuol dire che potremmo fare delle sessioni di terapia?»

Il suo viso s'incupì. Com'era prevedibile.

Tolse la carta all'affettato ed elencò le scelte possibili: sottili fette di roast beef, prosciutto al miele, pollo speziato. Scelsi il pollo, che mise sul pane per me, scegliendo il roast beef per sé.

«Che cosa ti fa pensare che abbia bisogno di terapia?»

Arcuai un sopracciglio, fissandolo, mentre si curvava sulle sue creazioni, poi si puliva le mani e prendeva due semplici piatti bianchi da un armadietto. *Quella povera anima ferita non pensa che qualcun altro possa vederla.*

Deglutii, ma, saggiamente, per una volta tenni la bocca chiusa.

Lui mi diede un'occhiata, come se si aspettasse una risposta, ed io sbattei gli occhi. «Quindi ti rifiuti di chiamarla terapia, ma saresti pronto a promettermi di avere sessioni regolari con me nelle quali noi… cosa facciamo… giochiamo a scacchi?»

La guancia si gonfiò quando strinse i denti. Continuammo a fissarci in quell'atmosfera pesante finché cominciò a essere sgradevole. Sembrava un'accusa… no, una sfida. Ma non sapevo esattamente chi fosse lo sfidante e chi lo sfidato.

Alla fine cedetti, abbassando lo sguardo. Un secondo netto dopo, lui tornò ai sandwich, premendo insieme le fette di pane e finendole con un taglio perfetto a metà di ciascuno.

Mi mise davanti il mio sandwich al pollo speziato. «Che cosa vorresti bere?»

«L'acqua va bene.»

Prese una bottiglia fredda dal frigorifero per me. E un qualche tipo di liquido verde per sé, probabilmente fatto con le sue manine dalla sua tromballenatrice. Estratto di cavolo, chiarì con un sorriso mesto, versandolo nel suo bicchiere souvenir degli Anaheim Ducks arancio brillante.

Sembrava orribile. Soffocai un brivido e distolsi gli occhi. Divertito, lui portò il sandwich e il bicchiere al bancone e si sedette sullo sgabello di fronte a me. Sembrò aspettare che alzassi gli occhi prima di prendere il bicchiere e trangugiare metà del frullato. Questa volta rabbrividii davvero.

Ridendo, usò un tovagliolino di carta per pulirsi la bocca. «Sa di culo, nel caso te lo stessi chiedendo. Me l'ha preparato Suz.»

Sogghignai. «Allora sono sicura che sia pieno zeppo di vitamine e minerali potenti per assicurarti una virilità di lunga durata.»

Questa volta, lo vidi veramente lottare per non sbuffare. «Quando hai intenzione di lasciar perdere?»

Strinsi le labbra. «Probabilmente mai. È stato tremendamente maleducato da parte tua.»

«Non succederà più…»

«Bene!»

«… se non resterai qui.»

Strinsi gli occhi e diedi un morso al sandwich. Lui mi guardò a lungo, probabilmente aspettandosi che capitolassi, *cosa che non avrei fatto*. Poi morse anche lui il suo sandwich. E poi continuammo a demolirli senza parlare.

«Se stai cercando di assicurarmi che cose del genere non succederanno più, non stai facendo un gran bel lavoro» gli dissi dopo aver ingoiato l'ultimo boccone. Potevo diventare dolorosamente sincera, ora che non c'era più la possibilità che sputasse nel mio sandwich.

«Allora, cosa? Devo convincerti che righerò dritto prima che mi lasci in pace?»

«Se lasciarti in pace è il tuo modo di dire che non vivrò più a casa tua, allora no. Non succederà fino al volo di prova.»

Tyler sbatté le palpebre. «Tre mesi? Sei fuori di testa?»

Io sogghignai di nuovo, allungai la mano verso il suo piatto e il suo bicchiere vuoti. «C'è chi ha quella teoria sui laureati in psicologia.»

Lui fece una smorfia e mi passò il piatto e il bicchiere. Li portai al lavandino dove, poco saggiamente, annusai il residuo marrone verdastro nel suo bicchiere souvenir. Scuotendo la testa, riempii la vasca fino a metà con acqua calda saponosa.

«Oddio, quella roba ha un odore orrendo. Spero che sia più brava come allenatrice che a fare frullati.»

Scoppiò a ridere. «Oh, è *molto* brava.»

Mi aveva lanciato apposta quella battuta. Lo guardai socchiudendo gli occhi e lui mi fissò come sfidandomi a dire qualcosa. Invece, mi morsi palesemente la lingua e poi dissi. «Quella lascerà i segni dei denti.»

Quando misi i piatti nell'acqua saponata, mi disse: «Ho la lavastoviglie, sai.»

Scossi la testa. «Sono solo due piatti e due bicchieri. Facile.»

Solo che non fu così. Tenni per ultimo il bicchiere di viscidume verde e, prendendolo, infilai dentro la mano per far arrivare la spugna fino in fondo. Inspiegabilmente, quella cosa mi si spezzò in mano, anche se avevo applicato solo una pressione minima.

Sentii una fitta di dolore nella parte carnosa del palmo, proprio alla base del pollice. Lasciai cadere il bicchiere, che si frantumò del tutto nella vaschetta di ceramica.

«Merda!» esclamò Ty, spostandosi in fretta verso di me. Abbassai la mano per togliere le schegge.

«Mi dispiace...»

«No! Non farlo!» Mi afferrò il polso e mi tolse la mano dall'acqua, tenendola in alto. Il sangue colò lungo il braccio da dove il taglio stava sanguinando sopra il polso.

«Sto facendo un disastro» dissi mentre gocce di sangue macchiavano la moquette. Si formarono in fretta scie rosse che gocciolavano lungo il braccio fin oltre il gomito. Ty imprecò.

Oh merda. Non era un buon momento... non un buon momento per una cosa simile. Sentii una gelida fitta di paura, ma mi costrinsi a restare calma.

«Non preoccuparti per quello. Tieni la mano sopra il livello del cuore e specialmente fuori da quell'acqua sporca.»

Afferrò qualche tovagliolo di carta, li piegò in due e premette forte il tampone contro il taglio. «Bicchieri souvenir di merda. Ne ho fatto cadere uno come quello la settimana scorsa ed è andato in mille pezzi. Sapevo che avrei dovuto buttar via anche questo. Sono un pericolo.»

«È...»

Era in piedi accanto a me e sentii il profumo dei suoi capelli quando si chinò, tolse i tovaglioli di carta e ispezionò la ferita. Per qualche strana ragione, trovai confortante la sua vicinanza e il suo calore. Come se non dovessi affrontarlo da sola. Ora, se solo fossi riuscita a schiarirmi le idee tanto da dirgli che cosa doveva fare per aiutarmi.

«Cristo, è profondo e stai ancora sanguinando forte. Devi aver tagliato l'arteria radiale. Ti serviranno dei punti.» Tolse la carta inzuppata e ne premette sopra dell'altra. Sentivo il braccio formicolare per averlo tenuto sopra la testa.

Fece una smorfia, guardandomi negli occhi. «Va tutto bene? Sembri pallida, come se stessi per svenire.»

Io inspirai forte. «Sto bene, ma ho bisogno che vada a prendere il mio nécessaire dall'auto. È nel vano portaoggetti.»

Mi guardò come se fossi un'idiota. «Ti sei tagliata e stai sanguinando profusamente e vuoi che sbrighi una commissione?»

«È importante, credimi. Nella borsa ho della polvere antiemorragica. È un contenitore rotondo.»

Lui mi afferrò la mano sana e la premette sul taglio, si allontanò ed entrò in azione. Poi mi avvicinò il suo sgabello. «Siediti. Non voglio che svenga. Le chiavi dell'auto?»

«Nella tasca anteriore della mia borsa. Sul divano.»

Scomparve e tornò in un minuto con il contenitore rotondo, girato dalla parte delle istruzioni, camminando e leggendo allo stesso tempo. Appoggiò sul ripiano il mio portachiavi con la replica dello shuttle spaziale, continuando a leggere le istruzioni su come usare il sigillante. Quando feci per prenderlo, avendolo già usato in passato, lo allontanò, continuando a leggere prima di prendermi la mano e seguire le istruzioni alla lettera. Era abituato a cose simili, no? Controllare in fretta le liste di verifica e i protocolli mentre era a bordo della ISS, mentre volava nella bassa orbita terrestre a un po' più di ventisettemila chilometri l'ora.

«Niente spinaci o cavolo. Entrambi contengono la vitamina K, che aiuta la coagulazione. E porti con te il sigillante, il che significa che stai prendendo gli anticoagulanti.» Parlò con la voce secca, mentre lavorava su di me.

«Sì.»

Il suo tono era gelido. «Dovresti indossare un braccialetto medico.»

Alzai il braccio destro per mostrargli il medaglione salvavita che pendeva dal mio polso. Lui gli diede un'occhiata in fretta e poi tornò a ispezionare la ferita. La sua mano grande avviluppò la mia, che non mi era mai sembrata così piccola. Il palmo era calloso, la mano di un lavoratore. La ruvidezza era gradevole sul dorso della mia. In effetti, per la sua vicinanza, per il suo odore, notavo appena il lieve pulsare di dolore.

Odorava di conchiglie, vento, sabbia, oceano, salato e terroso con un accenno di lime. Chinò la testa per ispezionare l'andamento della coagulazione. Il mio avambraccio era appiccicoso, rivestito di un lieve strato del mio stesso sangue. «I tagli profondi possono essere letali per le persone che prendono anticoagulanti. Perfino i lividi sono pericolosi.»

Aveva preso un tono da conferenziere per parlarmi di fatti che conoscevo già, e piuttosto bene.

Per una volta, mi morsi la lingua invece di ribellarmi al suo tono condiscendente, tipicamente maschile.

Deglutii, cercando di ignorare il modo in cui il mio cuore stava battendo irregolarmente contro le costole per via della sua vicinanza. Il suono ticchettante che proveniva dal mio petto era tanto forte che ero sicura lo avesse sentito anche lui.

Cercai di non pensare a come Ryan fosse molto più che bello e che il suo odore fosse, oddio, così buono. I tonfi nel mio petto si riverberavano in ogni parte del mio corpo. Perché era sempre al *cuore* che erano associate quelle sensazioni? Perché non il fegato, o i reni o…

Oh. Adesso stava soffiando sulla ferita e nonostante il lieve bruciore, rabbrividii, e *non* per il dolore.

Quell'uomo mi stava facendo tremare e arrossire per la sua attenzione e il suo tocco. Quelle dita che stavano pigramente tenendo la mia mano? Le sentivo su per tutto il braccio, fino al centro del petto. Formicolii, caldi e scintillanti.

«Dobbiamo pulirti e portarti in un ambulatorio.»

«In ambulatorio? Perché?»

«Per i punti. È profonda, Gray.»

«Non puoi farlo tu?» gli chiesi.

Lui esitò. «Sì, ma non sono un medico.»

Basta medici. Basta ospedali. Non adesso. Ne avevo visti tanti in tutta la mia vita e probabilmente ne avrei visti ancora. Non volevo andare in un ambulatorio per una cosa simile. Non se poteva aiutarmi lui.

«Ma sei addestrato a eseguire procedure mediche poco impegnative. Hai ciò che serve?»

Lui tirò il fiato, lasciandolo andare poi lentamente, raddrizzandosi. «Posso farlo facilmente. Pensavo che avresti preferito un medico.»

Scossi violentemente la testa. «Non ho nessuna voglia di andare in un pronto soccorso, o in ambulatorio per una cosa così piccola.»

Le immagini mi passarono per la mente, indesiderate: dolore straziante in mezzo al petto per settimane. L'odore di astringente e dei liquidi per la pulizia. La ruvidezza delle lenzuola dell'ospedale. *Ugh.* No.

Tyler sospirò, voltandomi la mano e controllandola ancora, per assicurarsi che avesse smesso completamente di sanguinare. Poi si raddrizzò. «Aspetta qui. Vado a prendere il kit medico» mormorò.

Tornò con un contenitore di plastica di notevoli dimensioni, chiuso a chiave. Lo mise sul ripiano e mi chiese di nuovo. «Stai bene? Niente mal di testa o vertigini per la perdita di sangue? Sei ancora pallida.»

Mi sforzai di non irritarmi per l'accusa, quella che sentivo fin troppo spesso da mio padre. Gli diedi un'occhiata. Invece del sarcasmo bruciante o della presa in giro, c'era reale preoccupazione nei suoi profondi occhi azzurri. «Sto bene, grazie» gli risposi.

«Allora puliamo e chiudiamo la ferita. Voglio controllare che non siano rimasti dei minuscoli pezzi di vetro nella ferita, quindi la anestetizzerò per poter frugare dentro.»

Prese un paio di occhiali da una custodia e se li mise. Poi indossò dei guanti di lattice e prese una siringa di lidocaina per anestetizzare l'area del taglio. Mi morsi il labbro quando infilò l'ago. Mi tenne dolcemente la mano mentre aspettava che facesse effetto l'anestetico. Per tutto il tempo, gli fui grata che non mi tempestasse di domande.

Non riuscii a guardare mentre usava un piccolo tampone per frugare dentro il taglio. Non sentivo niente ma vederlo mi dava fastidio. Soddisfatto, prese l'antisettico e pulì la ferita.

«Non posso usare la colla chirurgica perché il taglio attraversa la base del pollice. Ma userò parecchi punti per minimizzare la cicatrice.»

«Non mi preoccupa avere una cicatrice sul palmo della mano.» Avevo parecchie cicatrici molto più evidenti di cui preoccuparmi.

Lui alzò gli occhi, guardandomi da sopra le lenti d'ingrandimento, con l'espressione fin troppo seria. «Io lavoro sempre al meglio delle mie possibilità. *Sempre.*»

Mi morsi il labbro e annuii. «Okay.»

Bene, bene, bene. Avevo trovato almeno una situazione in cui lo Stronzo Americano era accettabile. Quando si stava prendendo cura di qualcun altro. Era quasi una meraviglia vedere come entrava naturalmente nel ruolo. Così abilmente.

L'istinto protettivo era forte in lui. Quello almeno era evidente. Era quasi tenero vederlo. *Quasi.*

«Ti pulirò il braccio una volta chiusa la ferita. Non voglio rischiare che ricominci a sanguinare.»

«Di solito il sigillante funziona molto bene.»

Tyler alzò di colpo le sopracciglia. «Lo usi spesso? Forse dovresti stare più attenta, specialmente mentre stai prendendo gli anticoagulanti.»

«Gli anticoagulanti sono una cosa permanente. Quindi devo solo farmene una ragione.»

«Allora devi fare più attenzione alle attività cui decidi di partecipare» ringhiò con quella voce che faceva sembrare che si fosse auto-nominato il mio guardiano.

Alzai un sopracciglio. «Intendi dire fare le scelte *sicure?*» Lo presi in giro, ripetendo le sue parole.

Sbuffò ma non replicò. Poi piegò la testa per cominciare il suo lavoro. E invece di guardare ciò che stava facendo, piegai la testa anch'io. Perché, da quell'angolazione, potevo cogliere una traccia del profumo straordinario dei suoi capelli. Erano morbidi mentre mi sfioravano la guancia e il cuore cominciò a battermi di nuovo forte nel petto. E...

Eccolo, quell'eloquente *clic-clic-clic* nel silenzio. Mi raddrizzai e lui borbottò: «Stai ferma. Solo qualche altro punto.»

Ma volevo allontanarmi prima che lo sentisse. Oh? Chi stavo prendendo in giro? Lo aveva già sentito. Chiunque poteva sentirlo, prima o poi, a meno che fosse debole d'udito.

Tyler si rialzò e mi guardò. Le nostre facce erano a poca distanza l'una dall'altra.

«Hai sentito qualcosa?»

Sbattei le palpebre. «Oh, uh, no.» *Almeno non fisicamente.*

Si tolse gli occhiali. «Okay. Allora, quando dico di restare ferma, dico sul serio. Non cominciare a dimenarti.»

Mi guardò il petto. Io sentii la solita gelida, lancinante, paura. Mi aveva sentito ticchettare come un orologio antico? Che cosa stava pensando?

Tyler fece una smorfia. «Hai sangue su tutta la maglietta e sul braccio. Te ne presterò una pulita da indossare.»

Mi sentii travolgere da un sollievo inspiegabile. Guardai il suo torace ampio, proprio davanti a me. *Troppo* vicino. Così vicino che mi rendeva difficile respirare.

Dopo aver esaminato quel torace ampio più da vicino, per motivi puramente professionali, ovviamente, gli dissi: «Su di me, una tua maglietta sarebbe un vestito.»

«Meglio che non sembrare la vittima di un tentativo di omicidio» mi rispose, con un'alzata di spalle.

Mi guardai la maglietta rovinata, con stelle e razzi ricamati dappertutto, l'azzurro pallido chiazzato di sangue. «Direi che hai ragione.»

«Inoltre, un po' d'acqua ossigenata sulle macchie e tornerà come nuova.»

«Mmm. Sembri sapere più di quanto dovresti su cose come il bucato. O magari più specificatamente sul sangue. Hai nascosto qualche corpo, vero?»

Le parole mi erano uscite senza controllarle, e il suo leggero sorriso gli si congelò sul volto. Il momento di disagio rimase lì appeso tra di noi ed io mi sentii una completa merda, mentre sbattevo gli occhi come un'idiota, sentendomi un po' stordita per l'imbarazzo. «Oh, mi dispiace. Sono una tale…»

Lui scosse la testa. «Va tutto bene. Comunque nascondo solo i corpi dei professionisti della salute comportamentale con i quali devo lavorare.» sottolineò le parole ammiccando e ridendo bonariamente. E quando quel momento svanì, risi insieme a lui.

Tornò serio dopo un minuto. «Quando ero con i SEAL, capitava spesso di avere a che fare con il sangue.»

Dopo avermi fornito quella sconcertante notizia, come se stesse descrivendo un altro giorno in ufficio, voltò sui tacchi e uscì dalla stanza, tornando qualche minuto dopo. In mano aveva una t-shirt nera, molto simile a quella che indossava lui, con il logo gigante della NASA in mezzo al petto. Indicò una piccola stanza da bagno accanto alla cucina e mi consegnò una lavetta per pulirmi il braccio.

Sospirai quando mi resi conto che la t-shirt aveva il collo a V, ma la indossai comunque. Come avevo sospettato, guardandomi allo specchio, la maglietta era enorme per me, mi arrivava praticamente alle ginocchia. La scollatura scendeva molto in basso, fino quasi al reggiseno. Era chiaramente visibile la cicatrice rossa che si estendeva dall'ombelico fino alla cima dello sterno, arrivando quasi fino alla fossetta dove il petto si univa alla gola.

Rialzai la scollatura, spingendo la maglietta indietro sulle spalle in modo che il bordo si appoggiasse contro la base del collo. Sembrava strana, ma forse avrebbe creduto che ero particolarmente modesta. Per tenerla a posto, strinsi il fondo della maglietta intorno alla vita e l'annodai. Chissà se avrebbe tenuto? Valeva comunque la pena di tentare. L'unica alternativa era indossarla al contrario.

Era stupido sentirmi a disagio per la cicatrice. Di solito non lo ero. Ma per qualche motivo... Beh, se gli anticoagulanti e il forte battito ticchettante non glielo avevano ancora fatto capire, non me la sentivo di discutere le mie carenze, fin troppo evidenti, con un uomo che proiettava una tale perfezione fisica e sceglieva di non ammettere di avere debolezze.

Uscii e lui diede una breve occhiata a come mi ero vestita, prima che gli occhi salissero al viso, controllando i miei lineamenti con gli occhi socchiusi. «Sei ancora pallida.»

«Non ho perso molto sangue. Non è che mi serva una trasfusione.» Ne avevo avute parecchie anche di quelle.

Lui respirò a fondo, riflettendo. «Beh preferirei che non guidassi fino a casa in queste condizioni.»

Bene, perché avevo comunque l'intenzione di restare. Mi morsi il labbro per impedirmi di dargli una risposta sarcastica. Dopotutto, stava cercando, a modo suo, di essere gentile. Ma ero anche quasi certa che stesse per suggerirmi di chiamare un taxi.

«E dato che Victoria verrà qui per la riunione domani mattina, tanto vale che resti. *Stanotte.* In questo modo potrò tenerti d'occhio, dato che è colpa mia se ti sei ferita.»

Fui sul punto di aggrottare le sopracciglia. *Bene.* Almeno potevamo cominciare da lì. Una volta che Victoria fosse arrivata il mattino dopo, avremmo potuto fargli pressione insieme per farmi restare.

«Ti stai prendendo la responsabilità per uno stupido bicchiere souvenir che mi si è per caso rotto in mano.» *Per che cos'altro ti sei preso la responsabilità, comandante?*

«Mi sento in colpa perché ti sei fatta male.» Indicò la mia mano. «Specialmente tenuto conto dei tuoi problemi di salute.»

Mi eressi in tutta la mia statura. «Sto bene. I problemi di salute non sono gravi.» Ma non avrei esagerato asserendo la mia indipendenza, tanto da dovermene andare. Lui aveva finalmente capitolato. Parzialmente, almeno.

Tyler si appoggiò allo stipite della porta e continuò a fissarmi. «Allora, dato che sei stata così pronta a impormi delle regole: *niente sbronze, niente feste, niente donne...*»

«Sì?» Lo guardai inarcando le sopracciglia.

«Beh, ho anch'io delle regole.» La sua espressione era seria, perfino tetra.

Premetti insieme le labbra, quasi aspettandomi che mi proibisse di andare nell'ala ovest della casa, dove teneva la sua rosa incantata sotto una campana di vetro.

«Beh, come ho detto...»

«Sei brava a rispettare le regole. Sì, lo ricordo» finì lui. «Quindi significa che rispetterai queste... Prima di tutto, niente discorsi da strizzacervelli. Niente psicanalisi. Non si parla di PTSD o trauma o comunque tu voglia etichettarli.»

Sbattei gli occhi. «È tutta una regola?»

Lui mi fissò, chiaramente irritato ed io alzai la mano sana per dirgli che avevo capito. Non c'era bisogno di farlo innervosire.

Ma era serio? Com'era possibile che pensasse di poter convincere chiunque che la sua discesa a spirale non fosse causata dal trauma dell'incidente? L'orrendo incidente che lo avevo guardato raccontare nel video come se stesse discutendo il punteggio di una partita di football. Come dicono, non c'è peggior sordo di chi non vuol sentire.

Invece di discutere, mi schiarii la voce. «C'è altro?»

«La mia vita privata. Rispettala. Questa è casa mia. Lasci tutto come trovi. Per esempio, se una luce è accesa, deve restare accesa.»

Le luci? Che strano esempio. «Sarò lieta di lasciarti tutta la privacy di cui hai bisogno. Ma, per favore, niente sesso mentre viviamo sotto lo stesso tetto.»

Mi guardò torvo. «Mi hai già comunicato le tue regole.»

«Consideralo un assioma sotto la regola del *niente donne*. E l'ho aggiunto per via del tuo comportamento di questo pomeriggio.»

«Allora… dimmi, dovrei appendere una cravatta alla maniglia della porta d'ingresso?»

«Che ne dici di cercare di controllare le tue voglie?»

Lui non rispose, a parte incrociare le braccia sul petto e guardarmi come se fossi pazza.

E prima di dimenticarmene, aggiunsi. «Ah, e anche la legge di Wheaton.»

«Scusa, che cosa?»

«Detto semplicemente, non essere una testa di cazzo.»

Ty scoppiò a ridere. «Mi dispiace, ma non ho intenzione di chiedere scusa per quello.»

«Hai intenzione di esserlo?»

«Non è già successo?»

«Sì. Ma sono pronta a concederti l'amnistia per il passato recente se riesci a rigare diritto da ora in poi.»

«Significa che ottengo la condizionale e tu non vivi qui?»

«Che ne dici se prendo in considerazione di darti del tempo libero per buona condotta, quando mi avrai dimostrato che ti stai comportando meglio?»

Lui si staccò dallo stipite, e continuava a non sembrare molto contento della mia proposta.

Insistetti. «Prometto di essere una coinquilina il meno invadente possibile. Non dovrai nemmeno pulire. Io…» Diedi un'occhiata alla cucina, immacolata. Aveva pulito tutto nei pochi minuti in cui ero rimasta in bagno. «Gli astronauti sono anche bravi a fare le pulizie.»

«Abitudine. Sulla stazione non c'è l'impresa di pulizia. Siamo di corvée un giorno alla settimana. E dato che tutto galleggia in giro, è un motivo in più per tenere tutto pulito.»

«Ti interessa quale stanza degli ospiti uso?»

«Apparentemente non quella che ho usato io prima» disse con un'espressione divertita.

«Di sicuro non quella. Ma sono certa che ce ne siano altre. Vado a raccogliere la mia roba» dissi, prendendo il nécessaire degli articoli da toilette dal ripiano e andando in soggiorno per la borsa del laptop e le altre cose.

Lui mi seguì fin quando superammo l'angolo per andare in corridoio, oltre la serie di splendide fotografie dalle cornici professionali.

Si fermò davanti a quella che avevo urtato prima, raddrizzandola con una smorfia prima di darmi un'occhiata di sottecchi. Sentii la faccia che scottava per l'imbarazzo, ricordando le circostanze in cui ero finita contro la fotografia, quasi facendola cadere dal muro. In quel momento stava giocando alle percussioni con la testata del letto contro la parete con la sua allenatrice ansimante.

Indicai le fotografie. «Le hai scattate dal LEO?»

Mi guardò stupito per l'uso del gergo spaziale. «Sì in orbita terrestre bassa, dalla cupola della stazione.»

Le guardai di nuovo. Una di esse era una ragnatela di luci su un panorama nero, una delle città principali catturata di notte. Un'altra era il delta azzurro di un fiume che brillava in un panorama marrone. «Il delta del Nilo» disse, indicandola. «E questa con cui hai già fatto conoscenza, sono le Bahamas.» Indicò la fotografia che avevo ammirato prima, le isole e l'acqua di varie tonalità di azzurro e verde che scorreva tra di loro. «Quello è il punto di riferimento preferito di tutti in orbita bassa.»

«Non il tuo?»

Tyler alzò le spalle. «Non avevo un punto preferito. Tutto era meraviglioso e bellissimo da quel punto di osservazione, perfino la roba che non è granché bella sulla superficie.» Il suo sguardo passò per un attimo dalla fotografia a me. «Immagino che ci voglia un'altra prospettiva per dimostrare che si può vedere la bellezza in tutto.»

Io continuai a fissarle per un altro lungo minuto, ammirando la sua abilità con una macchina fotografica e tra di noi continuò il silenzio. Cercai con tutte le mie forze di non guardarlo, perfino quando potevo capire che mi stava fissando. Divenne presto imbarazzante, e il mio viso si accese come se volesse fondersi, quindi arretrai e continuai ad andare verso il soggiorno per prendere le mie cose.

Rimisi le mie cose nella borsa, con cautela, per evitare di farmi male alla mano ferita. Lui sorrideva, apparentemente divertito che fossi arrivata già così preparata. Era facile dire che, a quel punto, chiunque avesse un minimo d'intelligenza aveva già capito che ero una gigantesca nerd. Non mi facevo illusioni sul fatto di poter ingannare qualcuno.

Lui accennò alla porta d'ingresso. «Devi andare a chiudere la tua auto, a meno che ci sia ancora qualcosa che ti serve?» Scoppiò a ridere. «Come un altro asciugamano o roba simile?»

«È il tuo piano diabolico, farmi uscire per potermi chiudere fuori?» Quando scosse bonariamente la testa, continuai. «Devo chiudere i finestrini.»

Tyler mi seguì sul vialetto. Il sole era appena tramontato e le luci esterne si erano accese. Tutto era illuminato a giorno, i vasi, i gradini, tutto lungo il viale. Grandi fari sulla casa. Sembrava strano. Sarebbe stato logico pensare che un astronauta si preoccupasse di più dell'inquinamento luminoso, e anche della conservazione dell'energia.

Diavolo, si sarebbe probabilmente potuto eseguire un intervento chirurgico sotto quelle luci.

Ty indicò il ventilatore a pile sul mio sedile anteriore. «Queste nuove BMW hanno dei sistemi di climatizzazione veramente interessanti.»

Mi misi a ridere. «L'aria condizionata è rotta e ho saltato l'appuntamento che avevo oggi dal meccanico per venire qua.»

Una volta rientrati, mi fece fare un breve tour delle parti della casa che non avevo ancora visto. C'era un portico sul retro che guardava a est sull'argilla rossastra del Peter's Canyon, dove il cielo stava diventando viola e una luna argentea, frastagliata, stava salendo all'orizzonte. Al piano inferiore c'era la sua palestra con porte scorrevoli di vetro che portavano a una bella piscina di acqua salata. Era circondata da un giardino resistente alla siccità del tipo che era attualmente in auge nel sud della California.

Quando tornammo di sopra, notai immediatamente che anche l'interno della casa era ben illuminato da luci temporizzate. Ripensai allo strano commento che aveva fatto. *Per esempio, se una luce è accesa, deve restare accesa.*

Diedi un'occhiata alla sua schiena mentre lo seguivo lungo il corridoio verso una camera per gli ospiti. Era quella più lontana possibile dalla stanza padronale dall'altra parte della casa.

Aveva un problema con le luci? O meglio, con il buio? Se era così, c'era un modo per parlarne senza violare la sua regola "niente discorsi da strizzacervelli"? Avrei dovuto pensarci. Quella sera avevo fatto un passo avanti. Meglio non spingere troppo. Per ora.

Lui entrò per primo nella camera e andò al letto per assicurarsi che la sua governante avesse messo le lenzuola pulite. Tirando indietro la trapunta per controllare, si guardò intorno. Era spartana, una sovraccoperta blu scuro e qualche altra splendida fotografia sulle pareti accanto alla cabina armadio. «Il bagno è in corridoio» indicò. «Ti serve uno spazzolino da denti?»

Scossi la testa, indicando il mio fidato nécessaire. Lui annuì e andò alla porta, voltandosi.

«Sei a posto per stasera?»

Annuii. «Ho un sacco di lavoro da fare. Ho portato della roba con me.»

Lui non reagì. Dopotutto, non aveva idea che avrei trascritto i miei appunti su di lui. Già, non era un mio paziente, ma potevo comunque fare delle osservazioni.

Quando si voltò per andarsene, lo fermai, chiedendogli il suo numero di telefono, per poterci tenere in contatto. Lo inserì nel mio telefono senza fare commenti, chiamandolo in modo da avere anche il mio numero.

Quando alzai gli occhi dopo aver scritto il nome del contatto sul mio telefono, lo trovai che mi stava scrutando il petto con gli occhi stretti. O era affascinato dal mio poco prorompente davanzale oppure, nonostante i tentativi, la scollatura a V della maglietta era scivolata e vedeva la cicatrice.

Ma non avevo voglia di fare quella conversazione. Non subito. Era proprio ciò di cui avevo bisogno nella mia vita, un altro maschio iperprotettivo. Mi aveva lasciato restare con la scusa di tenermi d'occhio, ed io non avevo protestato perché era in linea con i miei propositi di tenere d'occhio lui. Ma non avrei permesso che quell'atteggiamento protettivo mi sfuggisse mi mano.

«Buonanotte» cinguettai, afferrando la porta.

«Dormi bene, Gray» disse gentilmente. Chiusi la porta e andai al letto. Lasciandomi cadere, fissai il soffitto bianco, riflettendo.

Nonostante il modo disastroso in cui era cominciata la giornata, almeno le cose erano finite su una nota semi-positiva.

Potevo solo sperare che da lì in poi le cose volgessero al meglio.

Ma chissà? L'allenatrice sarebbe sicuramente tornata la settimana successiva o magari anche il giorno dopo.

Ed io avevo dovuto versare il mio sangue su tutta la cucina per fargli accettare che restassi per una notte.

Quindi, in un certo senso non prometteva bene per il prossimo futuro. Ma preferivo considerarmi un tipo da bicchiere-mezzo-pieno.

CAPITOLO NOVE
RYAN

D I BUON'ORA LA MATTINA SUCCESSIVA, DECISI DI recuperare la mancata corsa nel canyon, approfittando della brezza fresca. Era fine maggio e il tempo sarebbe diventato presto molto caldo, ma dopo un inverno con piogge abbondanti, il panorama era ancora verde e fresco sull'anello dove correvo di solito. Un modo eccellente per schiarirmi la testa. Per pensare.

Al ritorno, mi resi conto di averci messo più di quanto avevo programmato. La riunione con Victoria e la mia nuova (molto temporanea) coinquilina era già in corso. Per la seconda volta in altrettanti giorni ero in ritardo per una riunione che coinvolgeva la misteriosamente intrigante giovane figlia di Conrad Barrett.

Ma immaginavo che non volessero vedermi sudato, reduce da una corsa. Quindi mi scusai e andai a fare una doccia veloce, scendendo poi con i pantaloni di una tuta e una t-shirt qualche minuto dopo. Gray e Victoria erano sedute sul divano e parlavano a bassa voce. Sembrava che stessero sincronizzando le loro agende per i mesi successivi.

Il mio sguardo andò prima a Gray che, ovviamente, era vestita con gli stessi abiti che aveva il giorno prima, jeans con i buchi alle ginocchia e una t-shirt. Aveva indossato al contrario la maglia enorme che le avevo prestato e l'aveva annodata intorno alla vita. Non avevo detto niente la sera prima quando avevo visto la cicatrice che aveva sul petto ma, insieme ad altre cose (gli anticoagulanti e il battito ticchettante), mi aveva fatto capire qual era il suo problema medico. Gray aveva una valvola cardiaca protesica.

Mi aveva fatto riflettere sulle cose che le avevo detto sull'andare sul sicuro. Non c'era da stupirsi.

Invece di raccogliere i capelli in una coda, Gray li portava sciolti sulle spalle. Era ancora uno stile disordinato, come al solito, non proprio ricci, non proprio lisci, vaporosi e disorganizzati intorno alla faccia. Come se si fosse svegliata, avesse dato un colpo di spazzola o due e non si fosse preoccupata molto oltre a quello. Sul volto poco o niente trucco, probabilmente perché non lo aveva portato con i suoi articoli di toilette d'emergenza. O forse quell'aspetto casuale da maschiaccio era il suo stile normale.

Non si poteva dire che fosse poco attraente. Piuttosto fresca. Diversa. Molto diversa dalle donne con le quali mi intrattenevo di solito, ed era stranamente seducente.

Interruppi la mia attenta ispezione quando le guardai nuovamente il petto, notando che il modo in cui aveva annodato la t-shirt la faceva aderire strettamente alla figura snella. C'era qualcosa di stranamente eccitante nel vederla con la mia maglietta. Non riuscii a fare a meno di godermi un'immagine mentale di lei in qualcosa che avevo indossato la notte prima, che lei aveva raccolto e si era infilato sul corpo nudo dopo essere scesa dal mio letto al mattino.

E prima che potessi fermarmi, mi chiesi immediatamente se portasse un reggiseno. Mi obbligai a distogliere gli occhi prima che la mia mente proseguisse troppo oltre su quella strada.

Troppo pericoloso, specialmente considerato chi era e il fatto che fosse un'ospite non desiderata ancora per pochissimo tempo.

Victoria, nel suo solito tailleur su misura, si alzò, alta quasi come me con i costosi tacchi alti. «Ty, sono lieta di vederti» disse Victoria, tendendo la mano per stringere la mia.

«Ehi, Victoria. Scusate se vi ho fatto aspettare.» Feci un cenno di saluto a Gray sedendomi su un divano di fronte a loro.

«Non è un tuo hobby?» disse affabilmente Gray, addolcendo il sarcasmo con un sorriso appena accennato.

La guardai socchiudendo gli occhi, come per dirle *carina.* Perché era esattamente ciò che era. Almeno era meglio di un'allusione sessuale. Avrebbe potuto dire qualcosa come attesa spasmodica, o desiderio pulsante di incontrarmi o roba simile.

Victoria diede un'occhiata perplessa a Gray prima di rivolgersi nuovamente a me. «Sono riuscita a finire i miei appunti e a elaborare un piano preliminare per l'estate per questa campagna. Ci stiamo muovendo con poco preavviso e al volo, ma sono fiduciosa che le cose andranno nel modo che vogliamo, con qualche piccolo sforzo.»

Mi grattai la barba sulla guancia, tornando a guardare Gray che ora stava controllando lo schermo del suo telefono. «Mi dispiace combattere una battaglia persa, ma ho serie preoccupazioni su come si svolgerà tutto questo piano.»

Victoria sorrise. «Allora permetti che risolva io tutte le tue preoccupazioni. Lo faccio di continuo.»

«Per gli attori» protestai.

Il sorriso su quelle labbra perfettamente dipinte color rubino si allargò. Gray adesso stava scrivendo un messaggio sul suo telefono e sembrava non prestare attenzione alla nostra conversazione. E, stranamente, mi sentii accendere in petto una scintilla di irritazione.

Mi chiesi, perplesso, da dove fosse arrivata. Non avevo diritto alla sua completa attenzione per tutto il tempo. Non voleva però dire che non la volessi.

Qualcosa in questa riunione stava chiaramente mettendo a disagio Gray. Forse era Victoria stessa.

«Keely Dawson è un'attrice molto brava.» Victoria parlava lentamente, come se si stesse rivolgendo a un bambino delle elementari. «L'anno scorso era in corsa per un Golden Globe. Ed è anche una professionista. Tratterà questa faccenda con tutto il suo impegno, come qualunque altro ruolo interpreti. Anche lei ha da guadagnare da quest'occasione pubblicitaria.»

Mi misi a ridere. «Beh, Keely potrà anche essere la miglior attrice al mondo, ma questo non significa che io sia un attore, bravo o meno. Non faceva parte dell'addestramento da astronauta.»

Victoria si passò un dito dall'unghia scarlatta tra i lucenti capelli corvini, come se cercasse di scostare una ciocca dal viso. Il gesto era assolutamente inutile, dato che i suoi capelli erano raccolti in uno perfetto alto chignon. Non c'era un solo capello fuori posto.

«Ma le pubbliche apparizioni *fanno* parte del tuo lavoro. Sei abituato a quella parte. E ti guideremo in tutto il resto, passo a passo.»

«Mi *guiderete*?» Il mio sguardo andò ancora a Gray, che alzò per un attimo gli occhi, guardandomi, prima di distoglierli di nuovo altrettanto velocemente. Quindi stava prestando attenzione. Forse era irritata dalle mie continue proteste. Probabilmente pensava di avermi già inchiodato il giorno prima.

Scossi la testa, chinandomi in avanti per appoggiare i gomiti sulle ginocchia. «Seriamente, però...»

Victoria sorrise. «Menti a tutti quei terrapiattisti riguardo all'esistenza di un programma spaziale, giusto?» Rise quando la guardai storto. In altre circostanze, la sua battuta avrebbe potuto essere più divertente. Ma i media avevano riportato con grande enfasi il mio litigio con quello schizzato ed era stata la ragione per cui ero stato licenziato dalla NASA.

«Troppo presto» fu la mia sola risposta.

Lei tornò seria, notando il mio cambiamento d'umore. «Non agitarti, Ty. È Keely la professionista. Tu devi solo dar retta a Keely. Può perfino guidarti in un po' di improvvisazione per scioglierti. Darti qualche lezione di recitazione. È entusiasta di questo progetto.»

«Mi fa piacere che almeno uno di noi lo sia.»

Victoria rise, una risata misurata e attentamente curata come il resto di lei. Lo sguardo mi cadde sul buco sfilacciato e il lato del ginocchio che si intravedeva dai jeans di Gray. Anche lì, la pelle appariva morbida, morbida come la mano e il polso che avevo tenuto il giorno prima, quando avevo ricucito il suo taglio.

Sbattei gli occhi, cercando di allontanare quei pensieri che mi distraevano. «Non sono un tipo romantico e non ho mai avuto una relazione pubblica.»

«Sarà tutto coreografato, come una danza perfetta» disse Victoria.

Ridendo, alzai le spalle. «Non so nemmeno ballare.»

Gray alzò la testa dallo schermo. «Allora consideralo come un lavoro. Una lista di controllo per i protocolli. È quello che capisci meglio. Victoria può perfino darti qualcosa da studiare.»

La guardai con una smorfia sul volto. «Non posso creare l'illusione di qualcosa che non c'è.»

Victoria si alzò. «Non sarà necessario. Ci penseranno i nostri avvisi alla stampa e ai fotografi. Te lo dimostro.» mi fece cenno di alzarmi ed io ubbidii. «Ora vai a metterti dall'altra parte della stanza, di fronte al camino.»

Feci quello che mi chiedeva e lei prese il telefono, armeggiando con un'app. Senza alzare gli occhi da quello che stava facendo, disse. «Gray, vai a metterti accanto a lui.»

Gray alzò di colpo la testa dal telefono. «Cosa?»

«Sto cercando di dargli una dimostrazione e tu mi aiuterai. Fai esattamente ciò che ti dico e vai a metterti accanto a lui.»

Gray sbatté le palpebre e depose lentamente il telefono mentre Victoria cominciava a scattarmi delle foto. «Hai fatto una montagna di conferenze stampa, interviste e apparizioni pubbliche. Sei stato alla Casa Bianca e hai incontrato il presidente. E sei già stato sul tappeto rosso con Keely. Parte del motivo per cui l'abbiamo scelta è estetico. Voi due stavate benissimo insieme in marzo. Ci servono pose perfette e la proiezione di intimità tra di voi. Per esempio, metti il braccio intorno alla vita di Gray.»

Gray si irrigidì, chiaramente sorpresa, ma prima che potesse protestare, mi mossi in fretta, passandole il braccio intorno alla vita sottile. Mmm, sembrava più facile di quanto mi fossi aspettato. Le appoggiai la mano sul fianco.

«Lasciati andare un po'» mormorai in modo che Victoria non sentisse. Comunque era occupata a scattare fotografie e a darci ordini.

«Okay, Gray, voltati verso Ty e mettigli una mano sul petto.»
Gray spalancò gli occhi. «Uh...»

«Fai come chiede la signora.» Cercai di nascondere il sogghigno che voleva tanto sfuggirmi. Più Gray si sentiva disagio, più avrei voluto vantarmi che avevo ragione. Che cosa faceva pensare a quelle due che potessi cavarmela meglio di quanto stesse facendo Gray?

«Visto?» le sussurrai. «Perfino tu hai dei problemi, e nessuno ti sta chiedendo di farlo davanti a un pubblico.»

Gray strinse i denti ma le sue sopracciglia scure si arcuarono altezzosamente. «Io posso benissimo farcela. Mi ha preso di sorpresa.»

«Okay. Allora vediamo se riusciamo a convincere Victoria.»

Lei si voltò verso di me, acciaio e gelo nei suoi occhi verdi. «Bene. Io posso farcela e anche tu.»

«Gray, piega indietro la testa e guardalo negli occhi. Ty, spostati un po' più vicino a lei, per favore e chinati un po' in avanti.»

Oh, quanto mi piaceva il disagio di Gray. Soffocando il *te l'avevo detto* che avevo sulla punta della lingua, mi chinai il più possibile, invadendo il suo spazio. Più mi chinavo, più Gray tirava indietro la testa come se volesse continuare a guardarmi negli occhi. Aveva le guance di quella seducente sfumatura di rosa... e il suo profumo.

Quel delizioso profumo di fragole e menta. Inspirai profondamente dal naso, improvvisamente conscio della sua vicinanza. Il mio cuore accelerò. Diavolo, sì, mi stavo eccitando un po', ma non mi era proprio chiaro *che cosa* mi stesse eccitando.

«Smettila di sbattere gli occhi e di respirare così in fretta, Gray. Sembra che tu stia per svenire» la istruì Victoria. «Volta un po' la testa verso di me e la macchina fotografica, ma metti la bocca accanto a quella di Ty. Se ti chini a sufficienza, da quest'angolazione sembrerà che siate nel bel mezzo di un bacio appassionato… Sì! Proprio così.»

La fotocamera del suo telefonino continuò a scattare ed io decisi di rincarare la dose, avvolgendole intorno l'altro braccio e tirando il corpo snello ancora più vicino al mio. Lei mise una mano di piatto sul mio petto e fece abbastanza resistenza da farmi capire che era lì. E mi piaceva la sensazione della sua mano, come se volessi qualcosa di più.

Poi lei si leccò le labbra e quella fitta di consapevolezza si trasformò di colpo in eccitazione. Le misi una mano sui capelli e le sussurrai all'orecchio. «Lasciati portare fino alla luna, bambina.»

Invece del risultato che volevo, cioè una risata per allentare la tensione, lei spalancò gli occhi per lo shock. Di colpo sentii il suo peso tra le braccia, come se avesse perso l'equilibrio.

In quell'esatto momento il telefono di Victoria suonò. Lei diede un'occhiata allo schermo e sbuffò. «Oh, accidenti. Devo rispondere. È quel reporter del *LA Times* che coprirà il lancio di questa settimana a Vandenberg. Torno subito, non muovetevi.» E marciò fuori dalla porta d'ingresso per andare sul portico a rispondere alla chiamata.

Io fissai Gray, completamente confuso su ciò che stava succedendo, anche fin troppo conscio che la ragazza che avevo tra le braccia stava cercando di tirarsi indietro. Ed io non la stavo lasciando andare.

«Puoi lasciarmi andare, adesso» disse sottovoce Gray.

Scossi la testa. Stringendo il braccio intorno alla sua vita per trattenerla, stretta a me adesso. «Victoria ci ha esplicitamente ordinato di non muoverci» le dissi con un sorriso malizioso.

La mano contro il mio petto tremò un po' e lei allontanò la faccia dalla mia come se volesse guardare Victoria per chiederle aiuto.

«Victoria probabilmente mi dirà di baciarti quando tornerà dentro» scherzai. «Quindi possiamo far pratica, come se stessi baciando Keely.»

La sua postura cambiò di nuovo, come se si stesse irrigidendo nelle mie braccia. «L'idea di fondo di questo esercizio è che non è necessario baciarsi. Non puoi veramente fingere di baciare qualcuno, comunque. Probabilmente non dovresti preoccuparti dei baci quando sarai con Keely.» Mi fissò per un attimo negli occhi come per valutare la mia reazione. Poi distolse lo sguardo altrettanto in fretta.

Mmm. Che cos'era quel breve lampo di qualcosa che avevo visto in quegli occhi verde muschio? Un mostro dagli occhi verdi, forse? O forse era solo frutto della mia immaginazione. Stavo *proiettando*, avrebbe detto lei, nel suo psicoblabla. Forse era la mia stessa attrazione per lei.

Quando Gray deglutì visibilmente, dovetti ripensarci.

«Ma a me piace baciare» la provocai. «La bacerò se ne ho voglia.»

Gray aggrottò le sopracciglia, poi si schiarì la voce. «Sì, ma se non riesci a renderlo convincente, allora...»

E fu tutto quello che le permisi di dire prima di abbassarmi e approfittarne. Con la mano dietro la sua testa, le tirai vicino il viso e le rubai quel bacio. Le mie labbra scesero come un falco per catturare le sue.

Tirai vicino il suo corpo e l'esplosione di energia del giorno prima non fu niente a confronto del calore che crepitò tra di noi. Come un brillamento solare.

Un'esplosione del genere poteva uccidere nel giro di minuti un uomo senza protezioni. Perfino sulla stazione spaziale ci suggerivano di ripararci durante una tempesta solare.

E il calore cocente tra Gray e me, generato nel giro di pochi secondi, sembrava proprio quell'esplosione di energia potente da una stella. Sentii un colpo al petto, che rombò attraverso i miei organi come la spinta di accelerazione per raggiungere la velocità di fuga.

Quando la sua bocca si aprì sotto la mia e lei risucchiò il fiato, strinsi più forte le braccia intorno a lei. Le nostre lingue danzarono e lei tremò contro di me.

E, astrattamente, mi chiesi quanto sarebbe stato difficile staccarmi.

La sua bocca si muoveva sulla mia e la sua lingua mi stuzzicava. Reagii con una fitta di eccitazione, tracciando il bordo di quelle labbra delicate con la lingua, desiderando affondare e sondarla, esplorare che cosa nascondeva sotto quella superficie dolce e quieta. Sospettavo la profondità di un oceano e rendermene conto la rese ancora più intrigante.

Gray curvò la mano sui miei pettorali, stringendo la maglietta, tirandola forte. La realtà tremolò, solo un po'. Avevo la mano sulla sua nuca, dove la pelle era morbida e fragrante con quel suo profumo di menta e frutta fresca.

Lei rilassò la mano e mi spinse, con l'avambraccio posato di piatto. Non abbastanza da muovermi, ma abbastanza per comunicarmi il suo desiderio di smettere.

Io? Avevo praticamente perso la cognizione di ciò che mi circondava. Forse originariamente mi ero tuffato per dimostrare le mie ragioni, ma la velocità con la quale avevo perso il controllo era a dir poco scioccante. Me ne resi conto solo in quel momento, come risvegliandomi da un sogno.

Non mi tirai indietro finché non sentii il rumore della maniglia quando Victoria rientrò nella stanza. Avevo le braccia molli e Gray stava respirando forte, guardandomi con gli occhi sgranati. Ma non si allontanò.

Quel momento di dilungò e quando Victoria finalmente alzò gli occhi dal suo telefono, ci guardò incuriosita. «Tutto bene? C'è qualcosa che non va?»

Mi tirai leggermente indietro, conscio del rumore ronzante di statica di qualche altra energia presente nella stanza, raggi gamma o radiazioni pericolose provenienti dal mio immaginario brillamento solare, senza dubbio. Sbattei gli occhi, attraverso una nebbia, stupito che nessuno potesse vederla o sentirla eccetto me.

Gray sbatté le palpebre un paio di volte, come se stesse cercando di tornare in sé. Si voltò parzialmente, con le spalle sottili leggermente curve per l'imbarazzo.

Mi schiarii la voce, conscio che il mio cuore stava galoppando e il mio corpo aveva cominciato a reagire a quel bacio tutt'altro che ordinario. «Oh, noi stavamo... ah, risolvendo una divergenza, ecco tutto.» Le sopracciglia eleganti di Victoria si inarcarono per fare la domanda che non intendeva fare a voce. Io diedi un'occhiata a Gray, che fissava il pavimento con la faccia rossa come se si fosse scottata al sole. «Gray stava dicendo che non c'è modo che io riesca a baciare per i fotografi...»

«Io ho detto che non era necessario» protestò Gray.

«Tu hai detto che non sarebbe stato convincente» ribattei. «Quindi ti stavo dimostrando che avevi torto. Penso di esserci riuscito.»

Victoria fece una smorfia e scosse la testa, probabilmente decidendo di non impicciarsi. Aveva già ricominciato ad armeggiare con il suo telefono.

Eccetto un lieve rossore, Gray sembrava indifferente, i suoi lineamenti erano tranquilli. Quando fece un passo indietro, istintivamente le afferrai la mano prima di rendermi conto di quello che stavo facendo.

Lei si immobilizzò mentre io pensavo alla svelta. Quasi come ripensandoci, le alzai il palmo e lo controllai.

Lo aveva coperto con il grosso cerotto quadrato che le avevo dato la sera prima.

«Mi piacerebbe dare un'occhiata al taglio» dissi. «Per vedere come sta guarendo.»

Lei staccò in parte il cerotto ed io mi piegai sulla sua mano, dando una bell'occhiata alla ferita rossastra che, fortunatamente, non sembrava infetta. Prima di risistemare il cerotto, mi accertai di chinarmi più vicino e passarle il pollice sul palmo. Dovevo aver toccato un punto sensibile, perché scattò, tirando indietro la mano.

«Ti ho fatto male? Mi dispiace» mormorai.

Lei distolse gli occhi, con quelle stesse guance arrossate. Così innocente e maledettamente sexy a modo suo. Abbassò gli occhi, ma non rispose.

Prima che avessi una chance di continuare, Victoria mi sbatté in faccia il telefono, per mostrarmi come fossero convincenti le fotografie del nostro pseudo-bacio. Ma tutto ciò che riuscivo a pensare era com'era stato bello quello vero. C'era qualcosa in quel rosa che macchiava le guance di Gray. Il modo in cui, nelle foto, aveva le mani sul mio petto.

E ricordavo come aveva afferrato la mia maglietta mentre ci stavamo baciando, il tessuto arricciato nei pugni. Come se ne andasse della sua vita, fino al momento in cui mi aveva spinto via.

Mi aveva procurato un'insolita costrizione in fondo alla gola e una pressione fin troppo familiare in basso. Comunque, era diverso dal tipico scatenarsi di vuota libidine.

C'era qualcos'altro cui non osavo pensare. Un territorio sconosciuto, pieno di pericoli.

«Visto?» chiese Victoria tutta contenta. «Se riesci a far sembrare così convincente un quasi bacio, così, al volo, con Gray pensa che cosa puoi fare davanti alla stampa con un'attrice professionista.» Victoria sorrideva da un orecchio all'altro, perfettamente convinta che il suo piano avrebbe funzionato, e avrebbe fatto furore sui media.

Ma io sapevo che nessun bacio che potessi scambiare con una bella starlette di Hollywood avrebbe retto il confronto con quello che avevo condiviso con Gray proprio lì, nel mio soggiorno. Avevo baciato abbastanza donne da sapere qual era la cosa vera.

Che... che diavolo stava succedendo?

E *lei*...

Gray aveva attraversato la stanza, continuando a mostrarmi le spalle, sfogliando pigramente le pagine di un taccuino. Non aveva detto una parola, ma la nuca era ancora di quel delicato e attraente colore rosato. Percorsi nuovamente il suo corpo con gli occhi, chiedendomi perché questa donna stesse catturando così completamente i miei pensieri e la mia attenzione. Era tutto l'opposto del mio solito tipo. Avrei voluto toglierle quella t-shirt troppo grande e toccarla dappertutto. Decisamente volevo scoprire se la sua pelle era morbida come sembrava.

Ma c'era qualcos'altro. Volevo saperne di più su di lei. Volevo sapere perché era così interessata allo spazio, eppure aveva scelto di studiare psicologia. Volevo sapere delle sue difficoltà, anche di salute, ma anche dei suoi trionfi.

Avevo raccolto fatti su di lei negli ultimi due giorni ed erano solo serviti a intrigarmi abbastanza da volerne sapere di più. Le piacevano la fantascienza da nerd e i libri fantasy. Sapeva moltissimo del volo spaziale e della storia del programma spaziale. E quelle cose tenere, come portare un asciugamano per il Giorno dell'Asciugamano, allineare le penne e i taccuini come soldati in un esercito, o chiamare il brontolio del suo stomaco come un famoso drago.

Allontanai quei pensieri confusi, per il momento, innervosito. Guardai fuori dalla finestra, aspettando mentre Victoria inviava alcune delle fotografie alla sua assistente "per riferimento", qualunque cosa significasse.

Gray sembrava evitarmi. Forse quest'atmosfera imbarazzata l'avrebbe fatta scappare dopo la riunione, per non tornare. Non avevo ancora immaginato come fare a liberarmi di lei come ospite.

E, stranamente, una parte di me desiderava tenerla lì.

Non stavo fissando fuori dalla finestra da molto quando vidi una Mini Cooper convertibile, sportiva, con la capote abbassata. Era rosa carico e c'erano due ragazze con enormi occhiali da sole firmati sui sedili anteriori.

Riconobbi l'autista quando scese, chilometri di gambe nude dai tacchi all'orlo dei suoi calzoncini corti, era Keely, una rossa attraente. Esattamente il mio tipo.

Victoria lanciò un urletto e mise da parte il telefono per andare loro incontro. Io mi voltai verso Gray, che continuava a leggere i suoi appunti.

«Allora» dissi, schiarendomi la voce per attirare la sua attenzione. «Va tutto bene?»

Lei si voltò di colpo, quasi spaventata. «Cosa?» gracchiò.

Indicai dov'eravamo quando ci eravamo baciati. «Ti sei ripresa a sufficienza?»

Lei alzò le spalle, un gesto veramente esagerato, e molto palesemente innaturale. Come se volesse veramente assicurarsi che sapessi che non le importava niente di tutta la faccenda. Non era convincente nemmeno un decimo di quanto lo era stato il bacio.

Sembrava così fresca, giovane, innocente. Mi chiesi come diavolo facesse a saper baciare come una sirena.

Lei mi diede un'occhiata di sottecchi, probabilmente per controllare se la stavo prendendo in giro. La sua schiena divenne rigida. «Perché non dovrei?»

I nostri sguardi si incontrarono e mi sentii nuovamente invadere dalla sensazione di calore del giorno prima. Sarei comunque andato all'inferno, quindi perché non fare qualche tentativo con la piccola, pura Santa Angharad Grace dei Sacri Barrett?

«Potrei avere bisogno di ricontrollare i particolari più tardi.»

Lei aggrottò le sopracciglia scure. «I particolari di che cosa?»

«Quel bacio. Potrei avere bisogno di qualche...» roteai un dito. «Di riprovare. Per far pratica delle sfumature. Solo ai fini della ricerca, ovviamente.»

Un momento dopo, le tre donne entrarono e Gray non ebbe la possibilità di rispondere.

Era difficile, veramente, non ridere davanti all'espressione perplessa sul suo volto, la bocca leggermente aperta. Ma per quanto fosse divertente prenderla in giro, volevo baciarla ancora.

Non c'era gara.

Victoria stava facendo le presentazioni. Keely emise uno strillo acuto quando mi vide. Si avvicinò, gettandomi le braccia al collo e alzando un piede dietro di sé mentre mi baciava sulla guancia.

«Comandante Tyler. Il mio astronauta preferito!»

Ne conosceva altri?

«Salve, Ms Dawson.»

Lei sbuffò. «Chiamami Keely, per favore. Dopotutto, ci baceremo per i fotografi.»

Sorrisi, ma nascosi con la mia solita abilità quello che stavo veramente pensando. Se solo ci fosse stato il modo di far recitare quel ruolo alla piccola psicologa. Quel bizzarro progetto sarebbe diventato immediatamente più interessante.

«Allora dovresti chiamarmi Ty, come tutti gli altri.»

«Affare fatto» disse Keely con un sorriso.

«Cominciamo, okay?» disse Victoria, con il suo sorriso migliore. «Comandante, conosci già Sharon, la miglior amica e assistente di Keely?»

Mi voltai verso l'amica bruttina e piuttosto cupa di Keely, che gestiva la sua agenda come un sergente istruttore. «Ci siamo già conosciuti. È un piacere rivederti.» La donna non rispose. Nessuna sorpresa.

Victoria concluse presentando le due donne a Gray che strinse loro la mano, in silenzio ma gentilmente. Poi, seguendo le istruzioni di Victoria, ci sedemmo e cominciammo a ripassare il suo stupido piano.

Cercai di mordermi la lingua come un buon piccolo astronauta. Ero sopravvissuto a un numero sufficiente di riunioni del lunedì dell'Ufficio Astronauti alla NASA da diventare un esperto.

«Che cos'è questo evento?» chiese l'assistente di Keely, indicando il calendario. «La settimana prossima... la fondazione Esprimi un Desiderio? Keely ha già un impegno. Potremmo rimandare?»

Le sopracciglia truccate di Victoria si riunirono. «C'è la stampa, ma potrei vedere...»

«No» la interruppe Gray e tutte le teste si voltarono nella sua direzione. Lei raddrizzò la schiena e alzò il mento. «Quello è un evento ad alta priorità. Non può rimandarlo, né può farlo il bambino malato coinvolto. Non è un evento casuale. È importante, molto importante. Quel bambino aspetta da mesi di incontrare il comandante Tyler.»

«Okay» disse Keely, rivolgendosi a Sharon. «Contatta la mia addetta stampa e riprogramma l'altro evento.»

Il rosa permanente sulle guance di Gray adesso si stava scurendo, assumendo una sfumatura intensa di rosso. Inizialmente mi chiesi perché quell'evento avesse fomentato tanta passione. Poi ricordai i suoi problemi di salute, che molto probabilmente derivavano da una malattia infantile. Se fossi stato tipo da scommettere, avrei detto che quella era la cicatrice di un intervento a cuore aperto, un intervento che doveva essere arrivato alla fine di un'infanzia malaticcia.

Ragione di più perché si identificasse con un bambino malato sulla lista della fondazione Esprimi un Desiderio.

«Sono d'accordo» mi intromisi. «Ho già partecipato al alcuni eventi della fondazione e la priorità è il bambino. Questo è in programma da mesi. Io cerco di inserirli nei miei programmi ogni volta che posso.» Anche se, maledizione, questo evento era a Houston, l'ultima città in cui volevo essere in questi giorni.

Keely sorrise. «Posso venire a questa cosa dell'Esprimi un Desiderio con te e incontrare il ragazzino. È una buona causa.»

Victoria distolse il suo sguardo acuto da Gray per guardare me. «Beh, a essere giusti, il ragazzino sarà lì per incontrare il comandante Tyler, fare il tour del Centro Spaziale Johnson e poi fare l'esperienza della gravità zero.»

Keely si tirò indietro. «Che cavolo è? Un simulatore?»

Io annuii. «Sì, simula l'assenza di gravità, come nello spazio.»

«Bello! Scommetto che gli piacerà» Keely rise e mi diede un'occhiata civettuola, battendo gli occhi.

Uh oh. Per splendida che fosse Keely, non volevo che quella ragazza si facesse l'idea sbagliata, che potesse essere qualcosa di più di quello per cui avevamo firmato: recitare, servizi fotografici e melodrammi pubblici. Niente di più. Di certo niente di reale.

Io non facevo niente di reale. *Mai.*

Il mio sguardo andò inspiegabilmente a Gray, che stava prendendo altri appunti sul suo blocco con una matita.

Avrei dovuto tenere strettamente sotto controllo la situazione con Keely. Anche se era strano che non mi chiedessi nemmeno come mai non fosse okay darmi da fare con l'attrice sexy e ammiccante, ma era più che okay fantasticare sulla silenziosa ma attraente ragazza della porta accanto?

La studiai mentre Gray osservava Keely da sopra il suo taccuino, mordicchiandosi il labbro. La piega sopra il labbro superiore sporgeva, e lo sguardo riflessivo era semi-nascosto dalla montatura degli occhiali.

Gray era vivace e un po' un maschiaccio. Con una bella spruzzata di nerd. Ma accidenti se non trovavo quella combinazione sexy da morire. E mi sorprendeva abbastanza da farmi meravigliare tutte le volte.

Ed era sexy in un modo tranquillo, discreto... quasi assopito. Un modo che chiariva immediatamente che volevo essere io quello che l'avrebbe risvegliata. *Completamente.*

Che avrebbe risvegliato anche ciò che lei non si era nemmeno resa conto fosse dormiente.

Quel pensiero mi fece scaldare il sangue e dovetti sforzarmi di smettere di pensarci e concentrarmi su quella maledetta barba di riunione. Ma se potevo affrontare giornate di dodici ore piene di noiose simulazioni o perfino test di isolamento, allora potevo sopravvivere anche a questo. Alla farsa hollywoodiana e tutto il resto.

CAPITOLO DIECI
GRAY

L A RIUNIONE FINÌ E VICTORIA, KEELY E LA SUA ASSISTENTE finalmente raccolsero le loro cose. Avevamo sincronizzato le agende per il primo servizio fotografico e l'appuntamento in pubblico, quando, tra qualche giorno, avremmo fatto filtrare "l'eccitante nuova storia d'amore".

«Gray, Tolan mi ha informato che resterai qui per un po'?» chiese Victoria, dando una lunga occhiata a Ty. Io cercai di comportarmi come se non mi fossi aspettata la domanda. Victoria ed io ne avevamo già parlato a lungo, scambiandoci messaggi la sera prima, quindi quella conversazione era solo a beneficio di Ty.

Da parte sua, lui non reagì nemmeno. Nessuna protesta, nemmeno una smorfia. Nada. Beh, era un buon segno. Mi rivolsi a Victoria. «Già. Sarò l'assistente del comandante Tyler e, sai, farò in modo che le cose vadano lisce. Sarò il tuo punto di riferimento.» Non c'era motivo di scendere nei particolari del casino che avevo trovato il giorno prima, sesso nell'altra stanza, vodka il pomeriggio e un astronauta stronzo e belligerante. Avevo tutte le intenzioni di ricominciare da zero, se lui era d'accordo.

Victoria annuì e sorrise. «Capito. Grazie. Ho talmente tante cose in ballo con questo lancio a Vandenberg e poi l'evento per l'annuncio dell'XPAC che riesco a malapena a infilarci qualcos'altro. Quindi io potrei essere la mente direttiva mente tu sei quella che fa funzionare tutto.»

Sorrisi e cercai con tutta me stessa di non guardare Ty, il cui sguardo mi stava irradiando la pelle a 1000 °C. Ero acciaio. Ero ghiaccio.

Comunque, quando Victoria e Keely se ne andarono, scappai immediatamente nel bagno del corridoio dove si trovava la stanza in cui avevo dormito la notte prima.

E no, non perché mi scappasse.

Chiusi gli occhi, spruzzandomi acqua fredda sulla faccia e tamponandomi con il mio fidato asciugamano. Poi mi fissai allo specchio, notando che avevo ancora le guance arrossate dall'incontro in soggiorno con Ty, un'ora prima.

Non avevo *smesso* di pensarci.

Avevo il cervello che vorticava, colto in un turbine, no, un maelstrom, una corrente circolare di potenza irresistibile centrata intorno a un punto.

Quel *bacio*. Quel maledetto bacio.

Se il tuono avesse avuto un sapore e una consistenza, sarebbero stati quel bacio.

Mi aveva tirato contro di sé, avevo sentito quel corpo duro, così inflessibile eppure, alla fine, così reattivo contro il mio. O forse avevo immaginato quel tremore, come se si stesse trattenendo dallo scatenare tutto il suo potere. Come un razzo bloccato sulla rampa di lancio, prima di far saltare i bulloni e scatenare tutta la sua potenza contro il terreno per spingersi verso il cielo a una velocità maggiore di quella di un proiettile che usciva da una pistola.

Il corpo di Ty era sembrato così mentre mi baciava. Come se si stesse trattenendo. E l'unica cosa a cui riuscivo a pensare in quel momento era: se quello era trattenersi, come sarebbe stata la cosa vera? Il pensiero mi aveva seccato la gola.

Un razzo brucia a 3000°C, ed ero sicura che quel bacio avrebbe potuto raggiungere quella temperatura. *Facilmente.*

Chiusi parzialmente gli occhi e mi sentii bruciare al ricordo di ogni dettaglio. Con ogni movimento delle sue labbra e la punta della sua lingua, che era fuoriuscita solo quel pochino, come se volesse assaggiarmi prima di essere ritirata grazie al quel ferreo controllo. Ma quel guizzo, quell'assaggio aveva cambiato qualcosa dentro di me, in permanenza. Come se avesse causato una reazione chimica, simile a quella del carburante quando spingeva in alto un razzo.

E le reazioni chimiche sono irreversibili. Il cambiamento che operano è permanente.

E il modo in cui il mio stomaco era sprofondato nell'attimo in cui la lingua era uscita dalle sue labbra per toccare la mia, in una missione spia clandestina tutta sua, come se avessi potuto non accorgermi di ciò che stava facendo. *Lasciati portare sulla luna, bambina,* aveva sussurrato con quella sua voce profonda e sexy. La battuta era stata sdolcinata e chiaramente stava scherzando, ma praticamente era ciò che aveva fatto con quel bacio.

E poi l'espressione nei suoi occhi quando si era staccato. Era stato un lampo e poi era svanita... *desiderio puro.*

Mi aveva impedito di parlare, o perfino di respirare, per parecchi minuti, dopo. Avevo dovuto voltarmi per nascondere lo shock evidente sul mio volto.

E minuti dopo, stavo bruciando nel mio angolo mentre Keely flirtava con lui. Uffa. Lui e il suo aspetto favoloso. Era un magnete per gli sguardi di chiunque amasse gli uomini. Non solo il *mio* sguardo.

Ma mi rammentai dell'importanza di quella situazione. Che dovevo mantenere un atteggiamento professionale per un mucchio di ragioni. Per le ragioni più importanti. Addomesticarlo. Tenerlo sulla retta via e fare in modo che potesse far apparire l'XPAC bella, eccitante, pulita e, sì, magari anche un po' sexy.

Negli ultimi anni, la NASA aveva fatto apparire lo spazio tutt'altro che sexy. Ma avevamo bisogno di un po' di quel fascino. Non avevo voluto ammetterlo apertamente nella riunione del giorno prima di fronte a mio padre, ma avevamo estremamente bisogno di Tyler per quella ragione. E, maledizione, avevamo bisogno che collaborasse.

E questo probabilmente significava che avrei dovuto cominciare a scacciare a calci le donne che gravitavano verso di lui. Ma, sfortunatamente, non Keely. Se si fosse accesa una fiamma tra di loro, avrei dovuto tirarmi indietro e lasciare che succedesse, sperando che non finisse male.

Volevano tutte quante saltargli addosso, perfino quelle a cui non piaceva in modo particolare? Io non ero certo quel tipo di donna, eppure stava avendo un effetto estremamente profondo su di me. Sentivo la testa leggera e un ronzio nelle orecchie, sbalordita da quella constatazione. *Sono acciaio. Sono pietra.*

Dopo essermi detta di calmarmi, decisi di fare una corsa a casa per prendere le mie cose. Vivevo a una quarantina di minuti da Long Beach, nel mio piccolo bilocale, non lontano dall'università. Mi ci sarebbero volute parecchie ore tra arrivarci, mettere in valigia le mie cose, caricare l'auto e ritornare. Speravo di potermi fidare di lui per quelle poche ore.

Avevo preso qualche provvedimento la sera prima quando era andato nella sua stanza, quindi avrei dovuto controllare più tardi per vedere fino a che punto potevo fidarmi che si comportasse bene mentre non c'ero. Sempre se mi avesse lasciato rientrare, cioè. Aprendo la porta, feci un salto, spaventata dall'ombra gigantesca lì vicino. Mi voltai e ansimai spaventata prima di rendermi conto che era Ty che mi stava aspettando fuori dalla porta del bagno. Mi misi una mano sul cuore e tossii, sperando di coprire il forte ticchettio del mio cuore che galoppava.

Ty fece una smorfia e mormorò delle scuse, tendendomi un pezzo di stoffa piegato. Era la t-shirt che indossavo la sera prima, lavata e senza nemmeno una macchia. «Immaginavo che preferissi indossare qualcosa della tua taglia.»

La presi lentamente. «Grazie. Sì... non che non mi piaccia indossare le maglie della NASA. Ma...» Agitai la mano per indicare la taglia enorme. Ma avevo dimenticato di averla stretta annodandola in modo che non scivolasse come la sera prima. Adesso mi aderiva tanto che era praticamente una seconda pelle.

I suoi occhi seguirono il mio gesto, gravitando sul mio petto. C'era qualcosa in quello sguardo, un'evidente scintilla di tensione quando mi notava. Mi notava in modi in cui di solito gli uomini non mi notavano, almeno per quanto ne sapevo io. Quanto a me, non riuscivo a staccare gli occhi dalla sua bocca. Mi venne nuovamente caldo, ricordando quel bacio. E, accidenti, i miei capezzoli si contrassero rivivendolo. La maglietta non era così sottile, ma non avevo il reggiseno. Deglutii. Se n'era accorto?

Strinsi forte in mano la mia t-shirt e restammo lì in silenzio prima che Ty alzasse finalmente gli occhi. «Pensavo che, per scusarmi di ieri, potrei venire con te e aiutarti a raccogliere le tue cose.»

Sbattei gli occhi. *Cosa?*

In risposta al mio palese sbigottimento, abbozzò un sorriso. «Non sono sempre uno stronzo, Gray, solo per parte del tempo. Okay, forse per la *maggior* parte.»

Lo guardai sorpresa. «Comandante...»

«No, sono Ty. Tutti mi chiamano Ty.» Si mise a ridere. «O, meglio ancora, chiamami Ryan.»

Non avevo mai sentito *nessuno* chiamarlo Ryan. Sbattei di nuovo gli occhi. «O-okay.»

«Inoltre chissà fino a quando avrò quel rango? Tecnicamente, faccio ancora parte della Marina, ma non ho idea ancora per quanto tempo.»

La sua voce si spense, e gli occhi azzurri vagarono verso la finestra. Gli astronauti che entravano alla NASA da militari restavano in servizio attivo, mantenevano il loro rango, ed erano promossi automaticamente mentre servivano come astronauti. Ma dato che Tyler aveva rotto con la NASA, non era chiaro qual era il suo status con la Marina. Avrebbe potuto doversi dimettere prima del volo di prova di settembre. Ma sospettavo che potesse avere problemi a rinunciare al suo rango.

Quasi, *quasi*, glielo chiesi, ma lui avrebbe immediatamente etichettato la domanda come "chiacchiere da strizzacervelli". Lungi da me minacciare la tregua appena firmata tra di noi con una violazione delle regole che aveva fissato il giorno prima.

Ryan fece un cenno verso la mia stanza degli ospiti. «Perché non ti cambi e andiamo con la mia auto. Io ho l'aria condizionata, dopotutto.»

Strinsi le labbra e annuii, ritirandomi nella mia stanza per cambiarmi in fretta la maglietta e prendere il telefono e le chiavi. L'incontrai all'ingresso.

Si era messo un paio di jeans, aveva preso le sue chiavi e indossato un paio di occhiali da sole aviator a specchio. Il suo sedere era fantastico in quei jeans. E quegli occhiali. Oddio, era come se avesse un cartello con "pilota smargiasso" scritto sopra. Inspirai e poi buttai fuori il fiato. *Sono roccia. Sono ghiaccio.*

Andammo al suo SUV ibrido, ben diverso dalle auto sportive appariscenti che guidavano gli astronauti della corsa allo spazio. Aveva ancora quell'odore di auto nuova e sembrava pulita come se fosse uscita il giorno prima dal concessionario. Fui lieta che avesse deciso di usare la sua auto invece della mia sauna piena di bicchieri vuoti di caffè che rotolavano sul pavimento davanti al sedile posteriore tutte le volte che facevo una curva stretta.

Le nostre chiacchiere divennero interessanti quando arrivammo sulla superstrada. «È un modo di scusarti dispendioso in termini di tempo» dissi. «Ci vogliono forse tre nanosecondi per dire *mi dispiace*. E poi avresti risparmiato ore del tuo fine settimana per fare tutto quello che volevi.»

Mi guardò con una smorfia sul viso. «Ne dubito, un nanosecondo è un miliardesimo di secondo.»

«È un modo di dire. Sto solo dicendo che due parole sono più facili di... tutto questo.»

Lui alzò una spalla. «Preferisco l'azione alle parole.» Mmm, non mi sorprendeva. Era probabilmente più facile fare quello che stava facendo che ammettere di aver sbagliato facendo rumorosamente sesso con l'allenatrice mentre io aspettavo. Ma lasciai perdere.

Gli diedi un'occhiata mentre lui teneva gli occhi sulla strada. «Ti sta bene quello che abbiamo deciso?»

«Quella stronzata del finto romanzetto?» chiarì per me. «Non importa come mi senta. Se è l'unico modo per tornare lassù, allora va bene.»

«Certo che importa. È importante capire come ti senti, andando avanti, perché...»

Lui alzò bruscamente una mano per fermarmi, continuando a fissare fuori dal parabrezza. «È un discorso da strizzacervelli? Perché pensavo avessimo delle regole.»

«*Tu* hai delle regole.» Misi le braccia conserte e guardai fuori dal finestrino, cercando di trovare il modo di aggirare la barricata che aveva innalzato così in fretta. Maledizione. Non sarebbe stato facile fare in modo che si aprisse.

«Sto cercando di dire...» ricominciai. «Che innanzitutto sono qui per sostenerti, okay. Ti copro le spalle.»

«Noi diciamo *Ti copro a ore sei*. E nel mio lavoro, la fiducia si deve guadagnare.» Le sue parole erano dure, ma il tono era pacato.

Mi voltai a guardarlo. «Beh, allora spero almeno che tu mi dia la possibilità di guadagnarla.»

«Vedremo.» Mise fine alla questione con quel commento sibillino, alzando il volume della radio che suonava in sottofondo.

Era domenica, quindi la superstrada era libera e non ci mettemmo troppo ad arrivare a casa mia. Lo invitai a entrare e lui mi seguì sui gradini fino al mio bilocale al secondo piano.

«Posso farti visitare casa mia, se vuoi. Ci vorrà una frazione del tempo che ti ci è voluto a mostrarmi la tua.»

Il mio appartamento era modesto e, come mi aspettavo, lui disse quasi subito ciò che stava pensando, e che avevo già sentito in passato. «Non è dove mi aspettavo vivesse la figlia di Conrad Barrett.»

Alzai le spalle. «A me piace. Papà è noto per i suoi investimenti ragionevoli, quindi ho seguito il suo consiglio e ho comprato un posto che sapevo avrebbe mantenuto o aumentato il suo valore.»

Si mise a guardare la mia accozzaglia di suppellettili: un bel poster incorniciato dell'iconica fotografia della terra che sorgeva sopra la luna, presa durante la missione Apollo 8. Cimeli spaziali che avevo collezionato durante l'adolescenza. Stemmi delle missioni dell'epoca dello Space Shuttle. Alcuni modellini di razzi Redstone e Saturn V in cima alla libreria nera. Quadri coloratissimi ed esotici di panorami spaziali immaginari sulle pareti.

Lo lasciai a studiarli mentre preparavo una valigia nella mia stanza e correvo in giro per l'appartamento a raccogliere articoli da toilette e altri oggetti personali.

Quando fui pronta a riprendere la strada, era passata da un pezzo l'ora di pranzo e questa volta fu il suo stomaco a brontolare rumorosamente. Con una risata, suggerii un tranquillo pub in stile inglese nelle vicinanze. Dato che era un ritrovo di studenti, normalmente durante l'estate e nei lunghi fine settimana (come adesso) il posto era quasi deserto.

Ciò nonostante, prima di scendere dall'auto, Ryan si mise un cappellino da baseball rosso degli Angels e tenne gli occhiali a specchio. Io gli diedi qualche occhiata di sottecchi, sapendo che temeva di essere riconosciuto. «Tutto quello che ti manca per completare il kit iniziale è una felpa col cappuccio.»

Lui mi guardò sconcertato. «Scusa?»

«Il tuo kit da supereroe Marvel. Lo indossano tutti nei film: Tony Stark, Steve Rogers. Tu ti integri alla perfezione. Berretto, occhiali da sole. È un modo a prova di bomba per non farsi riconoscere quando non vogliono essere riconosciuti.»

«Peccato che non siamo in un film.»

Ryan scelse un tavolo in fondo lungo una parete dietro il palcoscenico vuoto che di solito, nei fine settimana, ospitava musicisti dal vivo. Passammo in fretta i nostri ordini, il suo cheeseburger doppio bacon e avocado, roba da infarto, e il mio fish & chips.

Mentre aspettavamo, ricominciò a parlare. «Sei andata a scuola qui, al Cal State Long Beach?»

Scossi la testa. «No, ho frequentato un piccolo college femminile, Scripps, su a LA. Poi l'UCLA per il dottorato.»

«Una piccola scuola tutta femminile.» Aveva un sorriso enigmatico sulle labbra. «Avrei dovuto immaginarlo.»

«Che cosa dovrebbe significare?»

Evitando di rispondere, si limitò a sorridere e ad alzare le spalle mentre giocherellava con la saliera e la pepiera. Invece mi fece un'altra domanda; apparentemente si era autonominato re dei curiosi.

«Allora, dimmi come mai una donna ovviamente pazza per lo spazio e i viaggi spaziali sia finita a studiare psicologia invece di scegliere una materia scientifica.»

«Proprio non ti piacciono gli psicologi, vero?» dissi ridendo, di colpo nervosa.

Il suo volto era illeggibile. «Ho dovuto parlare con la mia bella fetta di psicologi dopo l'incidente… e non per mia scelta.»

Ci pensai per un momento. *Mmm, non sorprende che abbia eretto quel muro di mattoni e che sia deciso a tenermi fuori.*

«Allora, hai intenzione di rispondere alla mia domanda oppure prendere tempo facendomi un'altra domanda?»

Aggrottai le sopracciglia. *Touché.* Di solito ero io a fare le domande e a controllare la conversazione. Era strano essere dall'altra parte. Ma rammentai a me stessa che era un buon segno. Se stava facendo domande, significava che era interessato a cercare un terreno comune e magari trovare un modo per lavorare con me. Presi alcune delle bustine di dolcificante dalla scatola di plastica e le sistemai oziosamente sul tavolo di legno scuro davanti a me, riflettendo sulla mia risposta prima di alzare di nuovo gli occhi.

«Quando ero una bambina, insistevo a voler indossare luccicanti tute spaziali invece dei vestiti da principessa. E avevo decorato il mio letto come fosse un'astronave. Quando avevo paura di andare a dormire, immaginavo di prendere il volo nella mia nave spaziale e che mi sarei svegliata la mattina dopo su un nuovo pianeta. Sono cresciuta a Los Angeles, proprio al margine del Griffith Park e a mia madre piaceva fare passeggiate nelle colline. Spesso finivamo al planetario. Ho passato tanto di quel tempo lì, a guardare i reperti, le mostre. Le rocce lunari. Mi affascinava tutto.» Alzai le spalle e dondolai da un lato all'altro della panca dov'eravamo seduti. «Volevo essere un'astronauta, fin da piccolissima, e sono sicura che avrai sentito un'infinità di bambini dirti la stessa cosa.»

Lui mi ascoltava con attenzione, valutando le mie parole con la testa piegata di lato. «Sì, ma non lo rende meno valido. Io, da piccolo, non volevo essere un astronauta.»

Interessante. Aprii la bocca per far seguire quella notiziola con un'altra domanda, quando riprese a parlare. «Allora, perché la psicologia? Perché non la fisica o l'ingegneria aerospaziale?»

Cominciai ad ammucchiare i pacchetti, uno sopra l'altro come tanti cuscinetti. «Intendi dire perché non un campo di studi valido invece di una scienza "debole"? Tipico snobismo di chi ha scelto materie scientifiche. Solo le persone più intelligenti scelgono le materie scientifiche. L'ho già sentito.»

«Beh...» fece per dire, ma non lo lasciai finire.

«Perché volevo lavorare con gli astronauti.» Alzai gli occhi per fissare i suoi, che si erano spalancati per la sorpresa quando l'avevo interrotto. «Mi affascina l'elemento umano nel volo spaziale. Non saremo in grado di andare a esplorare lo spazio profondo finché non riusciremo a capire come tenere la gente sana di mente e di corpo durante voli spaziali di lunga durata e missioni planetarie. E anche se sarà sempre possibile costruire astronavi più grandi, veloci e migliori, l'unico elemento che non cambierà, finché non ci evolveremo, è l'elemento umano.»

Lui rimise la saliera e la pepiera nel loro contenitore. «Un motivo valido» disse diplomaticamente.

Continuai a giocherellare con la pila di pacchetti. «Inoltre è stato chiaro molto presto che essere un'astronauta era un sogno irraggiungibile, a causa dei miei problemi di salute. Ma non ho mai rinunciato a quel sogno. Ho solo deciso di modificarlo un po' perché potesse funzionare con le mie circostanze personali. Ho scelto l'alternativa migliore. Avrei cercato di ottenere un impiego alla NASA se Tolan non fosse stato pronto a dare il via all'XPAC. Penso che tu possa concordare con me che così è molto più eccitante. E sono stata fortunata, *molto* fortunata.»

I nostri sguardi si incrociarono e continuammo a fissarci quando alzai gli occhi e ci fu quel momento, proprio come il giorno prima, in cui qualcosa cambiò tra di noi. Un ispessimento percettibile dell'aria. Ryan non mosse le palpebre, il suo pomo d'Adamo si mosse su e giù quando deglutì e il luccichio in quegli occhi azzurri... era la mia immaginazione o assomigliava a riluttante ammirazione?

Mi tirai indietro quando il cameriere, un universitario carino più o meno della mia età, arrivò con i nostri piatti. «Fish & chips per la signora. E... un hamburger fuori dal mondo per il comandante Ty.» Ryan non sembrò felice di essere riconosciuto, ma si riprese in fretta, e guardò il tizio. «Le ho anche portato una birra, offre la casa. Il barista ha insistito.»

Mise la birra davanti a Ty con diversi sottobicchieri e una penna. «Comandante, posso avere il suo autografo?»

Ty fu molto educato, ma non loquace. Quindi, una volta firmati i sottobicchieri, il cameriere li raccolse, se li mise in tasca e se ne andò.

«Gesù» disse Ty prima di prendere in mano il suo hamburger. «Si potrebbe pensare che a Los Angeles la gente non sia così ossessionata dalle celebrità.»

Mi misi a ridere. «Tu non sei una celebrità, comandante. Sei un eroe.»

Il suo sguardo si fece duro mentre portava l'hamburger alla bocca. «Non mi devi più chiamare comandante, ricordi?»

«Giusto, mi dispiace, ehm, Ryan.» Strinsi le labbra imbarazzata. «Ci vorrà un po' ad abituarmi.»

«Beh, abituati. E non si usa nemmeno la parola che comincia con la "e".» Annuii amichevolmente, riflettendoci. Sembrava più irritato con me per aver usato la parola "eroe" che non per avere usato il suo rango.

«Non hai intenzione di mangiare?» mi chiese dopo aver ingoiato il suo primo boccone.

Io presi la bottiglia di aceto di malto e cominciai a innaffiare il mio pesce e le patatine. «Sto aspettando che le patatine si raffreddino un po'. Aspetto sempre almeno cinque minuti. Non mi piace bruciarmi il palato.»

Sembrò divertito per qualche secondo. «Ah, vuoi andare sul sicuro. Avrei dovuto saperlo.»

Mi sforzai di non sbuffare ma, solo per irritarlo, presi una patatina, ci soffiai sopra e poi me la misi in bocca. Era più calda di quanto mi sarebbe piaciuto, quindi bevvi un lunghissimo sorso di limonata fredda mentre lui rideva.

Arricciai il naso. «Serve più aceto» dissi, versandone ancora sulle patatine, che divennero mollicce, cosa che sembrò renderlo perplesso.

«Da quanto tempo ti hanno sostituito la valvola?» mi chiese dopo aver divorato quasi tutto il suo hamburger.

Per essere qualcuno che mi aveva proibito di parlare come "una strizzacervelli" stava veramente facendo un mucchio di domande.

Mi misi in bocca ancora qualche patatina, per prendere tempo. Dopo aver deglutito, gli feci una domanda a mia volta. «Come fai a sapere che mi hanno sostituito una valvola?» *Domanda stupida, Gray.*

Lui alzò le spalle. «Non sono Sherlock Holmes. Sono solo un buon osservatore. Il battito ticchettante è stato il primo indizio. Gli anticoagulanti il secondo.»

Aveva anche visto l'orrenda cicatrice. Ma, grazie al cielo, non la menzionò. Quelli che sopravvivevano agli interventi a cuore aperto avevano tutti una variante della cicatrice a cerniera, abbastanza da definirsi membri del "club delle cerniere", e a volte arrivavano perfino a incorporare la cicatrice in un tatuaggio carino che alludeva alla stessa cosa. Alcuni portavano fieramente la loro cicatrice, come fosse una ferita di guerra.

Di solito non ero così a disagio per la mia, ma non la mettevo nemmeno in mostra. E qualcosa nel fatto che Ryan conoscesse la mia situazione mi rendeva più insicura del normale.

«Avevo sedici anni quando mi sottoposi a quell'intervento. Quindi sono passati nove anni.»

Lui alzò le mani, intrecciando le dita e appoggiandovi il mento. Il suo sguardo, concentrato su di me, cominciò a innervosirmi. «Qual era la tua diagnosi?»

«È un difetto congenito del cuore» dissi, spostando il cibo nel piatto per evitare di agitarmi. «Sono nata con un foro tra i due atri, alcune pareti inspessite e deformità alla valvola.»

Mentre era sul punto di fare un'altra domanda fummo nuovamente interrotti, questa volta dal barista. Portò a Ty un'altra birra, anche se aveva bevuto solo metà della prima.

«Comandante Ty, sono Jay, il suo barista.» L'uomo tese la mano e Ty gliela strinse. «Dovevo venire a conoscerla quando ha firmato i sottobicchieri per me e il mio collega. Grazie.»

Ty annuì e sorrise e ispezionò immediatamente il bar, probabilmente sperando che la gente non avrebbe notato l'interesse. Era abbastanza vuoto dato che era passata da parecchio l'ora di pranzo e mancavano ancora alcune ore alla cena.

Jay prese il suo telefono e mostrò qualcosa a Ty. «Può risolvere una scommessa tra me e il mio collega? Io dico che queste fotografie della NASA sono le prove di strutture su Marte, ma lui dice che non è assolutamente possibile.»

Ci mostrò una foto sfuocata in bianco e nero, presumibilmente presa da un satellite nell'orbita di Marte. Indicando un bordo angolare sfuocato tra le montagne più scure disse. «Voglio dire proprio qui. Sembra un elemento architettonico, non crede? Una struttura creata dall'uomo. È un'anomalia.»

Ty sbatté le palpebre. «Non saprei, amico» disse pacatamente. «Non sono ancora stato su Marte.»

Jay spalancò gli occhi. «Ma è stato nello spazio e ha vissuto là. Lavora per la NASA. Voi tizi siete tutti coinvolti, giusto?»

Il volto di Ty si scurì immediatamente e potei solo pensare che stava associando questo tizio con quel pazzoide di terrapiattista che lo aveva infastidito il mese prima. Qualunque cosa sottintendesse che lui o altri astronauti, o la NASA in toto stessero mentendo, portava guai.

Mi chinai in avanti per attirare l'attenzione di Jay. «Abbiamo fretta di andare. Potremmo avere il conto, per favore?»

Jay mi degnò appena di un'occhiata prima di tornare a guardare Ty che era balzato in piedi e aveva tolto dalla tasca il portafogli. «Sì, dobbiamo andare. Grazie ancora per le birre, Jay. Probabilmente non avevo poi così sete.»

Il nostro cameriere apparve accanto a Jay e pagammo subito il conto. Insistetti a dividerlo con Ty e lui aveva talmente fretta di uscire che non discusse nemmeno.

Sulla strada di casa, ridemmo di quell'episodio. «Dovresti inventarti qualche fandonia a caso» gli dissi. «Qualcosa di veramente pazzesco. Tipo i Sasquatch su Marte. O tipo che hai visto un tizio con un orribile costume da gorilla che galleggiava nello spazio fuori dalla stazione, che cercava di far casino con le attrezzature. *Incubo a 400 chilometri*.»

Ridemmo insieme ed io mi asciugai gli occhi «Ti succede spesso?»

Sbuffò. «Decisamente troppo.» Scosse la testa. «E anche se pensi che sarebbe divertente prendere in giro la gente, non è poi così bello vedere le tue parole, dette scherzosamente, oppure volontariamente prese fuori dal contesto, stampate sui tabloid. E poi la gente ti tratta in un certo modo basandosi su quello. Quando tutti scrivono ciò che dici o vogliono vendere una tua foto alla stampa, diventi responsabile per tutto ciò che ti esce dalla bocca.»

E con quel pensiero che faceva riflettere, finimmo per compiere tutto il viaggio fino a North Tustin, ciascuno perso nei suoi pensieri.

***

Nei giorni successivi trovammo una routine che più che altro consisteva nel cercare di non intralciarci. Sì, lavoravamo nello stesso posto e abitavamo nella stessa casa, ma la sera, in particolare quando scendeva la notte, lui mi evitava accuratamente.

Nei fine settimana, Ryan usciva presto al mattino e tornava a casa più tardi di me. Lavorava molte ore, e sapevo che non era diverso dai suoi giorni alla NASA, specialmente mentre si preparavano per un volo.

A volte mangiavamo insieme, ma più spesso non era così, dato che faceva tardi.

Grazie al cielo era cordiale, la maggior parte del tempo almeno.

Eccetto la sera in cui notò che cosa avevo fatto alle sue bottiglie di liquore.

«Che diavolo è?» sbottò dietro di me. Era entrato nel salottino accanto al suo ufficio. Normalmente lavoravo lì, su sua richiesta, probabilmente perché non voleva che occupassi il divano del suo soggiorno.

Mi spinsi indietro dalla scrivania, dove stavo fissando il mio laptop aperto e mi voltai a guardarlo, sistemandomi gli occhiali sul naso.

Aveva in mano la bottiglia di vodka e quasi persi il controllo, rendendomi conto della fonte della sua irritazione. Mi morsi la guancia per non mostrare la mia reazione.

E feci la finta tonta. «Mi sembra una bottiglia di vodka.»

Lui sbuffò. «Sì, ovvio che è una bottiglia di vodka. Sono andato per versarmi un goccio e ho visto *questo* sul lato.» Tenne la bottiglia davanti alla mia faccia, all'altezza degli occhi, in modo che potessi vedere il segno che avevo fatto sul lato con un pennarello indelebile. In piccolo, avevo segnato il livello del liquido nella bottiglia e la data.

La buona notizia era che erano passati giorni da quando avevo segnato le bottiglie e che l'aveva notato solo adesso, a indicare che non ricorreva all'alcol ogni singola sera.

Quando rimasi in silenzio, irrigidì il braccio. «Sei stata tu?»

Mi morsi il labbro prima di guardarlo. «Sì. Ma solo come strumento di valutazione... e introspezione.»

Le sue sopracciglia si unirono. «Cosa?»

«In modo che possiamo valutare se stai abusando dell'alcol.»

Ritirò il braccio, con la schiena rigida. «Questo è veramente troppo. Non ho bisogno di un poliziotto che mi controlli.»

Mi alzai, per arrivare un po' più al suo livello, inutile perché mi mancavano comunque una decina di centimetri. «Bene. Allora non c'è niente da discutere. È per mantenerti responsabile.»

Strinse talmente forte i denti, parecchie volte, tanto da gonfiare le guance prima di parlare. «*Non* ho un problema con l'alcol.»

Sbattei gli occhi. «Ma l'alcol ti ha causato dei problemi, no? La sera in cui hai preso a pugni il terrapiattista eri ubriaco. Quella festa in cui è stata distrutta la stanza d'albergo a Chicago...»

«Non è stata colpa mia. Io ero...» Smise di parlare e scosse la testa. «Non ho intenzione di perdere tempo a spiegarmi con te.»

«Non hai assolutamente bisogno di farlo. E sai perché? Io non guarderò nemmeno queste bottiglie di liquore, eccetto che per segnare i nuovi livelli una volta alla settimana. Quei segni sono per te. Non per me e non per chiunque altro. Sono lì per aiutare te.»

Soffiò fuori il fiato, con il volto che diventava di un rosso ancora più scuro. La mia voglia di ridere adesso era sparita, mentre il cuore accelerava e il forte ticchettio diventava più evidente. Ryan abbassò per un attimo gli occhi sul mio petto e poi tornò a guardarmi negli occhi. Forse pensava che avessi paura di lui. Forse lo avrebbe fatto sentire meglio.

Invece, si voltò e se ne andò, borbottando qualcosa sul fatto di non avere più sete. Io quasi crollai sulla sedia, poi raccolsi le mie cose e decisi di andare a letto presto.

Cavolo. Sarei stata contenta di tornare alla pace e alla quiete, e di lavorare a casa mia.

Un po' più tardi mi infilai sotto le coperte, esausta. Il mio telefonò mi segnalò che avevo ricevuto un messaggio proprio quando stavo per chiudere gli occhi.

Pari: Come va il lavoro di cane da guardia per l'AstroSexy?

Io: Ugh.

Pari: Va così bene, eh? LOL

Io: Non voglio parlarne proprio adesso.

Pari: Tra parentesi, hai lasciato tu il pacchetto di Oreo sulla mia scrivania oggi? Non è stata la fatina dei biscotti?

Io: Ti stavo restituendo il favore per il sacchetto di patatine della settimana scorsa.

Pari: Io e i miei due chili in più ti ringraziamo. :p

Io: Devo mettermi a dormire. Domani è il giorno del grande servizio fotografico per l'AstroSexy e la stella del cinema. C'è un sacco di roba da preparare.

Pari: Eccitante. Mandami qualche foto!

∗∗∗

Nella minuscola stanza del Malibu Country Inn, proprio sulla Zuma Beach, Victoria delineò magistralmente tutto quello che doveva succedere per la prima sessione di fotografie per Ryan e Keely. Sarebbe stata la loro "rivelazione" come coppia sulla spiaggia sabbiosa di Malibu, dove erano cominciate tante storie famose prima della loro, sia vere sia orchestrate.

Guardai fuori dalla finestra, strizzando gli occhi verso le onde luccicanti del tardo venerdì pomeriggio. C'era gente in giro, ma non troppa. Ed era il motivo per cui avevamo scelto quell'ora e quel giorno piuttosto di un'affollata domenica o un sabato, o una festività.

Victoria informò la coppia di ciò che ci si aspettava da loro. Spiegò dove avrebbero dovuto fermarsi e per quanto tempo. Disse loro dove dovevano baciarsi e come, fino a indicare dove dovevano tenere le mani. Loro fecero domande, e quasi mi aspettavo che Ryan togliesse un piccolo taccuino dalla tasca e prendesse appunti.

Mentre chiacchieravano, io feci un'istantanea di loro tre e la mandai a Tolan, per tenerlo al corrente.

Lui rispose mezzo minuto dopo con l'emoji di un pollice in su. Avevamo la sua approvazione per il lancio di questa nuova coppia famosa.

Victoria aveva ricontrollato per assicurarsi che i suoi contatti nei media fossero al loro posto, pronti a scattare le foto apparentemente spontanee. Poi congedò Ryan e tirò da parte Keely per un ultimo controllo dei capelli e del trucco.

Io ne approfittai per andare in bagno.

Quando uscii, mi intercettò Ryan, che stava aspettando appena fuori dalla porta. Mi spostai per farlo passare, presumendo che dovesse usare il bagno dopo di me. Ma lui si infilò nella porta di fianco a me e non si spostò, appoggiando il braccio allo stipite per bloccarmi l'uscita.

«Sì?» chiesi a bassa voce, con un'occhiata a Victoria e Keely che erano tutte prese dagli ultimi tocchi.

«Voglio che tu sappia, prima di dar fuori di testa, che ho appena bevuto due bicchierini al bar.»

Beh, non bisognava essere scienziati missilistici per capirlo. Avevo sentito l'odore dell'alcol nel suo fiato appena aveva aperto bocca. Il suo tono era teso, secco ed io alzai gli occhi per guardare i suoi brucianti.

«Sei ancora arrabbiato perché ho segnato le bottiglie, vero?»

«Perché, non dovrei esserlo?»

Respiravo in fretta e il cuore batteva forte, anche se non sapevo se fosse perché temevo la possibilità di uno scontro o perché trovavo la sua vicinanza incredibilmente conturbante.

Il suo odore, conchiglie, lime e spruzzi di acqua marina salata. *Eau de Dieu de l'Océan.* Mi passò per la mente l'immagine dei suoi addominali perfetti, punteggiati da goccioline di acqua di mare. Avevo visto quel torace fantastico qualche altra volta dopo quel primo incidente nel suo soggiorno, mentre tornava da una nuotata la mattina presto e mentre andava a prendere una bottiglia d'acqua in cucina, dopo un allenamento. Era così maledettamente fantastico che avevo dovuto darmi un pizzicotto per rammentarmi che si trattava di lavoro e che lui era uno stronzo, almeno qualche volta.

«Sei nervoso?» gli chiesi a voce bassa.

Lui sorrise pigramente. «So come si bacia una donna. Penso di avertelo dimostrato lo scorso fine settimana.»

Deglutii, scioccata che ne avesse parlato. Ero stata così sicura che non avrebbe pensato minimamente a quel bacio. Ma di certo io ci avevo pensato, e parecchio. Non potevo non pensare a com'era stato fantastico. Durante l'ultima settimana, quel bacio non era mai stato molto lontano dai miei pensieri.

Ma durante quella stessa settimana, lui si era tenuto alla larga. Remoto. Quasi come se mi stesse evitando di proposito. Era come se, dopo esserci baciati, lui avesse spento l'interruttore ed io fossi tornata a essere una nullità.

Ma per quel mezzo minuto, mi ero sentita il suo tutto.

Lui poteva essersi ripreso facilmente. Ma la mia mente no. Non ancora comunque.

Ora però mi stava fissando la bocca. «Forse però mi potrebbe far bene un po' di… riscaldamento. Sai, un po' come una fluffer, ma per le labbra.»

Lo guardai perplessa. «Una fluffer?»

Lui sorrise, abbassando un po' la testa verso di me, con la voce bassa. «Sai, come nei film porno. Le fluffer, le *riscaldatrici*, quelle che aiutano gli attori a mantenere l'erez… Sai che cosa sono, vero?»

Mi tirai indietro, dandogli una bella occhiata. «Uh, quanta vodka hai detto di aver bevuto?»

Ryan si mise a ridere. «Abbastanza da placare l'ansia da palcoscenico, ma non abbastanza da incasinare le cose.»

Allungai la mano per sistemargli il colletto della camicia azzurra. I nostri volti erano *molto* vicini e il mio si stava scaldando sempre di più a ogni minuto che passava. «Andrà tutto bene.»

Lui alzò il pollice per accarezzarmi il labbro inferiore. «Allora che ne dici di uno come portafortuna?»

Abbassai gli occhi, sorpresa dalla sensazione di energia e dall'emozione, e incredibilmente intimidita, tutto in una volta. Mi stava prendendo in giro e non era poi così divertente. Ma stavo tremando in tutto il corpo adesso, perché, accidenti, volevo baciarlo ancora.

«Non dovresti provocarmi in questo modo» fu l'unica cosa sciocca che riuscii a dire.

Senza una parola, Ryan lasciò cadere la mano e si staccò lentamente da me. A quel punto alzai gli occhi e i nostri sguardi si incrociarono. «Buona fortuna... Ryan. Te la caverai benissimo.» Mi schiarii la voce e poi raddrizzai le spalle. «E hai ragione. Sai come si bacia una donna.»

Keely a quel punto era arrivata accanto a Ryan e ci guardava. «Che cosa sta succedendo qui?» I suoi occhioni azzurri passavano dalla sua faccia alla mia. Io avevo le guance che scottavano per quello che, presumevo, era un palese rossore.

Ryan indicò il mio petto. «Stavo leggendo la sua t-shirt.»

Era un altro esempio del mio guardaroba da nerd. Keely diede un'occhiata. «Quel verde fa risaltare i tuoi occhi, Gray, ma non capisco la maglietta.»

Indicai la formula complessa stampata, quella della velocità orbitale. Sotto, una scritta giallo pallido diceva: *Il primo passo è ammettere di avere un problema.*

«Solo umorismo da psico-nerd. È un problema di fisica.»

Ryan sembrava divertito e aveva gli occhi incollati al mio petto, cosa che mi fece arrossire ancora di più, e Keely sorrise e annuì, anche se non ero proprio sicura che la spiegazione l'avesse aiutata.

Qualche minuto dopo, Victoria ci accompagnò fuori dalla stanza d'albergo, indicando il sentiero dove avrebbero dovuto fare la loro tranquilla passeggiata sulla sabbia, prima di fermarsi accanto al molo per lo sbaciucchiamento pubblico. Victoria ed io li guardammo andare ed io non riuscii a staccare gli occhi quando Ryan prese la mano di Keely.

Keely si voltò verso di lui e rise, con i capelli rossi che danzavano nella brezza e dentro di me esplose un lampo, talmente fulmineo da togliermi il fiato. In quel momento ero pazzamente gelosa di Keely.

Mordendomi la guancia, mi voltai e tornai nella stanza, giurando di non guardare più. E ordinando alla gelosia di sparire.

Fallii su entrambi i fronti.

CAPITOLO UNDICI
RYAN

«BENE, SE QUESTA NON È LA GIORNATA PIÙ BELLA PER cominciare un romanzetto pubblico, non so quale potrebbe essere.» Keely si voltò, sorridendomi e stringendomi al contempo la mano. Aveva un sorriso da mille megawatt, insieme al carisma e al fascino di una stella. Era nel suo elemento ed io non potei fare a meno di esserne influenzato.

«È passato parecchio tempo da quando ho camminato l'ultima volta su questa spiaggia. È bello.» Mi voltai a guardare l'acqua. Le onde si infrangevano senza sosta alla nostra sinistra. Una brezza leggera e fresca danzava sulla mia pelle, portando con sé l'odore corposo, salato dell'oceano, della sabbia bagnata e delle alghe.

Keely fece una smorfia. «Vorrei poter camminare dalla parte dell'acqua! Mi piaceva fare quel gioco, sai, quello in cui cammini sulla sabbia bagnata e cerchi di vedere fin dove riesci ad andare senza che arrivi l'acqua e ti bagni i piedi. Ma Vic ha detto che devo camminare da questa parte per via delle fotografie.»

Sorrisi, tirandola più vicina all'acqua. La sua gonna leggera danzò nella brezza. «Possiamo sempre farlo, se vuoi.»

«Accidenti, Ty. Sei così carino. Ed io che pensavo fossi un ragazzaccio.»

Le sorrisi. «Non rivelare i miei segreti.»

Lei fece un risolino, diede un colpetto ai capelli profumati, alzando il tono del flirt. Rappresentava la ninfetta dei sogni di ogni uomo.

Eccetto il *mio*, a quanto pareva.

No, non riuscivo a non pensare a quella dolce cosina che avevo lasciato nella stanza d'albergo. Quella che indossava jeans sbiaditi che le fasciavano il sederino e t-shirt da secchiona con logo astrusi che mi facevano ridere.

Quella che succhiava talmente forte i frullati della colazione attraverso una cannuccia da risuonare in tutta la casa. Quella che aveva sempre il naso affondato in un enorme libro di saggistica o nel suo e-reader, quando non stava guardandomi con quegli occhi a cui non sfuggiva assolutamente niente.

Quella che profumava di fragole e menta e aveva la pelle che sembrava così morbida che mi prudevano le dita dalla voglia di toccarla. Ogni singola volta.

E volevo anche farla gemere.

E ansimare il mio nome.

E...

Keely mi diede di gomito. «Houston, abbiamo un problema.»

«Cosa?» Mi voltai a guardarla.

Lei spalancò gli occhi e mi afferrò la mano, quasi appendendosi e fissandomi negli occhi mentre sorrideva sognante. «Sveglia, Ty. Lo spettacolo deve continuare. E ho appena intravisto il nostro primo paparazzo a... come lo chiamate nel linguaggio dei piloti? Ore due?»

Senza voltare la testa guardai di sottecchi nella direzione che mi aveva indicato e fui ripagato dal luccichio della lente di una macchina fotografica che rifletteva i raggi del sole mentre il fotografo la puntava verso di noi. Non eravamo ancora arrivati al punto dove avremmo dovuto fermarci e fissarci sognanti negli occhi prima di baciarci, ammirare le onde per qualche minuto e continuare sul molo, quindi continuammo a camminare mentre io chinavo la testa verso di lei come se ogni parola che diceva mi affascinasse.

Oh Dio. In qualche modo ce l'avrei fatta. Keely era una professionista, che gestiva tutto con tranquillità, quindi seguii il suo esempio e camminai per i previsti tre chilometri, sperando di essere riusciti a convincere qualcuno che eravamo due euforici nuovi amanti che volevano mostrare al mondo il loro affetto.

Abbastanza da far venir voglia di vomitare a un uomo vero.

Ma la NASA aveva addestrato un buon piccolo astronauta a saltare nei loro cerchi. Ed io l'avrei fatto. Perché l'XPAC mi avrebbe portato dove avevo bisogno di andare.

E non era il momento di lasciarsi distrarre da una giovane strizzacervelli fin troppo perspicace che sembrava vedere attraverso le mie barriere e zoomare sulle parti problematiche della mia anima, come una macchina per i raggi X, in posizione e pronta a diagnosticare le mie debolezze.

Poco dopo, stavamo attraversando la sabbia verso la strada d'accesso alla spiaggia, e ci eravamo lasciati i fotografi alle spalle. Saltammo nel sedile posteriore della Mercedes che guidava l'assistente di Victoria. E i nostri impegni per quella giornata erano finiti. Avremmo condiviso una cena intima domenica sera. Che includeva anche gli occhi, e le lenti delle macchine fotografiche, del pubblico in attesa.

***

Quella sera, mentre il sole tramontava e le luci temporizzate si accendevano, rendendo tutto chiaro come se fosse ancora mezzogiorno, ero seduto in cucina e fissavo il telefono, vagamente cosciente che sarei dovuto sparire come al solito, per evitare l'allettante Gray Barrett.

Avevo fatto un buon lavoro, evitando sia il bere sia la strizzacervelli ficcanaso, per quanto mi intrigasse. Troppo, in effetti.

Quindi avevo studiato un piano per tenerla alla larga finché potevo. La casa era abbastanza grande che due persone ci si potevano perdere. Per un momento ringraziai la mia lungimiranza, per non aver comprato quel lussuoso ma piccolo appartamento sulla spiaggia di Newport che avevo adocchiato. Avrebbe reso quasi impossibili le mie tattiche di evasione.

In quel momento, Gray era da qualche altra parte, probabilmente sul portico ad ammirare il cielo al tramonto. Avevo notato che era una delle cose che preferiva. Poi mi ero rimproverato per aver prestato abbastanza attenzione da notare quali erano le sue attività preferite.

Toccai di nuovo il tasto home sul telefono, appoggiando la fronte al palmo della mano. Ero riluttante, non volevo sbloccarlo: quattro messaggi e due chiamate perse. Tutti dalla stessa persona.

Avevo un nodo in gola, sentivo la solita fitta di senso di colpa e di auto-recriminazione. Evitavo da settimane di rispondere, forse da mesi. A volte inviavo brevi risposte, ma, più spesso, diventavo un fantasma. Era più facile così. Poi mandavo qualcosa, un assegno o dei fiori, dolci o un mucchio di giocattoli per il ragazzino.

Fissai il primo messaggio.

Continuo a chiedermi come te la stai passando lì nell'assolata California. Il bambino continua a chiedere di te.

Sbattei le palpebre. Era ingiusto tirare in ballo AJ. Una fitta di dolore quasi mi tolse il fiato quando immaginai il ragazzino, guance tonde bagnate di lacrime, mentre salutava il monumento eretto in onore del padre che non avrebbe più visto. Quel giorno un bambino di cinque anni era diventato membro dello stesso club di cui io ero entrato a far parte a quindici anni.

Strinsi la mandibola, con il dito sospeso sopra il tasto di risposta.

Proprio in quel momento la porta di vetro scorrevole raschiò nel telaio. Ed io sollevai di scatto la testa. Gray aprì la porta appena quel tanto da permettere alla sua figura sottile di passare, poi la richiuse altrettanto in fretta. Si voltò e mi guardò, fermandosi sorpresa. «Ehi.»

«Salve.» Spensi il telefono e lo ficcai di nuovo nella tasca posteriore.

Lei piegò la testa. «Tutto okay?»

Cristo. Era nella stanza da cinque secondi e stava di nuovo facendo quella sua cosa sorprendentemente perspicace. Mi faceva incazzare. Era ora di alzare una cortina di fumo. «Se per "okay" intendi dire lievemente irritato dal giochino con i paparazzi che ho dovuto fare, allora va tutto benissimo.»

Lei abbassò le sopracciglia scure e fece un passo verso di me. Il mio segnale di alzarmi dallo sgabello e battere in ritirata. «Vado a letto.»

Erano le otto. In realtà sarei andato a guardare un film o tre nella mia stanza prima di addormentarmi, esausto. Ma, a suo beneficio, finsi di sbadigliare. Dopo la scenetta con Keely, ero pronto a concorrere per un Oscar.

Lei annuì e andò all'armadietto, prese un bicchiere e lo riempì d'acqua fredda dal frigorifero. «Ho anch'io un po' di roba da leggere.»

Strinsi i denti ed evitai di rispondere. Una qualunque risposta sarebbe stata un tentativo di fare conversazione e farlo non era compatibile per il mio obiettivo di evitarla. Quindi tenni la bocca chiusa.

Lei si voltò e uscì dalla cucina davanti a me, ma io le ero subito dietro. Abbassò la mano e spense la luce. La stanza precipitò nel buio.

E in un attimo mi si mozzò il fiato, congelandosi nei miei polmoni e la testa cominciò a girare. Senza rendermi pienamente conto di quello che stavo facendo, l'afferrai per il polso. Lei ansimò, voltandosi e versando l'acqua dal bicchiere che si rovesciò sul pavimento.

«Che cazzo stai facendo?» dissi a denti stretti. Prima di allontanarle la mano e riaccendere la luce, prima che l'oscurità potesse consolidarsi.

Lei rimase bloccata, fissandomi a occhi sgranati e deglutendo visibilmente. Quel battito, clic, clic, clic, divenne rapido.

L'avevo spaventata.

Bene. *Bene.*

Lei mi guardò sbattendo gli occhi. «Io, ah, ho spento la luce.»

«E qual era la regola?»

Lei aggrottò la fronte, in qualche modo cambiando la qualità del suo sguardo. Passandomi di fianco, afferrò una manciata di tovaglioli di carta e si abbassò ad asciugare il pavimento. Non alzò gli occhi quando finalmente si decise a parlare. «Hai detto di lasciare tutto come lo trovavo…»

«E questo significa anche le luci.»

«Sì, mi avevi fatto quell'esempio. L'avevo dimenticato.» Si raddrizzò e gettò nella pattumiera la carta bagnata, riprendendo il bicchiere ora mezzo vuoto. Lo riempì di nuovo ed io aspettai accanto all'interruttore mentre lei mi girava intorno e usciva in corridoio per andare nella sua stanza. Mi fermò prima che potessi andare dalla parte opposta, verso le scale.

«Ti dispiace se ti chiedo che cos'è questa cosa delle luci?»

Le voltai le spalle., «Sì, mi dispiace. Lasciale come le trovi.»

Si sarebbero spente automaticamente, secondo il timer, molto dopo che mi fossi ritirato nella mia stanza, per non scendere fino al mattino dopo. Ma spegnerle avrebbe significato che la sera dopo non si sarebbero accese e non potevo accettarlo. Tutto era stato sistemato perfettamente secondo la mia routine. E non avevo intenzione di lasciare che la incasinasse.

Stava già incasinandomi abbastanza così.

CAPITOLO DODICI
GRAY

DOPO UN FINE SETTIMANA CON UNA GIRANDOLA DI fotografie, un falso appuntamento a cena e una crisi isterica da parte di un astronauta, eravamo pronti a metterci in pista per andare a Houston, per l'evento della fondazione Esprimi un Desiderio.

Scendendo dalla limousine nell'aeroporto privato vicino a quello internazionale di Los Angeles, grattai la crosta sul palmo dove avevo avuto i punti. Ryan li aveva attentamente rimossi domenica pomeriggio durante una delle poche occasioni in cui l'avevo visto durante il fine settimana. Aveva detto forse dieci parole durante tutta la conversazione.

Dopo il suo scatto di rabbia per l'interruttore in cucina del venerdì sera, mi aveva evitato per l'intera giornata di sabato, allenandosi per ore nella sua palestra, nuotando in piscina e camminando nel canyon. Una giornata molto attiva. La domenica pomeriggio, si era trovato con i suoi astro-amici finché era stata ora di prepararsi per la sua cena con Keely alla quale, grazie al cielo, si era presentato completamente sobrio.

Ero stata attenta a non toccare nessun interruttore, arrivando al punto di lasciare accesa tutta la notte anche la luce nel mio bagno. Avevo continuato a pensare all'intensità della sua reazione e, ovviamente, l'avevo documentata nei miei appunti.

Ovviamente, spegnere la luce era una causa scatenante, ma per che cosa esattamente non lo sapevo. Né sapevo quale fosse esattamente l'elemento scatenante.

Non gli piaceva il buio? Oppure non gli piaceva non avere il controllo sull'illuminazione di casa sua? Era un problema di PTSD?

Beh, che domanda idiota. Ovvio che lo era. Ma non ne sapevo abbastanza da poter fare una valutazione sulla gravità o su che cosa fosse esattamente. L'avevo annotato, riservandomi il giudizio e cercando di non fare nient'altro che potesse allontanarlo ancora più di quanto fosse stato per il resto del fine settimana.

Salii a bordo del jet privato della XVenture dietro a Ryan, Keely, la sua assistente Sharon e il cosmonauta russo, Kirill Stonov. Ci sarebbero volute poco meno di tre ore di volo per arrivare a Houston.

Guardando la schiena di Ryan mentre salivamo la scaletta mi chiesi come avrebbe potuto reagire a questo viaggio. C'erano buone probabilità che tornare al centro più importante della NASA un mese dopo essere stato buttato fuori fosse imbarazzante per lui. Non lo mostrava minimamente, però. Già, ma era un esperto nel nascondere i propri pensieri ed emozioni.

Non era insolito negli astronauti. Giocavano sempre a carte coperte, vista la forte competizione esistente per ottenere le missioni di volo. Una delle storie più famose riguardava il famoso pilota collaudatore, il colonnello Chuck Yeager. Aveva rotto la barriera del suono col suo aereo sperimentale ore dopo essersi incrinato le costole durante una cavalcata. Aveva evitato di rivelare quel piccolo particolare al medico prima di quel volo dall'esito potenzialmente letale.

Ero abituata a quella mentalità, dato che avevo avuto l'opportunità di studiare molti aspiranti astronauti durante il dottorato. Gli astronauti esperti, con le loro ali d'oro erano esponenzialmente ancora più suscettibili di avere quella stessa mentalità. Mai mostrare debolezza. *Mai.*

Ty fu salutato entusiasticamente dall'equipaggio del jet privato, che gli strinse la mano con grandi sorrisi e complimenti. Gli chiesero autografi, selfie e gli offrirono un tour della cabina di pilotaggio.

Nessuno di loro poteva avere il minimo sospetto che il loro eroe stesse nascondendo una sofferenza cupa, profonda.

Ma io sì. E aveva talmente paura di me adesso, paura che lo scoprissi, da non riuscire a guardarmi in faccia.

Sentivo l'animosità provenire da lui a ondate.

***

Ore dopo, le nostre auto si fermarono nel punto di scarico dei passeggeri VIP del Johnson Space Center di Houston. La NASA ci aveva consentito di entrare al riparo dagli occhi curiosi delle centinaia di turisti che la visitavano ogni giorno.

Scendendo dall'auto, fummo investiti da un muro di umidità estiva, così diversa dal caldo secco della California del sud. I vestiti mi si appiccicarono addosso nel breve percorso dal viale alla porta.

Nonostante il recente congedo di Ryan, la NASA aveva acconsentito che l'evento avesse luogo lì per esaudire il desiderio di un bambino malato. Il nostro gruppo fu salutato da un rappresentante del marketing e vice direttore delle relazioni pubbliche. Strinse la mano di Ryan, con un sorriso sulle labbra. «Bentornato, Ty! Ci manchi da queste parti.»

«Grazie, Ron» rispose Ryan, con un tono impassibile e poi procedette a presentare il resto di noi prima di sparire in uno spogliatoio lì vicino. Quando ne uscì, era magnifico con la tuta di volo blu scuro degli astronauti della NASA, completa con il suo nome ricamato sul taschino destro e gli stemmi di volo sul davanti e le maniche.

Con il volto inespressivo, ci accompagnò al punto predeterminato per l'incontro. Il fotografo fece posare Ryan e Keely di fronte ad alcuni cartelloni per delle fotografie da mandare all'Associated Press e ai blog di notizie.

Keely si appiccicò al suo fianco e lui le mise una mano intorno ai fianchi. Per la centesima volta, ammirai quanto stavano bene insieme. E come mi faceva sentire strana dentro notarlo. Anche se cercavo di non esaminare troppo da vicino quella sensazione, anche quando lei si chinò verso di lui e gli sussurrò qualcosa all'orecchio, gli baciò la guancia e rise per qualcosa che le aveva detto. Ryan sembrava coinvolto, le sorrideva quando la faceva ridere, spostandole la mano sulla schiena.

Qualcosa mi afferrò allora, con artigli aguzzi e zanne taglienti come rasoi che si affondavano nel mio petto. Una brutta sensazione di calore che mi faceva sentire come se potessi andare in fiamme.

Gelosia. Ma non una semplice fitta. Oh no. Era l'assoluto mostro dagli occhi fiammeggianti che voleva uscirmi dal petto, lacerandolo in stile Alien, e sputare acido ovunque. Feci un respiro profondo e mi obbligai a distogliere gli occhi finché non avessero finito di fare le fotografie.

Ryan non era mio e non avevo il diritto di essere gelosa. Quella strana reazione era puramente irrazionale ed emotiva. Soffiai fuori il fiato. *Ecco.* Niente di meglio delle psicobubbole per raffreddare i miei bollenti spiriti. *Serve l'intelligenza emotiva per vincere.*

Apparve l'ambasciatore della fondazione *Esprimi un Desiderio* con la giovane famiglia del ragazzino malato. Ryan chiese a Keely e al resto di noi di restare indietro e permettere alla famiglia di farsi fotografare con lui.

Francisco Martinez, un ragazzino di sei o sette anni, aveva appena finito la chemioterapia. Era adorabile e fin troppo delicato. I capelli neri erano sottili, ma stavano ricrescendo, e aveva un sorriso dolcissimo, dai dentoni sporgenti.

Guardandolo, non potei evitare di pensare alle speranze che avevo avuto io con quella stessa fondazione, quando ero una bambina. Desideravo disperatamente che mi scegliessero, come Francisco, per incontrare un astronauta, solo che nel mio caso volevo conoscere la dottoressa Sally Ride.

Ma quell'opportunità non arrivò mai per me. Mio padre mi convinse a rifiutare. Mi aveva dato due ragioni, primo, eravamo troppo privilegiati per togliere quell'opportunità a un altro bambino che non aveva le risorse della nostra famiglia, e due, non ero abbastanza malata da pensare a qualcosa come a un ultimo desiderio.

Ero malata, *molto* malata, ma papà si rifiutava di riconoscerlo. Mi diceva che accettare di veder esaudito il mio desiderio sarebbe stato come arrendersi. Come piantargli un coltello nel cuore. E quando lo disse, come avrei potuto continuare?

Quindi avevo rinunciato, anche se avevo pianto quando lui non c'era. E lui non lo aveva mai saputo.

Strinsi i denti e rammentai a me stessa di vivere nel presente e non perdermi nel passato. Inoltre, osservare Francisco e Ryan insieme era magico e rendeva più facile dimenticare le vecchie pene.

Il ragazzo guardava il suo eroe con gli occhi spalancati. Poi si mise sull'attenti, rivolgendogli un saluto. In risposta, Ty si abbassò su un ginocchio davanti al bambino, alzando una mano. «Dammi il cinque, Francisco. Ho sentito che hai superato alla grande il tuo ultimo ciclo di chemioterapia.»

I genitori di Francisco si scambiarono un'occhiata. Sua madre sorrise e disse qualcosa di incoraggiante a suo figlio in spagnolo. Il ragazzo schiaffeggiò entusiasticamente la mano di Ryan. «Mio padre dice che se sono riuscito a fare quello, posso fare qualunque cosa, come andare su Marte, un giorno. Pensi che possa farlo, comandante Ty? Posso diventare un astronauta e andare su Marte anche se sono stato malato?»

Ryan gli sorrise. «Non dovresti mai rinunciare a un tuo sogno, Francisco.» Il suo sguardo si spostò per un momento sul nostro gruppo, incrociando il mio, prima di tornare a guardare il ragazzo.

«Ho un'amica che era malata da piccola e mi ha detto che non ha mai rinunciato al suo sogno. E tu non dovresti rinunciare ai tuoi. In effetti, superando tutto quello che hai superato, hai dimostrato di essere forte, di essere un lottatore.»

Sbattei le palpebre, ascoltando le sue parole, ricordando la nostra conversazione nel piccolo pub a Long Beach quando gli avevo detto che avevo rifiutato di rinunciare e avevo deciso di lavorare con gli astronauti quando era apparso chiaro che non sarei mai potuta diventare una di loro.

Aveva avuto un'espressione simile allora, di ammirazione.

Deglutii il groppo che avevo in gola, lottando per trattenere le lacrime quando il sorriso di Francisco divenne radioso per la nuova speranza che gli veniva data. Si mise sulla punta dei piedi e batté nuovamente il cinque con Ryan, ed io cercai con tutte le mie forze di non piagnucolare come un'idiota.

Ryan si alzò e prese la mano di Francisco e si spostarono verso il modello in scala 1:1 del modulo Harmony della ISS, dove erano situati gli alloggi dell'equipaggio.

«Avremo bisogno di moltissimi nuovi astronauti tra circa vent'anni. Per allora tu ti sarai concentrato a migliorare e a restare in salute. E passare un mucchio di tempo a prendere buoni voti. È super importante se vuoi diventare un astronauta. Devi studiare tantissimo.»

Ci portò nel modulo e potemmo esplorarlo. C'ero già stata una volta, anni prima, ma ero comunque entusiasta di esserci tornata. Alcuni erano affascinati dagli attrezzi attaccati con il velcro al banco di lavoro, altri cercavano di capire come funzionassero gli attrezzi da ginnastica.

Io? Io mi chiusi dentro il cubicolo, grande come una cabina telefonica, dove gli astronauti dormivano in piedi, legati alla parete per via dell'assenza di peso.

Francisco continuava la sua conversazione con Ryan. Li sentivo fuori dalla porta. Il ragazzino sembrava deciso a respingere l'invito di Ryan a studiare e a far bene a scuola.

Il tono del ragazzino era assolutamente scettico. «*Tu* studi tutti i giorni?»

«Devo prendermi cura di me stesso, mente e corpo. E se non lo faccio, non posso volare. E volare è la cosa più importante al mondo per me.»

«Mmm. Non sembra interessante come divertirsi. Non guidi macchine veramente veloci e non voli con il tuo caccia?»

Cercai di non ridere alle domande di Francisco. *Non dimenticare di parlare di tracannare vodka e prendere a pugni i terrapiattisti,* avrei voluto dirgli. Mi misi una mano sulla bocca per soffocare le risatine.

La voce di Ryan arrivava dall'altro lato del telone. «Mi diverto anch'io, ma non troppo.»

«Penso che dovresti divertirti di più, essere un astronauta è un lavoro duro.»

Oh, credimi, bambino, si diverte eccome. Fin troppo. Misi anche l'altra mano sopra la prima sulla bocca quando non riuscii a trattenere la risata.

All'improvviso, la "porta" di tela del mio cubicolo venne tirata da parte. Ryan e Francisco sbirciarono dentro insieme.

La bocca di Ryan tremò. «Non posso divertirmi troppo, altrimenti passo dei guai con Ms Barrett.»

Guardai Ryan alzando gli occhi al cielo e fui ricompensata da un sorriso sfacciato.

«Sei il suo capo?» chiese Francisco, stringendosi contro di me per guardare all'interno del cubicolo mentre io uscivo. Guardai Ryan con diffidenza prima di distogliere lo sguardo.

Quando ero sul punto di essere altrettanto maliziosa e rispondere di sì, Ryan rispose per me. «No, decisamente non il mio capo. Più la mia… babysitter.»

Gli diedi un'occhiataccia e il suo sorriso divenne esponenzialmente più grande.

«La tua *babysitter*?» disse Francisco, voltandosi a guardarmi mentre Ryan lo assicurava con il velcro dentro il sacco a pelo che lo teneva contro la parete. «Sei troppo vecchio per aver bisogno di una babysitter. Solo i bambini come me ne hanno bisogno.»

Ryan si raddrizzò e si voltò a guardarmi, ancora divertito. «Visto? Perfino Francisco pensa che sia troppo vecchio per avere una babysitter.»

Con le mani sui fianchi, mormorai piano in modo che il bambino non sentisse. «È perché Francisco non gioca a Sbatti la Testata del Letto con la sua "allenatrice".»

Oh, com'era soddisfacente vedere il sorriso strafottente e compiaciuto sparire dalla sua faccia. Mi voltai e uscii dal modulo con il resto del gruppo.

Poi andai alla mia mostra preferita, quella dove i visitatori potevano toccare una roccia lunare. Infilai la mano e passai le dita sopra la superficie liscia di una sezione lucidata, persa nei miei pensieri finché vidi gli stivali di fianco a me.

«Alla tua babysitter piace la roccia lunare» disse Francisco.

Mi raddrizzai, arrossendo e tolsi la mano.

«È il tuo turno, Francisco» dissi con un sorriso e girai alla larga dall'astronauta, fiera di non averlo guardato in faccia e che così il suo sorriso beffardo fosse andato sprecato. Quella volta almeno.

A quel punto, il nostro gruppo aveva attirato l'attenzione degli altri visitatori del Centro Spaziale. Si era formata una folla accanto all'astronauta mentre la gente alzava telefoni e fotografava Ryan, chiamandolo. Ma sia il rappresentante della NASA sia l'ambasciatore di Esprimi un Desiderio tennero a bada la folla.

Comunque, Ryan finì per restare quasi un'ora dopo la fine della visita per firmare autografi, senza rifiutarlo a nessuno, quando avrebbe tranquillamente potuto farlo.

Dovetti sbattere le palpebre per nascondere le lacrime quando, ai saluti, Francisco si staccò dai suoi genitori mentre andavano verso l'auto e corse indietro per abbracciare forte Ryan.

«Non dimenticherò mai questo giorno. È quello più felice della mia vita, comandante Ty.» Ryan avvolse le braccia intorno alle spalle sottili del ragazzino.

«Avrai molti altri giorni felici, Francisco. E quando sarai andato su Marte, sarò *io* a chiedere *a te* l'autografo, okay?»

«Tutto per te!» Francisco fece nuovamente il saluto militare e corse dai suoi genitori, parlando mille parole al minuto mentre Ryan li guardava allontanarsi, con un'espressione imperscrutabile.

Non aveva mai fatto capire che non gli piacesse o non fosse a suo agio con tutto quel culto dell'eroe. Avevo visto di prima mano come vi fosse costantemente soggetto.

Ma che cosa gli causava, nel profondo?

Forse un giorno avrei trovato il coraggio di chiederglielo. Purché non qualificasse la domanda come "discorsi da strizzacervelli".

Saremmo tornati a casa presto il giorno dopo. Ma Ryan aveva chiesto di restare una serata per avere una piccola riunione con alcuni amici lì a Houston. E, sorprendentemente, fummo invitati tutti. Menzionò i vantaggi di essere visto con Keely mentre si godevano un po' della vita notturna di Houston, ma sospettavo che ci fosse un motivo più profondo.

Forse eravamo lì per fungere da cuscinetto. Non ci potevano essere altri motivi perché Ryan ci volesse con lui. Eravamo lì per proteggerlo da qualunque cosa fosse emotivamente incresciosa. Dubitavo che qualcun altro avesse intuito la ragione, ma io certo sì. Probabilmente avrei dovuto parlarne con Ryan, a un certo punto. Se mai avessi avuto l'occasione di parlargli da solo, cioè.

In albergo, feci un lungo pisolino, poi una doccia per togliermi di dosso l'umidità dell'estate texana e mi vestii per la serata.

Mentre andavo verso l'ascensore, mi imbattei in Keely nel corridoio, con i capelli ancora nei bigodini, con in mano una bevanda dietetica presa al distributore. «Non so perché mi sto prendendo il disturbo» disse indicando i bigodini. «L'umidità qui è pazzesca.»

Mi misi a ridere. Lì, i miei capelli si erano arricciati in un modo tutto loro. Ed erano enormi. Se fossero stati più lunghi sarebbe potuta sembrare un'acconciatura anni Ottanta.

Keely mi guardò dalla testa ai piedi. Avevo dei jeans eleganti neri, una bella blusa con i bottoni e le mie Doc Martens. «Vieni anche tu a quella cosa, stasera? Devi venire. Ho bisogno di te là.»

Annuii. «Ci sarò. Ero diretta alla hall, anche se è un po' presto.»

Lei mi guardò con una smorfia sul volto. «Non hai un vestito?»

Alzai le spalle. «No, non l'ho portato.» Non aggiunsi che possedevo forse due vestiti, se era tanto, appesi, quasi mai indossati, in fondo al mio armadio a casa.

Inarcando le sopracciglia chiese: «Una gonna?»

Scossi nuovamente la testa.

«Ragazza. So che ognuno ha il suo stile personale, ma porta dentro il tuo culo. Possiamo renderti un po' più elegante.» Mi agganciò il braccio e lasciai che mi tirasse nella suite di due stanze che divideva con la sua assistente.

«Sharon, dov'è quel maxi-abito che hai insistito che portassi? Gray, quanto sei alta?»

«Un metro e settantatré. Guarda, io...»

«Perfetto. Siamo alte uguali.» Si voltò nuovamente a guardarmi. «Un maxi-abito con quelle Doc Martens potrebbe essere piuttosto carino. Retro grunge.»

Sharon stava esprimendo i suoi dubbi, ma Keely la interruppe. «Dimmi solo dov'è il vestito.»

Quando lo tolse dall'armadio, sapevo che sarebbe stato impossibile: spalline e scollatura profonda. Cercai mentalmente una scusa. «Non ho un reggiseno adatto.»

Keely mi guardò per un momento, ma tenne alzato l'appendiabiti, lasciando che il vestito mi ricadesse davanti. Indicò uno specchio lì vicino. «Guarda questo colore su di te. Rosa antico. Perfetto per la tua carnagione. Non importa quanto sia un maschiaccio, una ragazza deve indossare un vestito una volta ogni tanto, lo sai vero?»

Mi guardai allo specchio con la fronte aggrottata. Una volta mi piaceva indossare abiti casual come quello. Ma adesso mi facevano sentire troppo... esposta. Non mi piaceva mettermi in mostra.

Volare sotto i radar... *quello* era il mio stile.

«Alternative: vai senza reggiseno. Potresti benissimo farlo.» Quando le diedi un'occhiataccia, lei fece spallucce. «Scusa.»

Annuii. Dopotutto aveva ragione. Non era insolito che facessi a meno del reggiseno quando era necessario. «Oppure potresti indossare quella bella blusa che hai già sopra il vestito, che diventerebbe una specie di maxi-gonna.»

Non ero convinta.

«Dai, Gray.» Agitò l'appendiabiti davanti a me. «Vai a cambiarti in bagno. Sai che vuoi farlo.» Mi morsi il labbro, cercando di non sorridere quando mi si mise di fronte con un sorriso enorme sulla faccia. «Sarai splendida.»

Sospirai e feci come mi aveva detto. Non sapevo se essere più frustrata per il suo istinto di cambiarmi oppure per il fatto che era così carina e affascinante che non riuscivo a detestarla, anche se avrebbe sicuramente catturato l'interesse di Ryan.

Mi infilai il vestito. La lunghezza era perfetta, ma su di me era largo. Mi stava comunque bene, aderendo ai fianchi prima di allargarsi in belle pieghe lungo le gambe. Ovviamente la mia cicatrice era in bella mostra.

Ma feci come mi aveva suggerito e rimisi la blusa. Allacciandola in parte, fui contenta di vedere che la cicatrice restava nascosta.

Mi studiai allo specchio da diverse angolazioni e l'effetto mi piacque. Mi sentivo... carina, femminile. E mi ero truccata un po', quindi la mia carnagione stava benissimo con quel colore. Beh, accidenti.

Senza dubbio Pari sarebbe svenuta se fossi arrivata all'XVenture vestita in quel modo. Presi un appunto mentale di mandarle un selfie, giusto per impressionarla.

Sharon stava dando gli ultimi tocchi alla pettinatura di Keely, seduta al tavolo da toilette, quando uscii dal bagno. Mi guardarono entrambe quando spense l'asciugacapelli. Keely annuì, sorridendo. «Sharon, alla fine hai deciso di mettere in valigia quei sandali infradito con le pietre? Starebbero magnificamente con quel vestito.»

«Credevo che avessi intenzione di indossarle stasera.»

Keely scosse la testa. «Niente da fare. Ty è alto. Devo portare i tacchi. Oltre a tutto staranno molto meglio a Gray con quel vestito.» Sorrise a Sharon, che sbuffò.

Keely andò in bagno e ne uscì qualche minuto dopo, chiedendomi di chiuderle la cerniera. Indossava un favoloso miniabito aderente di seta azzurra che le arrivava a metà coscia. Com'era prevedibile, era affascinante e stupenda. Sharon le porse l'astuccio dei gioielli e lei si mise un paio di orecchini.

Anche se indossare il suo maxi-abito mi aveva fatto sentire femminile e romantica, ora, accanto a lei, mi sentivo sciatta. Mi caddero le spalle e lei mi rimproverò immediatamente, afferrandomele con le mani, ora che era parecchi centimetri più alta di me con quei tacchi. «Spalle diritte e indietro. Stai diritta. Oops, allacciamo un altro bottone!» Mi guardò negli occhi con un sorriso solo un po' meno radioso. Immaginai che avesse visto la cicatrice. Poi tornò al sorriso di prima. «Devi mostrare al meglio quel vestito. Assicurarti che l'uomo delle stelle ti noti.»

«Sei tu quella che deve notare.»

Keely scosse la testa. «Solo per i fotografi. Sei tu quella che guarda quando pensa che nessuno lo stia osservando.»

La mia faccia adesso bruciava, rosso fuoco. Wow. Keely aveva una vivida immaginazione, o no? Scossi la testa. «Uhm, impossibile.»

Strizzò gli occhi ridendo. «Gray, smettila di farmi ridere tanto. Finirò per rovinare il trucco! Ora… ammettilo. Ti sei presa una piccola cotta.»

Io lanciai un'occhiata alla sua assistente che non badava a noi mentre rassettava il tavolo da toilette.

Mi morsi il labbro. Era così ovvio? Fantasticavo su Ryan senza nemmeno rendermene conto? Ma, e la mia intelligenza emotiva? Perché non mi aveva permesso di nascondere ciò che stavo pensando?

Oh, merda. Lo sapevano davvero *tutti*? *Ryan* lo sapeva?

Keely adesso stava cercando la sua pochette, che Sharon trovò tra le coperte in disordine. Poi, dopo aver guardato l'ora, mi spinse fuori dalla suite e andammo insieme all'ascensore.

Mi sorrise quando si abbassò a premere il bottone, riprendendo la conversazione esattamente dove l'aveva lasciata. «Tu mi piaci un sacco.» Mi sorrise amichevolmente. «Penso che dovresti far parte della mia squadra.»

Scoppiai a ridere. «Non credo di essere un tipo da squadra.»

Lei fece spallucce. «Possiamo parlarne dopo. Adesso torniamo all'argomento precedente. È completamente comprensibile che tu abbia una cosa per l'astrobaby. Quindi non sentirti in imbarazzo. Ty è sexy da morire. Chi non ha una cotta per lui? Io me lo farei in un attimo se avessi una chance.»

Sbattei gli occhi, nauseata all'idea di dover ascoltare lei e Ryan sbattere la testata del letto contro la parete a casa sua.

«Immagino che sarebbe un bene per il tuo romanzetto pubblico se succedesse» dissi con la vocina più sottile al mondo.

Lei sorrise. «Lui non è interessato. Ho tentato un paio di volte ma ha… altri interessi.»

Io distolsi gli occhi. «Immagino che non sia facile per lui tornare a Houston.»

Lei alzò le spalle, controllando la chiusura del braccialetto. «Non ne so niente. Mi riferivo più che altro al fatto che è interessato a te. E penso che tu dovresti buttarti.»

La fissai con gli occhi sgranati.

«Smettila di arrossire, Gray. Sembri un'adolescente vergine.»

Borbottai qualcosa in risposta e lei rise, piegandosi di nuovo a premere il pulsante dell'ascensore. «Oh, se lo farò succedere. Ma ti avverto, io ho messo gli occhi su quel suo amico russo sexy come il demonio e potrei appendere un calzino alla maniglia stanotte, se sai che cosa intendo dire.»

Spalancai gli occhi. «Gesù.»

«Ho la sensazione che lo farà dire anche a me una mezza dozzina di volta.» Ammiccò mentre entravamo in ascensore e le porte si chiudevano.

Nella hall, ci incontrammo con gli altri. Naturalmente i miei occhi gravitarono verso Ryan, come facevano sempre, nonostante il mio cervello mi stesse rimproverando per quell'azione. Non importava. Era come se avessero una vita propria. E, maledizione, era favoloso con quei pantaloni marrone scuro e la camicia azzurra. Era intonata all'azzurro intenso dei suoi occhi e riusciva a enfatizzare il suo fisico possente sotto i vestiti. I capelli corti erano pettinati all'indietro come se fosse appena uscito dalla doccia.

Mi faceva mancare il fiato. Era virtualmente un ladro quando si trattava del mio respiro. In verità, era costantemente colpevole di farmi dimenticare di tirare quello successivo. Come se lui stesso fosse il vuoto dello spazio.

Forse avrei dovuto mettermi una tuta spaziale per proteggermi da lui.

Il suo sguardo incontrò il mio e poi scese lentamente lungo il mio corpo, accogliendo apparentemente con tranquillità la mia scelta in fatto di guardaroba. Quando i suoi occhi tornarono sul mio volto, sentii la pelle che si scaldava pensando alla rivelazione di Keely, su quanto mi osservasse, *quando pensava che nessun altro stesse guardando.*

L'aria sembrava densa, piena di tensione. Distolsi gli occhi e cercai di pensare ad altro, come se stessi mentalmente indossando una tuta protettiva.

Mi sentivo vulnerabile e incerta quella sera, e continuavo a pensare alla rivelazione di Keely.

L'autista aprì le portiere per noi quattro e salimmo sul SUV. Keely mi spinse verso la portiera posteriore e, nella mia confusione e senza rendermene conto, finii tra Ryan e lei. Immagino fosse quello che intendeva dire con *farlo succedere*.

Discreta? Non proprio.

E anche se era un'auto larga e c'era spazio in abbondanza per noi tre sul sedile, Keely, inspiegabilmente, "aveva bisogno di spazio". Si spostò fin dove poteva farlo e passarla liscia, spingendomi contro Ryan e il suo meraviglioso profumo.

Mi voltai e le diedi un'occhiataccia, ma lei voltò la testa di scatto, digitando qualcosa sul suo telefonino, prima di alzarlo fino all'altezza della faccia e angolarlo per includere anche noi.

«Sorridete per un selfie!» canterellò.

«Mi dispiace» mormorai a Ryan, scusandomi per aver invaso il suo spazio personale.

«Va tutto bene» mormorò lui, e sembrò rilassarsi contro di me.

Deglutii, con il cuore che correva con il suo onnipresente ticchettio. Con la coscia coperta dal cotone premuta contro la sua, muscolosa e dura come il ferro, e attraverso il tessuto dei suoi pantaloni, riuscivo a sentire il calore del suo corpo.

Ryan fece saltellare il ginocchio su e giù e poi la pressione aumentò, come se si stesse piegando in due nello spazio ristretto. Voltò la testa verso di me e inspirò profondamente.

E questo mi ricordò che potevo sentire l'odore dei suoi feromoni da uomo alfa. Fragranza di uomo d'azione. Viaggiammo in un silenzio teso, con il panorama di Houston che svaniva ai lati dell'auto. Io fissavo diritto davanti a me, con le unghie conficcate nel palmo delle mani.

Cercai di non pensare quanto fosse meraviglioso essere premuta contro un uomo incredibilmente attraente che baciava come un fottuto Casanova. *Attenta, Gray. Non cominciare nemmeno a pensare a quel bacio.*

Caspita. Avevo la sensazione che quel viaggio di un quarto d'ora in auto sarebbe durato molto di più. O forse lo stavo solo sperando.

CAPITOLO TREDICI
RYAN

DOVEVO AMMETTERLO, AVEVO APPREZZATO PARECCHIO quel viaggio in auto fino al ristorante con il corpo snello di Gray premuto contro il mio. Avrebbe dovuto decisamente esserci spazio più che a sufficienza per noi tre sul sedile posteriore. Non avremmo dovuto essere premuti così vicini l'uno all'altro, ma non mi importava. Kirill si era voltato a guardarci dal sedile anteriore, quel bastardo. Quando aveva notato la stessa cosa, aveva sorriso e mormorato sottovoce in russo: «Intimo.»

Gray era più affascinante che mai e molto più giovane dei suoi venticinque anni. Aveva una blusa senza maniche e una lunga gonna rosa antico che le fluttuava intorno alle caviglie quando camminava, lasciando intravedere dei sandali luccicanti.

E sul sedile posteriore dell'auto, avevo approfittato della situazione per ottenere la mia razione di quel suo profumo di fragole. L'unica cosa che aveva fatto era far aumentare il desiderio di sentire il suo corpo contro il mio, di sentire il suo profumo celestiale. E anche di sentire il ticchettio affrettato del battito unico del suo cuore.

Le parole scherzose che avevo usato al centro con il bambino? Non erano niente in confronto a ciò che l'aspettava quella sera.

Scendendo dall'auto tenni aperta la portiera per lei e Keely, cercando di reprimere un sogghigno.

Ma quando entrammo nel ristorante non mi ci volle molto per capire che le cose non sarebbero andate come mi aspettavo. Il primo indizio fu il cartello all'entrata che indicava che il bar e una sezione del ristorante erano chiusi per una "Festa privata".

E avevo sperato, contro ogni aspettativa, che il mio gruppo di una mezza dozzina di amici intimi non si fosse trasformato in un'orda di gente della NASA. Succedeva fin troppo spesso, e avrei dovuto saperlo. Una volta che la voce circolava, riunioni come quelle crescevano come stringhe di particelle in una reazione chimica a catena. Houston era una città grande, ma la comunità più piccola della NASA a Clear Lake e dintorni era molto unita.

Mi fermai e guardai il cartello, sopraffatto dalla voglia di voltare sui tacchi e filarmela. Kirill mi diede una spallata ed io alzai gli occhi. Aveva un'espressione seria mentre mi faceva un cenno e poi entrava nel ristorante. «Fammi andare a vedere com'è.»

Le due donne erano al mio fianco e Keely stava ispezionando la stanza. Gray prese il posto di Kirill accanto a me, gli occhi fissi sulle mie spalle tese prima di alzarli per fissare i miei. «Che cosa posso fare per aiutarti?»

Non, come va. Non, c'è qualcosa che non va. No.

Aveva intuito tutto nel mezzo minuto in cui avevo reagito a quel nuovo sviluppo. Mettendomi la mano sul braccio, strinse gli occhi ed io mi innervosii. *Ti guarderò le spalle*, aveva detto, ed io ero stato così pronto a ignorarla.

Ero stato scettico, ovviamente. Come se non capisse nemmeno completamente che cosa significava guardarmi le spalle. La cosa più stupefacente della sua dichiarazione era il modo in cui avevo reagito. Sperando che lo intendesse veramente. Che ci sarebbe stata abbastanza a lungo per farlo. Ma ancora non lo sapevo.

Strinsi le labbra.

«Vuoi che usciamo?» mi chiese.

Scossi la testa, tornando a guardare dove era sparito Kirill. Sarei rimasto lì finché non fosse tornato a ragguagliarmi.

Una riunione improvvisata della locale comunità della NASA, astronauti, capi missione e altro personale di supporto all'ufficio astronauti, non era una cosa inaspettata. E non avrei dovuto averne timore. Solo che…

Affrontare il mio passato. Affrontare la realtà da cui non avevo ancora ammesso di essere fuggito.

In California, a distanza di sicurezza, era facile dimenticare. Facile immaginare che Xander fosse ancora vivo in Texas, con la sua famiglia. Era facile non notare il buco lasciato dalla sua assenza in tutte le nostre vite.

Qui non era così facile.

Quella sera si sarebbe parlato di Xander. Avremmo riso e ricordato. Avremmo fatto qualche brindisi, sicuramente. Era inevitabile ed era giusto così. Non avrei mai chiesto a nessuno di dimenticare Xander. Ma lui sarebbe stato lì, come un fantasma ossessionante in fondo a ogni sguardo compassionevole, a pesare su ogni sorriso triste, ogni ricordo sussurrato, perfino quelli felici che ripetevamo cercando di farci ridere vicendevolmente.

E, Dio, non ero pronto.

Kirill tornò e mi ragguagliò: sì, una parte del ristorante era stata riservata a noi e c'erano un mucchio di facce familiari. «Vieni, Ty.» Fece un cenno verso il bar e alzò la mano per darsi un colpetto sulla gola con il dito medio, un gesto russo a indicare che nel nostro futuro c'era dell'alcol.

Grandi menti, stessi pensieri. Lo seguii al bar. Dovevo stordirmi per bene con l'alcol per superare quella serata. O forse concedermi del sesso chiassoso con una partecipante vogliosa e carina. A seconda di come sarebbe andata quella serata di merda, avrei dovuto trovare conforto con ogni mezzo possibile.

Le luci erano basse, ma ogni superficie brillava col riflesso delle luci al neon argento e rosse sul nichel spazzolato che copriva il bar, i tavoli e le sedie. Era l'arredamento futuristico, e un po' squallido, di uno dei parecchi ritrovi di Houston a tema spaziale, The Gantry, la torre di lancio.

Da una band dal vivo nell'altra stanza arrivava musica ad alto volume con un ritmo dance pulsante. L'odore di birra, manzo al barbecue e bacon saporito mi assalì i sensi.

Quando noi quattro arrivammo al bar, tutti gli occhi gravitarono verso di noi. Kirill andò a un lato del bar a scambiare grandi manate con un paio di suoi connazionali. E fece ricorso al suo ben noto talento di procurarsi la vodka tutte le volte che voleva. I russi e le loro capacità uniche.

Sentii le esclamazioni di meraviglia per la presenza di Keely, che gravitò verso di me e si appese civettuola al mio braccio. La gente parlava del suo ultimo film, di come fosse bella di persona, di che bastardo fortunato fossi. Senza dubbio l'avrebbero tempestata di richieste d'autografo. Meglio lei di me, una volta tanto.

«Ty!» mi chiamò una voce familiare alle mie spalle. Mi voltai per guardare l'ex-comandante della mia prima missione sulla stazione, Thor Mickelson.

Gli strinsi volentieri la mano mentre lui sorrideva contento, offrendomi una bottiglia di birra. Gli presentai Keely e lui flirtò in quel suo strano modo da nerd per cui lo prendevamo spesso in giro. Thor tendeva a restare senza parole davanti alle belle ragazze, ed era comico perché non faceva nessuna fatica ad attirarle con il suo aspetto nordico, alto e biondo.

Kirill apparve di fianco a me ed io gli diedi di gomito. «Sapevi che avrebbero fatto le cose così in grande?» gli chiesi in russo. Gli altri astronauti avrebbero chi più chi meno capito qualcosa, ma a parte Kirill, ero quello dell'equipaggio che lo parlava meglio, senza paragoni.

«Non ne avevo idea» rispose Kirill. «Non pensavo nemmeno che avessi tanti amici alla NASA.»

«Fanculo» gli risposi. Ridemmo insieme. Lui mi spinse davanti un bicchiere e chiese al barista di riempirlo di vodka.

Inspirai, un po' tremante, con i muscoli che dolevano per la tensione. Quando apparve lo shot, l'afferrai, stringendo quel bicchierino come fosse un'ancora di salvezza. Se avessi stretto ancora un po', avrei avuto le nocche bianche.

«Comandante Ty è un onore» disse il giovane barista quando mi riconobbe. «Il primo è offerto dalla casa, signore.»

Gli rivolsi un sorriso stentato. «Grazie.»

Mi rivolsi a Kirill, toccando il suo bicchiere con il mio. «*Poyekhali!*» I russi hanno mille modi differenti di fare un brindisi, a seconda dell'occasione. Ma per quella sera, scelsi le famose parole del primo uomo nello spazio, Yuri Gagarin, proprio prima di essere lanciato in orbita. *Andiamo!*

Kirill ed io bevemmo all'unisono e poi sbattemmo i bicchieri sul bancone. Prima di riuscire a farmi riempire di nuovo il bicchiere, però, sentii qualcuno darmi di gomito. Mi aspettavo che fosse Keely, quindi mi voltai per chiederle che cosa voleva bere.

Invece la donna accanto a me era molto più piccola. Con lunghi capelli scuri che luccicavano sulle spalle come una cortina luminosa. Mi si gelarono le budella. *Karen.*

Oh cazzo.

«Ty» disse lei con un sorriso tremolante sulle labbra e gli occhi da cerbiatta sgranati. Era una bella donna. E, come sempre, capivo esattamente che cosa aveva visto in lei Xander.

Si era tagliata i capelli e sembrava molto più magra dell'ultima volta che l'avevo vista, alla commemorazione, sei mesi prima. Era scomparsa la solita scintilla maliziosa nei suoi occhi, indizio di una delle lingue più taglienti che avessi mai incontrato. Adesso riflettevano solo tristezza. Vederlo fu come ricevere un pugno nello stomaco.

Deglutii forte e, per coprire lo shock, l'abbracciai dolcemente e la baciai sulla guancia, come ai vecchi tempi. Come se negli ultimi sei mesi non avessi finto di non vedere le sue email e i messaggi.

«Ehi, KareBear.» Il nomignolo era uno scherzo dai nostri tempi al college. Lei lo aveva sempre odiato ed io non sapevo come mai mi fosse uscito dalla bocca proprio in quel particolare momento.

Forse, in fondo in fondo, volevo offenderla in modo da evitare lo scontro che ero sicuro ci sarebbe stato. Mi si strinse talmente forte il petto che mi risultava difficile tirare il fiato. Karen fece un passo indietro e mi fissò di nuovo, con il dolore nei suoi occhi scuri che mi trapassava come due lame gemelle.

«Ci sei mancato» disse semplicemente. «Hanno ancora Internet e i telefoni in California, vero?»

Mi sembrava che le cose intorno a noi si stessero muovendo al rallentatore, che i colori si confondessero, i suoni si affievolissero fino a diventare silenzio. Avevamo occhi puntati addosso da tutte le direzioni. Giuro che mi sentivo talmente come se fossi in una boccia per pesci, che mi stavano crescendo le branchie e cominciavo a respirare acqua. Avrei di sicuro accettato volentieri le pinne per svignarmela nuotando. E Dio sa che respirare stava diventando sempre più difficile a ogni minuto che passava.

Mi schiarii la voce. «Sono stato veramente preso. Può dirtelo Kirill, abbiamo lavorato come *sobaki*.» Alzai la mano verso il barista. «Che cosa bevi, Karen?»

Lei diede un'occhiata minacciosa al mio bicchiere, che era di nuovo pieno, e poi mi guardò in quel modo che mi faceva sentire uno scolaretto in castigo. «Non ho sete.»

«Ehi!» Sentii un'altra mano atterrare sulla mia spalla, apparire una capigliatura bionda indistinta. Chiunque fosse, avrei voluto abbracciarlo (o abbracciarla), come se mi stesse salvando da quella situazione imbarazzante. Voltai di scatto la testa verso il nuovo arrivato.

Gray, la babysitter. Beh, aveva detto che mi avrebbe coperto le spalle. E in questo caso, lo stava dimostrando. Il sollievo mi travolse come un'ondata potente. Aveva spezzato la tensione di quel momento. Aveva un vero talento.

La sua mano mi strinse la spalla in un gesto inusuale. «Va tutto bene qui?»

Sbattei le palpebre e lei diede un'occhiata significativa a Karen. Quindi feci ciò che ci si aspettava e le presentai. «Gray Barrett, questa è la mia buona amica Karen Freed. Karen, Gray è, uh...»

«Il suo supervisore personale» aggiunse Gray in fretta, troppo in fretta. Doveva aver già passato un po' di tempo a escogitare quella qualifica. Se non mi fossi sentito in un modo così schifoso e ansioso di svignarmela da quella riunione, avrei riso per l'ironia.

Karen lanciò una breve occhiata a Gray, ma non sorrise. «Lieta di conoscerti Gray.» Poi tornò a rivolgersi a me. «Ty...»

«Sapete» la interruppe di nuovo Gray. «Scommetto che vi piacerebbe fare due chiacchiere in privato. C'è una stanzetta in fondo con solo alcuni tavoli. È un settore che hanno chiuso per questa sera. Lì sarete soli.»

Guardai Gray stupefatto. Gettare Karen e me insieme in una stanza mentre stavo cercando in tutti i modi di evitarlo? Non era quello che significava coprirmi le spalle.

Aprii la bocca per protestare quando Karen si inserì accettando con entusiasmo l'invito di Gray. «Sì. Possiamo andarci per favore, Ty?»

Strinsi i denti. «Certo, andiamo.»

Spinsi il secondo shot verso Kirill. «Chiamami tra un quarto d'ora» gli dissi in russo. «Se non rispondo, richiama.» Lui annuì appena, senza nemmeno guardarmi. «E, per favore, potresti offrire da bere a Keely da parte mia?»

Questa volta mi guardò. «Sarà un piacere.»

Mi rivolsi di nuovo a Gray. «Fai strada, *supervisore personale*.» La fissai negli occhi aggiungendo un'occhiata di fuoco per non lasciarle dubbi su quello che pensavo del suo intervento. *Con te faremo i conti dopo, piccola miss Impicciona.*

Lei distolse gli occhi e camminò davanti a noi verso il retro del ristorante. Karen non sembrava vedere le persone che cercavano di salutarla e di attirare la sua attenzione. Aveva gli occhi fissi sulla schiena di Gray. Maledizione, era arrabbiata con me. Mi strofinai la mandibola, desiderando aver bevuto il secondo bicchierino prima di lasciare il bar.

Non avevo nessuna voglia di farlo. Non lì, non in quel momento. Non c'era nemmeno un tempo o un posto ottimale cui potevo pensare, a essere sincero. Ma che scelta avevo? Il mio *supervisore personale* si era intromesso, certo, ma avrei potuto scaricare di persona le vedova di Xander, anche se lo desideravo veramente?

Sospirai a lungo. Quello che volevo io non contava.

Una cosa che avevo imparato dai miei anni all'interno della struttura disciplinare militare era accettare ciò che ti capitava. Accettarlo e non evitarlo. *Adattati. Improvvisa. Supera.* Uno dei molti motti usati nelle squadre.

Quell'incontro sarebbe dovuto avvenire da tempo.

Avevo dovuto uccidere persone a bruciapelo, a volte a mani nude. Avevo dovuto affrontare il vuoto dello spazio con solo strati sottili di un veicolo o di una tuta spaziale come protezione. Ma adesso, una donna sottile alta appena un metro e mezzo mi stava facendo tremare le ginocchia. Era davvero ridicolo.

Le scostai la sedia di metallo e lei si sedette cautamente. Mi sedetti davanti a lei a un tavolo vuoto. Gray aspettò un momento. «Posso farvi portare qualcosa?» Quando scuotemmo la testa, lei sparì.

Karen prese il suo telefono e cominciò a scorrere le fotografie. Si fermò e me ne mostrò una serie. «La festa di compleanno di AJ. Speravamo che avresti chiamato.»

Alzò la fotografia perché la vedessi ed io diedi un'occhiata, senza riuscire a fissarla a lungo. AJ in tutta la sua adorabile gloria sdentata, che sorrideva alla macchina fotografica di fronte a una torta con sei candeline accese. Avevo la nausea e mi sembrava che mi stessero sudando i bulbi oculari.

Mi mancava… moltissimo.

Tossii coprendomi la bocca con il pugno.

«Ha ricevuto il mio regalo? Spero che gli sia piaciuto. Scommetto che va come un asso con la sua bicicletta da ragazzo grande.»

Karen non rispose, invece tirò via il telefono, cercando un'altra fotografia. «Il suo primo giorno di scuola, quest'anno.» A quella riuscii a malapena a dare un'occhiata. Invece di sorridere, sembrava molto serio, con gli occhi nocciola, gli occhi di *Xander*, che mi fissavano dal volto innocente di un bambino. Aveva i capelli lisciati indietro e indossava un'uniforme scolastica perfettamente stirata, e in mano un portapranzo degli Avengers. Quel groppo in gola divenne esponenzialmente più grande. Mi dimenai sulla sedia.

Karen appoggiò il telefono sul tavolo e quello si spense, grazie al cielo. «L'anno scorso, per la scuola materna, era così triste perché suo padre non c'era. Ricordi? E tu lo sostituivi sempre quando Xander era via per lavoro. Quando gli ho detto che sareste stati entrambi nello spazio allo stesso tempo, penso di avergli spezzato il cuore. Perché allora lo "zio Ty" non avrebbe potuto sostituire suo padre.»

Mi strinsi la radice del naso tra il pollice e l'indice, pieno di vergogna. Senso di colpa. Fate un elenco, ed io li stavo provando tutti. Fate girare la Ruota della Tortura e dovunque si fermi, io lo stavo provando.

Dio, perdonami.

«Karen…» cominciai a dire con la voce tremante, senza nemmeno sapere dove volevo arrivare.

Lei si chinò in avanti, appoggiando le braccia sul tavolo, con il palmo della mano in su, supplicando. «Abbiamo *bisogno* di te, Ty. AJ ed io. E tu non ci sei stato per noi.»

Avevo promesso che mi sarei preso cura di sua moglie e suo figlio.

Sbattei gli occhi. «Ho cercato di fare del mio meglio. Ho mandato...»

Karen scosse la testa e fece un gesto secco con la mano per interrompermi. «Puoi dirlo sinceramente? Che hai cercato di fare del tuo meglio? E non mi interessano i tuoi soldi. Soldi della colpa.»

Risucchiai il fiato, mi tirai indietro e la fissai. Così il gioco si faceva pesante, e in fretta. Beh, Karen non era mai stato il tipo da tenere per sé la sua sincera opinione quindi non avrei dovuto sorprendermi, ma, maledizione, faceva molto più male di quanto mi fossi aspettato.

«Che diavolo sta succedendo in quella tua testa? Stai buttando via la tua vita e dimenticando la gente che ti vuole bene, cui tu vuoi bene. A meno che per te noi non abbiamo significato niente. Hai perso il tuo migliore amico, lo capisco. Ma non dovevi perdere tutta la sua famiglia, che era come se fosse la *tua* famiglia, a meno di scegliere volontariamente di farlo. Eppure, è ciò che continui a *scegliere di fare*.»

Strinsi così forte i denti che mi venne il mal di testa. *Cazzo, cerca di non perdere il controllo, Tyler.* Non potevo perderlo. Non potevo sfogarmi con la vedova di Xander, nonostante i colpi bassi, nonostante quanto mi stesse facendo incazzare. Lottai per respirare, meravigliandomi di quanto sembrassero più strette le cose dentro il mio petto.

«Voglio bene a te e a AJ. Voglio bene a entrambi. E ho promesso a Xander… gli ho promesso che mi sarei preso cura di voi.»

Karen alzò di scatto di occhi. «Per l'amor del cielo, smettila di sentirti vincolato da quell'obbligo. Non è stato giusto da parte sua chiederti qualunque cosa ti abbia chiesto quando era a pochi minuti dalla morte.»

Deglutii il grosso groppo che avevo in gola. Come potevamo parlare di cose giuste? Se la vita fosse stata giusta, Xander sarebbe stato lì, in quel momento, seduto a quel tavolo al mio posto.

Strinsi il pugno. «Sono serio riguardo a quella promessa, Karen. Non puoi darmi il "permesso" di lasciarla perdere.»

Karen arrossì e i suoi lineamenti si indurirono. «Non abbiamo bisogno dei soldi o dei regali mandati da migliaia di chilometri di distanza. Abbiamo bisogno della tua presenza nelle nostre vite. Non puoi prenderti cura di noi. Puoi a malapena prenderti cura di te stesso. Il bere. Le donne. Diventare violento e picchiare la gente. L'incidente in moto e la stanza d'albergo fatta a pezzi…»

Mi strofinai la fronte, vergognandomi più che mai per il mio comportamento irresponsabile nell'anno appena trascorso. L'eroe che non poteva essere eroico nemmeno per il figlio del suo miglior amico defunto.

Sentii il dolore esplodermi nella testa. «È un momento difficile.»

Karen sbuffò, esasperata. «Oh, non dirmi. Sei stato licenziato dalla NASA. C'è una denuncia da parte di un pazzoide terrapiattista che continua a parlare con qualunque notiziario in città lo faccia parlare. Non dev'essere necessariamente così. Torna qui e restaci. Possiamo guarire tutti insieme.»

Mi seppellii la faccia nelle mani, appoggiando i gomiti sul tavolo per sostenermi la testa.

«Ty.» Karen allungò una mano e me la strinse intorno al braccio.

Io mi tirai indietro, abbassando le braccia. «Non posso. Non ho un futuro qui, Karen. Lo sai esattamente come lo so io.»

Lei mi guardo accigliata. «I ponti bruciati si possono ricostruire. Un incidente con un cretino che ti tormentava, o perfino gli errori di giudizio dell'anno scorso... eri in lutto. Il mondo ci ha visto tutti esprimere il nostro dolore, molto pubblicamente. È ora di riprenderci le nostre vite e smettere di vivere per il pubblico. E la NASA perdonerà.»

Ovviamente lei credeva, come tutti gli altri, come la NASA voleva che tutti credessero, che mi avevano licenziato perché, ubriaco, avevo preso a pugni uno stronzo.

Se solo avesse saputo...

Ma lei non aveva idea del vero motivo per cui la NASA mi aveva sbattuto fuori. Nessuno lo sapeva. Era un fardello che dovevo sopportare solo io.

Scossi la testa, senza riuscire a respingere a parole le sue idee. Faceva troppo male parlare con lei, parlare della sua perdita. Sapere che, alla fin fine, ero io quello da biasimare, per tutto.

«Karen...»

Lei sbatté la mano sul tavolo. «Non scuotere la testa. *È* possibile. Per l'amor di Dio, smettila con il senso di colpa che insisti a portarti dietro. Xander è morto facendo ciò che amava. Non è stata colpa tua. Smettila di comportarti come se lo fosse.» Arrossì violentemente, con il respiro affrettato. Per quanto lo volessi, non distolsi gli occhi. Le dovevo almeno quello, di accettare le sue parole.

Lei parlava ignorando la verità ed era una vedova in lutto.

Ed io dovevo trovare il modo di superarlo ed esserle accanto. I miei sentimenti non erano importanti, a paragone dei suoi. Ma come avrei fatto a fingere quando dentro di me, sinceramente, mi sembrava di andare in pezzi?

Karen scosse la testa, ora lottando contro le lacrime. «Ti rivoglio nelle nostre vite, Ty. Torna da noi.»

Esitai, cercando di scegliere saggiamente le parole. Basta promesse che non potevo mantenere. Stavo giù infrangendo quelle che avevo fatto a suo marito morente. «Farò del mio meglio. Vedrò che cosa posso fare.»

Lei mi fissò come se le avessi parlato in russo. «È tutto quello che hai da dire quando io ti ho aperto il mio cuore e ti ho implorato?» Accigliata, si alzò, scioccandomi. Mi tirai indietro e sostenni il suo sguardo accusatore, ingoiando altri groppi. Lei buttò sul tavolo in mezzo a noi un cartoncino 7 x 13. «Fatti aiutare, Ty. Ne hai bisogno.»

Si voltò e andò nel corridoio verso la parte anteriore del ristorante, asciugandosi le lacrime con il dorso della mano. Io nascosi la faccia tra le mani nell'attimo in cui sparì. *Cazzo. Cazzo. Cazzo.*

Era andata bene come avevo previsto, o *notevolmente bene,* viste le circostanze. Mi chiesi che cosa avrebbe detto Xander se fosse stato lì in quel momento, seduto dov'era stata la sua vedova, a guardarmi con l'accusa negli occhi.

Perché tu sei vivo ed io no? Quando avevo tanto di più per cui vivere rispetto a te?

Voltai il cartoncino che Karen aveva buttato sul tavolo prima di uscire precipitosamente. Era la fotografia di AJ fatta a scuola. Sorrideva, ma aveva gli occhi tristi. Gli occhi di suo padre.

Mi sentii sprofondare lo stomaco e non riuscii a tollerare quel senso di vuoto per un secondo in più. Avevo bisogno di alcol per attutire il dolore. *Immediatamente.*

Baciai la fotografia prima di infilarla nel portafogli, poi tornai indietro nel locale. Senza cercare né la falsa girlfriend né gli ex-amici che mi avrebbero prestato un orecchio compassionevole, andai direttamente al bar, sapendo che si sarebbe formata alla svelta una folla intorno a me.

Succedeva sempre.

CAPITOLO QUATTORDICI
GRAY

QUEL LATO DEL RISTORANTE POTEVA ESSERE PIENO DI personale della NASA, ma la toilette delle signore era deserta ed io approfittai di quel posto tranquillo per raccogliere i miei pensieri e lavarmi lentamente le mani dopo aver usato la toilette. Erano passati dieci minuti da quando avevo accompagnato Ryan e Karen Freed in quell'angolo quieto sul retro, per la loro chiacchierata.

L'avevo vista immediatamente quando era entrata e si era avvicinata a Ryan. Mi ero presa la responsabilità di facilitare qualcosa tra di loro che non fosse così pubblicamente imbarazzante, come sospettavo potesse essere. E un'occhiata alla faccia di Ryan nell'attimo in cui si era voltato e l'aveva vista lì era stata sufficiente a dirmi che la mia intuizione era giusta.

E sì, Ryan mi aveva fatto capire chiaramente, con le occhiate di fuoco e il resto del linguaggio del corpo che era furioso con me. Me ne sarei occupata a tempo debito. Ma volevo pensare di averlo aiutato a evitare un incidente sgradevole, e forse, solo forse, avrebbe capito e l'avrebbe apprezzato.

Beh, potevo sempre sognare, no?

Lo avevo osservato da vicino mentre beveva al bar con Kirill e quando Karen si era avvicinata, l'avevo riconosciuta dalla pletora di interviste e dal documentario che avevo guardato sull'incidente. Era stata intervistata spesso.

L'atteggiamento normalmente impassibile di Ryan irradiava un intenso stress. Quindi ero entrata in azione.

Dopo essermi asciugata le mani, presi il telefono per controllare se avesse già risposto al mio messaggio. Il mio testo era l'ultimo dello scambio di messaggi. *Stai bene?*

Non riuscivo nemmeno a vedere se l'avesse già letto. Probabilmente stava ancora conversando. Stavo rimettendomi in tasca il telefono quando un'altra donna si precipitò dentro e andò diritta alla toilette più lontana della fila.

Karen Freed. Beh. Non ci era voluto molto. In effetti, meno di un quarto d'ora. C'erano lacrime evidenti sul suo volto e le guance erano rigate di mascara. Si chiuse dentro in fretta e sentii dei singhiozzi soffocati, come se stesse piangendo coprendosi il volto con le mani.

Per un momento restai lì, immobile, guardandomi allo specchio mentre cercavo di capire che cosa fare. Potevo lasciarla da sola e andare a cercare Ryan.

O potevo fare ciò che ero stata addestrata a fare e almeno cercare di offrirle un po' d'aiuto. Un po' di conforto, forse, come potevo. E anche se ero preoccupata perché il loro incontro era evidentemente finito in modo spiacevole, sapevo di non poter semplicemente uscire da lì e andare a cercare Ryan.

I miei occhi gravitarono sulla scatola di fazzolettini sul ripiano di marmo del bagno. La presi e andai verso la sua toilette. «Uhm. Ho dei fazzolettini... in modo che non debba usare quell'orribile carta igienica.»

Feci passare la scatola sotto la porta della toilette e ci fu una lunga esitazione prima che lei la prendesse. Dopo un momento, e una soffiata di naso, Karen mi ringrazio sottovoce.

«È... c'è qualcosa che posso fare per aiutarla? Ha bisogno di qualcosa?»

Un'altra lunga pausa. «No.»

«Okay.» Mi schiarii la voce prima di tornare indietro lentamente, senza sapere come procedere. «Ryan è... mmm... tornato al bar dopo aver parlato con lei?»

Ci fu una lunga pausa. «Grazie, tra parentesi. Probabilmente non avrebbe lasciato il bar per parlare con me se non glielo avesse suggerito.» La sua voce sembrava più forte, come se non stesse più piangendo.

«Non è il caso di ringraziarmi.» E siccome stava diventando bizzarro continuare a parlarle attraverso la porta, mi allontanai. «Vado a vedere se riesco a scoprire dov'è finito.»

Mi voltai per andarmene ma mi fermai quando sentii la serratura che si apriva. Karen aprì la porta e mi fissò.

Rimasi lì, imbarazzata, desiderando avere delle tasche dove infilare le mani. «È sicura che non ci sia niente che possa fare per aiutarla?»

Lei andò verso la pattumiera e vi gettò il mucchio di fazzolettini usati, rimettendo la scatola sul ripiano. «In effetti, c'è qualcosa.»

Io aspettai.

«Può tenerlo d'occhio?»

Quasi, *quasi*, mi misi a ridere per l'ironia. Lei che mi chiedeva di farlo. Non mi ero presentata come il suo supervisore personale? Dall'espressione sul volto di Ryan, gli era piaciuto anche quello.

Annuii. «Assolutamente.»

«Lui è...» Scosse la testa. «Una volta eravamo buoni amici. Amici intimi. Non ho idea di che cosa gli stia succedendo attualmente. Guardo la TV e leggo le cose orribili nei tabloid come tutti gli altri.» La sua voce diventò soffocata e lei prese un altro mucchietto di fazzolettini.

Invece di interromperla o protestare, annuii. Era ben lontana dall'essere una sessione di terapia, ma avevo imparato molto tempo prima che se una persona voleva parlare, la cosa migliore da fare era *ascoltare*.

«Si è assunto un mucchio di colpe per ciò che è successo, lo sa? Io sono... sono solo preoccupata per lui.»

Mi avvicinai lentamente. «Sto lavorando con il comandante Tyler adesso. Sta rimettendosi in sesto. So che non sembra così, ma siamo ancora agli inizi. È molto motivato a volare di nuovo. Farà tutto ciò che serve.» Le sorrisi. «Ma se vuole, possiamo restare in contatto. Le darò il mio numero di telefono. Può mandarmi un messaggio o chiamarmi quando vuole per sapere come sta. Devo rispettare la sua privacy, ovviamente, ma sarò lieta di tranquillizzarla se vuole.»

Alzai il telefono e lei lo prese, chiamando il proprio numero di modo che avessimo entrambi quello dell'altra. Poi mi restituì il telefono e andò allo specchio per sistemarsi il viso.

«Grazie. Non so che cosa faremmo se perdessimo anche lui.» Si tamponò gli occhi con un fazzolettino. «Voglio dire, non viene più a trovarci, ma mi preoccupo. Eravamo come una famiglia.» Aprì il rubinetto e si gettò un po' d'acqua in faccia, poi la tamponò di nuovo con un asciugamano di carta.

«Non è mai stato così. Le feste, le donne, le sfuriate. E tutto quel bere.» Si acciglò. «Tutta quella roba che vedo sui tabloid.»

«Molta di quella roba è esagerata.» Avrei voluto dire di più, ma era un'area spinosa; dovevo rispettare la sua privacy, e non volevo mentire a Karen. Non gli avevo detto in faccia anch'io che la sua vita era un casino?

Le misi una mano sulla spalla. «E lei? Sta ricevendo l'aiuto di cui ha bisogno?»

Lei mi guardò con gli occhi cauti. «Io ricevo un mucchio di sostegno, moltissima attenzione. E sono qui, in mezzo alla mia rete di supporto. Non me ne sono mai andata. C'è la mia famiglia, la famiglia di Xander. La NASA, con noi, è stata meravigliosa. E tutti i nostri amici. Io...» Deglutì e i suoi occhi si riempirono di lacrime.

«Sono sicura che Ty ci ripenserà e lo vedrete come prima. Ci vuole tempo.»

Lei si asciugò gli occhi. «Sono egoista. Io lo voglio adesso. Lo voglio per mio figlio. È come se avessi perso sia mio marito *sia* Ty.»

Annuii. «Gli dia tempo.»

Quando feci per fare un passo indietro, lei mi afferrò una mano. «Grazie, Gray. Grazie.»

Tornata nel ristorante e contro ogni voglia e buonsenso, mi misi all'angolo del bar, dove faceva una piega a L. Era il punto di vista ideale dal quale osservare l'eroe astronauta che era già sulla buona strada per sbronzarsi.

Non aveva ancora risposto al mio messaggio, ma gliene mandai un altro in aggiunta. *Stai attento a quello che fai se non vuoi che ti scateni addosso Keely e ti faccia trascinare via dal bar.*

Un minuto dopo, Ryan tolse il telefono dal taschino, gli diede un'occhiata e poi alzò gli occhi, ispezionando la stanza come se mi stesse cercando. Quando i nostri occhi si incrociarono, una parte della sua bocca si sollevò, prima che si rimettesse deliberatamente il telefono in tasca, senza degnarmi di una risposta. Nemmeno l'emoji con il dito medio alzato, come mi ero quasi aspettata.

Controllai la stanza per scoprire dov'era finita Keely. Sia lei sia Kirill mancavano vistosamente dal bar e cominciai a sospettare che lei fosse già piombata sulla sua preda, come aveva promesso.

Ryan continuava a bere con una dozzina dei suoi amici intorno, che lo aizzavano. Mentre lui ingurgitava un bicchierino di vodka dopo l'altro, io stavo cercando di formulare un piano. Probabilmente avrebbe richiesto un po' di muscoli russi, se fossi riuscita a rintracciare Kirill. Qualcuno avrebbe dovuto trascinarlo fuori di lì presto e la sua rimozione avrebbe dovuto essere strategica.

Qualcuno si sedette sulla sedia accanto alla mia e si chinò verso di me.

«Salve» gridò, in modo che potessi sentirlo sopra il frastuono del bar.

«Salve.» Sembrava un tipo normale, sulla quarantina, in forma, con una faccia che riconobbi vagamente, come se l'avessi vista sul sito web della NASA. Probabilmente un altro astronauta.

«Sono Strom Bogart.» Tese la mano per una stretta. Io esitai e poi gliela strinsi. Avevo decisamente riconosciuto il nome, uno dei trentanove astronauti in servizio attivo della NASA.

Lui sorrise e si tirò indietro. Ci stava provando con me? Non avevo molta esperienza in quel genere di cose perché mi trovavo raramente in situazioni dove gente sconosciuta, o chiunque, a dire il vero, ci provava con me. Ma se stava tentando, sembrava un approccio piuttosto rigido e goffo.

Anche se, chi ero io per giudicare che cos'era la goffaggine?

«Mi chiamo Gray.» Evitai di dire il mio cognome e arrossii, ricordando l'accusa di Ryan. *È veramente qualcosa che faccio? Perché la gente non immagini chi è papà?* Diedi un'occhiata all'uomo del momento. Ora stava bevendo una birra, probabilmente per fare una pausa tra altri shot di vodka e mi guardava parlare con il suo ex-collega. Intorno a lui si era raccolto un gruppetto di donne.

«Non ti ho mai visto qui in giro» disse Strom Bogart. «Ma sono tornato di recente dalla Russia anch'io. Star City. Mi stavo addestrando con l'equipaggio di backup per la ISS.»

«Ah, è un astronauta» dissi, dichiarando ciò che già sapevo. Che altro avrei potuto dire? Non è che mi avesse fatto qualche domanda profonda, per sondarmi, o avesse nemmeno tentato di affascinarmi. Il suo unico sistema d'approccio, pareva, si basava sul fatto di essere un astronauta. Ammetto che aveva il suo fascino.

Pensai che probabilmente in un bar normale non dovesse fare molto di più. Fin dall'alba del programma, con il Mercury 7, gli astronauti erano famosi per essere dei donnaioli, perfino quelli che avevano una famiglia.

Presi il telefono e mandai a Kirill un breve messaggio. *Sei qui in giro? Ty sta diventando un po' turbolento.* Speravo che sapesse che cosa significava turbolento. Il suo inglese era buono, ma non era una parola molto comune. Mi morsi il labbro. Forse avrei dovuto usare una parola più facile?

Strom Bogart mi catturò con la sua la mano in cui tenevo il telefono. «Che cosa stai bevendo, Gray? Posso andare a prendertelo.»

«Uh...» Tolsi deliberatamente la mano dalla sua presa allarmante. Poi guardai il telefono. Nessuna risposta.

«Qui hanno tutti i tipi di cocktail carini. Rosa, come il tuo bel vestito. Che ne dici di un Cosmo?»

Sbattei gli occhi. Se avessi permesso a quel tizio di offrirmi da bere, sarei rimasta incastrata lì più di quanto volessi. Mi alzai dallo sgabello. «Credo che andrò...»

«Non ha sete» disse Ryan biascicando, dietro di me. Voltai di colpo la testa. Era apparso come un ninja. Eroe astronauta ninja. Wow, non c'era fine ai talenti di quell'uomo.

«È un piacere vederti, Ty!» Strom si alzò e tese la mano per una stretta.

«Tieni le mani per te, Bogart.»

Strom lasciò cadere la mano e i due si scambiarono un'occhiata carica di animosità. Dovetti chiedermi, se quei due avevano una storia, perché Strom era lì a un evento ovviamente in onore di Ryan?

Ryan si mise al mio fianco, con le spalle rigide e i pugni stretti. Ed era piuttosto palesemente *non* sobrio. Ryan torreggiava sopra l'uomo più basso, che sembrava non volersi tirare indietro.

Invece, Strom tornò a guardare me. «Allora, stavo dicendo. Qualcosa di rosa?» Si rivolse al barista. «Un Cosmo per la signora, per favore. E per me quello che c'è alla spina.»

«Tua moglie sa che offri da bere alle altre donne?» chiese Ryan. Come diavolo aveva fatto ad arrivare a quel punto nella mezz'ora da quando ero in bagno a parlare con Karen Freed?

Strom diede a Ryan un'occhiata disgustata. «Non fare lo stronzo. Sai che sono divorziato. O forse, no, dato che eri troppo occupato a vivere nel tuo piccolo mondo.»

«Non interessa a nessuno» rispose Ryan. Il barista mise il cocktail di fronte a me e Ryan lo spinse verso Bogart. «Lei non ha intenzione di bere il tuo fottuto cocktail rosa.»

Quando tirò indietro la mano, la strinse in un pugno e le vene sull'avambraccio si gonfiarono. *Uh oh.* Gli strinsi la mano intorno al polso. «Ryan.»

«Gesù, Tyler. Calmati, cazzo. Non eri venuto con quell'attrice? Questa chi è? Tua sorella? O forse la terza nel vostro ménage?»

Mi allontanai dal mio sgabello nello stesso momento in cui Ryan balzò in avanti e afferrò la camicia di Strom.

Ma io ero lì, e mi misi in mezzo. Guardai la faccia infuriata di Ryan. Era proprio ciò di cui avevamo bisogno, un altro incidente violento per i tabloid. «Ryan. Lascia perdere.»

Lui mi ignorò, stringendo la mano sulla camicia dell'altro. Strom diede uno spintone alla spalla di Ryan. «Fatti da parte. Lascia decidere alla donna se preferisce stare con un vero astronauta o con uno finito, che non volerà più.»

Misi le mani sui pettorali solidi di Ryan quando la sua faccia si scurì. Tutti quelli dall'altra parte del bar si immobilizzarono, guardandoci. Ma nessuno si fece avanti per aiutarmi. Avrebbero tranquillamente potuto essere al cinema con del popcorn.

Spinsi Ryan più forte che potevo. Non che fosse molto. «Ryan! Non ho intenzione di farmi da parte e dovrai passare su di me se vuoi picchiarlo.»

Lui mi guardò. *Finalmente.* «Spostati, Gray.»

Scossi violentemente la testa. «Niente da fare. Se vuoi prendertela con lui, dovrai picchiare anche me.» Lui aprì la bocca per ribattere, furioso, quando aggiunsi. «Oppure... posso riportarti in albergo.»

Lui esitò, ma non si mosse. Finalmente Strom riuscì a liberare la camicia dalla presa di Ryan, mentre lui lo fissava dall'alto in basso. Strom si tirò indietro. «Hai perso la testa, Tyler» borbottò mentre spariva, agitando sprezzante una mano.

Era la mia immaginazione o alcuni degli spettatori dall'altra parte del bar si stavano passando dei soldi? Merda, stavano scommettendo sull'esito? Quando i telefoni cominciarono a uscire dalle tasche per fare le fotografie e i video, feci in modo che voltasse loro le spalle.

Era ancora rigido e duro come un muro di mattoni. Dovevo pensare alla svelta. Forse recitare la parte della donzella in difficoltà sarebbe servito.

«Ryan? Uhm... è stato stressante. Possiamo... potresti riportarmi in albergo?»

Lui si voltò a guardarmi, aggrottando la fronte come se fosse confuso. Chiaramente era ubriaco fradicio. Controllai di nuovo il bar, cercando Kirill, senza trovarlo. Misi la mano sul bicipite muscoloso di Ryan e tirai per guidarlo lontano dal bar. «Puoi per favore portarmi in albergo? Ho bisogno del tuo aiuto.»

Lui sbatté le palpebre. «Sì.»

«Andiamo. Vieni. Mi accompagni alla macchina?»

Appena fuori dalla visuale del bar, mi diressi all'ingresso. «Gray...» mormorò Ryan.

Guardai attraverso le porte di vetro che portavano al parcheggio. C'era della gente in attesa lì, con enormi macchine fotografiche appese al collo. «Reporter» biascicò. «Quello è Jack.» Indicò l'uomo accanto al fotografo. «Mi segue dappertutto a Houston. Qualcuno deve avergli detto che ero in città.»

«Merda, non possiamo uscire da lì. Resta qui.» Battei sul muro, invitandolo a non muoversi. Poi mandai un messaggio all'autista perché ci venisse incontro sul retro.

Nonostante il quasi-alterco con Strom Bogart, Ryan mi guardava con un sorriso amorevole. «Sei carina quando fai la prepotente.»

Io feci un cenno alla hostess nella sua postazione, chiedendole se c'era un modo discreto per uscire dal retro, evitando di passare dal bar.

Dopo una lunga occhiata ammirata a Ryan, lei annuì e ci condusse attraverso la cucina. Io lo presi per il braccio per evitare che scappasse o cambiasse strada nel caso avesse deciso di diventare dispettoso. Aveva ancora un sorriso buffo sul viso.

Ovviamente il personale della cucina, sotto le luci brillanti, salutò Ryan. «Comandante Tyler. Ehi Ty, come va?» Schivammo scintillanti ciotole d'acciaio e grandi carrelli, attraversammo un piccolo magazzino e uscimmo nel vicolo, dove ci aspettava il SUV.

Grazie al cielo.

«Vieni, andiamo» borbottai, cercando di aprire la portiera ma Ryan mi tirò via la mano.

«Lascia fare a me.» Dovette fare un paio di tentativi, ma aspettai pazientemente. Finché pensava di essere lui ad aiutare me, sarebbe stato molto più malleabile e avrebbe fatto meno resistenza all'idea di tornare a casa.

Saltai sul sedile posteriore dell'auto e gli tesi la mano. «Vieni.»

Lui scosse la testa. «No. Devo restare e bere ancora un po'.»

Oh *no.* «Ryan, ho bisogno del tuo aiuto. Sono sconvolta.» Mi uscì dalla bocca per pura disperazione. «Non obbligarmi a tornare in albergo da sola.»

Lui sbatté gli occhi, titubò, ma, miracolosamente, salì in auto e si sedette accanto a me. Dissi all'autista di portarci in albergo. Mentre stavo per appoggiarmi allo schienale, Ryan mi mise un braccio sulle spalle e mi guardò in viso. «Stai bene? Ucciderò quel coglione con le mie mani se ti ha toccato.»

«No. Sto bene, grazie. Non mi ha toccato.»

«Solo perché non ne ha avuto il tempo. Quel bastardo è un verme invadente con le donne.»

«Grazie per avermi protetto, allora. E perché ti stai assicurando che arrivi in albergo.» E per sottolineare il mio discorso, nel caso avesse dei sospetti, appoggiai la testa sulla sua spalla.

Era ancora teso, rigido e duro come il muro di mattoni cui l'avevo paragonato prima. Voltò la testa e annusò palesemente il profumo dei miei capelli. Il suo corpo si rilassò contro il mio e ricadde indietro sul sedile borbottando sottovoce: «*Mmm. Fragole.*»

Cercai con tutte le mie forze di non pensare ai brividi che mi correvano lungo la spina dorsale, il braccio, ovunque il suo corpo fosse premuto contro il mio.

E, Dio, volevo *veramente* che non mi vomitasse addosso.

Grazie al cielo non c'erano reporter che aspettavano nel parcheggio dell'albergo, a qualche chilometro di distanza. Andammo nella sua stanza, che era sullo stesso corridoio della mia, a una buona distanza dall'ascensore. Mi sarei assicurata che entrasse prima di andarmene e lasciare che smaltisse la sbornia dormendo.

Quello, almeno, era il piano.

«Ho bisogno di bere qualcosa. L'albergo ha un bar?» borbottò Ryan quando uscimmo dall'ascensore.

«Hai bevuto abbastanza, Ryan. Domani mattina starai da cani.»

Lui alzò le spalle. «Non soffro mai dei postumi della sbronza. È il mio superpotere. Forti geni ucraini.»

«Non credo che funzioni così.» Strinsi le labbra. «*E* quello non è il superpotere migliore che una persona possa avere.»

«È favoloso, se vuoi bere.»

Pasticciò con la serratura, passando la scheda sul pannello dal lato sbagliato. Tesi la mano. «Vuoi che lo faccia io?»

Lui si staccò da me. «Credo che scenderò al bar.»

«È chiuso» mentii, afferrando la scheda e aprendo la porta. «Vieni, andiamo a sederci nella tua stanza e parliamo.»

Sembrò tranquillizzarlo. Entrammo nella stanza, che sembrava una versione più piccola della suite di Keely. Ma, diversamente da quella, questa era in perfetto ordine. La cameriera era passata per preparare il letto, lasciando perfino il cioccolatino avvolto nella carta d'argento sul copriletto bianco. Ma, a parte quello, non c'erano effetti personali in giro. La stanza era immacolata e intatta.

Prima ancora che mi rendessi conto di che cosa stava facendo, Ryan si stava slacciando e togliendo la camicia. *Accipicchia!*

Oh… maglietta. Bianca. Grazie al cielo era ancora coperto. Distolsi gli occhi appena mi resi conto di come le maniche aderissero ai suoi bicipiti, come il busto si fondesse con il suo fisico ben sviluppato.

Non guardare, Gray. Non è per te. Non per te.

Ma accidenti se in quel momento non odiavo quella voce della ragione dentro la mia testa, perché volevo guardare. Era bello oltre ogni dire.

«Ti piace il cioccolato?» mi chiese, togliendo il cioccolatino dal letto, in apparenza più sobrio di quanto fosse prima.

«A chi non piace?»

Lui fece spallucce, mettendolo sul comodino. «A me non piace.»

Feci un verso. «Vuoi dirmi che preferisci il gelato liofilizzato degli astronauti?»

Ryan si mise a ridere, sedendosi sul letto. «Non esiste. Non mangiamo quella roba. E no, non beviamo nemmeno aranciata in polvere.»

Sorrisi. Lo sapevo, ma, ehi, era una conversazione spensierata, per spezzare la tensione.

«C'è un minibar da qualche parte, qui, vero? Hanno almeno quelle mini-bottiglie di vodka a buon mercato.» I suoi occhi azzurri ispezionarono la stanza, ma non si mosse.

«Mmm. Penso che il caffè sarebbe una soluzione migliore per te adesso. Che ne dici di mangiare qualcosa?» Andai al cassettone e presi il menu. «Posso ordinare qualcosa dal servizio in camera. Avevi mangiato qualcosa almeno, prima di buttar giù tutto quell'alcol?»

Lui si strofinò la fronte con il pollice e l'indice, facendo dei piccoli cerchi direttamente sopra gli occhi. «Non si mangia mai dopo il primo brindisi. È la tradizione.»

«Mhm, sembra un modo veloce di sbronzarsi.»

«È quella l'idea.»

Deposi il menu, notando il suo atteggiamento dimesso. Mi avvicinai con cautela e mi sedetti sul letto accanto a lui.

«Eri particolarmente motivato a ubriacarti stasera.»

Lui alzò le spalle, senza guardarmi.

«Ancora di più dopo aver parlato con Karen Freed.»

Quella frase attirò la sua attenzione, si voltò e mi guardò con gli occhi stretti. «Già e devo ringraziare te per quello.»

Giocherellai con le mani, lisciando una piccola piega sul copriletto. «Vuoi dirmi che l'avresti snobbata e che le avresti voltato le spalle? L'unica cosa che ho fatto è stato dare a voi due un po' di privacy da tutti quegli occhi curiosi.»

Lui mi guardò storto, ma non ribatté. Tutto lì. Niente parole, nessun cambiamento d'espressione. Niente. Quello sguardo a occhi stretti mi fece rabbrividire dentro.

«Stai palesemente soffrendo, dopo la tua chiacchierata con lei. Probabilmente il motivo per cui cerchi di bere.»

Ryan chiuse gli occhi per un attimo, e poi li riaprì.

Poi, senza preavviso, mi si scagliò contro, con la faccia a pochi centimetri dalla mia, con l'odore della vodka che copriva la mia percezione di tutto ciò che avevo intorno. «Stai violando le mie regole» disse, biascicando appena un pochino. «Ho detto specificatamente niente chiacchiere da strizzacervelli.»

Non si tirò indietro nemmeno dopo aver detto ciò che voleva. Tirai indietro la testa ma dovetti fermarmi, trovando una barriera inaspettata: la sua mano. L'aveva sollevata per mettermela sulla nuca, impedendomi di allontanarmi. La sua bella faccia era più vicina che mai. Con quegli occhi azzurri-azzurri che cominciavano a tessere il loro incantesimo.

I miei organi interni passarono da ballerini a liquidi in dieci secondi netti e avevo la gola così stretta da non riuscire nemmeno a deglutire. Sotto l'odore di vodka, sentivo ancora accenni di conchiglie e sale e una lieve traccia di salvia del suo dopobarba. La stanza intorno a noi si mosse di colpo e poi si fermò.

Chiusi lentamente gli occhi. «Stavo-stavo facendo conversazione» dissi con la voce debole, anche se perfino un idiota avrebbe potuto cogliere la bugia sulle mie labbra, il tremolio della mia voce.

Il peso sul letto si spostò. Perché mi ero seduta lì invece che sulla sedia lì vicino? Perché ero gravitata al suo fianco in quel modo? E adesso, perché gli stavo permettendo di avvicinarsi ancora, tanto che i nostri volti erano a due centimetri di distanza? Il suo fiato caldo mi accarezzò la bocca ed io rimasi senza fiato, come se desiderassi che respirasse lui per entrambi. Era così vicino adesso che sentivo il calore del suo corpo sulla pelle.

Così vicino che non riuscivo nemmeno a pensare a una risposta. Mi aveva colto con le mani nel sacco.

«Posso perdonare quella violazione delle regole, purché…»

Aprii appena gli occhi. Oddio, i suoi azzurri mi stavano fissando. «Purché?»

«Risponderò a quelle domande, Gray. Ma devo avere qualcosa in cambio per ciascuna.»

Nuvole e nebbia… e riuscivo a malapena a sentirlo sopra il battito irregolare del mio cuore. Clic, clic, clicchete, clic.

Lo sentì anche lui e l'angolo di quella bocca sexy si sollevò in un sorriso compiaciuto. La conferma di ciò che mi stava facendo senza quasi toccarmi, eccetto tenermi ferma la testa. Solo la sua vicinanza. Solo le sue parole.

Lui lo sapeva. E *ciò* che sapeva gli piaceva tanto da stampargli un sorriso estremamente soddisfatto sulla bocca quando proclamò: «Per ogni risposta che ti do, io ottengo un bacio.»

Oh Dio. *Oh Dio.* Sapevo che non avrei dovuto essere così debole. *Ma era così.*

Le mie palpebre calarono a mezz'asta sotto il loro stesso peso, troppo esauste per lottare contro la tensione tra di noi, troppo eccitate per riconoscere la scorrettezza. Per la millesima volta mi rammentai che non era un mio paziente. E che io non ero la sua terapista.

Ottima cosa, perché baciava da dio. E quel pizzicore sulle mie labbra mi diceva che volevo quello che mi aveva dato la settimana prima.

Di nuovo, le voci che mi urlavano nella testa dicevano *no*. Di fermare tutto. Invece annuii, molto lentamente.

«Di' sì, Gray.»

Spalancai gli occhi e fissai i suoi. Lui non sbatté le palpebre, non distolse lo sguardo. Quegli occhi erano focalizzati sui miei come raggi laser.

Un battito, due. *Clic, clic.* E poi un «Sì» sospirato. Ma quando il suo volto si avvicinò, mi voltai di lato, sfuggendolo per un pelo. «Ma prima le risposte.»

Ancora fiato caldo sul mio viso. Un sospiro. Poi Ryan tolse la mano dalla mia nuca. «Bene. Sì. Mi sono ubriacato deliberatamente per aver dovuto parlare con Karen.»

«Perché?»

Ryan strinse gli occhi. «Questa è un'altra domanda. E voglio quel bacio. *Adesso.*»

Accidenti. Ero arrivata così vicina a farlo aprire. Così vicina a...

Rimise la mano sulla mia nuca, premendomi verso di lui e affondò la bocca sulla mia, risoluta ma indecisa. Lasciò lì le sue labbra calde per un momento, ma non aprì la bocca né tentò di aprire la mia. Sentivo le labbra fremere sotto la pressione delle sue e mi sembrava che la spina dorsale stesse perdendo la sua struttura, si stesse lentamente liquefacendo, mentre il desiderio bollente scendeva come una scossa dalle mie labbra fino a giù, nel basso ventre.

Era imbarazzante come stessi respirando in fretta quando si tirò indietro da quel semplice bacio, nemmeno lontanamente appassionato come quello che avevamo condiviso una settimana prima. Ma era perché sospettavo che lui *sapesse*, sapesse che ce n'erano altri in arrivo.

Ryan sapeva che la mia curiosità intellettuale la vedeva come una rara opportunità di sapere che cosa lo muovesse. E la mia innegabile attrazione, neanche quella era da trascurare.

Stava nuovamente studiando il mio viso. Dal modo in cui sentivo bruciare la pelle, ero sicura che avesse notato il rossore sulle mie guance.

«La tua prossima domanda? E ti avverto, non te la caverai con poco. Più mi costerà risponderti, più costerà a te… in baci.»

Deglutii penosamente, cercando inutilmente di mandare un po' di umidità nella mia gola secca. Feci un breve cenno d'assenso. «Okay, allora dimmi…» Mi mancò la voce e feci un respiro profondo, cercando di calmare i capogiri. «Dimmi perché parlare con Karen ti ha sconvolto tanto da dover andare a bere per intorpidirti.»

«Perché io sono un eroe e lui è morto» mi rispose, con una voce morta e secca come la luna.

«Perché sei *sopravvissuto*…»

Distolse gli occhi per un attimo. «Sì, sono sopravvissuto all'unica passeggiata spaziale in cui un astronauta o un cosmonauta sia morto. *Da sempre.*» Per un lungo momento fu perso nel suo mondo. Scosse la testa. «È Xander l'eroe. Io sono un fallimento. L'uomo che non è riuscito a salvare la vita del suo miglior amico. Eppure vogliono tutti chiamarmi eroe. Chiedermi interviste, autografi.»

«E parlare con Karen te l'ha ricordato.»

Fece una smorfia. «Non mi serve che me lo ricordino. Lo so. Ogni maledetto giorno.»

Mi si strinse il cuore pensando all'ironia del suo dilemma morale e come poteva scombussolare la sua mente. *Fallire non è un'alternativa*, diceva il famoso detto. *Cerca una soluzione.* Eppure, a lui non era stata data la possibilità di fare nessuna delle due cose.

Gli era stato ordinato di tornare all'airlock in modo che la NASA non perdesse due astronauti invece di uno solo.

Sbattendo gli occhi, ricacciai una fitta di dolore e di compassione per lui, ma cercai di non mostrare sul volto la pietà che provavo. Invece, gli afferrai il braccio muscoloso. «Mi dispiace tanto.»

Il braccio sotto la mia mano si tese e lui si alzò dal letto. «Torno subito.»

Andò in bagno e chiuse la porta. Quando uscì, un minuto dopo, si lavò le mani al lavandino e si gettò un po' d'acqua sul volto, asciugandosi poi con un asciugamano bianco dell'albergo.

I miei occhi andarono alla sua figura alta. Sembrava più sobrio a ogni minuto che passava, ma da lui emanava ancora un'energia nervosa. Quando uscì, i suoi occhi gravitarono verso il frigorifero dall'altra parte della stanza dove c'era il minibar. *Sarei dovuta andarmene. Sapevo* che sarei dovuta andarmene.

Ma se me ne fossi andata in quel momento, ero sicura che avrebbe cominciato a bere, peggiorando le cose. E come potevo lasciare in sospeso quella conversazione, quando si stava finalmente aprendo?

Mi spinsi gli occhiali sul naso. «Che ne dici del servizio in camera?»

Riportò gli occhi su di me. «Non ho fame.» Poi si avvicinò di nuovo al letto, sedendosi di nuovo nello stesso punto accanto a me. «Ma credo che avessimo qualcosa in sospeso.»

Si voltò verso di me e mi tolse gentilmente gli occhiali, appoggiandoli sul comodino accanto al cioccolatino. Sbattei gli occhi. Dato che i miei occhiali non erano molto forti, ero in grado di vederci abbastanza bene anche senza. Ciò nonostante, ci voleva sempre un attimo perché gli occhi si adattassero, quando li toglievo.

Poi lentamente, molto lentamente, alzò la mano verso il mio mento, sollevandomi il volto per potermi guardare più da vicino. Guardò un occhio e poi l'altro ed io deglutii, trattenendo il fiato che era così costretto, quasi doloroso, dentro il petto. «Hai dei bellissimi occhi verdi.»

Scommetto che lo diceva a tutte le ragazze.

E quel pensiero me li fece chiudere, demoralizzata. Il suo pollice salì ad accarezzarmi lungo il mento finché riaprii gli occhi vedendo che la sua bocca era a qualche centimetro dalla mia, di nuovo.

«Gray.»

«Che c'è?»

Si abbassò per appoggiare la bocca sulla mia e un attimo prima sussurrò. «Non spaventarti.»

Questa volta fu dolce ed emozionante come la prima volta in cui ci eravamo baciati nel salone di casa sua la settimana prima. Sapeva di vodka, ovviamente, ma anche di fresco e sapone, probabilmente il suo dopobarba. Freddo e caldo si mischiarono dentro di me, mescolando ogni sensazione.

Ma diversamente dall'ultima volta, questa aveva qualcosa di più, un accenno aggiuntivo di... disperazione? Mi sentii trafiggere da una fitta di desiderio al calor bianco, che mi bruciò fino in fondo.

Ryan mi avvolse la mano libera intorno alla vita, tirandomi contro di lui. E quando la sua bocca invase la mia, mi rivendicò. Era l'unica parola che potevo usare per descriverlo. Scatenò quella lingua come un esploratore intrepido che non si guardasse indietro, e avanzasse in un territorio sconosciuto. Piantando i piedi a terra e dichiarandone il possesso.

Deglutii, irrigidendomi quando me ne resi conto e lui doveva averlo percepito come un'esitazione perché mi strinse più forte. Spostò la mano che mi teneva la faccia intorno alle mie spalle, premendo il mio torace contro il suo.

Era una sensazione diversa da qualunque altra avessi provato, come essere premuta contro un muro solido, caldo. Un muro che, oltre a tutto, aveva un odore molto sexy.

Il suo labbro inferiore si allineò sul mio, sigillando la mia bocca sulla sua. Respiravamo entrambi in fretta, ora. E le cose si stavano facendo concitate più in fretta di quanto avrei potuto sospettare. Annaspai contro la sua bocca, per incamerare un po' d'aria, con il cuore che batteva forte mentre ero persa e mi stavo perdendo. Andando a zonzo in uno strano pianeta, da sola, senza guida, senza sapere dove stavo andando.

Solo fidandomi che Ryan ci avrebbe portati là, eppure...

Se avessi continuato, mi sarei approfittata della sua ubriachezza.

Perché probabilmente non avrebbe cominciato quel giochetto se fosse stato sobrio. Non con me, comunque. Chissà.

Svegliandosi la mattina probabilmente avrebbe maledetto la sua visione alcolica.

A quel pensiero mi staccai da lui. Le nostre teste si separarono lentamente, così lentamente. Guardai prima il suo naso, poi la frangia di ciglia scure. Allontanandoci piano, sia lui sia io, il suo bel viso tornò a fuoco. Quegli occhi azzurri-azzurri, demoniaci e azzurri.

Quell'uomo era puro peccato e pericolo. E lo sapeva. E lo sapeva da quando aveva proposto il bacio. Si stava prendendo gioco di me.

A meno che... a meno che Keely avesse ragione e fosse vero che era interessato a me. Ma le probabilità che provasse un vero interesse erano molto più basse di quelle che mi vedesse come una facile compagna di letto, per distrarlo dal suo dolore. Quella poteva essere l'unica spiegazione del motivo per cui stava attivamente cercando di sedurmi.

Ma come spiegare il fatto che io stessi diventando una facile preda per la sua seduzione?

Preda facile, veramente. Mi voltai verso di lui, inevitabile visto il modo in cui i suoi occhi pesavano su di me. I nostri sguardi si scontrarono e anche se non vidi calcolo o scherno, che sapevo dovevano esserci.

Ryan spostò la testa con me per studiarmi da un'angolazione diversa. «Sai qual è la cosa più sexy di te?»

Cercai di nascondere la mia sorpresa. Era come se mi stesse leggendo nella mente. Risi, quasi grugnendo. «Quella è l'ultima parola che si dovrebbe usare descrivendo me. Non c'è assolutamente niente di sexy in me...»

Mi interruppe scuotendo violentemente la testa. «Ti sbagli. Ti sbagli assolutamente, ed è quella la cosa più sexy di te. Che non sappia quanto sei sexy. Te ne stai lì e speri che la gente non ti noti.» Si avvolse una ciocca dei miei capelli intorno al dito. «Ma io ti noto, Gray. Se la prima persona che cerco in una stanza.»

Risi come se finalmente avessi capito il suo gioco. Ma in realtà non volevo chiedermi perché le sue parole facessero volare il mio cuore. «A dimostrazione che sei veramente ubriaco.»

Ryan si spostò come se si stesse avvicinando a me per un altro bacio, invadendo il mio spazio. «No, non puoi farlo. Non puoi dirmi che cosa trovo irresistibilmente attraente e cosa no. Tu, tra tutti quanti dovresti saperlo, signorina Strizzacervelli.»

Mi tirai indietro e mi leccai le labbra, ma non risposi e distolsi lentamente gli occhi. Ryan mosse le dita, me le mise sotto il mento per reindirizzare il mio sguardo. «Ti fa paura, vero? Essere notata. È più *sicuro* essere invisibile.» Pronunciò l'ultima parola come se gli lasciasse un sapore strano in bocca.

«Forse.»

«E le domande… ti piace fare domande perché allora nessuno fa domande su di te. Quando sei tu a chiedere, sei al sicuro. Protetta.»

Sbattei lentamente le palpebre mentre riflettevo. Non ci avevo mai pensato in quel modo, ma poteva aver ragione. Mi accigliai. Nel mio futuro vedevo di sicuro un bel po' di autoanalisi.

Ryan avvicinò il viso. «Ti fa paura?» Ripeté la domanda. «Quando ti dico che ti vedo, che penso che tu sia sexy e degna di nota?»

Ci fissammo negli occhi e aprii la bocca, ma la gola stretta mi impediva di parlare, mi impediva addirittura di *respirare*. E il ticchettio. Quel ticchettio infinito. C'era talmente tanto silenzio in quella stanza che l'unica cosa che lo disturbava era il mio respiro affrettato e il battito del mio cuore.

Ryan piegò la testa mentre si avvicinava, con le palpebre che si chiudevano. Stava per baciarmi di nuovo.

Mi tirai indietro all'ultimo istante, anche se ci volle una quantità ridicola di forza di volontà. «Niente domanda e risposta, prima?»

Ryan strinse la mandibola, quasi irritato, come se avesse sperato che dimenticassi il nostro giochetto. Ma io non potevo. Sì, mi piacevano i suoi baci ed era un bene continuare a distrarlo dall'armadietto dei liquori. Ma fare in modo che si aprisse era troppo importante per me. E non mi sarei tirata indietro adesso, mentre quella porta che si apriva raramente era ancora socchiusa.

Si tirò indietro e si passò una mano tra i capelli. «Okay.» Ma c'era un'impazienza tenuta a freno nella sua voce. Mi stava accontentando. Fino... fino alla prossima volta.

Il prossimo bacio sarebbe stato costoso. Vedevo la tensione crescere nei suoi occhi. Erano come specchi, come schermi, che riflettevano verso di me le mie stesse percezioni. Guardai in profondità, come intrappolata in un pozzo gravitazionale.

«Questo culto dell'eroe ti fa odiare te stesso?»

Lui sbatté le palpebre, guardando di lato come se stesse prendendo in considerazione le mie parole. Ci vollero non più di due secondi. Poi. «No.»

Le sue mani, entrambe, si infilarono tra i miei capelli, cercando di avvicinare la testa alla sua. «Aspetta...»

Ma lui non aspettò. Ora era più insistente. Voleva ottenere ciò che voleva. E a quanto pareva ciò che voleva era nella mia bocca perché entrò con insistenza, persistenza. Sicurezza assoluta.

La sua bocca si sigillò sulla mia e Ryan inspirò forte dal naso, una mano tra i miei capelli e l'altra sulla schiena. Ma non riuscivo a dire se stesse tenendo me o se si tenesse *a me* per sostenersi.

Non importava. Il tono del suo bacio cambiò, diventando più rude. Più disperato, più *affamato*.

Lo spinsi indietro e la sua bocca lasciò la mia. Non riuscivo a smettere di fissare il suo petto che si alzava e si abbassava, perché era chiaramente eccitato quanto me.

«Tutto quello e tutto ciò che ottengo è un *no*?» dissi finalmente, dopo aver aspettato che il mio respiro si calmasse abbastanza da non fare una figuraccia.

I suoi occhi azzurri erano freddi e contemporaneamente ardevano. Ghiaccio in fiamme. Come se l'unica cosa che voleva lasciarmi vedere fosse quanto mi desiderava, quanto volesse un altro bacio. «Che altro c'è da dire? Ho delle cicatrici. Non si vive quanto, o come, ho vissuto io senza averne.»

Annuii. «Cicatrici fisiche, sì, è vero. Ma anche cicatrici emotive. Quelle che non vuoi riconoscere d'avere.»

Lui chinò lentamente la testa verso di me e arricciò la bocca in modo seducente. Alzò un dito e indicò il centro del mio petto. «Non sono l'unico che nasconde le cicatrici.»

Rabbrividii quando la sua mano si mosse verso il primo bottone della blusa. Lo fece passare dall'occhiello, poi mi guardò attentamente, come se stesse aspettando che lo fermassi.

Invece, tremando dentro di me, annuii, dandogli il permesso di continuare. Voleva dimostrare di aver ragione usando la mia cicatrice? Bene. Poteva continuare.

Non aveva idea che lo avrei ritorto contro di lui in un modo che non si sarebbe aspettato.

Con la blusa slacciata, la mia cicatrice era completamente visibile sotto la scollatura bassa, rivelatrice, del maxi-abito di Keely. Uno squarcio brutto e rosso sulla pelle pallida del mio petto.

«Sai-sai qualcosa della parabola del Kintsugi?» gli chiesi.

Lui mi rivolse un'occhiata cauta e poi si allungò sul letto, appoggiando la testa sulla mano per sostenerla. Mi guardò. Io non mi ero mossa. «No, sembra una parola giapponese, però.»

Annuii. «È. È...» Ryan batté sul letto di fronte a lui come per invitarmi a sdraiarmi accanto a lui e parlare. Esitando solo un attimo, decisi che era un modo meno minaccioso di discutere. C'era un motivo se nella maggior parte degli uffici degli psicologi c'era l'onnipresente divano.

Mi voltai verso di lui, a mezzo metro di distanza, imitando la sua posizione, appoggiando la testa sul braccio. «Comunque, la parabola parla della tecnica *maki* nell'arte giapponese. Gli oggetti di ceramica o porcellana rotti vengono riparati riempiendo le crepe con polvere d'oro puro mischiato a lacca. Invece di cercare di nascondere le crepe, l'arte le glorifica come parte della storia e della ricchezza del pezzo.»

Ryan alzò un sopracciglio. «Mhmm, interessante. Pensi che io stia nascondendo le mie crepe?»

Sapevo che era così, ma nonostante la mia precedente sfacciata sincerità, evitai di dirlo apertamente. Invece scelsi una strada meno diretta. «Penso che la tua professione incoraggi quel tipo di comportamento.»

Il suo volto era curiosamente inespressivo quando rispose. «Perché non vivi tu secondo quella filosofia?» mi chiese, allungando una mano e accarezzando gentilmente con un lungo dito la cicatrice da dove appariva sopra la scollatura fino alla fossetta tra le clavicole dove finiva. Sentii il desiderio percorrermi, bollente, a quel semplice e leggero tocco. I miei capezzoli si contrassero in punte dure e dolorose. «Perché non pensi che ti renda più bella?»

Chinai la testa verso di lui, ammettendo che poteva avere ragione. «Non ho mai detto di essere perfetta, Ryan. Dopotutto viviamo in un mondo che giudica le donne per la loro perfezione fisica, o le loro imperfezioni.» Scrollai una spalla. «Abbiamo tutti i nostri problemi.»

Il suo sguardo si fece affilato come una lama. «Alcuni di noi hanno semplicemente più problemi di altri.»

Non distolsi mai gli occhi dai suoi, anche se mi sarei sentita più a mio agio facendolo. «Alcuni di noi ne hanno passate molte più di altri.»

«Ma questa dice che sei una combattente. Una che sopravvive. Che il tuo cuore è al posto giusto.» Le sue dita si soffermarono ancora lì, questa volta non così accurate nel percorrerla. Le nocche sfiorarono il lato del mio seno e mi si mozzò il fiato. Il bagliore nei suoi occhi mi disse che era stato un gesto deliberato. Il suo sorriso spavaldo diceva il resto.

E quelle parole... *sei una combattente, una che sopravvive.* Quella breve scintilla di ammirazione che avevo visto nei suoi occhi. E quando aveva detto a Francisco della sua amica, intendeva parlare di me. Aveva detto che aver sopportato tutto ciò che avevo dovuto sopportare dimostrava che ero forte, e una lottatrice. E ora, mentre lo diceva, mi resi conto che era serio. E che era molto più di quella bella figurina da cui avevo cercato di dirmi di stare alla larga. *Tanto di più.*

Mi morsi il labbro, pensando, e lui lo lisciò nuovamente con il pollice, sorridendo. «Quel labbro è troppo delizioso per morderlo in quel modo.»

Deglutii e lui piegò la testa come per guardami da un'altra angolazione. «Altre domande per me? Sono sorpreso che abbia rinunciato così facilmente.»

Mi misi a ridere. «Non ho rinunciato. Ho una montagna di altre domande da farti.»

E non glielo avrei detto in faccia, ma desideravo il suo prossimo bacio con tutta me stessa. E, proprio come una persona a dieta che giustificasse il ricco dessert sul piatto che la stava tentando, cominciai a dirmi le stesse cose.

Invece di *se lo mangio, mi allenerò un po' di più o più duramente oggi*, nel mio caso era: *solo un piccolo bacio. Ma sta andando così bene. Ryan si sta aprendo con te.* E continuava così, giustificando l'apporto calorico, la teoria del "solo questa volta", e ogni altro incubo di chiunque avesse una dipendenza.

Ma non correvo il rischio di diventare dipendente dai suoi baci, no?

No, decisamente no.

Ero forte, come l'acciaio. Ero ghiaccio. *Ghiaccio solido.* Ero molecole d'acqua compattate, virtualmente senza vibrazioni. Ero solida e fredda e… e… Distolsi gli occhi dal suo sguardo penetrante. *Oh sì, comandante Tyler, sei veramente una sostanza pericolosa e potrei sviluppare una dipendenza.*

«Non ho mai pensato di dirlo, ma, *per favore*, chiedi pure dottor Gray.»

Sbattei le palpebre, improvvisamente timida. Stava diventando reale e avrei dovuto fare delle domande per cui valesse la pena. *Valesse la pena.* Quasi risi di me stessa. Come se stessi facendo un enorme sacrificio, facendomi baciare da un eroe, un uomo favoloso, intenso, desiderato da migliaia di donne.

Ma la porta si era nuovamente aperta e la sua offerta aveva una scadenza precisa.

«Perché ti sei arrabbiato tanto quando quel tizio al bar ha detto che non avresti più volato? Specialmente quando sappiamo entrambi che non è vero?»

Smise di guardarmi e rotolò sulla schiena, fissando per un attimo il soffitto. Poi lentamente si risucchiò in bocca le labbra, come per bagnarle. «Perché sa della mia promessa. Ero alla radio. Teoricamente in privato, ma ho motivo di credere che da allora sia trapelata, almeno all'interno della NASA.»

Fui sul punto di chiedergli, *Quale promessa?* Ma era un'altra domanda e me ne avrebbe chiesto conto. E avrei perso l'opportunità di continuare la conversazione. Quindi feci ciò che avrebbe fatto una qualunque buona terapista e annuii, facendo un piccolo verso distensivo, per indicare che stavo ascoltando con interesse… ed era vero. E un incoraggiamento bello succoso. «Quindi ti stava stuzzicando.»

Ryan continuò a fissare il soffitto. «Bogart conosceva l'importanza di quella minaccia per me. Xander mi aveva fatto promettere di volare di nuovo. Che non avrei permesso all'incidente di fermarmi, qualunque esito avesse.»

Ci riflettei un momento. Wow, bel modo di scaricare un peso enorme su Ryan in un momento orrendo per entrambi. Ma forse l'intenzione di Xander era di dare a Ryan qualcosa per cui vivere, invece di autoaccusarsi.

«Allora volerai per i motivi giusti? Perché lo vuoi tu e non perché lo voleva Xander?»

Ryan si sollevò di nuovo, avvicinando il viso al mio. «Un'altra domanda. E non ho ancora ricevuto il pagamento per quella precedente.»

Mi si fermò il fiato in gola. Ryan mi mise deliberatamente una mano sulla spalla e spinse, facendomi stendere sulla schiena. Il mondo intero fece il giro della morte quando si fermò sopra di me, con un desiderio innegabile negli occhi. Lentamente, la sua testa si abbassò verso di me ed io aprii la bocca, pronta ad accettarlo, quando...

Quando cambiò direzione e la sua bocca bollente finì sul mio petto, per delineare lentamente la mia cicatrice con i suoi baci. Impronte erotiche della sua bocca sullo sterno, la clavicola, prima di riportare la faccia sopra la mia. «Hai un profumo così buono.»

Clic. Clic. Clicchete. Clic. Clic. La mia valvola protesica era una traditrice, mi denudava, facendogli capire chiaramente che effetto stava avendo su di me. Ovviamente, c'entrava anche il fatto che riuscissi a malapena a tirare il fiato.

Nessuno mi aveva mai toccato in quel modo. *Mai.* E lui sembrava sfruttare al meglio quel fatto, senza nemmeno saperlo.

Non mi illudevo di apparire esperta. Per qualcuno come Ryan, che aveva avuto tante donne, ero sicura che la mia mancanza di abilità fosse evidente. Ma non sembrava scoraggiarlo nemmeno un po'. Tutto l'opposto, la fiamma dietro i suoi occhi sembrava bruciare più calda di prima. Forse abbastanza da sciogliere il loro blu glaciale.

«Vuoi volare per te stesso, o è perché l'hai promesso a Xander?» gli chiesi, riformulando la domanda precedente.

Le sue sopracciglia scure tremarono, ma gli angoli della bocca si alzarono. «Ohh... quella. È una domanda profonda, indagatrice, dottor Gray. Penso che chiederò un pagamento anticipato per quella risposta. Sei disposta a pagarne il prezzo?»

Non potei farne a meno, non riuscivo a respirare. Tutto ciò che riuscii a fare fu fissarlo e annuire senza parlare, incapace perfino di immaginare che cosa avrebbe fatto ma più che disposta a seguirlo là. *Troppo* ben disposta a seguirlo là.

La ragione mi urlava dal fondo della mente, dicendomi di non andare oltre. Ma lui non tolse gli occhi dalla mia faccia quando la mano andò alla spallina del vestito e l'abbassò gentilmente dalla spalla, esponendo il seno destro.

Soppressi a malapena un gemito quando la sua testa scura si abbassò per avviluppare il mio capezzolo con le labbra. Restai a bocca aperta e la schiena si inarcò verso di lui quando mi toccò, con la lingua che girava intorno, la bocca che si chiudeva, succhiando. Fuoco, beatitudine e tensione, tutti in una volta.

Il mio cervello, perfino quella voce in fondo, diede forfait e tutto ciò che sentii fu la bocca di Ryan su di me, la mano che si chiudeva sull'altro seno, ancora coperto. Il ringhio profondo, gutturale, alla base della sua gola quando emisi involontariamente un gemito. Ero consumata dal suo tocco, corpo e mente.

Mi scoppiò un incendio nel petto, nel ventre, tra le gambe. Rabbrividii sotto di lui, delirante e ubriaca di desiderio.

Avevo bisogno di qualcosa di più. Avevo bisogno di lui. *Dappertutto.* Ryan spostò il peso sopra di me e le nostre bocche si unirono ancora, con il mio corpo che si dimenava sotto il suo, fuori controllo come i miei pensieri e i miei desideri in quel momento.

Ora lui stava sussurrando, con la bocca premuta contro il mio orecchio mentre si spingeva contro di me. «Gray, voglio così tanto scoparti in questo momento. Ho bisogno di te.»

Chiusi gli occhi, con i pensieri che turbinavano. Sapendo che non avrei potuto. Non avrei dovuto.

Ma, santiddio, quanto lo volevo.

CAPITOLO QUINDICI
RYAN

E RA DELIZIOSA, IL SUO SAPORE E LA SENSAZIONE DEL SUO corpo snello contro il mio mi inebriavano più in fretta dell'alcol nelle vene. Infilai un ginocchio tra le sue gambe, aprendole. La mia mano scese immediatamente verso l'orlo del vestito, lungo fino alle caviglie, ma con un paio di strattoni lo ammassai sopra le sue ginocchia. Sfiorai la coscia morbida e lei risucchiò con un sibilo il fiato tra i denti.

Era evidente che non aveva ricevuto molte attenzioni del genere, almeno non di recente. Doveva essere passato parecchio tempo da quando un uomo l'aveva toccata. Ma di sicuro stava apprezzandolo, entusiasticamente. E la rendeva anche più sexy per me. La mia erezione era dolorosa, stretta nei pantaloni.

Quindi non avrei seguito il mio piano originale di sbronzarmi di vodka e fare la figura del cretino al bar. Così sarebbe stato molto più divertente. E a voler essere sincero con me stesso, volevo scopare Gray fin da quando l'avevo baciata nel soggiorno di casa mia la settimana prima.

I suoi dolci sospiri, il modo in cui si muoveva contro di me, mi stavano rendendo maledettamente difficile trattenermi. La mia mano risalì la gamba sotto la gonna. Mi assicurai di andare piano, in modo che potesse fermarmi se lo voleva. Ma mi avrebbe distrutto se mi avesse fermato adesso.

Avevo la bocca sul suo collo, la mano e la bocca che si muovevano di concerto come in una complicata manovra d'allenamento, mente pilotavo un T-38 Talon.

Dovevo fare attenzione. Perché era diverso. Non era come le altre volte. *Lei* non era come le altre.

Quei sospiri tentatori mentre passava le dita tra i miei capelli, stringendole per tirarli alle radici. Il lieve dolore mi infiammò ancora di più. Quei respiri trattenuti. Premetti una mano contro la sua schiena e un fremito l'attraversò tutta sotto il sottile tessuto di cotone del vestito.

L'eccitazione montò, con il mio corpo che si induriva ancora di più in reazione a questa nuova ondata di desiderio. Ma mi frenai, senza cedere alla fretta che il mio stesso fisico mi stava mettendo.

«Ho bisogno di essere dentro di te» mormorai dentro la sua bocca, premendo il mio sesso duro contro la sua gamba.

E fu lì, a quanto pareva, che commisi un errore. Lo sentii nell'attimo in cui Gray s'irrigidì, e le sue mani scivolarono via dai miei capelli per premere contro il mio torace. In un ultimo disperato tentativo, spostai la mano più in alto, appoggiandola sul suo pube caldo, coperto dalle mutandine. Ma non feci altro, dandole il tempo di elaborare.

Gray rabbrividì di nuovo e sentii il suo brivido squassare anche me. Chiusi gli occhi per assaporare quella sensazione, ma prima di poter muovere la mano o fare altro, lei voltò di lato la testa e mi spinse via. «Dobbiamo fermarci, Ryan.»

Cazzo.

Stava respirando in fretta e non potei fare a meno di notare quant'era splendida con il volto arrossato. Mi tirai indietro, lasciando le mani esattamente dov'erano. Forse avrebbe cambiato idea? *Già, continua a sperarlo, idiota.*

Muovendosi a scatti, Gray allungò la mano, chiuse le dita sottili sul mio polso e allontanò la mia mano dalle sue mutandine. Maledizione. Così vicino eppure così lontano. Il cazzo mi faceva male. Lei era calma ma molto decisa, e non mi stava lasciando dubbi. Mi tirai indietro, togliendo il braccio da sotto la sua schiena. Probabilmente avrebbe cominciato a dire che era un errore e non sarebbe mai dovuto succedere tra di noi. Ed io di sicuro non avevo nessuna intenzione di ammetterlo.

Era moltissimo tempo che non era *così giusto* con una donna. Come se mi importasse meno di godere io e più di far sentire bene lei. Ovviamente mi accertavo sempre che una donna fosse soddisfatta a letto con me, ma questa volta era diverso.

Perché non si trattava solo di soddisfarla.

Forse speravo che un po' della sua bontà, della sua tenerezza mi si sarebbe appiccicata addosso per un po', come la polvere di fate di Campanellino. Come granella di speranza.

Speranza. Era un sentimento che non provavo da molto tempo.

Gray si mise lentamente seduta e si sistemò il corpino del vestito per coprirsi e poi completò il suo piano allacciandosi la blusa. La guardai, sbattendo gli occhi, cercando di liberare la testa dai pensieri lussuriosi che la stavano ancora invadendo.

I capelli, più in disordine che mai, la faccia, calda e rosata. Gli occhi, lucidi di eccitazione. Non era semplicemente carina. Era fottutamente favolosa, da togliere il fiato.

E la volevo senza alcun dubbio.

Immagino che si aspettasse che rispondessi, ma non sapevo qual era la domanda, quindi mi misi seduto. Passandomi una mano nei capelli per lisciarli, cercai di dimenticare com'era sentire le sue dita che li attraversavano, che strusciavano sul cuoio capelluto, mandando brividi in tutto il mio corpo ogni volta.

Stupidamente, continuavo a sperare che lei non avesse veramente tirato il freno. Forse voleva parlare di controllo delle nascite o esprimere il suo consenso o forse parlare di qualche complicazione medica dati i suoi vari problemi di salute o chissà che cosa. *Già, continua a sognare, fesso.*

«Perché lo stiamo facendo?» mi chiese dopo un po', scuotendo la testa, e quei capelli sottili, indisciplinati, si gonfiarono ai lati, facendomi venire voglia di passare le dita tra quella massa di onde e ricci. Deglutii, con la gola stretta, con il battito del cuore che mi riverberava nel collo e nei polsi.

Sì, sembrava che il freno fosse stato ufficialmente tirato. «Beh, pensavo che fosse ovvio. Pensavo anche che fosse ciò che volevi.»

Lei distolse gli occhi e allungò la mano sul comodino per prendere gli occhiali e rimetterseli sul naso. Avrei anche voluto, ma non ero assolutamente capace di smettere di guardare ogni suo movimento. La guardavo come una tigre affamata in una boscaglia, che stesse puntando la sua preda.

E anche lei mi guardava. Con uguale intensità.

Poi scosse la testa, e quegli innocenti occhi verdi si spalancarono, e le sopracciglia scure si sollevarono oltre il bordo degli occhiali. Sembrava triste, o delusa. Delusa? Di me?

Unisciti al club, Gray, avrei voluto dirle, ma tenni la bocca chiusa. Obbligandomi a distogliere gli occhi, sospirai a lungo e ordinai al mio stupido corpo di darsi una calmata. Un pensiero cupo in fondo alla mente mi diceva che avrei dovuto invece provarci con una di quelle donne a caso al bar.

Forse mi sarebbe piaciuto. Ma non era ciò che volevo. Ciò di cui avevo *bisogno*.

Ciò di cui avevo bisogno era proprio lì davanti a me, che ripiegava le braccia sul petto men che ampio, studiandomi e assomigliando in qualche modo a un personaggio dei fumetti con la lampadina sopra la testa.

«Perché lo stiamo facendo?» ripeté.

Mi voltai verso di lei, scrutandola intensamente a mia volta. «Ti desidero.»

Lei alzò un sopracciglio. «Davvero? Mi desideri *davvero*?»

Basta con quei giochetti del cazzo. «Non è ovvio? Ora sei ridicola con quel tuo *Non è possibile che mi trovi sexy*. Pensavo che fossi più sveglia.»

Strinse le labbra e s'innervosì. «Non è il motivo per cui l'ho chiesto, ma grazie.»

«Perché l'hai chiesto, allora?»

«Perché è chiaro che stai usando il sesso per anestetizzarti.»

Mi tirai indietro, sbattendo le palpebre, pronto a negare la sua asserzione. In fondo alla mia mente, una voce gridava, chiamandomi ipocrita. Aveva ragione. Un momento prima mi stavo rimproverando per non aver cercato qualcuno più disponibile ad assecondarmi. Strinsi i denti, infuriato.

Gray abbassò gli occhi sul letto, e, quasi involontariamente, arrossì mordendosi il labbro. Annaspai guardando quella bocca, il modo in cui si mordicchiava il labbro, il modo in cui era evidente che aveva i capezzoli eretti sotto il cotone sottile del vestito. Il sapore di quei capezzoli rosa scuro nella mia bocca, quel gemito in fondo alla gola, l'arco della sua schiena.

Cristo. Chiusi gli occhi e mi massaggiai la vertebra in cima alla spina dorsale.

«Non ho intenzione di essere quella che ti fa passare quel prurito, Ryan.»

Sbuffai. «Oh, se la metti in questo modo, sembra così allettante.» Mi caddero le spalle, di colpo esausto. L'adrenalina che scorreva quando mi aspettavo il sesso stava velocemente esaurendosi e tutto ciò che volevo era sentire il getto caldo di una doccia sui muscoli tesi. Sdraiarmi su un letto morbido e dormire per ore in una stanza silenziosa.

Ma non volevo stare da solo, in particolare non volevo che lei se ne andasse.

Se fosse rimasta lì con me, avrei potuto trovare il coraggio di dormire per tutta la notte, una volta tanto.

«Io, mmm, vado a fare una doccia.» Mi alzai dal letto, facendo un passo verso la stanza da bagno. Gray si alzò e fece un passo verso di me.

«Ryan.»

Mi fermai ma non mi voltai. «Che c'è?»

«Non volevo... sei arrabbiato? Non volevo farti arrabbiare.»

«Arrabbiato? No. Frustrato? Certo.»

«Ma ti rendi conto del motivo per cui lo vuoi? È la tua reazione istintiva a ciò che provi per quello che è successo oggi. Prima, il desiderio di ubriacarti, poi il sesso. Stai cercando di attutire il dolore.»

Chiusi di nuovo gli occhi. «Io non sento niente. Sono insensibile.»

«Non è vero. Non ti permetti di ammettere quei sentimenti. Come un bambino che si brucia sul fornello. La volta successiva che sente il calore, si tira indietro, a volte fin troppo. Eri in una stanza con i tuoi amici più intimi dell'ultimo decennio, tutti meno uno. E la sua vedova...»

«Ne sono perfettamente conscio. E sì, non era la cosa che desiderassi più al mondo fare, ma, diavolo, se riesco a scalare una fottuta montagna senza aver dormito e quasi senza cibo e acqua, allora...»

«No!» esclamò Gray con la voce roca, avvicinandosi in fretta a me. «No, non puoi paragonare le due cose. Affrontare difficoltà fisiche non ha niente a che vedere con come affronti una cosa simile. Specialmente quando insisti a portarne il fardello.»

Mi caddero le spalle prima ancora di rendermi conto esattamente di che cosa stava dicendo, quella sensazione di costrizione alla gola. Mi voltai verso di lei e le vidi: le lacrime che si raccoglievano in fondo a quei grandi occhi, quel tremore del labbro inferiore.

Lacrime per me.

Guardai, stupefatto, mentre una piccola lacrima sfuggiva dall'angolo dell'occhio e tracciava un sentiero silenzioso lungo la sua guancia. Senza nemmeno pensarci, allungai un dito e ne tracciai il percorso sulla pelle luminosa.

Gray tirò su rumorosamente col naso e imitò il mio gesto, mettendomi una mano sulla guancia. Strinsi forte gli occhi, concentrandomi su ogni centimetro quadrato di quella pelle in contatto con la mia, il palmo caldo appoggiato alla mia mandibola, alla mia guancia.

«Abbiamo entrambi un problema. Io dovrei ammettere che sto usando il sesso per attutire il mio dolore, certo. Tu dovresti ammettere che sei una donna attraente e che gli uomini ti desiderano.»

Scrutai la sua faccia, la sua reazione. Aveva gli occhi sgranati e deglutì prima di abbassare gli occhi.

«Affare fatto?» le chiesi, facendo pressioni.

Le sfuggì una risatina, una piccola esplosione di fiato, non diversa da quei piccoli ansiti che mi avevano infiammato tanto quando l'avevo baciata. Il ricordo accese una nuova scintilla dentro di me, giù fino al ventre.

«Affare fatto» accettò sottovoce.

Le donne non mi respingevano, mai. Ma dovevo ammettere che quella situazione era incredibilmente eccitante. Avrei dovuto essere respinto più spesso. Da lei.

«Sta-starai bene se adesso torno nella mia stanza?»

Allungai la mano catturandole il polso per impedirle di allontanarsi quando fece un passo indietro. «Per favore non andartene.»

Il suo viso s'incupì. «Non succederà niente tra di noi. Pensavo...»

Scossi la testa. «Sì, lo so. Sei stata perfettamente chiara, ma...» *Oddio.* Era difficile perfino chiederglielo, parlarne senza che ogni parola fosse un'ulteriore prova che ero un debole idiota. Rispondere alle sue domande era già stato abbastanza difficile.

Era quasi maledettamente impossibile ammettere che avevo bisogno di aiuto, da *chiunque*, che avevo bisogno che lei mi aiutasse. Che volevo, più di ogni altra cosa, sdraiarmi su quel letto e dormire indisturbato fino al mattino.

«Vuoi che resti per poter parlare?»

Dio, no. Sospirai. «No. Voglio... voglio dormire. Sono stanchissimo.»

Le sue sopracciglia scure si unirono. «Ma vuoi che resti mentre dormi?»

Strinsi più forte la mano intorno al suo polso. «Sì, per favore.»

Dio, era stupido. Perché mai la volevo lì e perché la stavo pregando? Se fosse rimasta, avrei corso il rischio che scoprisse il mio patetico segreto.

«Vuoi che resti finché ti addormenti?» chiese, con gli occhi che si spalancavano come quelli di un bambino.

Scossi la testa, quasi stancamente.

«Vuoi che me ne vada?» Scossi nuovamente la testa. Lei mi guardò perplessa e poi guardò il letto. «Vuoi che dorma qui?»

Chiusi nuovamente gli occhi, con il dolore che mi cresceva nel petto. Mi sentivo quasi sul punto di scoppiare in lacrime, se fossi riuscito a lasciar uscire quell'emozione. Invece era un nodo d'angoscia che si contorceva dentro di me. Ma comunque sapevo che mi sarei tagliato un braccio, abbandonandolo sul bordo della strada, piuttosto di chiedere aiuto.

«Non succederà niente» dissi. «Preferirei non restare da solo.» La mia voce si spense.

Lei unì di nuovo le sopracciglia e fece un passo avanti, ripetendo quel gesto prezioso, toccandomi il volto con la sua mano delicata. «Resterò. Ma nessuno deve vederci.»

Ovviamente no. Si supponeva che avessi una relazione molto pubblica con l'amichevole Keely, che probabilmente se la stava spassando con il russo. Li avevo visti lasciare il bar subito dopo aver parlato con Karen. Se conoscevo bene il mio amico Kirill, ero sicuro che domani Keely sarebbe stata una donna soddisfatta.

Gli invidiavo il fatto di essere integro.

Lasciando andare il fiato, fissai quei puri occhi verdi, sentendomi rotto. *Puoi sistemarmi, Gray Barrett? Hai detto che non era il tuo lavoro. Che era il mio. Ma perché desidero tanto che tu ci riesca?*

La sua espressione preoccupata si schiarì e lei sembrò passare alla modalità di risoluzione problemi. «Faccio un salto in camera mia a lavarmi i denti e a mettermi un paio di leggings. Ma tornerò. Perché non fai una doccia intanto?»

Andai al comodino, presi la chiave magnetica e gliela diedi. Lei mi ringraziò e andò alla porta, voltandosi prima di uscire. «Tu, uh, non dormi nudo o roba simile, vero?»

Sorrisi, non riuscii a resistere. «Ti crea problemi?» Le sue sopracciglia partirono verso l'alto e lei mi diede un'occhiataccia. Mi misi a ridere. «Non preoccuparti. Sarò decente.»

Lei strinse le labbra come per non sorridere e si voltò per andarsene. Ridacchiai tra me e me prendendo un paio di pantaloncini da ginnastica e una t-shirt pulita dalla valigia e andai in bagno.

Quando finii, Gray era tornata nella mia stanza ed era seduta sul letto, con un paio di leggings grigi e una t-shirt della NASA, quella con il logo classico, affettuosamente chiamato "la polpetta" dagli addetti ai lavori, e morbidi calzini rosa. Si era anche tolta gli occhiali.

Il mio corpo non aveva dimenticato le promesse di quei baci e il suo sapore e anche adesso mi rammentai come fossero deliziosi i suoi seni sotto la sottile t-shirt aderente. *Da acquolina in bocca, in effetti.* Abbassai gli occhi, notando come i pantaloni aderissero a quelle cosce lunghe e tornite.

La familiare pressione sotto la cintura minacciava di mettermi nuovamente in imbarazzo molto presto se non mi fossi infilato sotto le coperte.

«Che lato preferisci?» mi chiese, dando un'occhiata al letto, poi indicò il libro e l'orologio da viaggio sul comodino. «Presumo sia questo, visto che c'è la tua roba.»

«A me non importa.» Alzai le spalle. Ed era vero. Di solito lasciavo che fossero le mie partner sessuali a deciderlo.

Gray tolse i piedi dal pavimento, stiracchiandosi prima di rotolare dalla parte più lontana ed io la osservai, quel sorriso riservato sul viso grazioso, il modo in cui arrossiva alla luce tenue.

«Penso che tu non lo faccia spesso, dormire e basta con un uomo.»

Lei fece una smorfia, esitando, poi batté sul mio lato del letto. Alzai le coperte e mi infilai sotto. Era un letto king-size, enorme, e quindi c'erano chilometri tra di noi.

Il pensiero di chiudere gli occhi e riaprirli al buio pesto mi fece ghiacciare il sangue. Di solito, anche quando c'era una donna presente, tenevo la stanza illuminata, anche se la luce era attenuata. Nessuna delle donne di solito faceva commenti. Quando arrivava il momento di mettersi a dormire, erano troppo esauste per lamentarsi della luce accesa.

Ma adesso era diverso. Non solo *non* avevo avuto la possibilità di stancarla nel modo più piacevole possibile, ma Gray era anche astuta come una volpe e non le sfuggiva niente. Per la decima volta mi chiesi che pazzia mi avesse preso per chiederle di restare.

Una volta sistemato, Gray si voltò verso di me e ci fissammo imbarazzati. Poi lei sorrise. Io voltai la testa e fissai il soffitto, prima di chiudere finalmente gli occhi. «Buona notte.»

«Notte» rispose con una vocina esitante. «Hai... hai intenzione di spegnere la luce?»

Io non dissi niente, cercando di ignorare il cuore che mi batteva in gola, e lo sentivo, che mi toglieva il fiato, la volontà. Un filo di paura penetrò nella mia coscienza e i miei pensieri vagarono verso quel nero puro del lato lontano, il pianeta scuro che si allungava per chilometri sotto di me mentre io annaspavo cercando di respirare nella tuta spaziale fessurata.

Gray si mise lentamente seduta, come se avesse percepito il mio disagio, anche se avevo fatto di tutto per nasconderlo. Ero un esperto nel nasconderlo. Ma lei senza dubbio ricordava l'incidente di qualche giorno prima quando avevo quasi perso il controllo nel momento in cui aveva istintivamente spento la luce.

Fissai deciso il soffitto. Mi concentrai nel rallentare il battito del cuore, facendo lunghi respiri ed espirando in modo controllato. Voltai la testa verso di lei quando si spostò e si avvicinò a me, guardandomi in faccia.

«Stai bene? Stai sudando.»

«Sto bene.»

Gray esitò e poi annuì. «Allora la luce resta accesa?» La sua voce era gentile, curiosa. Ovvio che avesse capito.

«Sì e non voglio rispondere a nessuna domanda in merito. Voglio solo dormire.»

Lei sbatté le palpebre e annuì. «Okay.» Anche se potevo leggere mille domande nei suoi occhi, esitò ancora. Gray non si era mai tirata indietro, aveva sempre fatto le domande a cui voleva una risposta, ma l'avevo stoppata sul nascere.

Invece di tornare dalla sua parte del letto, si stese accanto a me. Nel silenzio sentivo il ticchettio della valvola del suo cuore, molto più lento e misurato di quanto fosse stato quando la stavo eccitando.

Strinsi forte gli occhi. Dio, quanto desideravo eccitarla di nuovo. Volevo affondare nel suo calore e dimenticare che ogni volta che chiudevo gli occhi e cercavo di dormire, tutto ciò che riuscivo a vedere era il più nero dei neri, il vuoto più vuoto.

Mi resi conto che stavo trattenendo il fiato quando mi sentii stringere il petto. Avevo i pugni stretti, le viscere fredde come ghiaccio.

Fredde come lo spazio. Ero una figura solitaria che lottava per la sua vita e per quella del suo migliore amico nel buio dello spazio.

Gray alzò di nuovo la testa. «Respira, Ryan. Smettila di trattenere il fiato. Peggiorerai solo le cose.»

La guardai, aveva la testa premuta sul cuscino accanto a me. Ci fissammo negli occhi. Lei *sapeva.* In qualche modo, lei sapeva. Mi fissava impassibile, poi allungò la mano per accarezzarmi nuovamente il viso, con la mano morbida che grattava contro la barba che era ricresciuta.

«Non permettere alla mente di vagare. Pensa solo a respirare.» Deglutii, notando che il suono della sua voce non era sgradevole. Mi calmava.

Lasciai andare il fiato a lungo trattenuto, e mi esplose dal petto come uno scoppio. «Sto bene» ripetei, dopo aver disperatamente ingollato una boccata d'aria. Sentivo perfino io la bugia nella mia voce.

Gray si girò verso di me, premendosi stretta al mio fianco e appoggiandomi leggermente una mano sul petto, come se stesse controllando che continuavo a respirare. «Chiudi gli occhi, Ryan.»

Ma ogni volta che chiudevo gli occhi, dovevo lottare duramente per non vedere ciò che vedevo sempre al buio: i neri pannelli solari della ISS contro lo sfondo di stelle lontane. Nelle mie orecchie il suono terrorizzato delle domande disperate di Xander e le risposte ugualmente convulse del CAPCOM. Gli allarmi che suonavano indicando una falla nella mia tuta.

«Usa il SAFER, Xander» stava dicendo Noah attraverso la radio.

«Non posso manovrare... È tutto bloccato...»

Ansimai di nuovo, chiedendomi come avrei fatto a tornare all'airlock prima che la falla facesse perdere tutta la pressione alla mia tuta.

L'orologio stava ticchettando. Uno di noi sarebbe sopravvissuto?

«Ryan. Sei a Houston in una stanza d'albergo con me. Sei al sicuro.»

Forse avevo detto qualcosa che lei aveva sentito, oppure aveva solo intuito il mio terrore. Fece pressione sul mio petto, appoggiando la testa contro di me. «Concentrati sul suono della mia voce e sulla pressione della mia testa sul tuo petto... potrebbe aiutarti.»

La sua testa si spostò e potei annusare i suoi capelli. Era un odore femminile e forte. Menta, fragole, il sale del sudore causato dall'eccitazione procurata dalle mie mani e dalla mia bocca in quel suo corpo agile. Aveva l'odore di una strada di campagna in primavera, di nuvole cariche di pioggia e attesa.

Voltai la testa, affondando il naso nei suoi capelli, sentendo un'ondata di qualcosa di diverso... *conforto, desiderio nostalgico.* Respirai il suo odore, sentendo quella fitta di consapevolezza diffondersi nel mio petto, sulle spalle e giù lungo le gambe fino alle dita dei piedi.

Ogni molecola del mio corpo era conscia di Gray. Pronta per lei. Fremeva per lei. Non mossi le braccia, ma immaginai di toccare di nuovo la sua pelle morbida. Cazzo, avrei dato qualunque cosa per appoggiare i miei fianchi tra le sue gambe aperte. Sentirla sotto di me.

Mi prese la mano, intrecciando le dita con le mie e stringendole. «Sono qui con te. Sei al sicuro» continuava a ripetere.

Casa.

La tirai vicina, con quel dolore sordo dentro di me che si intensificava. Poi lei fece qualcosa che mi sorprese... si incollò a me, alzando una gamba per incrociarla con una delle mie.

Avrei voluto baciarla di nuovo.

Volere era una parola troppo debole per descrivere ciò che stavo provando.

Brama. Desiderio. *Bisogno.*

Maledizione. Stavo cominciando ad averne bisogno? Era un'esperienza nuova per me. Non avevo mai avuto bisogno di nessuno.

Ma a mano a mano che il battito del mio cuore rallentava e i nervi si calmavano, mi concentrai sul suono leggero del suo respiro regolare e su quel ticchettio da orologio del suo battito finché fu chiaro che stava dormendo. Chiusi gli occhi e lasciai che l'oscurità mi prendesse pacificamente.

CAPITOLO SEDICI
GRAY

MI SVEGLIAI IN UN GROVIGLIO DI LENZUOLA E GAMBE, con le braccia muscolose di Ryan avvolte intorno a me. E dovetti ammettere che era difficile togliermi dal quel posto caldo e sicuro. Quella sensazione di sicurezza, di calma, strettamente avviluppata nel suo abbraccio mi rendeva quasi impossibile pensare di lasciare quel letto.

Ma il pensiero di essere vista mentre uscivo dalla sua stanza di nascosto fu sufficiente a indurmi a lasciare quelle braccia muscolose. Senza fare rumore, tornai nella mia stanza mentre il cielo cominciava a schiarirsi con il bagliore prima dell'alba. Vidi con sollievo che il corridoio era vuoto e quindi non c'era nessuno che potesse interpretare il mio viaggio di duecento metri come un'imbarazzante camminata della vergogna.

Ma avrebbe potuto esserlo. Non riuscivo a smettere di pensare alla sera prima e a come avessi permesso a Ryan di baciarmi e toccarmi e farmi sentire così… come l'avevo permesso e per farlo rispondere alle mie domande, poi! Domande importanti, certo. Ma a che prezzo? Della mia integrità?

L'albergo serviva la colazione nel salone. Fui la prima ad arrivare, ma gli altri mi seguirono poco dopo. E anche se cercai di impedirmi di farlo, controllavo continuamente la sala per verificare se ci fosse Ryan. Ma non era ancora sceso. Accanto alla macchina del caffè, Keely mi afferrò il braccio. «Come stai, Gray? Ti sei divertita ieri sera?»

Sorrisi, cercando un modo di evitare di rispondere alla sua domanda mentre riempivo la tazza. Il ricco aroma del caffè appena fatto mi arrivò alle narici. Anche il solo odore del caffè poteva svegliarmi e mettermi in moto quando ero ancora semiaddormentata. Quella mattina, con i miei pensieri e sentimenti confusi, quella magia era ancora più gradita.

«Il vestito era adorabile. Grazie per il prestito.»

Lei sorrise, ma grazie al cielo non fece pressioni per avere i particolari della notte prima. Non potei fare a meno di notare che era perfettamente acconciata, perfino a quell'ora del mattino. Trucco completo, capelli in ordine, con tanto di riccioli freschi. Non solo, aveva già firmato qualche autografo per il personale. Il rossetto era un pallido, cremoso beige, perfettamente applicato sulle belle labbra piene. Accanto a lei, io mi sentivo come una margherita sfiorita.

«Penso che sia piaciuto anche all'uomo delle stelle. Non è riuscito a smettere di guardarti per tutta la sera.»

La zittii, guardandomi attorno per assicurarmi che nessuno ci stesse sentendo, specialmente Ryan stesso. Ma non era ancora arrivato e mi chiesi se era il caso di mandargli un messaggio per svegliarlo. A giudicare dalle difficoltà che aveva avuto ad addormentarsi, probabilmente aveva bisogno di quei momenti in più.

Mi schiarii la voce e mi affrettai a cambiare argomento. «Tutto a posto ieri sera, per il tuo ritorno in albergo? Ho mandato indietro l'autista per te.»

Lei sorrise di nuovo. «Me la sono filata presto con il russo, e abbiamo preso un Uber. Ci siamo divertiti anche noi.» Spalancò gli occhi. «Oh mio Dio, quell'uomo è pieno di talento. Ha delle abilità pazzesche.»

Sbattei gli occhi. «Ma nessuno vi ha visto insieme, vero?»

Keely scoppiò a ridere. «Amica mia, sono un'esperta nello schivare i paparazzi quando voglio.»

«Grazie al cielo.» Mescolai il mio caffè. «Sono lieta che ti sia divertita.»

Lei guardò dall'altra parte della stanza oltre la mia spalla e poi tornò a guardarmi in faccia. «Credo che anche tu e Ty dovreste divertirvi in quel modo.» Agitò le sopracciglia finemente delineate. Non aveva intenzione di mollare l'osso.

Le diedi un'occhiataccia. «Per favore non dirmi che è proprio dietro di me. *Per favore.*»

Lei guardò di nuovo oltre la mia spalla e salutò con la mano. «Non *proprio* dietro di te. Non può capire che stiamo parlando di lui che inzuppa il biscotto. Ma sono sicura che sarebbe contento se lo sentisse.»

Mi sembrò che gli occhi mi uscissero dalle orbite e la zittii, ma sembrò solo divertirla di più.

Comunque tutto quel parlare di fare sesso e "divertirmi in quel modo" aveva fatto presa su di me. Stavo già avendo scottature da radiazioni per tutto quell'arrossire e anche per il ricordo delle carezze e dei baci di quell'uomo favoloso nella sua stanza d'albergo la sera prima.

«Oops!» disse Keely, dopo aver bevuto un sorso di caffè. «Eccolo che arriva.»

«Non...» Feci per afferrarle la mano ma lei sgattaiolò via «... lasciarmi.»

Keely si voltò e mi salutò agitando la mano sopra la spalla e poi sentii una presenza di fianco a me.

«Buongiorno» mi disse tranquillo, con la voce mattutina più roca e di due ottave più bassa del normale. Si schiarì rumorosamente la voce, dandomi un'occhiata di sottecchi. «Com'è il caffè?»

Non avevo ancora assaggiato il mio. «Il profumo è ottimo.» Mi affrettai a prendere una bustina di zucchero e a versare un po' di latte nella mia tazza. Lui afferrò una tazza e la riempì fino all'orlo… caldo e nero.

Portandosi la tazza fumante alle labbra, sorseggiò il caffè e poi scrollò le spalle. «È okay.»

Io stavo ancora mescolando il mio. Bevvi un sorso e lo osservai da sopra l'orlo della tazza. I nostri sguardi si incontrarono e sembrarono rimbalzare. Mi si mozzò il fiato. Vogliamo parlare dell'imbarazzo?

Sarebbe stato così da ora in poi, perché sapevo com'erano favolose le sue mani sul mio corpo e lui sapeva di che colore erano i miei capezzoli?

Sentii la faccia che bruciava ancora di più. *Domanda stupida, Gray.*

Mi fu risparmiata un'altra ondata d'imbarazzo quando il mio telefonò suonò e lo tolsi dalla tasca posteriore. Era la notifica di un messaggio vocale da parte di mio padre, ricevuto quando era scaduto il "Non disturbare".

«Devo sentirlo.» Non ero obbligata, ma ero stata salvata dalla notifica.

Uscii nel corridoio fuori dal salone per ascoltare il messaggio. Non era urgente. Voleva chiacchierare, probabilmente per cercare di ottenere informazioni su com'era andato il viaggio a Houston. Come sempre, papà aveva perso la cognizione del tempo e non si era reso conto che non eravamo ancora tornati.

E voleva che ci incontrassimo a pranzo o a cena quella settimana. Mi aveva dato parecchie alternative e mi aveva chiesto di mandare un messaggio alla sua assistente perché glielo mettesse in agenda. Papà si assicurava sempre che ci vedessimo regolarmente.

Partimmo per l'aeroporto subito dopo la colazione e durante il breve percorso lessi alcuni messaggi di Pari.

Beh, sei stata distratta o roba del genere perché ti ho mandato quattro messaggi senza ricevere risposta, diceva, facendomi notare che mi ero persa i suoi messaggi precedenti. Scrollai e lessi i suoi commenti sarcastici sul Texas. Mi aveva anche mandato un link per le fotografie su TMZ della cena intima di Ryan e Keely a West Hollywood. E poi, quando non le avevo risposto, mi aveva scritto: *Houston, abbiamo un problema. Il telefono di Gray è rotto. Oppure si sono rotti i suoi pollici.*

Le inviai una risposta veloce. *Ti devo una chiamata e un pranzo. Mi metterò in contatto. Stiamo per decollare. Sarò presto a casa! Agenda serrata da quando siamo arrivati.*

La sua risposta arrivò meno di due minuti dopo, proprio un attimo prima che cominciassi a salire la scaletta dell'aereo. *Se il tuo programma è "serrato" la metà del culo di Ty, ti capisco perfettamente. A proposito, eventuali foto clandestine che riesci a scattare del suddetto culo sarebbero molto gradite.*

Mi misi a ridere. *Non lo farò né per te né per nessun altro!* Poi fissai la mia risposta prima di premere invio. Avrei anche potuto essere incline a farlo per me stessa. Di colpo ricordai com'era stato quella mattina svegliarmi accanto a lui. Le sue braccia strette intorno alla mia vita, il suo fiato caldo sulla mia nuca. Il corpo duro premuto contro il mio... già, non era difficile immaginare quali altre parti erano particolarmente dure, dato che era mattino e lui era un maschio.

Non solo era stata una buona idea sgattaiolare fuori da là prima che qualcuno mi vedesse, ma anche prima che si svegliasse. Prima di essere tentata di lasciargli fare cose che avrebbe sicuramente voluto fare. E che sicuramente avrei voluto che facesse.

O forse stava maledicendo la sua visione alcolica. Chissà?

Ciò nonostante, un'ora circa dopo il decollo, la maggior parte degli altri stava sonnecchiando… Keely si era sdraiata su una fila di sedili e Kirill dormicchiava davanti a lei. Sharon si era messa gli auricolari, con la testa premuta contro la paratia a un angolo strano e russava con la bocca aperta. Io stavo finendo di leggere un articolo di *Behavioral Health Today*, quando Ryan si sedette davanti a me.

«Ehi» disse sottovoce, dando un'occhiata al nostro contingente dormiente.

«Ehi.» Seguii la direzione del suo sguardo. «Impressionante come siano tutti esausti eccetto noi.»

Lui alzò un sopracciglio, ironico. «Già, penso che ci sia stata parecchia attività in altre parti dell'albergo ieri notte.»

Gli diedi un'occhiata di sottecchi prima di abbassare la testa, fingendo un enorme interesse nell'articolo della rivista che avevo in grembo. «Già, peccato per quella regola del "niente feste". Sono sicura che devi essere stato annoiato oltre ogni dire.» Digrignai i denti dopo averlo detto. Ma, ehi, tanto valeva parlare subito dell'elefante nella stanza.

Lui aggrottò le sopracciglia, perplesso. «Di che diavolo stai parlando?» il suo tono di voce era velato di burbero divertimento. «La notte scorsa non è stata per niente noiosa. E in effetti...»

Alzai la testa, inarcando le sopracciglia, ma non osai dire una parola. Poi trattenni il fiato. *In effetti... che cosa? In effetti, voglio passare più tempo con te? In effetti... ti trovo molto interessante, Gray, e voglio conoscerti meglio. In effetti...*

«In effetti, è stata la dormita migliore che abbia fatto da secoli.»

Lasciai andare il fiato con un suono che assomigliava a un pallone che si sgonfiasse. *Uahh uahh uaaaaaaah.* Trombone triste.

Non la risposta che avevo sognato. Aggrottai la fronte e la sua bocca sexy si aprì in un sorriso. Mi stava prendendo in giro. Esasperante.

«Già, riguardo a quello» dissi, sistemandomi gli occhiali per assumere un'espressione feroce. Riuscivo a malapena a non ridere. «Mi devi ancora una risposta a quell'ultima domanda. Io, ahem, ho pagato in anticipo, se ricordi bene.»

«Oh, lo ricordo.» I suoi occhi si abbassarono sul mio petto per un secondo ed io provai caldo dappertutto, sentendo di nuovo la sua bocca sul mio seno. La sua bocca calda che tracciava la mia cicatrice esposta, le sue labbra che avviluppavano il mio capezzolo, succhiando. Oh *Gesù*. Fui travolta da un'ondata di calore e il desiderio minacciò di farmi ardere dov'ero seduta. Mi dimenai sul sedile e il suo sorriso divenne compiaciuto.

Compiaciuto. Accidenti a lui.

Sapeva che cosa mi stava facendo. Non c'erano dubbi in proposito. Era un gioco? Ed io avevo la forza di mettervi fine, se lo era?

«Ovviamente questo non è il posto giusto per rispondere. Specialmente ora che sono sobrio. Che ne dici di cenare insieme stasera, per una volta?»

Ci pensai, piegando la testa e cercando di capire che cosa aveva in mente, chiedendomi perché avevo pensato che sarebbe tornato a gironzolare per la casa ignorandomi, una volta tornati.

«Non possiamo uscire a cena. Si suppone che tu stia con Keely.»

«Consegna a domicilio. Magari potremmo guardare un film o qualcosa, dopo.»

O qualcosa. Aveva sottolineato quella parola come per alludere al fatto che non gli sarebbe dispiaciuto nemmeno un po' se ci fossimo impegnati in attività simili a quelle della sera precedente. Come comportarmi? Probabilmente avrei dovuto affrontare quell'argomento anche con lui. Avrei potuto parlarne a cena.

Mi morsi la guancia e lo saggiai facendo i due suggerimenti più ridicoli cui potei pensare. «Preferisci *Armageddon* o *Gravity*?»

Scoppiò in una risata. «Sono i due film peggiori sugli astronauti. Hanno incasinato ogni singolo particolare.»

Non dissi niente ma ero piuttosto soddisfatta. Me l'ero cavata senza rispondergli. Abbassai gli occhi, chiusi la rivista e la misi da parte.

«Non dirmi che adesso hai intenzione di rinunciare.»

«Mmm?» Lo guardai con la domanda negli occhi.

«L'unico modo che hai per ottenere una risposta alla tua domanda è cenare con me.»

Sbattei gli occhi. «Che cosa ti fa pensare che sia libera questa sera?» Ero libera, ovviamente, come quasi tutte le sere. E abitavo già a casa sua. «Potrei, non so, avere del lavoro da fare o ricerche...»

Feci l'errore di alzare gli occhi e il mio sguardo si impigliò nel suo, intenso. Mi si strinse la gola e diventò immediatamente difficile respirare. Quei freddi occhi azzurri potevano inchiodarmi, non permettermi di distogliere lo sguardo. Sbattei le palpebre. «Non so quanto sia saggio.»

La sua bocca si mosse in modo quasi impercettibile. «La saggezza non c'entra niente.»

Deglutii il groppo di paura o di desiderio o di qualunque altra cosa fosse che stava intasando le mie capacità cognitive. Poi annuii.

«Di' sì, Gray.» la sua voce aveva un tono strano, quasi disperato.

Sospirai, arrendendomi, a lui e a me stessa. Sentii il calore invadermi il petto e sorrisi. «Sì, Gray.»

L'auto ci portò direttamente a casa sua all'inizio del pomeriggio. E anche se avevamo quell'appuntamento prefissato per la cena, quel pomeriggio andammo ciascuno per la sua strada. Io alla mia piccola scrivania nel cubicolo non lontano dal suo ufficio e lui a lavorare sulle ultime pagine della sua biografia con il suo assistente.

C'era del lavoro da fare, in particolare il mio lavoro di follow-up. Avevo lavorato come assistente in una squadra che stava svolgendo uno studio su un sistema analogo a Marte, dove i volontari avevano accettato di vivere in un piccolo habitat nel deserto per mesi, per simulare una missione su Marte. Erano monitorati da vicino da una squadra di psicologi e dovevano rispondere regolarmente a questionari sul loro stato di benessere. Io stavo lavorando alla compilazione dei risultati dell'ultimo questionario per il capo della nostra squadra.

Ma nelle prime ore del pomeriggio feci una pausa per prendere una bottiglia d'acqua e una mela dal frigorifero. Non mi ero nemmeno resa conto che anche Ryan avesse fatto una pausa finché non lo sentii camminare avanti e indietro nel soggiorno lì accanto, mentre finiva una telefonata.

Quando mi accorsi che ero diventata un'involontaria ficcanaso, mi voltai per andarmene, finché sentii il nome della persona che chiamò subito dopo.

«Ehi, Suz. Sì, sono tornato da Houston stamattina e, sì, sto bene, grazie.» Si schiarì la voce. «So che dovevamo vederci e allenarci questo pomeriggio, ma... oh, sì, l'hai visto? Wow. Su TMZ? Uh.» Fece una risatina. «Immagino di essere famoso.»

Ci fu un'altra lunga pausa mentre lui ascoltava ed io ero gelata sul posto. Se mi fossi mossa probabilmente mi avrebbe sentito. Io lo sentivo ancora che continuava a camminare avanti e indietro. Non osavo nemmeno mordere la mela per timore che scrocchiasse troppo forte e mi tradisse. Sì, io, quella del battito ticchettante, che cercava di fare il ninja furtivo mentre origliavo Ryan e la sua tromballenatrice.

«Io e Keely? Beh, è complicato. Ma ovviamente tu ed io... non possiamo più vederci professionalmente. E la mia agenda è molto fitta fino al lancio.»

Un'altra lunga pausa ed io ascoltavo rapita, desiderando di poter sentire l'altra parte della conversazione. Ero contemporaneamente lieta che la stesse congedando e disgustata che lo stesse facendo in quel modo così cinico. Immaginavo che ci potessero essere modi peggiori. Un messaggino o un post-it. Un piccione viaggiatore? Graffiti sul muro?

«Penso che tu abbia talento, ma per ovvie ragioni...» Un'altra pausa. «Sei favolosa, Suz. Grazie. Sì, certo. Mi terrò in contatto. Mandami un messaggio, quando vuoi.»

Mandami un messaggio, quando vuoi. Uh, che schifo. Era disgustoso. Gli uomini erano disgustosi. Tanto valeva che avesse detto. *Mandami un messaggio quando non la starò più frequentando così possiamo ricominciare a scopare.* Puah!

Prima che potessi muovermi, comunque, lui svoltò l'angolo, dopo aver concluso la telefonata, e mi colse proprio nel bel mezzo della mia operazione di spionaggio non così segreta, con una mela verde intatta in una mano e una bottiglia d'acqua nell'altra. E gli occhi sgranati come una ragazzina colta con la mano nella scatola delle caramelle.

Per darmi un contegno, visto che era troppo tardi per voltare sui tacchi e scappare, diedi un bel morso alla mela e cominciai a masticare.

Ryan sembrava confuso, probabilmente si stava chiedendo quanto avessi sentito. Sembrò decidere che avevo sentito tutto perché alzò il telefono prima di rimetterselo in tasca. «Immagino di dover cercare un nuovo allenatore. Sai, le *regole* e tutto il resto.»

Divertita, una volta finito di masticare e ingoiare il boccone di mela, risposi. «Forse potresti cercare di non scopare la prossima. O, meglio ancora, assumere un uomo.»

Ryan strinse le labbra e i suoi occhi diventarono gelidi, senza traccia di divertimento. Non m'importava. Probabilmente avrei dovuto essere felicissima che non ci fosse il rischio di doverlo ascoltare mentre si sbatteva un'altra pollastra. Ma, per qualche motivo, non era così.

Forse era il modo indifferente in cui l'aveva congedata. *Spero che le palle gli diventino blu perché non ho la minima intenzione di prendere il posto della sua allenatrice.*

Ed era quello che mi faceva rivoltare lo stomaco, la possibilità che avesse potuto pensarlo, per via della notte prima.

Uffa. Ero così stupida. *Ovvio* che fosse quello che aveva pensato. Ecco cos'era tutta la faccenda della "cena stasera". Aveva intenzione di continuare con qualunque cosa fosse quello che aveva cominciato la sera prima e tentare di portarmi a letto.

Diavolo, no!

La facilità con cui aveva congedato Suzanne mi aveva dimostrato, soprattutto, che tipo d'uomo era. Non avrebbe mai preso sul serio un legame romantico. Per lui era solo sesso.

E quel tipo d'uomo non faceva per me.

Ryan strinse i denti. «Per tua informazione, non lo faccio d'abitudine.»

«Non è quello che ho visto sui tabloid.»

Sbuffò. «Se credi a tutto ciò che stampano i media, allora non sei sveglia come pensi.»

Beh. Non aveva tutti i torti. Si avvicinò al ripiano e appoggiò una mano sulla superficie. Io diedi un altro morso alla mela, domandandomi come porre fine a quella conversazione in modo da poter strisciare di nuovo nella mia stanzetta e tornare a essere invisibile.

«Non dico di essere un monaco, ma, maledizione, quella cosa con Suz non andava nemmeno avanti da molto. È successo solo due volte. Non è che...»

Alzai una mano per stopparlo. «Non ho bisogno di tutti i dettagli della tua vita sessuale. Il tuo stile "amale e lasciale" dice tutto.»

In effetti, non mi doveva niente. Avevamo solo condiviso qualche bacio appassionato e una conversazione a cuore aperto. E lui era stato ubriaco per la maggior parte del tempo.

Ryan si raddrizzò, mettendo le braccia conserte. «Hai finito di auto-convincerti che sono l'ultimo uomo sulla terra con cui vorresti mai finire?»

«Non c'è pericolo che tu finisca con qualcuno, giusto?»

«Forse quella giusta non è ancora arrivata.»

Sbattei gli occhi. «Ma non è ciò che sperano tutte le donne? Di essere quella giusta?»

Ryan si avvicinò e si fermò quando eravamo molto vicini. «Non lo so, Gray. È così?»

Non sapevo che cosa dire. Avevo la faccia in fiamme. Diedi un altro morso alla mela ma, prima che potessi abbassarla mentre masticavo, Ryan mi prese il polso, avvolgendogli attorno la sua mano grande. Lo tirò verso la sua bocca e affondò i denti in quella mela, senza mai distogliere gli occhi dai miei.

Quando si staccò, stava masticando il suo boccone e sorridendo. Io deglutii, conscia della sua vicinanza e, anche se ero irritata con lui, di quella onnipresente, travolgente attrazione che non se ne andava mai.

Cercai di riprendere un po' di controllo. «Non ho intenzione di cenare con te stasera.»

Lui non si scompose. «Sì, invece.»

«Penso che prenderò un hamburger all'In-N-Out. Magari un frullato. E poi mi ritirerò nella mia stanza.»

«No, mangerai una pizza con me sul portico.» Aggrottai la fronte. La pizza suonava bene. Ma, uffa.

Mi tirai indietro, ma mi stava ancora tenendo il polso, strinse più forte ed io non cercai di liberarmi.

Alzai la testa e lo fissai negli occhi, fingendo una sicurezza che non provavo completamente. «Non ho intenzione di diventare il rimpiazzo di quell'allenatrice nel tuo letto, Ryan.»

Lui non sembrò minimamente sorpreso dalla mia dichiarazione, né offeso. Invece scosse la testa. «Non ho intenzione di chiedertelo, Gray.»

Feci un altro respiro profondo e tirai fuori la domanda che mi tormentava fin da quella chiamata. «L'hai scaricata perché pensavi che io... che tu ed io...?»

«No. Avevo parecchi motivi per farla finita. La tua regola, innanzitutto. Poi la faccenda con Keely.»

Tirai il fiato ed espirai lentamente, chiedendomi, stranamente, perché quella notizia non mi facesse sentire meglio. «Bene... allora okay.»

La presa sul mio polso si allentò un pochino. «Okay, allora» ripeté Ryan, studiandomi il volto.

«Allora che cos'è questa storia di cenare insieme stasera?»

Ryan sorrise. «Sei incastrata qui, ricordi? Tanto vale cercare di andare d'accordo. Non preoccuparti, non comprometterò la tua virtù o roba simile.»

Se solo sapessi. Temevo che avesse compromesso il mio cuore. Ma avevo il potere di dire di no, di tirarmi indietro. Avevo il potere di mantenere le distanze e continuare ad aiutarlo, no?

Era una decisione. E la presi in quel momento.

«Bene. Mangerò la pizza con te a tre condizioni. Risponderai sinceramente e completamente alla mia domanda, come promesso. E niente alcol. E niente baci.»

Se mai aveva un'opinione su queste condizioni non l'espresse. Invece annuì, sorrise di nuovo e poi uscì dalla cucina per tornare nel suo ufficio e...

L'avevo veramente sentito fischiettare nel corridoio?

Ore dopo eravamo seduti accanto alla piscina, con tutte le luci accese mentre l'acqua rifletteva la luce tremolante sulle nostre facce. Io avevo in mano una bottiglia di Dr. Pepper e Ryan stava finendo la sua terza bottiglia d'acqua. Non beveva mai bibite gassate, mi disse, quando gliene offrii una dalla confezione da sei che era arrivata con la pizza.

In mezzo a noi c'era la scatola unta e aperta di una delle migliori pizze in stile newyorchese che avessi mai mangiato, una crosta sottile e montagne di formaggio, esattamente come piaceva a me. Salame piccante sulla sua metà, olive nere e funghi sulla mia.

Ero senza scarpe, avevo un piede nell'acqua, e ogni tanto schizzavo un po' d'acqua mentre parlavamo. Il ghiaccio della nostra conversazione del pomeriggio si era sciolto in fretta quando ci eravamo messi a mangiare.

«La prima volta, portai su alcune magliette, monete e altri piccoli oggetti per amici ed enti di beneficenza che me l'avevano chiesto come favore. Non è facile, perché i russi consentono di portare solo un chilo di oggetti personali e la capsula non è così spaziosa.»

Mangiucchiai l'ultimo pezzo di crosta della pizza guardandolo rapita. Ogni volta che parlava del suo lavoro, il suo volto si animava, i gesti delle mani diventavano più drammatici, impegnati. Non serviva essere uno scienziato missilistico, e nemmeno una psicologa, per rendersi conto di quanto l'amasse.

«Una delle cose che ai miei amici e agli istruttori piaceva di più era quando portavo con me una loro fotografia e poi facevo una foto di me in orbita con la loro foto. Poi davo loro lo scatto quando tornavo a casa. È quello che ho fatto di più la seconda volta. Ho fatto una montagna di fotografie.»

«A giudicare dalle foto che hai sulle pareti, sai usare molto bene una macchina fotografica.»

Ryan mangiò l'ultimo boccone del suo terzo pezzo di pizza, masticando e deglutendo prima di rispondere. «Ho fatto alcuni corsi di fotografia digitale. Gli altri astronauti mi prendevano in giro, ma è perché erano gelosi da matti del fatto che non dovessi imparare il russo, perché lo parlavo già. Voglio dire, ho dovuto imparare a scriverlo e a leggerlo, ma ho imparato a parlarlo da bambino. La mamma ed io vivevamo con i nonni quando papà era via per lavoro. E poi, dopo il divorzio. A casa parlavano tutti russo.»

Lo guardai perplessa. «Quindi gli altri astronauti erano arrabbiati perché parlavi già il russo?»

Ryan sbuffò. «Si lagnavano *costantemente* perché dovevano imparare il russo. Puoi insegnare qualunque cosa a un astronauta, dobbiamo essere tutti dei tuttofare. Impariamo a effettuare piccole procedure mediche, grandi lavori di riparazione, come compiere complessi esperimenti scientifici. Ma imparare una lingua è la cosa che la maggior parete di loro trova più difficile, per brillanti che siano.»

Lo guardai. «Insegnami a dire qualcosa in russo.»

«*Ya ochen krasivaya.*»

Ripetei la frase un paio di volte e lui mi corresse la pronuncia. Una volta imparata, continuai a ripeterla per ricordarla. «Che cosa significa?»

Lui sorrise ma non rispose. Gli rivolsi un'occhiata sospettosa. «Mi hai insegnato a dire una parolaccia, vero?»

Scosse la testa, ridendo, «No, lo giuro.»

Ripetei la frase ancora qualche volta. E lui rispose. «*Da, ochen verno.* Verissimo.»

Lo guardai stringendo gli occhi. «Ma non hai ancora intenzione di dirmi che cosa significa.»

Ryan sorrise malizioso. «No.»

«Allora che ne dici di rispondere alla mia domanda di ieri sera?»

Lui appoggiò l'ultimo pezzo di crosta, dopo aver mangiato ben quattro pezzi di pizza, e si tolse le briciole dalle dita. «Okay. Immagino di aver rimandato a sufficienza, vero?» Fece una pausa, respirando a fondo, come per raccogliere le idee. «Mi hai chiesto se voglio volare ancora per ragioni mie o per via della promessa fatta a Xander.»

Annuii e dato che sembrava aver finito di mangiare la pizza, chiusi la scatola e mi appoggiai indietro sulle mani per lasciarlo continuare.

Spostò lo sguardo sulla piscina e cambiò posa, inaspettatamente irrequieto. «C'è un motivo per cui non ti ho risposto ieri sera, beh, parecchi motivi.» Rise tra sé e sé. «Ma la risposta è... che è complicato.»

Imbeccate da terapista. Dovetti ricordarmi di limitare le mie reazioni a frasi come "Sto ascoltando" e non fare altre domande invasive che avrebbero confuso le idee o che l'avrebbero sviato. Quindi mi limitai a un «Mmm.»

«Xander, Karen ed io siamo stati amici fin dal primo anno di accademia.»

«Anche Karen è in marina?»

«Lo era. Ha lasciato circa cinque anni fa, quando è nato AJ, il figlio suo e di Xander.»

Io annuii, invitandolo a continuare.

«L'obiettivo di Xander fin dal primo giorno era la NASA. Fin da quando era un bambino. Quindi ha cominciato come pilota della marina.»

«Qual era il tuo obiettivo allora?» Non mi sfuggiva il fatto che stesse rispondendo alla domanda facendo costantemente riferimento a Xander invece che a se stesso, così feci ciò che potevo per reindirizzarlo, pur continuando a essere una buona ascoltatrice.

Ryan mi fissò negli occhi. «Volevo essere un SEAL. Come mio padre.» Dalla sua biografia ricordavo che suo padre era stato ucciso in servizio quando Ryan aveva quindici anni. Poi c'era quella foto di loro insieme. Forse aveva idealizzato suo padre proprio come aveva fatto con Xander.

Forse lì c'era qualcosa.

Ryan si spostò di nuovo, poi prese alcuni cuscini impermeabili da un lettino lì vicino, me ne passò uno e ne mise un altro accanto a lui sul terreno, appoggiandosi. Lo ringraziai. La pavimentazione cominciava a sembrarmi dura, ma la conversazione era affascinante.

«Quindi dimmi come hai fatto a passare dall'essere un SEAL a diventare un astronauta.»

Si mise a ridere. «Non sono nemmeno il primo uomo rana a farlo, che tu ci creda o no.» Guardò di nuovo la piscina scintillante. Io gli studiai il volto. Lui sembrò rendersene conto e mantenne i lineamenti composti. Poi fece un respiro profondo. «Xander ed io ci ubriacammo una sera e lui mi sfidò a fare domanda con lui per la successiva classe di astronauti.»

Sbattei gli occhi. «Sei diventato un astronauta per via di una sfida?»

Ryan sogghignò. «Già, sembra piuttosto assurdo.» Alzò le spalle. «In effetti, una volta fatta la domanda e finiti i colloqui, l'idea di lavorare per la NASA ha cominciato a piacermi. Poi hanno scelto me e non lui, ma era felicissimo per me. Era il migliore, di me e di tutti noi.» La sua voce si spense lentamente.

Sbattei le palpebre. Ryan non era così bravo a nascondere i propri sentimenti questa volta, continuava a stringere e rilassare le mandibole e negli occhi aveva un'espressione tormentata. Puro senso di colpa. Distolse gli occhi da me come se sapesse che ero in grado di vedere le sue emozioni. Doveva ancora rispondere alla mia domanda e mi chiesi se l'avrebbe veramente fatto o se avrei avuto il coraggio di fargli pressioni.

Riuscivo a malapena a immaginare che cosa stava passando. Quanto dolore stava certamente provando. Eppure non aveva mai chiesto aiuto. E avevo l'idea che non si sarebbe mai permesso di *non* provare quel dolore.

Avrebbe continuato a punirsi.

Ryan. Avrei voluto dire. Avrei voluto che si confidasse con me per sentirsi meglio, sfogarsi.

Ma tanto valeva chiedere al sole di sorgere a ovest domani, invece che a est.

CAPITOLO DICIASSETTE
RYAN

GRAY BARRETT PENSAVA DI SAPERE ESATTAMENTE quello che stava facendo. E che io ero alla mercé delle sue superiori capacità psicologiche. Che mi stava attirando come un incantatore di serpenti tira fuori un serpente dal cesto. Persuadendomi, allettandomi... intrigandomi.

Ora era seduta, con le braccia intorno agli stinchi in modo che le ginocchia le sostenessero il mento. Mi guardava da sopra l'orlo degli occhiali. Com'era carina, adorabile perfino con il più piccolo dei suoi gesti, come quando si sistemava costantemente gli occhiali sul naso o si mordicchiava il labbro superiore con i denti inferiori quando si stava concentrando.

Non potevo fare a meno di notare quelle piccole cose adesso e chiedermi come avessi mai potuto pensare che fosse insignificante. Era tutt'altro che insignificante. Discreta, sì. Ma era perché cercava di nascondersi, di tenersi al sicuro, protetta.

Mi stava guardando con la testa piegata di lato. «Adesso è un buon momento per farti notare che non hai ancora risposto alla mia domanda?»

Ripresi l'espressione impassibile. Adesso sarebbe stato un buon momento per farle notare quanto mi sarebbe piaciuto togliérle quei vestiti e fare ciò che avevamo cominciato la sera prima?

Spazzai via quell'idea dalla testa prima che potesse mettere radici. Vista la nostra conversazione di quel pomeriggio, non glielo avrei mai proposto. Ma accidenti se non lo desideravo.

«Perché ho intenzione di volare di nuovo?»

Lei annuì. «Sì. È per mantenere la tua promessa a Xander?»

«Sì, e...» Alzai le spalle. «Perché mi piace volare, specialmente da quando ho ricevuto le ali d'oro.»

Gli astronauti non ottenevano quel riconoscimento fin dopo il loro primo volo, tecnicamente a un'altezza di cento chilometri o più, che era considerato un volo spaziale, fino ad allora avevano le ali d'argento. Dato che Xander era morto durante la sua prima missione, non aveva avuto le ali d'oro abbastanza a lungo da poterle indossare. Erano state invece consegnate a Karen durante la commemorazione.

Gray mi stava guardando in quel modo speciale che aveva. Il modo che ti faceva capire che non le sfuggiva assolutamente niente. Non ero stato attento come avrei dovuto con lei, e, a essere sincero, non m'importava. La solita barriera di cautela che mantenevo tra me e tutti gli altri si era assottigliata e non sapevo perché. Ma, per una volta, la cosa non mi innervosiva.

Lei pensava di potermi aiutare. Pensava di potermi sistemare. Si sbagliava, ma non era spiacevole guardarla tentare.

Inoltre, a volte ci si sentiva soli lì dentro.

«Ma che cosa vuoi tu, per te stesso?»

«Che cosa vuoi dire?» Mi chinai all'indietro, appoggiando le mani sul pavimento dietro di me per sostenermi.

«Beh.» Lei incrociò le lunghe gambe, imitandomi e spingendosi sulle mani. «Sei diventato un SEAL per onorare tuo padre, giusto?» Io annuii. «E sei diventato un astronauta praticamente come risultato di una sfida. Ti sei unito all'XPAC per poter volare di nuovo per Xander.»

Sbattei gli occhi.

Lei si mise diritta, appoggiando gli avambracci alle gambe incrociate. «Ma tu che cosa vuoi per te? Qual è il tuo sogno?»

Abbassai gli occhi, spingendo via la scatola della pizza con un piede per far posto in modo da potermi allungare. Tossii. Evitai il suo sguardo mentre rimuginavo sulle sue parole. *Che diavolo volevo veramente io?*

Per qualche motivo mi venne in mente AJ, il ricordo di averlo tenuto in braccio da bambino, di essermelo messo sulle spalle mentre gironzolavamo per la fiera per vedere gli animali. L'espressione di meraviglia sul suo viso mentre scopriva il mondo intorno a lui.

Ma pensare ad AJ faceva male. Moltissimo. Una coltellata diritta al cuore.

Forse un giorno sarei diventato padre, ma più probabilmente no. E non era giusto che Xander non potesse essere qui per essere un padre per suo figlio. E sapevo già di essere troppo danneggiato per essere più di un marito scadente. Strinsi le labbra. Sì, magari avere una famiglia mia era un sogno, ma i sogni erano cose cui si pensava e poi si dimenticavano mentre si continuava con la propria vita. I sogni erano nebbia e favole.

Gray mi agitò una mano davanti agli occhi per attirare la mia attenzione. «Wow» disse quando alzai gli occhi. «Sei finito a un milione di miglia quando te l'ho chiesto.»

Il suo sguardo era penetrante, intenso. A volte non sbatteva nemmeno le palpebre, ed era un po' inquietante.

«Posso farti un'altra domanda?» chiese, cambiando posizione.

Non potei fare a meno di pensare che cosa avevo avuto in cambio di ogni domanda la sera prima. Abbassai lo sguardo sul suo petto, ricordando il calore che avevamo generato la sera prima. Il sapore, la sensazione dei suoi capezzoli eretti nella mia bocca. Il modo in cui si era mossa e aveva sospirato quando l'avevo toccata. Sentii una nuova ondata di desiderio bruciare dentro di me. La volevo tra le mie braccia, il suo corpo premuto contro il mio.

Eppure, viste le circostanze, sarebbe stato un errore proporre di nuovo la stessa cosa. Anche se lo desideravo. Veramente.

Accennai un sorriso. «Questa la offre la casa.»

Ci scambiammo una lunga, significativa, occhiata. In quegli occhi verdi ci fu un lampo assetato come se avesse attraversato strisciando il deserto del Mojave ed io fossi un bicchiere di limonata gelata. Tutto il mio corpo si tese, reagendo. Se non fosse stato per la conversazione che avevamo avuto in cucina, le sarei stato addosso in un attimo.

Ma lei era stata seriamente turbata dalla cosa con Suzanne e ora ero incazzato con il me stesso di prima per aver fatto aspettare Gray mentre me la spassavo con Suz. Perché adesso Gray mi aveva etichettato come il tipo d'uomo che non ero, necessariamente. Almeno non fin di recente.

Strinsi i denti e sostenni il suo sguardo, ma non mi mossi. *Ragazzina, dubito che mi stancherei in fretta con te come con le altre.*

Deglutii. Maledizione, lo desideravo. E anche lei. Ma non avevo intenzione di fare quella mossa adesso. Avrei mandato tutto a puttane.

C'era un'attrazione assoluta tra di noi, come un'orbita da cui non si poteva sfuggire. *Gravità.* A un certo punto, un corpo che si avvicinava a un altro nello spazio rischiava di essere catturato nella sua orbita, intrappolato all'interno del campo gravitazionale del corpo più grande. E se non avesse viaggiato abbastanza velocemente da sfuggire, sarebbe stato catturato per sempre, salvo nel caso di qualche cataclisma.

Mi chiesi se stavo viaggiando abbastanza velocemente per evitare questa attrazione nei suoi confronti. Perché tutto di lei mi affascinava abbastanza da voler rallentare, prendere nota e registrare tutto, percepire ogni singolo secondo. Questa collezione di momenti tra di noi erano minuscole prove di quel magnetismo, di quella forza potenziale.

Sembrava pericoloso.

Ed entusiasmante.

Gray si leccò le labbra prima di parlare e, cazzo, fu come una scossa diritta al mio inguine, ricordare il sapore di quelle labbra, com'erano sotto le mie. Distolsi gli occhi, guardando nuovamente la piscina e cercai di pensare a qualcos'altro, aspettando che facesse la sua domanda. Se fosse stato qualcosa di difficile, avrei trovato il modo di sviarla.

«Volevo sapere... di come dormi, le tue abitudini.»

Mi esplose una risata dal petto prima che potessi perfino registrare un'altra reazione. La domanda era così clinica. E indagatrice. E personale.

E se c'era la possibilità di manipolare a mio favore questa sua curiosità, potete scommettere che l'avrei presa, «Sono tutt'orecchi, Ms Barrett.»

«La notte scorsa, sembravi... beh, sembravi fuori fase prima di addormentarti. Volevo sapere se succede tutte le notti.»

Mmm. Anche se la domanda mi irritava, aveva un certo potenziale. Se avessi giocato bene le mie carte, avrei potuto volgerla a mio vantaggio.

«Che altro volevi sapere?»

Gray aggrottò le sopracciglia, poi la sua fronte tornò liscia. «I meccanismi che adotti per affrontarlo. Presumo che bere e andare a letto con una donna siano in qualche modo legati al sonno. E… tenere le luci accese?»

Cristo santo. Come diavolo faceva? Era una psicologa o leggeva nel pensiero? O forse era in segreto una maledetta vulcaniana?

Sconcertato, presi tempo ribaltandole contro una delle sue tecniche. «Mmm.»

Lei mi guardò sbattendo gli occhi, e poi ancora. «Questa non è una risposta.»

Alzai le spalle, riprendendomi dallo stupore abbastanza da mettere in atto l'idea che mi era venuta in mente. «Non ho mai detto che avrei risposto. Solo che potevi chiedere.»

Lei alzò gli occhi al cielo scuotendo piano la testa, disgustata, ed io risi. Non l'avevo mai vista farlo. Mi ero perfino chiesto se quel gesto, spesso molto appropriato, e a volte necessario, facesse parte del suo repertorio. Ma Gray mostrava così raramente le sue emozioni. Forse era una vulcaniana, dopotutto.

«Se sei curiosa riguardo alle mie abitudini notturne, c'è un modo sicuro per scoprire tutto quello che vuoi sapere.»

Un sopracciglio si alzò sopra la montatura scura. Era adorabile, come un piccolo gufo curioso. Come uno dei gufi che portavano la posta in *Harry Potter*. «Posso osare chiedere quale? E posso osare pensare che tu mi risponda?»

Ecco. Era il momento giusto per la mia nuova proposta. Mi misi seduto e mi chinai leggermente in avanti. «Osservazione diretta. Vuoi sapere tutto. Vieni a letto con me.»

Restò a bocca aperta e il suo volto divenne circa undici sfumature di rosa e rosso. *Oh, lo vuoi e tanto, eh, ragazzina?*

Nelle mie vene il sangue cominciò a scorrere forte davanti alla sua reazione. *Maledizione.* Lo volevo, e tanto, anch'io.

Ma qui non si trattava di scopare. Anche se speravo che sarebbe successo, prima o poi.

«Per dormire, non figurativamente» chiarii.

Gray strinse le labbra finché furono quasi bianche, anche se il colore sulle sue guance e sul collo non era ancora sbiadito. «Vuoi dire come la notte scorsa. Dopo-dopo... voglio dire. Vuoi solo dormire.»

«Già.»

«Tutta la notte?»

Annuii.

Lei si mise seduta e raccolse briciole immaginarie intorno alla scatola della pizza sul pavimento. «Uhm, dove?»

«Nel mio letto.»

Gray deglutì vistosamente. «E perché me lo stai proponendo? In che modo ti aiuterebbe?» Alzò gli occhi che mi trapassarono di nuovo.

Mmm. Non mi ero aspettato quella domanda e di sicuro non avevo intenzione di risponderle. «Tu ottieni le tue informazioni con l'osservazione ed io non devo rispondere alle tue domande. Sono stato obbligato, per lavoro, a lavorare come uno scienziato, almeno quando si trattava di eseguire dei compiti, se non nella formulazione delle ipotesi o delle conclusioni. Ma so come funziona. Ti posso dare un tempo di osservazione senza ostacoli.»

«E tu ci guadagni...?»

Accidenti, quella ragazza era troppo sveglia. E tenace.

Alzai le spalle. «Beh, io ottengo una bella nottata di sonno senza dovermi esaurire con il sesso prima.» Ecco. Poteva cominciare a rimuginarci.

«E quanto durerebbe questo periodo di osservazione?»

Il più a lungo possibile. Il pensiero mi venne in mente automaticamente. Ma scrollai le spalle, fingendo indifferenza. «Non lo so. Per tutto il tempo che ti serve per raccogliere i tuoi dati. Dormiamo già comunque sotto lo stesso tetto.»

Solo l'idea di poterla avere nel letto accanto a me quella notte mi riempì di sollievo. Potevo già sentirmi rilassare. Dormire come avevo dormito la notte prima, per più di una notte…

Per favore di' di sì.

Gray non si mosse. Non mosse ciglio. Si limitò a fissarmi in quel suo modo inquietante. A volte mi faceva contorcere dentro. Ma quella sera feci del mio meglio per ribaltare la situazione, far contorcere *lei*. Mi sarebbe piaciuto farla contorcere in molti altri modi. Ma quella sera non sarebbe successo.

Mi ero svegliato quella mattina, con le braccia vuote, l'odore dei suoi capelli sul cuscino, senza l'onnipresente spossatezza che di recente accompagnava tutte le mie mattine, pomeriggi e sere. In quel momento mi ero posto l'obiettivo di riaverla nel mio letto, con qualunque mezzo possibile, seduzione o persuasione, se fosse stato necessario.

E con la sua domanda sulle mie abitudini notturne, mi aveva consegnato quella possibilità su un vassoio d'argento.

«Okay» disse Gray con un cenno deciso della testa. «Propongo una settimana.»

Penso proprio di no. Penso che ti servirà molto più tempo.

So che avrò bisogno di te più a lungo.

Mi limitai ad annuire, tenendo il volto impassibile. «Bene. L'osservazione comincia stanotte, allora?»

Lei esitò, come se stesse cercando un modo per rimandare. Ma non c'era verso che glielo permettessi.

Avremmo fatto a modo mio, a qualunque costo, anche se avesse nevicato all'inferno.

Ne avevo bisogno se volevo superare l'addestramento per il volo di prova. Mi stavo già trascinando giorno dopo giorno e temevo di fare errori stupidi. E, maledizione, quegli errori mi avrebbero fatto togliere dalla lista di volo. E non doveva, *non poteva* succedere.

Mi passò nuovamente per la mente la stessa domanda. *Stai volando per Xander, ma tu che cosa vuoi per te stesso?*

Non avevo tempo per ponderarla. Non era importante. Ciò che contava era mantenere una promessa all'amico che non ero riuscito a salvare. Ciò che contava più di ogni altra cosa era quel volo.

Mi alzai, poi mi piegai per raccogliere la scatola della pizza. Lei mi guardò con gli occhi sgranati per un momento, continuando a pensare. *Che cosa tirerai fuori adesso, furbetta? Sono pronto.*

Senza una parola, le tesi la mano e lei la prese. La tirai in piedi, notando che non pesava niente. Poi entrammo ed io ritirai la scatola con gli avanzi di pizza in frigorifero.

«Film?»

Lei annuì, ancora persa nei suoi pensieri.

Qualche ora dopo, finimmo di guardare una sciocca commedia sentimentale con Sandra Bullock. Meglio quella dei film sugli astronauti. Mi sembrava di potermi finalmente addormentare, nelle giuste condizioni.

E non sembrava che ci fossero un orgasmo esplosivo o tre nel mio immediato futuro. Quindi la condizione giusta era, speravo, avere Angharad Grace Barrett nel mio letto, solo per dormire.

Com'era successo la sera prima, Gray si cambiò e si preparò per venire a letto mentre facevo la doccia. Quando uscii in pantaloncini e una maglietta, lei era seduta dal lato più lontano del letto con un e-reader in mano. Indossava una leggera t-shirt e gli stessi allettanti leggings. E calzini pelosetti.

Quasi le risi in faccia perché dormiva con tutta quella roba addosso. Era estate nel sud della California. Di sera la temperatura non scendeva sotto i ventuno gradi. Inoltre la mia casa era climatizzata, con la temperatura fissata intorno ai ventiquattro gradi.

Ma a quanto pareva, a lei piaceva restare coperta. Forse non era naturalmente una coccolona.

Il mio letto, come quello della notte prima, era un king-size. Esitai prima di sdraiarmi, sentendo quella familiare ondata d'ansia che provavo tutte le volte che si avvicinava il momento di chiudere gli occhi per dormire.

Come sempre, avevo lasciato accesa ogni luce, dal bagno a quella centrale, alla lampada accanto al letto. Non mi preoccupai di chiederle se le luci le dessero fastidio. Non c'era la minima possibilità che le spegnessi.

Lei appoggiò l'e-reader e mi guardò per un momento. Io inarcai le sopracciglia. «Tutto a posto? Ti serve qualcosa?»

Lei scosse la testa solennemente, guardandomi. «Io sono pronta.»

Mi sfuggì un sorriso. «Okay, allora.» Feci un respiro profondo e mi sedetti sul letto, notando che il mio battito stava accelerando come sempre e che in fondo alla gola si stava formando lo stesso freddo nodo di paura. Ero fin troppo consapevole che mi stava osservando e anche se avrebbe dovuto innervosirmi, non era così. Non era perché avevo una donna nel mio letto. Era perché si trattava di *lei.*

Perché sapevo che a lei importava e, per qualche motivo, era importante anche per me. Ancora non lo capivo completamente. E a quel punto, volevo poter chiudere gli occhi per un momento ed essere in pace invece di rivivere quell'incubo all'infinito.

Ingoiai il groppo che avevo in gola e mi stesi, muovendomi a scatti, tirando le coperte. Lei era ancora seduta, anche se si era voltata lentamente per appoggiare gli occhiali sul comodino accanto a lei.

Esitai, come sempre. Non volevo chiudere gli occhi. Per qualche motivo, quando ero lì nel silenzio della notte, specialmente quando ero solo, non riuscivo a farlo. Fissavo il soffitto per ore, sotto le luci brillanti. E qualche volta non li chiudevo per niente.

E a volte dovevo alzarmi e bere vodka finché perdevo i sensi per acquietare quei pensieri tremendi, i ricordi. Oppure avere una donna con me per distrarmi finché ero troppo esausto per pensare.

Cercai di seguire il suggerimento di Gray della notte prima, di concentrarmi sulla respirazione, e non permettere alla mia mente di vagare. Ma fu troppo e mi ritrovai immobile, che trattenevo il fiato. Al semplice pensiero di chiudere gli occhi.

«Ryan, lascia andare il fiato.» La sua voce dolce mi risuonò nell'orecchio. Mi voltai verso di lei. Il suo volto era a pochi centimetri dal mio. Aveva infilato un cuscino sotto la testa. «Non ti fa bene trattenere il fiato. Aumenterà solo l'ansia.»

Sbattei le palpebre guardandola, e feci come mi diceva. Passammo lunghi minuti in quel modo, ad ascoltare solo il suono del mio respiro e il battito ticchettante del suo cuore. Poi, per rompere il silenzio, ripresi a parlare. «Devi pensare che sia strano per me dormire accanto a una donna senza che ci sia del sesso.»

Agitò le sopracciglia. «Sono sicura che qualche donna sia riuscita a resisterti. E spero che quella non fosse un'avance.»

Riuscii a resistere alla tentazione di guardarla da capo a piedi. *E se lo fosse?*

Tornai a guardare il soffitto. «No, stavo solo facendo conversazione» risposi con la voce un po' affannata.

Gray rimase in silenzio per qualche minuto prima di schiarirsi la voce e parlare. «È strano anche per me perché non ho mai avuto nessuno a letto con me, eccetto la notte scorsa, ovviamente.»

Io studiai il soffitto mentre digerivo ciò che mi aveva detto. «Non hai mai...» La mia voce si spense. Come diavolo potevo chiederle una cosa simile senza che sembrasse indelicato?

«Non ho mai dormito con qualcun altro in un letto fino alla notte scorsa. E non ho mai fatto sesso.»

Quello mi spiazzò completamente. Gray tendeva a nascondersi. Giocava sul sicuro, ma com'era possibile che non fosse mai successo? C'erano sicuramente stati degli uomini interessati a lei in passato. Era sicuramente uscita con qualcuno.

E avevo potuto constatare che era attratta dagli uomini, o almeno da me.

La guardai accigliato, con l'incredulità palese nella mia voce. «E hai venticinque anni? Com'è possibile?»

Lei fece spallucce, ma la sua espressione non cambiò. «È semplicemente una cosa su cui non mi sono concentrata. Ero molto malata quando ero un'adolescente. Dentro e fuori dagli ospedali, continuamente. Non ho avuto molto tempo per uscire con i ragazzi o per i romanzetti, viste le circostanze.»

Sbattei le palpebre, guardandola mentre fissava nel vuoto, nel suo passato. Sorrise. «Avevo questo amico speciale, però, anche lui un paziente cardiologico, aveva ricevuto un trapianto di cuore e polmoni. Ci siamo baciati la prima volta quando avevo quindici anni, ma non siamo andati oltre. Quando mi hanno sostituito la valvola l'ultima volta…»

Risucchiai il fiato, sorpreso. «Quante volte è successo?»

«Due interventi per le pareti del cuore e la riparazione della valvola quand'ero piccola. Una valvola biologica quando avevo tredici anni, che finì per non funzionare. E poi quella definitiva, meccanica, a sedici anni. Come ho detto, un mucchio di interventi e tantissimo tempo in ospedale.»

Gesù, era una guerriera.

«E non ho mai avuto il tempo di vivere come una tipica ragazza sana» disse. Non mi sorprendeva che giocasse sul sicuro. Glielo avevo rimproverato, come se fosse una cosa negativa e, a volte, poteva essere così. Andare sul sicuro poteva frenarti in tanti modi. Ma non correre rischi ti proteggeva anche dai pericoli, dall'oscurità.

«Sono tornata sana quasi immediatamente dopo l'ultima sostituzione. Ed è stato strano passare dall'essere una ragazza cronicamente malata, molto limitata in tutto ciò che potevo fare, a essere una giovane adulta in salute. Essere di colpo inserita in una vita normale. Che doveva andare a scuola, al college, tutto quanto. C'è voluto parecchio per abituarmi a essere un'adulta normale, e non avevo tempo, né voglia, di frequentare qualcuno.

Ero occupata a mettermi in pari. Pensavo che per quello ci sarebbe stato tempo dopo.»

Com'erano stati diversi gli anni della nostra adolescenza, ma non meno traumatici. La mia vita era cambiata il giorno in cui i compagni di squadra di mio padre erano apparsi sulla porta di casa per dirmi, in lacrime, che lui non sarebbe tornato a casa. Lei aveva dovuto lottare per la sua vita in un letto d'ospedale.

Sembrava che fossimo stati entrambi costretti a crescere prima del tempo. «Dov'è tua madre?» mi scappò.

Lei mi fissò per un momento e poi cominciò a giocherellare con il bordo del lenzuolo. «Vive in Inghilterra. Anche i miei genitori sono divorziati, ma non l'hanno fatto finché non sono stata meglio. Probabilmente, però, avrebbero dovuto separarsi molto tempo prima.»

Mi misi a ridere. «Conosco la sensazione.»

«E tua madre?»

«Vive a Boston con il suo secondo marito. Lui ed io non andiamo d'accordo, per niente. Non credo che la tratti bene e lei non mi invita spesso, per evitare discussioni. Ma vedo i miei nonni durante le feste. Vivono in Florida.»

Allungai la mano e coprii la sua irrequieta. Gray mi guardò negli occhi ma non reagì in nessun altro modo e nemmeno tolse la mano.

Con un sorrisino, spostò la testa fino ad appoggiarmela sulla spalla. Tutto ciò di cui diventai consapevole fu… *fragole*. «Ci sono molti modi per svegliarsi, ma l'unico per poter fare quell'esperienza è di addormentarsi prima» mormorò.

«Chi l'ha detto?»

Una lunga pausa. «L'ho appena detto io.»

E ci rimuginai, sentendo il mio corpo che si rilassava sempre di più. Le spostai la testa dalla spalla fin sul mio torace, ricordando dove l'aveva appoggiata la sera prima. Lei si voltò sul fianco e si accoccolò contro di me, sistemandosi nell'incavo del mio braccio.

Io fissai il soffitto bianco irregolare della mia stanza, ma semplicemente sentirla lì aveva rallentato i miei battiti, il mio respiro. L'area tutt'intorno sembrava diversa, sicura. Come se abitassimo il nostro piccolo mondo. Solo noi due.

Voltando la testa, affondai il naso nei suoi capelli morbidi. Il suo profumo mi fece sentire caldo dappertutto, e non solo perché la desideravo. Era conforto e forza. La forza di qualcun altro su cui, per una volta, potevo fare affidamento.

Restammo lì così, svegli e in silenzio, sotto tutte le luci brillanti nelle immediate vicinanze. E poi, a poco a poco, senza che dovessi sforzarmi, i miei occhi si chiusero e dormii un sonno senza sogni.

CAPITOLO DICIOTTO
GRAY

L A SETTIMANA SUCCESSIVA, PASSAI TUTTE LE NOTTI A casa di Ryan e tutti i giorni al lavoro. C'era anche lui, ad allenarsi nel simulatore o nell'ufficio degli astronauti con gli altri, a lavorare sui programmi e i documenti. O in teleconferenza con i fabbricanti dei diversi sistemi usati dalla nuova capsula Phoenix dell'XVenture che li avrebbe portati nello spazio.

Mentre eravamo al lavoro, ci comportavamo in modo distaccato, professionale. Nessuno avrebbe detto che conoscevamo la posizione in cui preferivamo dormire. A Ryan piaceva dormire sulla schiena per la maggior parte del tempo. Io dormivo sul fianco, voltandomi ogni tanto sulla pancia. Ci salutavamo con un cenno quando ci incrociavamo nei corridoi, non pranzavamo mai allo stesso tavolo ed evitavamo perfino di parlare con gli altri delle attività che avevamo in comune. Era il nostro piccolo segreto.

Ed era un bene, perché al pubblico piaceva il romanzetto che stava fiorendo tra lui e la "fidanzatina d'America", Keely Dawson. Per essere dei finti innamorati, stavano facendo sensazione.

Al lavoro, Pari ed io stavamo andando alla caffetteria per il pranzo quando Victoria svoltò l'angolo e si avvicinò a noi dall'altra parte del lungo corridoio.

Senza preavviso, Pari cambiò direzione, spingendomi nella porta aperta più vicina, presumibilmente per evitare Victoria.

«Che dia…»

«Shh!» Pari si chiuse la porta alle spalle.

Eravamo in una piccola sala conferenze con delle equazioni di fisica scarabocchiate disordinatamente su una lavagna, taccuini, blocchi e penne sparpagliati sul tavolo e rifiuti dappertutto. Il posto puzzava come se una dozzina di studenti del college avessero passato lì tutta la notte ogni giorno di quella settimana. Agitai la mano davanti al naso.

«Santo cielo, che fetore qui dentro.»

Pari sbuffò. «Ecco di nuovo la mia margheritina.»

«È così che vivono gli scienziati missilistici? Perché, sai, no grazie!» Non potei farne a meno. Cominciai a raccogliere incarti di fast food e gettarli nel cestino dei rifiuti quasi pieno per impedirmi di vomitare.

«Questa squadra aveva una scadenza, quindi abbi pazienza.»

«Spero che abbiano fatto un bagno una volta arrivati a casa. Uffa. Mi hai tirato qui dentro per evitare Victoria? Che diavolo sta succedendo tra voi due?»

Lei restò pietrificata e poi si schiarì la voce. «Io, uh, dovevo parlare con te. È una cosa di cui era comunque meglio non parlare nella caffetteria. Pettegolezzi, sai.»

Alzai un sopracciglio. Non era riuscita a imbrogliarmi, ma immaginai che prima o poi mi avrebbe raccontato che cosa stava succedendo tra lei e Victoria, era inutile insistere.

Lei si appoggiò alla porta e mise le braccia conserte. «Che cosa sai delle relazioni dei quattro astronauti?»

«Per quanto ne so, sono tutti single e se la godono.» Sentii una fitta al cuore al pensiero di Ryan e alla vita da playboy a cui sarebbe sicuramente tornato appena non avesse più dovuto fare il bravo con Keely. Strinsi i denti, obbligandomi a non pensarci.

Pari sbuffò e si spinse i capelli scuri dietro l'orecchio. «Non è ciò che volevo dire. Ti stavo chiedendo dei rapporti tra di loro.»

Esitai. «Sembrano buoni amici. Hanno lavorato tutti insieme in passato. In alcuni casi per anni. O alla NASA o in Russia.» Mi morsi il labbro e la fissai. «Perché?»

Lei alzò le sopracciglia scure. «Oddio... Sono arrivata presto questa mattina perché dovevo finire della roba prima della riunione, e sono andata nella sala relax a prendere una bibita...»

Annuii. «E...?»

«Ho sentito urlare nell'ufficio degli astronauti. La porta era socchiusa quindi ho teso le orecchie e potrei aver dato una sbirciata.»

«Da vera ficcanaso, e non mi sorprende.»

Pari spalancò gli occhi. «Vuoi saperlo o preferisci continuare a fare commenti sarcastici?»

Alzai una mano per calmarla. «Okay. Va bene. Perché stavano urlando?»

«Noah e Ty stavano urlando tra di loro.»

Sbattei gli occhi. «Davvero?»

Pari annuì. «Non si sono mai avvicinati ad assumere quell'atteggiamento che hanno gli uomini, sai come quando stanno per prendersi a botte. Non era così. Ma non erano decisamente contenti. Se oggi Ty sarà di malumore, saprai il perché.»

Mi sistemai gli occhiali, digerendo il tutto. «Di che cosa stavano discutendo?»

Lei scosse la testa. «Qualcosa che aveva a che fare con la preparazione per il lancio? Non lo so, era fuori contesto. Ma Ty stava dicendo a Noah di smetterla di presumere che lui fosse incasinato. E Noah ha detto a Ty che non gli aveva mai dato motivo per pensarla diversamente.»

Mi tirai indietro. «Wow. È pesante.»

Pari annuì, d'accordo. «Quei due non si piacciono molto, l'ho notato.»

Ci pensai per un momento. Di solito coglievo immediatamente quel tipo di cose, ma ricordai che li avevo visti solo raramente insieme, anche se lavoravano fianco a fianco ogni giorno.

«Quindi, ovviamente, ho deciso di venire da te per farmi dire che cosa c'è sotto. Perché Ty e Noah non si piacciono?»

La guardai perplessa. «Non ne ho idea. Quei due hanno lavorato insieme per parecchio tempo. In effetti...» Un pensiero mi attraversò la mente e mi fermai, sbattendo gli occhi.

«Cosa? Dai, forza. Non ho tutto il giorno. Sto morendo di fame.»

«Ho letto l'intera trascrizione dell'incidente. Noah era l'addetto alle comunicazioni da terra durante la passeggiata spaziale.»

Pari aggrottò la fronte. «È strano, ed è venuto a lavorare qui anche lui?»

Feci spallucce. «Non conosco le ragioni di Noah. Non è stato licenziato dalla NASA come Ty. Ma è qui per qualche motivo. Probabilmente pensava di avere migliori possibilità di volare.»

«Uh, okay.» Guardò fuori dalla finestrella nella porta per controllare il corridoio e mi tornò in mente.

«Adesso vuoi dirmi perché stai cercando di evitare Victoria?»

Pari riportò lo sguardo su di me. «Sì, prometto che lo farò. Solo non adesso.» E con quello spalancò la porta e se ne andò, lasciandomi in quella stanza disgustosa da sola. Dato che mi stavo stancando di respirare con la bocca per evitare la puzza, la seguii e andai anch'io nella caffetteria.

Quella sera non c'era niente di evidentemente sbagliato o diverso nell'umore di Ty che indicasse che il litigio tra lui e Noah era qualcosa di insolito. Io evitai di chiedere, per quanto avessi voglia di farlo.

Ma ricordai la mia promessa a Karen Freed e dato che era passata una settimana da quando eravamo tornati da Houston, le mandai un breve messaggio.

Ehi, sono Gray. Volevo solo dirti che va tutto bene qui con Ty. Spero che vada tutto bene anche da voi.

Poco dopo ricevetti una breve risposta. *Grazie. Spero che se la sentirà presto di dirmelo lui.*

Esitai, poi scrissi una breve risposta. *Non prometto niente, ma vedrò che cosa posso fare.*

E lei rispose anche a quello. *Che Dio ti benedica. Grazie.*

***

Venerdì di quella settimana si rivelò una giornata molto movimentata. Uscii presto dall'ufficio per il pranzo che avevo promesso a mio padre in un ristorante biologico lì vicino.

Lui avrebbe voluto fare una passeggiata prima, ma il tempo negli ultimi giorni era stato caldo da far schifo, quindi ci rifugiammo all'interno, dove c'era l'aria condizionata e dalla finestra fissammo lo stagno pieno di anatre nel parco vicino.

«Non mi piace poi tanto il cibo frou-frou che servono qui, ma la vista è piacevole» disse. «Non avrei mai scelto questo posto, però, troppo caro.» Guardò il menu con le labbra arricciate e dovetti nascondere una risatina.

«Ti ringrazio per avermi accontentata.»

«Stai riuscendo ad addomesticare quell'astronauta playboy? Ho letto le notizie. Ogni tanto appare con quell'attricetta carina.»

Annuii. «Si sta comportando bene, papà, non preoccuparti. È... è una brava persona. Cerca di non giudicarlo in base a qualche errore commesso.»

Lui mi diede un'occhiata e poi tornò al menu. «Mmm. Tutta questa faccenda dell'XPAC è rischiosa. Avevo avvertito Tolan prima che si buttasse. Se la stava cavando benissimo con i razzi. I lanci per rifornire la stazione spaziale, tutto il lavoro per il governo e i satelliti. E ha avuto successo, ha seguito il mio consiglio di restare privato, ma...» Scosse la testa. «Questa faccenda degli astronauti. Proprio non so.»

Strinsi il pugno sotto la tavola, con le unghie che si conficcavano nel palmo, ma non gli feci vedere la mia agitazione. Non poteva farmi quel brutto scherzo adesso, no? Stavo facendo tutto quello che avevamo concordato.

«Papà. Sta andando alla grande. È il sogno di Tolan. È il *mio* sogno. C'è il futuro della razza umana nell'esplorazione spaziale. Vuoi lasciarlo ai "forse ci arriveremo nel 2030" della NASA o vuoi far parte di quel futuro adesso?»

Papà non ebbe la possibilità di rispondere perché una persona diretta a un tavolo vicino virò in fretta verso di noi. «Conrad? Pensavo di aver sentito la tua voce. E la tua bella figlia! Come stai Gray?»

Alzammo entrambi gli occhi su Aaron Thiessen, capo della Thiessen International, una società di investimenti. Come Tolan, un tempo Aaron aveva avuto il leggendario Conrad

Barrett come mentore. Papà si alzò e strinse entusiasticamente la mano dell'ex-discepolo. Poi Aaron mi sorrise, piegandosi a baciarmi la guancia.

«Vuoi sederti con noi?» gli indicai la sedia vuota accanto a me.

Lui sorrise, si slacciò la giacca e si sedette.

«Ho un appuntamento tra breve, ma manca ancora un po', mi hanno appena avvisato che sono bloccati nel traffico.»

«È bello rivederti. Come sta tua sorella?» La conoscevo solo superficialmente, più che altro perché avevamo frequentato lo stesso college femminile elitario, Scripps. Sheridan era più vecchia di me e frequentavamo ambienti diversi. Io non mi mischiavo con la pletora di *socialite* o futuri politici. E non c'erano molti altri impenitenti nerd introversi in quel mucchio.

«Ha finito a Stanford e sta studiando per il dottorato. Congratulazioni per aver già finito il tuo. Papà deve essere fiero.» Rivolse un sorriso a mio padre, che annuì, approvando. «Non ho potuto fare a meno di sentire ciò che stavi dicendo a Conrad sul far parte del futuro adesso.»

Gli sorrisi. «Sì, mi stavo congratulando con papà per il suo brillante investimento nel nuovo corpo privato di astronauti dell'XVenture. Cambieranno il futuro dei voli spaziali, del nostro pianeta, in effetti, alla fine.»

Tanto valeva diffondere la notizia a ogni miliardario che conoscevo, giusto? Qualche dollaro extra per il programma non avrebbe fatto male.

Aaron aveva poco più di trent'anni e grazie alla tutela di mio padre, adesso era un miliardario anche lui. Era noto che a volte non seguiva i consigli di mio padre. Ma non mi facevo problemi a fare un po' di pressione anche su mio padre. Sentivo che stava cominciando ad avere dei dubbi sull'investimento nell'XPAC, quindi perché non cercare di convincere Aaron? In quel modo papà avrebbe fatto la figura dello stupido se si fosse tirato indietro.

Non avevo problemi ad agire in modo subdolo se serviva.

Perché non c'era una possibilità al mondo che lavorassi per la società di risorse umane quando avrei potuto lavorare con gli astronauti e far parte del futuro dei viaggi nello spazio. «La NASA sta progettando di andare su Marte, forse dopo il 2030. Ma la NASA non trasporta i suoi astronauti nello spazio fin da quando hanno ritirato lo shuttle nel 2011. Usano i razzi russi.»

Mi fermai appena per riprendere fiato, prima di continuare decisa. «La XVenture arriverà prima della NASA su Marte. Lo farà nel prossimo decennio. E hanno programmi in atto e i migliori talenti del mondo per realizzarli. Hanno costruito una società missilistica dal nulla. Ora sono il maggior fornitore, anche della NASA, di trasporti nella bassa orbita terrestre e oltre.»

Da parte sua, Aaron non avrebbe potuto reagire in modo più positivo nemmeno se lo avessi pagato. Grazie al cielo. Era rapito. Mi lasciava appena il tempo di rispondere prima di fare una nuova domanda. Dieci minuti dopo, dovettero battergli sulla spalla e dirgli che era arrivata la gente che aspettava.

Si alzò e disse: «Gray, voglio parlarne ancora con te, presto. Okay?»

Ben fatto, Aaron! «Dimmi quando vuoi venire e ti farò fare un giro della struttura.» Gli sorrisi radiosa.

Si voltò verso mio padre. «Conrad. È stato bello rivederti. Rivediamoci presto.»

Aaron se n'era andato e mio padre mi stava rivolgendo un'occhiata tagliente. Alzai le sopracciglia e gli chiesi: «Che c'è?»

A quel punto lui sorrise. «Niente. Immagino che non dovrebbe sorprendermi vedere che hai preso alcuni dei miei tratti più irritanti.»

Sogghignai. «Intendi dire la cocciuta testardaggine?»

Lui strinse gli occhi. «Stavo per dire una volontà di ferro, ma funziona anche così.»

Ridemmo insieme.

Più tardi, mentre andavamo verso il parcheggio e fuori dalla portata d'orecchi, papà disse. «Sai che cosa sarebbe una bella idea? Che uscissi con Aaron. È una brava persona, e penso che tu gli piaccia. Inoltre non ti vedo mai uscire con nessuno.»

Inarcai un sopracciglio e gli rivolsi una seria occhiata di sottecchi. «Davvero, papà? Consigli sulla vita amorosa da te? Pensavo che dispensassi consigli solo su portafogli azionari e strategie pensionistiche.»

Lui alzò le spalle, imbarazzato «Sei mia figlia. Mi preoccupo.»

Gli misi un braccio intorno alla schiena e gli appoggiai la testa sulla spalla. «Sto bene. Sono felice.»

Strinse le labbra. «È tutto ciò che voglio... che tu sia felice.»

«È così. È possibile essere felice anche senza un uomo» dissi in tono leggero, anche se cercai di non pormi domande sul motivo per cui continuavo a immaginare Ryan e a quanto era stato bello durante l'ultima settimana dormire tra le sue braccia. Come mi ero sentita al sicuro e tranquilla.

Qualche minuto dopo, abbracciai e baciai mio padre nel parcheggio mentre andavamo ciascuno per la propria strada.

La giornata stava diventando sempre più calda. Lasciai il ristorante di LA e percorsi i circa sessanta chilometri fino a

North Tustin, a casa di Ryan. Guidando nel traffico del pomeriggio, maledissi il fatto di non aver ancora trovato il tempo di far riparare il condizionatore della mia auto. Fu un viaggio lento, sudato e faticoso. Seriamente, solo in un universo parallelo, dove il tempo si muoveva più lentamente che da noi, avrebbe avuto senso metterci un'ora e mezza per percorrere sessanta chilometri.

Ma era Los Angeles. Un universo parallelo per conto suo e quella era un'ondata di calore. Abbassare il finestrino in un'auto senza climatizzatore non serviva a niente, ma speravo sempre nel sollievo di una brezza vagante.

Arrivai finalmente a casa di Ryan nel momento più caldo del pomeriggio. Nonostante mi fossi raccolta i capelli in una coda di cavallo, erano diventati comunque un disastro di riccioli crespi. Avevo il volto arrossato per il caldo e la camicia fradicia di sudore. Alla faccia del piccolo ventilatore che stavo usando. Era servito solo a disidratarmi di più, essiccandomi nell'umidità quasi inesistente.

Quando entrai a casa di Ryan, l'espressione sul suo volto disse tutto: ero un disastro sudato. Restò a bocca aperta e poi... «Va tutto bene? Che cosa ti è successo?»

Alzai le mani, sistemandomi la borsa sulla spalla. «Il caldo, ecco che cos'è successo. L'impianto di condizionamento della mia auto è ancora rotto.»

Senza dire una parola, mi prese la borsa dalla spalla e mi portò nella mia stanza. «Hai bisogno d'acqua. E di sistemare quel condizionatore. Keely arriverà tra poco. Dobbiamo fare delle fotografie o roba del genere. E vuole fare una nuotata.»

«Sì, me l'ha scritto, quindi ho preso il costume e qualche altro vestito. Sono ancora in auto.»

Ryan mi prese immediatamente un bicchiere d'acqua fredda direttamente dal distributore del frigorifero. La bevvi più in fretta che potevo e tesi il bicchiere per averne ancora. Lo riempì ancora e me lo ridiede.

«Mi servono le chiavi della tua auto» disse, tendendomi la mano.

«Il garage non la prenderà adesso. Devo chiamare e prendere un appuntamento, poi fare in modo che qualcuno mi segua o prendere un'auto a noleggio per quella giornata. È una rottura di scatole e continuo a rimandare.»

Ryan sbuffò. «Non intendevo portarla in garage. La sistemerò io. È un compressore standard, posso farlo a occhi chiusi.»

Sbattei gli occhi. «Uh, cosa?»

«Che cosa pensi che facciamo quando siamo lassù?» Indicò il cielo. «Tenere in funzione il ricircolo d'aria e il sistema di supporto vitale sono priorità assolute sulla stazione. Oltre metà di quello che facciamo lassù è dedicato alla manutenzione del veicolo. Altrimenti come avrebbero fatto le agenzie spaziali a tenerla su e a farla volare da ventiquattro anni se non la riparassimo costantemente?»

«Quindi la mia auto ha lo stesso sistema di ricircolo dell'aria della ISS?» gli chiesi, ancora incredula.

«Non esattamente lo stesso, ma abbastanza simile. Allora, le chiavi?»

Gliele diedi e lui uscì. Quando si fermò davanti al garage e aprì il cofano, per poi andare in garage a prendere altri attrezzi, arrivarono Kirill e Keely nella sua mini convertibile, con il tettuccio alzato, ovviamente. Solo un masochista avrebbe guidato con il tettuccio abbassato in una giornata come quella.

«Ehi» mi salutò Keely scendendo dall'auto, favolosa nella sua minigonna e i tacchi alti. «Che cosa sta succedendo?» chiese, indicando il cofano alzato della mia auto.

«Riparazione auto» dissi. «L'aria condizionata non funziona ed è stanco di vedermi rimandare la riparazione.»

«Ciao, Gray.» Kirill fece un cenno con la testa, in quel suo modo formale. «Vado a vedere se Ty ha bisogno d'aiuto.»

«Come va?» chiese sottovoce Keely. Lanciò un'occhiata al garage e poi tornò a guardare me. «Con lui?»

Bene, riuscivo a farlo addormentare ogni sera. Si svegliava al mattino riposato. Io, nel frattempo, passavo ore e ore sveglia tra le sue braccia, cercando di non sognare a occhi aperti come sarebbe stato meraviglioso se mi avesse tirato vicino e mi avesse toccato in modi molto inappropriati, ma...

Non dissi niente del genere. «Sta andando bene. Fa il bravo ragazzo.»

Le sopracciglia perfettamente delineate di Keely si alzarono sulla fronte liscia. «Ma noi non vogliamo che faccia il bravo ragazzo, Gray. È quello il punto. Vogliamo che giochi all'*Astronauta e la malinconica ragazza marziana*, versione per adulti.»

La zittii quando i due uomini uscirono dal garage, chiacchierando in russo tra di loro. Ryan aveva una grande cassetta per gli attrezzi e Kirill si era rimboccato le maniche della sua camicia button-down. Pareva che Kirill lo stesse prendendo in giro perché non usava i termini giusti degli attrezzi in russo, e Ryan disse qualcosa che sono sicura sarebbe stato sostituito da simboli, se avesse dovuto essere tradotto nei sottotitoli.

Keely ed io trovammo alla svelta un posto all'ombra dei massi decorativi dall'altra parte del viale rispetto a dove stavano lavorando e, manco a farlo apposta, Ryan si tolse la maglietta e la usò per asciugarsi la faccia sudata. «*Adesso* sì che si ragiona» mi sussurrò Keely. «Speriamo che il russo lo imiti. Non riusciresti a credere a che corpo c'è sotto tutta quella formalità est-europea. È *così* carino, Gray.»

Kirill era effettivamente un uomo attraente, alto, capelli biondo scuro, molto muscoloso, con una struttura ossea perfetta. Ma Ryan… Ryan. Non riuscivo a togliere gli occhi dal modo in cui i muscoli della sua schiena si gonfiavano mentre lavorava, specialmente quando il sudore li faceva brillare al sole.

Oh mio Dio.

Dormivo con quella precisa quantità di maschio perfetto sotto le dita ogni notte.

E lui non mi toccava.

E anche se, come gli avevo detto, avevo passato anni senza cedere a quei bisogni così naturali, sembrava che il mio corpo si fosse recentemente svegliato. Il mio lato romantico avrebbe preferito paragonare il risveglio a quello della Bella Addormentata. Ma con il desiderio rampante che provavo, l'analogia funzionava meglio se il paragone era con Smaug, il drago della Montagna Solitaria. Che moriva dalla voglia di sputare fuoco. Di ruggire. Di divorare carne maschile bruciata…

Mi riscossi da quel sogno a occhi aperti.

«Amica mia, hai bisogno di un'iniezione di uomo sexy, subito.»

Nonostante i miei stessi pensieri salaci, il mio volto bruciò ancora più caldo del sole del pomeriggio, se possibile.

«Hai portato un costume, sì?»

Annuii. Ne avevo portato uno. Con riluttanza.

«Hai fatto la ceretta in tutti i punti giusti?»

Feci una smorfia. «*Ceretta?* No, rasata? Sì.»

Lei sbatté le palpebre. «Intero o bikini?»

«Intero.»

«Sbagliato. Bikini. Ne ho portati quattro con me. Uno ti andrà sicuramente bene.»

«Ma...»

«Niente ma. Hai un bel corpo. Sfoggialo.»

Mi guardai di riflesso il petto, e lei mise una mano sulla mia. «Smettila di preoccuparti per la cicatrice. Non è così male.»

Le diedi un'occhiata, ricordando che l'aveva vista quando avevo preso in prestito il suo vestito a Houston.

«Poi andremo a nuotare. Ty ed io dobbiamo fare un mucchio di stupidi selfie perché possa postarli nelle prossime due settimane sui miei social media. Dovremo cambiarci d'abito e scegliere qualche scenario diverso ogni volta. Poi, andremo decisamente tutti a nuotare, ceneremo e poi chissà?»

Inarcai le sopracciglia. Visto il modo in cui stava fissando il sedere di Kirill, lei decisamente lo sapeva.

Continuammo a osservare gli uomini lavorare per un'altra mezz'ora circa mentre Keely mi parlava del nuovo film nel quale avrebbe lavorato in autunno. Io non riuscivo a distogliere gli occhi dal corpo perfetto di Ryan, le sue spalle larghe, le braccia scolpite, le fossette nella schiena sopra la cintura dei jeans.

Non sapevo se rallegrarmi o rimpiangerlo quando dichiararono di aver finito. Ryan aveva acceso il motore e aveva refrigerato l'interno. «Siamo stati fortunati. Non c'era bisogno di parti di ricambio.»

«Grazie. *Sono* stata fortunata.» *In più di un modo.* Cercai d'impedire ai miei occhi di scivolare sul petto nudo e tutti quei deliziosi addominali. E oltre a tutto quello, sapeva ricucire le ferite e sistemare i motori. E aveva quegli occhi…

Sbattei le palpebre. *Attenta*, mi dissi. Cerca di non farti l'idea che sia l'uomo perfetto. Mi obbligai a ricordare che era merce danneggiata e aveva un passato. Ma da quando avevo cominciato a passare del tempo con lui, sembrava stesse migliorando. Non era passato molto tempo, ma le cose sembravano promettenti.

Speravo durasse.

Poi Ryan si fece la doccia e si vestì per i selfie con Keely. Si accoccolarono per delle pose carine intorno ai vasi di fiori nel cortile anteriore e in soggiorno. E, alla fine, accanto alla piscina.

I bikini di Keely non erano ridicoli come li avevo immaginati. Uno, però, era sostenuto solo da stringhe, quindi glielo ridiedi in fretta. Ce n'era uno che mi andava ragionevolmente bene, a righe di diverse tonalità di azzurro. Un po' stretto sul sedere e decisamente grande in alto. Ma lo facemmo funzionare.

Uscii e saltai in acqua il più in fretta possibile, nonostante le proteste di Keely. Gli uomini erano andati a prendere da bere, quindi non avevano potuto ammirare i nostri corpi, e la mia assoluta mancanza di abbronzatura.

Qualche minuto dopo, uscirono con un frigorifero portatile pieno di beveraggi. Ryan mi offrì galantemente una Dr. Pepper, senza nemmeno chiedermelo. Lo ringraziai, l'aprii e bevvi un sorso. Lui entrò in acqua senza prendere da bere. Ma non prima che notassi quant'era favoloso in costume da bagno.

Gli uomini si bagnarono immediatamente. Ryan fece qualche vasca e poi si diresse diritto verso di me. Io ero seduta su una sporgenza dalla parte profonda e lo stavo guardando. Si tolse l'acqua dai capelli scuotendo la testa e sorrise quando i nostri occhi si incontrarono. Keely e Kirill erano seduti nel lato basso, parlavano e ridevano a bassa voce.

Ryan ovviamente si teneva a galla. Era talmente a suo agio in acqua. Come fosse nato per quello. Non mi sfuggì che i suoi occhi si abbassarono per guardare il mio costume e dovetti lottare contro il bisogno di coprirmi. La sua bocca si curvò in un sorriso di apprezzamento prima di alzare lo sguardo per guardarmi di nuovo negli occhi.

Ed io ero arrossata e avevo caldo, nonostante fossi nell'acqua fresca.

«Sei uscita presto dal lavoro, oggi» disse. «Ti ho visto che ti dirigevi al parcheggio dopo pranzo.»

«Io esco sempre presto in confronto a te.»

Lui annuì, si lasciò affondare in acqua, si diede una spinta sul fondo della piscina e poi si proiettò fuori dall'acqua, rompendo la superficie con un grande sorriso. «Vuoi fare una gara?»

Io mi misi a ridere. «Nemmeno se tu nuotassi con un braccio solo e senza usare le gambe.»

Sorrise. «Ragazza sveglia. Allora, dove sei andata questo pomeriggio? Ovviamente non a farti riparare il condizionatore.»

Mi morsi il labbro per impedirmi di sorridere, divertita dalla sua curiosità. Forse anche un po' lusingata. «Avevo un appuntamento.»

Sembrò prenderlo alla sprovvista. Sbatté gli occhi ed esitò, andando su e giù dove stava galleggiando. Aveva il volto impassibile quando chiese: «Un appuntamento. Chi è il fortunato?»

«Un vecchio che conosco da tutta la vita.» Sorrisi e lo schizzai.

Rise, schizzandomi anche lui. «Vi vedete spesso, tu e tuo padre?»

Annuii, ricordando alcune delle cose che aveva detto di Conrad Barrett quando non sapeva che era mio padre. Allora non mi avevano infastidito. Non si arriva ad avere l'importanza di mio padre senza che un sacco di gente ti detesti.

«Siamo vicini. Non ho fratelli o sorelle e mia madre vive lontano. Mio padre c'è sempre per me.»

Lui annuì, con un'espressione seria sul viso. Dopo quella dichiarazione, dubitavo che avrebbe ripetuto le stesse cose che aveva detto su mio padre. Dato che papà era stato un tale stronzo con lui in quella riunione di qualche settimana prima, ammiravo il suo autocontrollo.

«Pensa ancora positivamente all'investimento nell'XPAC?»

Alzai le spalle, scegliendo di non scendere in dettagli riguardo al suo nicchiare a pranzo. Non era il caso di suscitare allarme su qualcosa che probabilmente non era niente.

«È molto cauto con i suoi investimenti. Non si tratta dell'effettivo importo in dollari. È il fatto di vincere. Gli piace il brivido della gara e quindi non si tratterà mai del suo valore netto o di quanto può permettersi di perdere. Non gli piace perdere. Per niente.»

Ryan annuì. «Conosco il tipo.»

«*Tu* sei quel tipo» risposi con una risata. Rise anche lui, ed eccola, quell'espressione tormentata in fondo a quei profondi occhi azzurri. Qualcosa che avevo detto gli aveva ricordato le sue cicatrici più intime.

Era il tipo che vinceva sempre. Eccetto quando aveva perso. E quando aveva perso, lo aveva fatto *alla grande*.

Tutte le volte che assumeva quell'espressione, avrei voluto buttarmi tra le sue braccia, tenerlo stretto, premere la guancia sul suo petto e dirgli che tutto sarebbe andato bene. Che l'avrebbe superato. Che c'era speranza.

Ma dirglielo non significava niente. Un uomo come Ryan aveva bisogno di prove, di azioni, non di parole.

Restammo in piscina e dopo un po' raggiungemmo gli altri nella parte bassa. Chiacchierammo mentre il cielo diventava dorato e poi color lavanda e apparvero le prime stelle, appena visibili a causa dell'inquinamento luminoso.

Kirill indicò alcuni dei punti nel cielo estivo, identificando Venere e Marte, che era sorto accanto alla luna.

«Si riesce a vedere la stazione spaziale dalla terra?» chiese Keely.

«Sì, è il secondo oggetto più luminoso nel cielo notturno» le rispose Kirill.

Lei sembrò stupita. «Qual è il più luminoso?»

«La luna» disse Kirill senza perdere un colpo.

«Oh. Già» esclamò Keely ridendo. «A volte vorrei essere bionda per giustificare il fatto di essere un'oca.»

«Non sei un'oca e a me piacciono i tuoi capelli rossi.» Kirill le rivolse un sorriso che lei gli restituì, sorniona.

«La bionda, qui, è leggermente offesa.» Alzai scherzosamente la mano.

«E non è di sicuro un'oca» concordò Ryan.

Poco dopo decidemmo tutti che avevamo fame. Ryan si spinse fuori dall'acqua ed io apprezzai ogni muscolo della schiena coperto da un rivolo d'acqua mentre si gonfiava e si contraeva per rendere possibile quel gesto. Poi si chinò sulla piscina, stendendo un braccio forte verso di me.

L'afferrai e, con un braccio solo, mi sollevò come se non pesassi niente.

Ordinammo la cena in un fantastico ristorante cinese gourmet che consegnava a domicilio e poi mangiammo al tavolo di fianco alla piscina.

Ryan e Keely cominciarono a fare qualche altra fotografia, ora che la luce era cambiata e mentre le facevano, Kirill ed io ci occupammo di sparecchiare.

In cucina, dopo aver caricato la lavastoviglie, Kirill sostituì il sacco nel secchio della spazzatura, chiacchierando con me.

«Come va il tuo lavoro, Gray? Bene?»

«Sì, tra l'XVenture e qui è quasi come se avessi due lavori.»

Sembrò rifletterci e che volesse chiedermi qualcosa, poi decise di restare zitto.

«Oh, quasi dimenticavo. *Ya ochen krasivaya.*»

Gli schizzarono le sopracciglia verso l'alto per la sorpresa. «Eh... *ya soglasen.*»

Non capii nemmeno quello. «Che cos'ho detto?»

Lui sorrise da un orecchio all'altro. «Mi hai detto "Sono molto bella". Ed io ho risposto che sono d'accordo.»

Sbattei gli occhi. «Uh... oh.» Poi la mia faccia divenne un fuoco. «Wow, sembro molto presuntuosa in russo.»

Lui sorrise. «Te l'ha insegnato Ty?»

«Pensavo che mi stesse insegnando una parolaccia.»

Kirill annuì, ridendo. «Ne conosce un sacco. Se stavi ascoltando oggi mentre sistemavamo la tua auto, ne hai sentite parecchie.»

I due rientrarono in cucina proprio in quel momento, con Keely che tremava sotto l'asciugamano, buttandosi tra le braccia di Kirill. «Fa così freddo qui!»

Mi voltai a guardare Ryan. Non potei fare a meno di tornare a quella sera in cui mi aveva insegnato la frase, quando eravamo seduti accanto alla piscina con la pizza. Il modo in cui l'aveva detta senza doverci pensare quando gli avevo chiesto di insegnarmi qualcosa in russo. Il modo in cui aveva sorriso tra sé e sé e aveva scosso la testa come un ragazzino timido quando gli avevo chiesto che cosa significasse. Ma quando l'avevo ripetuto, mi aveva detto: *Da, ochen verno. Verissimo.*

In modo così serio.

Mi aveva detto seriamente che pensava che fossi molto bella e poi lo aveva affermato di nuovo quando l'avevo detto io.

Voleva dire... voleva dire che pensava veramente che fossi bella? E com'era possibile? Diedi un'occhiata a Keely, snella e favolosa perfino adesso, con i capelli bagnati dopo il bagno in piscina e senza trucco. Non aveva mai mostrato il minimo interesse romantico per lei.

Mentre Ryan metteva il detersivo nella lavastoviglie e la faceva partire, io misi in frigorifero i contenitori con gli avanzi e buttai quelli vuoti. A quel punto, Keely e Kirill erano spariti nell'altra stanza.

«Allora, ho scoperto che cosa significa» gli dissi.

«Cosa?» mi chiese, raddrizzandosi e voltandosi verso di me.

«*Ya ochen krasivaya.* Kirill mi ha detto che cosa significa.»

Questa volta senza imbarazzo, Ryan si limitò a sorridere. E poi io, la mia boccaccia e il mio scetticismo mandammo tutto all'aria e fecero sparire il sorriso dalla sua faccia quando mi misi a ridere. «Sei bravo a dire stronzate, anche in russo.»

Il sorriso si trasformò in un'espressione offesa in meno di un microsecondo.

«Non era una stronzata.»

Io sbattei gli occhi. «Oh.»

Teso, con gli occhi stretti e una breve smorfia che gli contorse i lineamenti, Ryan si voltò, passando uno straccio bagnato sul ripiano con colpi brevi, agitati.

Gli misi una mano sul braccio. «Mi dispiace.»

Si voltò a guardarmi. «Non farlo mai più.»

Rimasi sorpresa dalla serietà della sua voce, quasi arrabbiata. «Fare che cosa?»

«Dirmi che sto mentendo perché dico che sei bella. Non credi alla mia opinione? Fanculo.»

Poi allungò le braccia, mi afferrò per le braccia e mi tirò contro di sé. Il suo bacio piombò sulla mia bocca senza nemmeno darmi la possibilità di prendere fiato. Con una delle sue manovre preferite, mi mise una mano dietro la testa, tenendola ferma contro la sua.

Un secondo dopo avevo la sua lingua in bocca e mi stavo sciogliendo contro di lui mentre lui faceva la sua magia, facendo nascere cose in me... sentimenti, sensazioni, pensieri vertiginosi. Le sue labbra si muovevano sulle mie con sicurezza, possesso. Quando si staccò, stavamo entrambi respirando affannosamente.

«Questo bacio mentiva?» mi chiese, con la bocca a pochi centimetri dalla mia.

Scossi la testa. La risposta vocale mi era rimasta incastrata in gola. Non riuscivo a parlare, a tirare il fiato, le sensazioni erano troppo forti. Desideravo da giorni che mi baciasse eppure ero io quella che gli aveva chiesto di *non* baciarmi più.

Perché... perché sapevo esattamente che cosa mi avrebbe fatto. *Questo.*

Buon Dio.

Il mondo mi turbinò attorno per un istante e poi si raddrizzò. Sentii comunque il bisogno di afferrarmi al ripiano della cucina.

Deglutii, forte, e in quel momento Kirill e Keely tornarono in cucina tenendosi per mano.

«Noi, uh, adesso ce ne andiamo. Vi lasciamo alla vostra serata» disse Keely, incrociando comicamente gli occhi mentre mi guardava. Io finsi di non notarlo.

Ma Kirill stava guardando Ty e non disse niente per un bel po', prima di rivolgersi a me. «Buonanotte, Gray. A domani, Ty.»

Uscirono dalla porta sul retro per prendere le loro borse dal patio della piscina. E noi restammo a guardarci, imbarazzati, in cucina. Quanto avevano visto del bacio, se avevano visto qualcosa?

Ty non disse niente sull'occhiata di Kirill e mi ricordai della conversazione che avevo avuto con Pari qualche giorno prima riguardo agli astronauti e ai loro rapporti. Tra Ty e Noah c'era in ballo qualcosa di strano e avevo dimenticato di parlarne con Kirill.

Dubitavo che quel russo riservato mi avrebbe comunque detto qualcosa di utile.

«Dovremmo toglierci i costumi bagnati» disse Ryan dopo un po'.

«Buona idea. Sono esausta.»

Non vedevo l'ora di togliermi l'acqua salata della piscina dai capelli e dalla pelle. Mi voltai per andare nel bagno degli ospiti e nella stanza in cui non dormivo da quasi due settimane.

Dopo una doccia calda e rilassante, che servì solo a farmi venire ancora più sonno, presi l'accappatoio di Ryan dal gancio sulla parete. L'avevo preso in prestito perché avevo dimenticato il mio ed era almeno di due taglie troppo grande per me. La cintura faceva due volte il giro della mia vita prima di riuscire ad annodarla. Tornai barcollante nella mia stanza a prendere un pigiama e invece finii per rannicchiarmi sul letto e appisolarmi.

Ryan mi trovò lì un po' dopo.

«Ehi.» Si sedette sul letto. «Stai bene? Stavo aspettando che ti facessi viva, ma non sei mai arrivata. Preferisci dormire qui stanotte?»

Sbattei gli occhi e scossi la testa. «Ero super stanca.»

«Vieni, ti prendo io.» Si piegò e mi raccolse dal letto, portandomi lungo il corridoio, attraverso la casa e nella sua stanza. E a me il viaggetto piacque moltissimo. Ryan era pronto per andare a letto, ma io premetti la guancia contro la t-shirt morbida che copriva quel muro di muscoli duri, le sue braccia forti che mi tenevano contro il suo petto.

Era una sensazione divina e il mio cuore stava ticchettando, clicchete, clicchete, per l'eccitazione.

E quando raggiungemmo la sua stanza, il sonno era sparito.

Ryan mi depose sul lato del letto ed io lo guardai. «Non ho preso il pigiama.»

Lui alzò le spalle. «Puoi dormire con quello.»

Ci pensai per un momento. «Non posso addormentarmi adesso.»

«Perché no?»

«Perché stasera dovevamo lavorare su una cosa.»

Lui si sedette sul letto accanto a me, fissandomi. «Che cosa dovevamo fare?»

Sbattei gli occhi, di colpo sveglia, con il cuore che batteva forte. Merda. Avevo fatto sembrare che quei momenti passati a condividere un letto fossero sessioni di terapia? Perché non era così, no, proprio no.

«Pensavo che magari avremmo potuto spegnere le luci.»

Ryan si tirò indietro di colpo. «No.»

«Io sarei comunque qui. Proprio di fianco a te.»

Lui scosse leggermente la testa, e nei suoi occhi apparve quell'espressione strana, distante. Come lo chiamavano? Fissare a un chilometro di distanza? Lo sguardo vuoto, sperduto dei soldati che si distaccavano emotivamente dagli orrori intorno a loro.

«Che ne dici di provare per cinque minuti? Poi riaccendiamo le luci.»

Lui sbatté le palpebre, ma non si mosse.

Mi sedetti lentamente. «Solo cinque, Ryan. Ce la puoi fare, vero?»

Abbassò gli occhi sul copriletto. Senza protestare.

Io mi alzai dal letto e andai a spegnere le altre luci, quella nel corridoio del bagno, la luce centrale e poi mi sedetti nel posto che occupava di solito lui nel letto prima di allungare la mano e posarla lentamente sull'interruttore della lampada. «Posso contare alla rovescia prima di spegnerla. In quel modo potresti prepararti…»

Smisi di parlare quando lui fece un balzo in avanti, afferrandomi il polso con la mano.

«Non vuoi provare?» gli chiesi a bassa voce.

Il suo pomo d'Adamo andò su e giù quando deglutì. «Se vuoi farlo, mi serve una distrazione.»

«Okay… vuoi un po' di musica? Ascoltare una trasmissione? Oppure, che cosa vorresti come distrazione?»

«*Te*» rispose immediatamente, abbassando gli occhi sulla scollatura dell'accappatoio, dove si era aperto sopra il mio seno.

E toccò a me deglutire rumorosamente.

«Che-che cosa…»

«Tu spegni la luce ed io posso toccarti. Baciarti. Dovunque voglia. Per tutto il tempo in cui resta spenta.»

Riconobbi il suo solito metodo di contrattazione. Come la sera a Houston, quando avevo barattato domande per baci. Ma quella sera, la fame nei suoi occhi diceva che voleva di più.

E non potevo farci niente. Volevo di più anch'io.

Molto di più.

Il mio corpo mi stava dicendo da oltre una settimana che *era ora.*

Non è che avessi avuto molte occasioni in passato, ma ciò nonostante, mi sembrava il momento giusto. Quindi con il cuore che mi batteva in gola, annuii senza parole e spensi la luce.

Gli si mozzò il fiato talmente forte, che fu l'unica cosa che sentii prima che mi afferrasse e mi tirasse a lui, tracciando la linea del mio collo dalla clavicola al mento con le labbra, e poi affondando la faccia tra i miei capelli.

«Fragole.» La sua voce era un ringhio e aveva il corpo teso, contratto. Era per l'eccitazione o per la paura innescata dall'oscurità? Almeno stava parlando, e quindi era un buon segno.

«Va tutto bene?»

«Non ho bisogno di tenere gli occhi aperti per questo, Gray.» E la sensazione seguente che sentii al buio fu uno strattone deciso alla cintura dell'accappatoio. Oh, uhm. Già, non avevo tenuto in considerazione che mi denudasse, almeno non così in fretta.

Lo slacciò in un attimo, continuando a baciarmi lungo il collo, poi giù sul petto. Le mani ferme, insistenti, mi spingevano giù, contro il materasso. Era così bello che non riuscivo quasi a tirare il fiato in tempo per il seguente. L'unico suono erano i sospiri che uscivano dalla mia bocca, l'occasionale respiro pesante da parte sua e il persistente ticchettio del mio cuore.

E quella sera non mi importava che mi stesse denunciando, come una spia doppiogiochista. Le sue mani calde sulla mia pelle fresca erano così piacevoli. E la sua bocca...

Oh mio Dio, la sua bocca. Aveva un capezzolo tra le labbra e una mano che stuzzicava l'altro tra il pollice e l'indice. Sobbalzai a quel contatto e lui reagì con un gemito dal profondo del petto.

Pronunciai il suo nome con un tono di preghiera. Sembrò infiammarlo perché cominciò il linguaggio sboccato.

«Voglio essere dentro di te, Gray. Voglio sapere che cosa si prova ad averti sotto di me mentre sono dentro. Voglio sentirti dire il mio nome mentre ti scopo. Non riesco quasi a pensare ad altro. Di continuo. Come sarai mentre vieni.»

Avevo le mani tra i suoi capelli mentre la sua testa si muoveva verso il basso, sulla pancia. Erano già passati cinque minuti? Mi era sembrata un'ora, un mese, un anno. E pochi secondi allo stesso tempo. Avrei potuto riaccendere la luce e fermare tutto. Ma volevo farlo?

«Me lo permetterai?» chiese Ryan con la voce roca. «Voglio farti venire.» Sì. *Oh sì.*

«Sì» fu la mia risposta ansimante. E grazie al cielo non ebbe bisogno d'altro perché ciò che mi stava facendo, ogni tocco, ogni bacio mi stava rubando le parole, rubando i pensieri finché tutto, il mio essere, la mia *esistenza,* furono incentrati su di lui. Lui. *Lui.*

Quando mi allargò le gambe con le sue spalle ampie, perfino quella minuscola frazione di pensiero razionale svanì nel vento. L'esistenza divenne il suo fiato caldo che mi bagnava le cosce mentre la sua testa si muoveva lentamente, tanto lentamente, verso il suo bersaglio.

Esistere diventò la sensazione delle sue mani sulle mie cosce, le mie ginocchia, per allargarle ancora. La realtà diventò le sue labbra morbide che esploravano la giuntura tra le mie gambe, sondando più in profondità, puntando al centro delle sensazioni, del piacere.

Pensieri, respiro, consapevolezza, tutto sparì in una serie di battiti, pulsazioni, ogni movimento della sua bocca su quel fascio sensibile di nervi. Il tocco della sua lingua sul mio clitoride. Come si muoveva la sua bocca, le vibrazioni dei suoi gemiti profondi che dal suo petto si riverberavano attraverso le sue labbra, squarciandomi.

Mi stavo ricordando di respirare? Non ne avevo idea. Tutto ciò che riuscivo a sentire era lui. La sua bocca su di me. Le labbra che mi avviluppavano, succhiando. I miei fianchi si muovevano sotto di lui per volontà propria, totalmente fuori dal mio controllo. Si spingevano verso di lui, volendo di più, eppure il piacere era talmente intenso da far male.

La sua bocca. La sua *bocca*. Quella bocca talentuosa, paradisiaca. E quella lingua.

Strinsi forte gli occhi mentre la mia spina dorsale si curvava, con il petto spinto verso l'alto. Gridai, e non avevo idea di che parole stessi pronunciando.

Non volevo che smettesse. Penso fosse quello che gli stavo dicendo. Ripetendolo continuamente. Ma sembrava che la voce arrivasse da qualcun altro, ed io ero chiusa nel mio mondo, lontana anni luce. *Non fermarti. Oh Dio, Ryan. Non fermarti. È. Così. Bello.*

La pressione cresceva, come i motori accesi prima del lancio di un razzo, verso il mio conto alla rovescia. Il mio respiro si sincronizzò con i movimenti della sua bocca. Nell'oscurità, la stanza si mise a girare. Le mani di Ryan strette sui miei fianchi mi tenevano ferma, ma la sua bocca non si fermò.

Ovviamente, lui sapeva esattamente ciò che stava facendo. Succhiò e leccò instancabile finché... finché quel conto alla rovescia arrivò allo zero, alla pressione massima. Le mie gambe, le braccia, i denti, tutto si strinse, si tese e poi...

Con un brivido convulso, il mio corpo raggiunse un estatico, beatifico orgasmo. I miei muscoli pulsarono di calore e di un piacere così intenso che riuscii solo a gemere e sospirare, e ansimare.

Oh *Gesù*.

Come. Cosa. Dove...?

Il mio corpo stava ancora fremendo, i punti del piacere stavano ancora pulsando fino a svuotarsi. Ero avvolta da nuvole di piacere. Notai appena Ryan che si raddrizzava e si fiondava sull'interruttore.

Strinsi forte gli occhi alla luce improvvisa e mi resi conto che mi stava guardando, stesa sul letto, con l'accappatoio completamente aperto, e il corpo nudo in piena mostra.

Dopo ciò che era appena successo tra di noi, sarebbe stato stupido coprirmi. Ciò nonostante, mentre i suoi occhi percorrevano il mio corpo, sentii la pelle scaldarsi per l'imbarazzo del suo esame. Quando aprii completamente gli occhi, fu per guardare la sua schiena mentre andava in bagno, apriva il rubinetto e si gettava in faccia l'acqua sopra il lavandino.

Sbattei gli occhi, cercando ancora di abituarmi alla luce e mi misi lentamente seduta. «Che cosa stai facendo?»

«Prendendo una pausa e cercando di calmarmi per un momento. Non c'è una sola possibilità al mondo che non ti metta le mani addosso stanotte, se non lo faccio.»

Sorrisi. «È un po' tardi per evitare di mettermi le mani addosso. Ma e se... e se *io* non volessi tenere le mani lontane da *te?*»

Ryan si immobilizzò mentre si stava asciugando la faccia. Poi staccò lentamente l'asciugamano e mi guardò. La sua espressione era completamente impassibile, ma i suoi occhi bruciavano. Non riuscii a resistere e percorsi lentamente il suo corpo con gli occhi, dalle spalle rigide alla sottile t-shirt che fasciava il torace muscoloso, agli shorts, e all'evidente rigonfiamento che contenevano.

Ricordai le sue parole focose di poco prima. *Voglio essere dentro di te, Gray. Voglio sentirti dire il mio nome mentre ti scopo... Come sarai mentre vieni.*

Lo volevo anch'io. Tantissimo e anche se mi aveva completamente soddisfatto, nel mio ventre si era acceso un altro fuoco. Volevo sapere come sarebbe stato avere *lui* dentro di me.

Mi schiarii la voce e aprii le gambe. «Ti voglio dentro di me» dissi sussurrando aspra.

Le sue palpebre coprirono in parte quei begli occhi azzurri e il suo volto assunse una sfumatura rosso scuro. Strinse un pugno lungo il fianco e si avvicinò di un passo, con il pomo d'Adamo che andava su e giù mentre deglutiva. Mi tirai da parte in modo che potesse sedersi sul letto accanto a me.

Dopo una breve esitazione, Ryan si sedette lentamente, rivolto verso di me. Ma il suo volto era ancora impassibile, ancora scettico. Mi chinai in avanti e alzai il volto verso di lui, appoggiando la bocca sulla sua per un bacio. Era lento, attento, eppure lui si stava trattenendo, si stava tenendo strettamente a freno, talmente teso che sembrava che potesse spezzarsi.

Diversamente dalle altre volte in cui ci eravamo baciati, non allungò le mani per tenere la mia testa contro la sua. Invece ricevette il bacio, aprendo la bocca alla mia ma senza appoggiarsi. Come se volesse essere completamente sicuro che fossi io a prendere l'iniziativa. Che fosse ciò che volevo *io*.

Ed era così. Veramente.

Gli appoggiai la mano sulla guancia ruvida mentre continuavo a baciarlo, tenendogli la faccia per approfondire il bacio. C'era silenzio dappertutto. Tutto era immobile.

Eccetto l'onnipresente ticchettio che proveniva dall'interno del mio petto.

Poi, lentamente, qualcosa cambiò. Ryan espirò e, con quel respiro, pronunciò una semplice preghiera contro le mie labbra. «*Gray...*» Ma non sapevo se fosse un invito a fermarmi o a continuare.

Qualcosa in quel tranquillo sussurro mi fece scorrere forte il sangue, come se prima fosse stato immobile, come se non fossi stata sveglia o perfino *viva* prima di quel momento. Mi chinai verso di lui e lo sentì anche lui perché strinse il braccio intorno alla mia vita e chiuse la distanza tra di noi finché il suo torace e il mio si toccarono.

Un attimo dopo, avevo la mano attorcigliata intorno alla sua t-shirt e la tiravo insistentemente, per segnalargli che volevo che se la togliesse. Volevo sentire la sua pelle contro la mia. Lo desideravo tanto, e *subito*.

Contraccambiai la sua preghiera con la mia. «*Ryan.*»

In meno di un secondo, si era tolto la t-shirt e l'aveva gettata sul pavimento. Poi le mie mani toccarono il suo petto e lui si stava chinando per altri baci, che io contraccambiavo con entusiasmo. Sulle sue labbra, sul viso, lungo la colonna del collo, sulla parte superiore del petto. Era solido, come una roccia. Come un muro rivestito di carne maschile.

Sotto le dita, sentivo ogni cresta e ogni avvallamento dei muscoli sodi, ogni vena visibile sotto la pelle. I peli sulle sue braccia, sul petto. Ogni minima parte di lui così virile, così bella. Esplorai tutto con le mani e la bocca e lui assaporò ogni momento, con gli occhi chiusi, il fiato che sibilava attraverso i denti, le mani che si infilavano dolcemente tra i miei capelli.

A quel punto mi tolsi l'accappatoio, una mera formalità, visto che comunque era aperto. Ma Ryan impedì alle sue mani di vagare. Restarono ferme sui miei fianchi mentre io lo esploravo, con le nostre bocche che ogni tanto si riunivano per un bacio appassionato.

Nessuno dei due aveva lasciato dubbi all'altro sulle nostre intenzioni o desideri. Ma non comunicavamo a parole. Tocchi, carezze, sospiri e le nostre labbra sulla pelle sudata e salata.

Ryan risucchiò il fiato quando la mia mano scese sul rigonfiamento nei suoi shorts. Accarezzai il suo sesso con le dita, osservando attentamente la sua faccia quando si irrigidì. «Mi stai facendo impazzire.» Aveva pronunciato le prime parole tra di noi in quasi mezz'ora.

Sorrisi, poi risi. «Non è accettabile. Una psicoterapista dovrebbe fare esattamente l'opposto, giusto?»

Lui aprì gli occhi e mi guardò, stringendo le braccia, «Tu puoi farmi impazzire tutte le volte che vuoi. In *questo* modo almeno.» E per la prima volta da quando era tornato a letto, diede inizio lui a un contatto, spingendomi gentilmente sdraiata sulla schiena. La luce della lampada era abbagliante su di noi, ma non m'importava. E non avevo intenzione di insistere che la spegnesse.

In realtà, ero troppo eccitata per sentirmi a disagio per il mio corpo sotto quella luce. Lui era ancora seduto e mi guardava e allungò una mano per accarezzarmi teneramente un braccio. «Sei sicura, Gray?»

Accennai un sorriso. Il fatto che volesse essere rassicurato sul mio consenso era probabilmente la cosa più sexy che avesse fatto fino a quel momento. Ed era un elenco difficile da superare.

E capivo perché volesse esserne sicuro. Mi aveva accusato, in passato, di tendere ad andare sul sicuro. E ora stavo gettando al vento la cautela.

Era entusiasmante. E il mio battito ticchettante era d'accordo. Sorridendo risposi. «Sono davvero, maledettamente, sicura.»

Lui si alzò e si tolse gli shorts e la biancheria in un colpo solo e...

Per la prima volta potei apprezzare la sua bellezza in tutta la sua gloria maschile. *Wow*. Era... stupefacente. Come se fosse stato scolpito nel marmo da Michelangelo in persona. Come la statua del *David* che avevo visto nelle fotografie che mia madre aveva postato sul suo profilo dopo essere andata in Italia.

Con una differenza, però. In effetti, una differenza notevole. Diversamente dal *David* Ryan era palesemente eccitato. E quella caratteristica, difficile da non notare, lo rendeva ancora più pericolosamente splendido.

Il mio battito triplicò di intensità e ogni essere vivente nella stanza se ne accorse. Ryan distolse gli occhi da me solo per andare al comodino, aprire il primo cassetto e toglierne un preservativo, per metterlo sul ripiano.

Poi tornò al letto, aspettò che mi spostassi per fargli posto e si sdraiò accanto a me, tirandomi verso di lui per un bacio appassionato.

Rabbrividii contro di lui, con l'eccitazione repressa e il nervosismo che si mischiavano. Lui mi baciò, affondando la lingua nella mia bocca mentre mi infilava le dita tra i capelli, coprendomi tutta la testa con le sue mani grandi.

Sentii un lieve tremore provenire anche da lui, sotto le mie dita. E mi stupì. Tremava dall'eccitazione? Decisamente non per il nervosismo. Che diavolo poteva avere per essere nervoso? L'aveva fatto...

Beh, sicuramente più volte di quanto avessi voglia di pensare.

Per essere un professionista stagionato, però, stava andando piano, prendendo tempo, passandomi le mani su tutto il corpo, la pancia, i fianchi, le cosce. Finché la sua mano si appoggiò alla giuntura tra le mie gambe, proprio il posto in cui la sua bocca aveva suscitato quell'estasi non molto tempo prima. Le sue dita scivolarono lungo le pieghe del mio sesso, separandomi gentilmente, per poi entrare.

Mi baciò e poi mi baciò ancora, stordendomi ancora una volta di desiderio mentre le dita scivolavano contro il mio clitoride, a volte strofinandomi lì e a volte entrando, ma sempre lentamente, metodicamente.

Poi la sua testa scese per afferrare un capezzolo e insieme ai movimenti delle sue mani, mi stava portando ad altezze inimmaginabili, come prima. «Ti piace, baby.» Non era una domanda ma una dichiarazione. Lo disse come se fosse fiero di sé perché mi faceva sentire così bene. Mi si mozzò il fiato quando le sue dita entrarono più in profondità, e lui sollevò la bocca per prestare attenzione all'altro capezzolo. «Non trattenerti. Fammi sapere tutto quello che provi. Che cosa ti piace. E ciò che non ti piace.»

La mia voce era così ansimante che dubitavo che avrei potuto farmi capire, ma tentai. «Mi piace tutto quello che stai facendo adesso.»

«Mmm. Bene. Perché mi piace il tuo sapore. Come sei. Sei una donna maledettamente sexy, Gray e non tentare più di dirmi il contrario.» Poi riprese a succhiare dolcemente e non riuscii più a pensare a parole per parecchi minuti.

Pensavo solo alle sensazioni mentre la mia spina dorsale si curvava da sola, e pronunciavo ansimando il suo nome quando mi colpì il secondo orgasmo.

Porca miseria.

«Dio, mi piace quando dici il mio nome. Specialmente quando lo dici in quel modo, tutta ansimante e soddisfatta.»

«Mmm» grugnii ruotando la testa per premerla contro la sua spalla muscolosa e piantarvi un bacio. «Mi stai viziando.»

Ryan mi mise una ciocca di capelli dietro l'orecchio. «Oh, mi piace viziarti. Un sacco.»

Sorrisi e gli misi la mano sulla guancia, voltandomi per guardarlo negli occhi brucianti. «Ma voglio usare quel preservativo.»

Sorrise anche lui. «Anch'io.» E senza aggiungere altro, si voltò verso il comodino e prese il pacchettino, lo strappò e si infilò il preservativo, mentre io gli accarezzavo la schiena e il collo con il dorso della mano. Una volta pronto si raddrizzò, gettando l'involucro sul pavimento accanto ai suoi shorts, poi rotolò vicino a me, coprendomi con parte del suo corpo.

Cercò il mio collo con la bocca ed io chiusi gli occhi. Com'era possibile che fossi ancora più famelica, dopo che mi aveva fatto venire... due volte?

Ma era così. E anche lui. E quando la sua bocca trovò di nuovo la mia, e le nostre lingue si aggrovigliarono, si spostò sopra di me, sistemandosi piano tra le mie gambe aperte.

La sua erezione dura come la roccia premette contro il mio sesso e lui sembrò esitare finché alzai i fianchi verso di lui, afferrandogli le spalle. «Voglio sentirti dentro di me, Ryan.»

Con un ringhio senza parole, lui premette, forse più forte di quanto avesse programmato, perché si tirò indietro leggermente appena trasalii. Avevo cercato con tutte le mie forze di evitarlo. Era la mia prima volta e sapevo che avrebbe fatto male. Mi ero preparata.

Ma, purtroppo, trasalii comunque. Alzai di nuovo i fianchi verso di lui e dissi. «Continua, sto bene.»

Lui si spinse più in fondo e mi si mozzò il fiato ma, a parte quello, non mi mossi. Era strano come facesse male e bene allo stesso tempo. Estraneo e naturale allo stesso tempo. Tutto e niente di come avevo immaginato potesse essere. Allo stesso tempo.

Ryan continuò dopo un altro minuto di pausa. Con un altro lento colpo dei suoi fianchi, mi resi conto che ce n'era ancora. Quando smise di muoversi, lasciò uscire il fiato e mi guardò negli occhi. Io sorrisi, e con solo un attimo d'esitazione, mi sorrise anche lui e poi si chinò per un bacio.

Si mosse di nuovo e cambiò tutto.

CAPITOLO DICIANNOVE
RYAN

Quella notte aveva un'atmosfera surreale, nel migliore dei modi. Nemmeno in mille anni avrei pensato che sarebbe finita in quel modo, con il corpo di questa bella, meravigliosa donna premuto contro il mio, aperta a me.

Chiusi gli occhi, assaporando ogni momento, con la bocca premuta contro la sua, anche se ero riluttante a soffocare quei sospiri melodiosi, ciascuno dei quali innescava una nuova fitta di desiderio nel mio profondo. Le stavo passando le mani lungo il corpo, su quella pelle morbida, vellutata.

Muovendo nuovamente i fianchi, un passo più vicino al mio orgasmo, ero conscio in ogni momento di dover andare piano, essere gentile, darle tempo. Una parte di me non lo voleva.

E una parte di me era consumata da questa strana sensazione che non avrei dovuto essere lì. Che non lo meritavo, che non meritavo *lei*. Che ero un viaggiatore immeritevole in un territorio sacro, immacolato.

Ed era vero. Non la meritavo. Lo capii guardandola in quegli occhi verdi come gemme, aperti come il suo corpo e indifesi come il suo cuore. *Gray Barrett, che cosa mi stai facendo? E così in fretta?*

Affondai ancora una volta nel suo calore, e la tensione nel suo corpo mi ricordò la sua inesperienza. Appoggiai la bocca sulla sua tempia. Le sue mani mi stringevano le spalle e aveva gli occhi chiusi mentre ci muovevamo uno contro l'altro, reciprocamente consumati, sentendo solo i nostri corpi uniti, il respiro sulle nostre facce, i punti dove le nostre mani ci tenevano fusi insieme.

Il controllo mi sfuggì velocemente quando lei cominciò a muovere i fianchi insieme ai miei, come una danza intima provata e riprovata che conoscevamo da sempre senza saperlo. Quella danza era solo nostra, di Gray e mia.

Affondai il viso nel suo collo profumato e accelerai il passo, attento a ogni cambiamento del suo respiro, della tensione nel suo corpo. Invece sentii il suo incoraggiamento. «*Sì... così è bello.*»

Cazzo, questa donna mi mandava fuori di testa. Non era il proverbiale iceberg che galleggiava sull'acqua, nascosto per la maggior parte. Era il ghiacciaio sulla mia montagna, che scavava nuovi sentieri nella mia anima, lasciando il suo marchio indelebile.

Attento, mi dissi. Potrebbe farti male, tanto.

Ma avevo anch'io l'immenso potere di ferire lei. Proprio come adesso il mio corpo stava facendo male al suo. Era coraggiosa, lo sapevo, ma capivo che quando mi muovevo in un certo modo le causavo dolore. Era temporaneo, certo. Ma le *stavo* facendo male.

E avevo il potenziale di ferirla molto più di così.

Giurai in quel momento, con tutto ciò che avevo in me, che non lo avrei fatto.

Strinsi forte gli occhi, avvertendo i segni premonitori del mio corpo e dove mi stavano portando. Gray aveva le mani sulla mia schiena adesso, attorno alle scapole, il suo respiro aspro nel mio orecchio mentre acceleravo, correndo verso il mio orgasmo, con il corpo che si tendeva in quel viaggio piacevole verso l'acme.

Lei arcuò la schiena sotto di me, ansimando il mio nome e bastò. Mi persi in lei. Ogni muscolo del mio corpo si tese, il respiro si fermò mentre l'orgasmo mi travolgeva, sommergendo la consapevolezza di tutto il resto, contrazione dopo contrazione. Mi svuotai dentro di lei come una cascata nella pozza più incontaminata, più chiara in una foresta.

Sudato e senza fiato, quasi crollai su di lei prima di rotolare in fretta di lato, anche se ci era voluto fino all'ultimo grammo della mia volontà per staccarmi da lei. Troppo. Troppo potenti queste sensazioni, questi sentimenti.

Andai in bagno il più velocemente possibile per liberarmi del preservativo, poi tornai a letto. Gray si era infilata sotto le coperte ed io la raggiunsi.

Ero euforico. Prima che lei potesse dire qualcosa o perfino muoversi, la presi tra le braccia, tirandomela addosso, facendola sdraiare sul mio torace. Perché il pensiero di essere anche a solo un centimetro da lei, in quel momento era intollerabile.

Avevo bisogno del suo corpo contro il mio, la sua pelle contro la mia, il suo respiro mescolato al mio, il suo sudore al mio, tutta la notte. Non potevo accettare niente di meno.

Gray premette la sua guancia morbida contro il mio petto e le mie palpebre si chiusero lentamente. Sarei potuto restare lì così per giorni e avere tutto ciò che volevo tra le mie braccia. In quel momento ero avvolto dall'appagamento più confortante. Trovai con le dita la sua nuca morbida, le ciocche setose dei suoi capelli corti. *Era preziosa.* E forse, solo forse, avrei potuto meritarla. Un giorno.

«Beh, non era sicuramente così che mi aspettavo che andassero le cose stasera» disse Gray sottovoce, dopo un lungo momento in cui ci eravamo limitati ad accarezzarci. Io le passavo la mano sulla schiena morbida, lei mi accarezzava il petto e l'addome.

«Non posso dire che mi dispiaccia, nemmeno un po'» dissi, con un sorriso sul volto.

Gray alzò la testa, restituendomi il sorriso. «Nemmeno a me.» La baciai lungo la guancia, il collo; il suo sapore salato mi faceva impazzire. E quel desiderio, così recentemente soddisfatto, si stava risvegliando.

«Mmm» disse, arcuando il collo verso di me. «Meglio che tu stia attento, comandante Tyler, altrimenti ci sarà il bis.»

Sorrisi malizioso contro il suo collo. «Oh, ci puoi scommettere. Ci sarà di sicuro un secondo round.»

Io ero pronto, ma sarebbe stato troppo presto per lei. Smisi di accarezzarle la schiena e la tenni stretta. Non ricominciai a baciarla e cercai di pensare a qualcos'altro che non fosse rotolarle addosso e ricominciare da capo. Ma, maledizione, lo volevo di sicuro.

Sorprendentemente, mi piaceva anche restare così.

«Mmm, è carino così» disse Gray pigramente, tracciando un qualche tipo di disegno sul mio stomaco. «Però non soffri il solletico.»

«No. Sono un bastardo insensibile, anche da quel punto di vista.»

La sua mano si fermò e lei si voltò a guardarmi in faccia. «Chi ha detto che sei insensibile?»

Alzai le spalle. «Ho perso il conto.»

Lei arcuò le sopracciglia scure. «Amiche di letto?»

Esitai, non volevo parlare delle altre donne con cui ero andato a letto. Per qualche ragione, mi sembrava di banalizzare ciò che avevamo. Era così diverso, in modi che non volevo nemmeno esaminare. Il groviglio di sentimenti che gareggiavano per avere il predominio dentro il mio petto, per esempio. «Io non faccio le coccole dopo il sesso. Mai.»

«Intendi dire, come stai facendo adesso?»

«Questa è un'anomalia.» E deglutii una fitta di emozione.

«Hai avuto delle amanti...»

«... partner sessuali...» la corressi.

«... che ti hanno accusato di essere insensibile perché non volevi coccolarle dopo?»

«O anche chiamarle dopo, sì.»

Gray sorrise. «Significa che non hai intenzione di chiamarmi?»

Le scostai i capelli dalla faccia, non tanto perché le andavano negli occhi ma perché mi piaceva toccarli. «Considerato il fatto che stiamo coccolandoci proprio in questo momento, e che vivi qui... ne dubito.»

«Il tuo corpo si sta ribellando in questo momento? Protestando contro le coccole?»

Le passai il pollice sulla guancia, lungo quelle creste irresistibili sopra il labbro. Lei unì le labbra e mi baciò la punta del pollice. Al mio corpo piaceva, in tutta sincerità. Per quanto desiderassi scoparla ancora, e appena possibile, volevo anche questo. *Ma questo che cos'era?*

«No.» Le diedi la più semplice delle risposte. Quello che non le avrebbe dato modo di scavare più a fondo, come faceva di solito.

«Oddio. Non è... una coccola compassionevole, vero?» Alzò la testa, con gli occhi sgranati. «Non lo stai facendo perché era la mia prima volta e quindi pensi di dovermi confortare o roba simile?»

Sorrisi davanti alla sua sincera paura. «Non provo un grammo di compassione in questo momento. La compassione è lontanissima dalla mia mente.»

«Bene» disse Gray, continuando a passarmi le dita sulla pelle. Chiusi gli occhi, assaporando il contatto. Era come quel tocco di pioggia e aria fresca sul viso nel momento in cui avevano aperto la capsula Soyuz nella steppa del Kazakistan dopo essere atterrati dalla ISS. Era la mia prima missione di quasi sei mesi sulla stazione. Niente era stato più dolce di quella prima boccata d'aria fresca dopo sei mesi chiuso in una lattina di aria riciclata, per quanto male facesse tornare alla gravità piena.

E lei era quella stessa boccata d'aria fresca in forma umana. La sua pelle morbida premuta contro la mia. Il profumo di fragole e il sapore salato del suo sudore. Mi sentivo scivolare nel sonno. Ero quasi nel mondo dei sogni quando lei si spostò leggermente accanto a me e riaprii gli occhi. «Quindi immagino che, alla fin fine, sia stata una buona idea spegnere quella lampada.» Lasciò in sospeso quella dichiarazione.

La conoscevo abbastanza bene oramai da sapere che non era una frase detta a caso, ciò nonostante anche il minimo accenno al fatto che potesse spegnere di nuovo la luce e riportare l'oscurità fu sufficiente a farmi irrigidire involontariamente.

Lei lo sentì e alzò la testa per guardarmi in faccia. Qualunque cosa avesse visto la preoccupò abbastanza da farle fare una smorfia. «Che cos'è che ti terrorizza, Ryan? Che cosa vedi al buio?»

Io fissai il soffitto, ignorando il fatto che mi stava guardando. Avrei voluto evitare di rispondere. Ma qualcosa mi spingeva a farlo, forse era la sensazione quasi tangibile dei suoi occhi sul mio viso? Le mie barriere si indebolirono ed emisi un lungo sospiro. Stanco, fino alle ossa. Non riuscivo più a lottare per tenere in piedi tutto quel castello. Chiusi le palpebre, stringendo forte gli occhi.

«Il lato lontano del pianeta, quando è notte, è molto buio. Durante il giorno la terra è quella palla brillante, luminosa, azzurra e bianca che eclissa tutte le altre, tanto che non si riesce a vedere una stella in cielo nemmeno guardando nello spazio. Durante la notte, si vedono macchie di luce che delineano le città, ma il nero dello spazio, la stazione scura sopra. È…» Rabbrividii involontariamente.

Gray mi premette un lungo bacio sul petto, stringendomi le braccia attorno, rassicurandomi sulla sua presenza. Cominciai ad accarezzarle i capelli, ma senza guardarla.

«È l'ultima cosa che ha visto… Xander, lo ha perfino detto. Ha detto che non riusciva a pensare a uno spettacolo migliore di quello per essere l'ultimo che vedeva.»

Gray rimase in silenzio per un minuto, forse aspettando che continuassi. Ma non volevo farlo.

«Ma che cosa vedi *tu*… al buio?»

Scossi la testa, cercando di cancellare l'immagine che mi veniva in mente, un cadavere, soffocato nella sua stessa tuta spaziale, che andava alla deriva in orbita, un satellite della misura e della forma di un uomo. Che aspettava, aspettava il decadimento dell'orbita e l'inevitabile immolazione nell'atmosfera. Cremazione istantanea.

Gli occhi ciechi di Xander. La bocca senza voce, forse aperta, di Xander. Silenzio e oscurità. La sua tuta spaziale diventata una bara. Rabbrividii di nuovo.

Gray mi passò la mano sul petto. «Potresti dirmelo, se vuoi. Potrebbe farti sentire meglio.»

Sbattei gli occhi. Dirglielo? Scaricarmi della verità che conoscevo solo io? Ingoiai il mostruoso groppo che avevo in gola.

Lei si appoggiò al gomito, sostenendosi così ed io mi chinai per baciarle il volto, poi le accarezzai la guancia morbida con la mano. «Non ti giudicherò. Assolutamente.»

Soffiai fuori il fiato, sentendo la pressione che mi montava dentro, sotto la pelle. La stessa rabbia, rabbia verso Xander, sì, ma più furia verso me stesso. Scossi la testa. «Gli avevo detto di non farlo. Maledizione. Era così testardo.»

Le carezze ritmiche delle sue dita rallentarono un po' prima di riprendere. Quando non aggiunsi niente, mi chiese. «Che cosa gli avevi chiesto di non fare?»

Perché stavo trattenendo il fiato? Perché la pelle sembrava stringere troppo? Mi sforzai di rilassarmi. *Lascialo andare.* Ogni respiro era doloroso, teso, soffocante. Non lo avevo rivelato a nessuno al mondo eppure… eppure quel segreto voleva uscire.

Potevo nascondere la verità a tutti gli altri. Ma a lei?

«Sai come sono andate le cose durante l'incidente?» le chiesi.

«Ho letto le trascrizioni pubbliche. Ho guardato il documentario e ho letto alcuni altri articoli. Voi due eravate fuori per riparare un'inaspettata perdita minore di ammoniaca.»

Annuii. «Ma quando lo sbuffo di ammoniaca sotto pressione ci ha spinto contro la struttura, nella mia tuta si è aperta una falla. Xander si è spaventato, ma non poteva venire da me perché il suo cavo di sicurezza si era aggrovigliato.» Mi sfuggì l'ultima riserva di fiato con quell'ammissione e il mio cuore accelerò come se fossi nel mezzo di un allenamento.

Non le avevo detto niente che non fosse già nei rapporti ufficiali sull'incidente. Inspirai una lunga boccata d'aria, grato per il suo silenzio mentre tiravo fuori tutto.

«Xander chiese il permesso di staccare il cavo. Risposi assolutamente no. Anche il CAPCOM gli disse la stessa cosa. La perdita nella mia tuta era lenta e avevo il tempo di fare il lavoro. Quindi andai verso la valvola per chiudere l'ammoniaca.»

Ecco che arriva. La stanza mi girò attorno per un momento mentre la mia pressione sanguigna faceva un balzo al solo pensiero di parlarne. Dov'era il sollievo che avrei dovuto provare? Al contrario, il dolore mi stava squarciando. Come una ferita infetta che dovesse essere scavata, drenata.

«Lui riusciva a vedere la perdita nella mia tuta, il gas che usciva. E chiudere la valvola era un lavoro per due uomini.» *Aria, più aria.*

Gray notò il mio respiro affrettato e tolse la testa dal mio petto come se potesse aiutarmi a riprendere fiato. Niente da fare.

«Me lo trovai di fianco senza preavviso, anche se sapevo che non era possibile che fosse riuscito a sbrogliare il cavo di sicurezza così in fretta.» Era la mia voce che suonava così strozzata? «Houston continuava a chiedermi che cos'era successo ed io non potevo dire niente. Non potevo rimproverare Xander con la comunicazione aperta, altrimenti lo avrebbero saputo. Per quanto ne sapevano loro, aveva liberato il suo cavo. Ma io avevo la conferma visiva che non era così.» Ingoiavo aria come se fosse il mio ultimo respiro. Accanto a me, Gray premette il suo corpo dolce contro il mio. La strinsi più forte, ma tutto ciò che sapevo, tutto ciò che vedevo…

"Sto arrivando da te, Ty" mi arriva la voce di Xander.

"Oh, ti sei districato? Eccellente. Vieni a unirti alla festa. Ce la sbrigheremo in un attimo."

Lui non risponde e non ci penso finché non è in vista. La sua testa nel casco sale da sotto mentre si tiene al segmento di capriata opposto al mio. Ho la conferma visiva che sta bene. Ed è chiaro che non è più collegato alla stazione.

E, ovviamente, se dovessi dirlo alla radio, sarebbe in guai grossi. I nostri occhi si incontrano, i miei si spalancano e scuoto violentemente la testa. Lui non reagisce.

I miei occhi sono chiusi stretti. *Che Dio mi perdoni.* Eppure, non credevo in Dio. E sapevo che era inutile chiedere l'aiuto di un essere superiore. Avrei dovuto dire qualcosa nell'attimo in cui avevo notato che si era scollegato. Avrei dovuto informarli. Xander potrebbe essere ancora qui se avessi parlato allora.

Perché l'hai fatto, Xander?

«Aveva tutto per cui vivere.» Stavo vuotando il sacco, come se non riuscissi più a controllarmi. Come se la piccola strega tra le mie braccia mi avesse fatto un incantesimo per estorcermi la verità perché la maledizione non potesse più ferirmi l'anima. Ma sapevo che era impossibile. Quel peccato era tutto mio. Mio *per sempre.* «Ha gettato via la sua vita per salvarmi.»

Lei mormorò piano contro la mia pelle. Mi confortava, come una preghiera. «Scommetterei qualunque somma che lui non la pensava in quel modo.»

Mi bruciavano gli occhi e li sbattei, fissando il soffitto senza vederlo. «Non aveva il diritto di prendere quella decisione. Non ne aveva il diritto. Aveva una moglie. Un figlio. Io non avevo nessuno. Gesù» gracchiai, con le lacrime che minacciavano di scendermi dagli occhi. «Hai dovuto essere un cazzo di eroe» dissi con la voce morta.

Mi strofinai gli occhi sopra le palpebre chiuse, pregando che Gray non avesse notato la lacrima che era scivolata giù dall'angolo prima che riuscissi a riprendere il controllo. Lei non disse niente per parecchio tempo, mi tenne solo stretto, con la guancia premuta sulla mia spalla.

Il battito forzato del mio cuore si calmò. Quando i nostri respiri tornarono in sincrono, lei parlò di nuovo. «È normale che tu sia arrabbiato con lui.»

Io ingoiai dei chiodi. Si conficcarono nel mio esofago, nel mio stomaco. Mi fecero sentire una merda perché ero arrabbiato con lui. Digrignai i denti.

«Tu non riesci a capire» le dissi finalmente.

«Hai assolutamente ragione. Non ci riesco.»

«Non riesco a guardarli, Karen e AJ. Non riesco a parlare con loro. Io... sapendo quello che so. Che ha barattato la sua vita per la mia.»

«Ma è proprio così? Sapeva che stava per farlo? Ha visto la tua tuta che perdeva. Ha visto che avevi bisogno di aiuto. Si è sganciato per arrivare da te più in fretta perché eri in difficoltà, perché era preoccupato per te. Tu avresti fatto la stessa cosa per lui.»

«Io avevo meno da perdere.» Quella frase restò sospesa nell'aria tra di noi. Lei non aveva niente da dire a quel riguardo, perché era la verità.

«Poi che cos'è successo? Cioè... so che cos'è successo, in teoria. Ma a un certo punto della storia le cose sono andate male un'altra volta. So che quando ci siete arrivati la valvola era bloccata.»

Mi passai la mano sulla fronte. «Erano dieci anni che nessuno la toccava. Stavamo cercando di allentarla ma non si muoveva. Io puntai i piedi per far forza e quando cedette, lo fece alla grande. La torsione ci fece perdere la presa. Io fui tirato indietro dal mio cavo di sicurezza, ma Xander finì contro i pannelli solari. Fu la corrente a friggergli la tuta.»

La stanchezza mi piombò addosso e mi sentii debole per i postumi di quella rivelazione, ma ero ancora arrabbiato. «Dissi al CAPCOM che andavo a prenderlo, ma non me lo permisero. Tagliarono la comunicazione tra di noi ed io non riuscivo a vedere dov'era rimbalzato.»

«Ma la tua tuta continuava a perdere. Non saresti riuscito ad arrivare da lui in tempo per tornare all'airlock. E poi sareste morti entrambi.»

Aveva ragione, ovviamente. Lo sapevo, sapevo tutto. Ma non cambiava come mi faceva sentire e perché non riuscissi a guardare Karen e AJ negli occhi, sapendo che avevo mantenuto quel segreto.

Dopo un'altra lunga pausa, Gray si schiarì la voce. «Quindi è questa la vera ragione per cui la NASA ti ha licenziato? Perché non hai voluto rivelare che Xander si era scollegato dalla stazione?»

Sbattei gli occhi per la sorpresa, impressionato da come avesse fatto in fretta a trarre quella conclusione. «Hanno i loro sospetti e hanno cercato in tutti i modi di farmi ammettere quello che era successo. Io non ho voluto farlo. Mi hanno sbattuto fuori, prendendo la scusa del litigio con il terrapiattista. Ovviamente è un segreto che non può uscire da qui.»

Gray annuì e mi guardò in faccia. «E tu non vuoi dire alla NASA che cos'è successo veramente perché a quel punto darebbero la colpa dell'incidente unicamente a Xander.»

«Io non voglio che discreditino la sua memoria. Xander ha ricevuto la Medaglia d'Onore del Congresso per lo Spazio, postuma. È l'onore più grande che può ottenere un astronauta.»

Lei annuì. «L'hai ricevuta anche tu.»

Alzai le spalle ma non dissi niente. Ovvio che me lo avesse fatto notare.

«La tua non significa meno della sua, Ryan. Quel riconoscimento è per atti importanti, ma anche per il coraggio dimostrato durante un'emergenza spaziale, e per aver evitato un disastro di proporzioni gigantesche. E sei stato *tu* a farlo. Anche se le cose non sono finite come volevi. Xander ti ha salvato. Tu hai salvato altri quattro astronauti e l'intera stazione. E accettare i riconoscimenti per quello non significa in nessun modo che tu stia dimenticando il sacrificio di Xander. Hai fatto anche tu un sacrificio. Xander è un eroe. Ma lo sei anche tu. E non lo sei di meno perché sei sopravvissuto. È solo successo così. E non puoi controllare ciò che è successo. Ma puoi smettere di tormentarti per il suo esito.»

Sfioravo con la mano la sua spina dorsale delicata mentre parlava. Assorbivo ogni parola, la bevevo come se fosse acqua ed io stessi morendo di sete. Strinsi il braccio, tirandola verso di me.

Credevo a ciò che mi stava dicendo? Non necessariamente. Ma apprezzavo la provenienza di quei pensieri. E anche se mettere a nudo la mia anima era stato assolutamente doloroso, era stato anche bello. Bello lasciar avvicinare tanto qualcuno. I miei muscoli si rilassarono e chiusi gli occhi... ero esposto, vulnerabile. Eppure con lei mi sentivo sicuro.

Lei mi passò ancora una volta dolcemente la mano sulla guancia ed io mi voltai a guardarla negli occhi. «Dimmi che cosa stai pensando» mi chiese.

Mi voltai sul fianco per starle di fronte, con la mano sul suo fianco, tirandola vicino. «Sto pensando a come sono dolci le tue labbra.» Chinai la testa e la baciai profondamente, conscio che la temperatura della nostra pelle stava alzandosi rapidamente. Lei aprì immediatamente le labbra sotto le mie, come se fosse la cosa più naturale al mondo. «E quanto voglio continuare ad assaporarle, e assaporare ogni altro centimetro di te.»

Lei si tirò indietro quando cercai di avvicinarmi di nuovo e ci guardammo negli occhi. «Stai usando il sesso per evitare di parlare di quest'argomento, vero?»

Un sopracciglio si alzò e quel dolore continuava a insistere sotto la superficie. Volevo dimenticare. Volevo di nuovo perdermi in lei.

«Forse sì. Hai qualche obiezione?» Abbassai la testa per avvolgere la bocca intorno a uno dei suoi capezzoli eretti. Lei ansimò, inarcandosi verso di me. Succhiai forte e i suoi fianchi fecero un balzo. Emise un lungo, lento gemito che mi mandò a fuoco. «Do per scontato che tu sia d'accordo con questa tattica evasiva.»

La sua risposta fu un respiro pesante. Premetti sulla sua spalla, in modo che si sdraiasse sulla schiena. I nostri sguardi si incontrarono e lei deglutì. «Ho bisogno di te» dissi tra i denti, osservandola con gli occhi socchiusi.

Lei si leccò le labbra e mi fissò con quei magnifici occhi verdi.

Abbassai la bocca per divorarle il collo e lei si dimenò sotto di me. Il paradiso. Lentamente, molto lentamente, il dolore di essermi aperto stava svanendo, raffreddandosi, mentre mi immergevo in lei. Come fosse un balsamo curativo. La feci rotolare su un fianco, con la schiena rivolta verso di me, e mi appoggiai a lei, che mormorò qualcosa di inintelligibile quando premetti la mia erezione contro il suo sedere sodo e tondo. Le presi in bocca il lobo dell'orecchio. «Ti voglio, di nuovo, Gray. *Adesso*.»

Lei gemette in risposta ma stava annuendo e, dopo un po', mormorò il suo «*Sì*.» Mi affrettai a cercare un altro preservativo e a infilarmelo prima di premere contro di lei da dietro, con il braccio avvolto intorno alla sua vita, tenendola contro di me mentre la penetravo ancora.

Era stretta, come prima. E andai adagio. Grazie al cielo questa volta non trasalì. In effetti, rimase assolutamente immobile e appoggiò le spalle sottili contro il mio petto. Ancora una volta, il suo calore mi inghiottì e strinsi forte gli occhi, lasciandomi andare a un'involontaria imprecazione.

Cazzo. Era così bello. Spostai la mano sul suo clitoride. «Voglio farti venire mentre sono dentro di te. Voglio sentirlo mentre sei avvolta intorno a me.» Lei mugolò forte quando la mia mano si mosse, accarezzando il suo calore bagnato. Mi mossi dentro di lei mentre le carezze aumentavano di velocità. Il suo corpo snello ondulava contro il mio, reagendo ai miei movimenti.

Buon Dio, mi stava mandando fuori di testa, attirandomi in un ineludibile pozzo gravitazionale, il nostro orizzonte degli eventi. Il tempo rallentò e tutto ciò di cui ero conscio erano i suoi movimenti contro il mio corpo, le sue risposte vocali al mio tocco. L'odore della sua eccitazione, la sua pelle madida di sudore che si appiccicava alla mia. *Gesù.* Mi stava distruggendo.

Divenni acutamente conscio della tensione che montava nel suo corpo. Si era irrigidita contro di me, con gli occhi chiusi stretti, la testa gettata indietro contro la mia spalla, e ogni carezza suscitava un gemito più forte. Come una lunga, intima conversazione. La mia mano si muoveva, il mio sesso spingeva dolcemente dentro di lei e lei gemeva e si dimenava contro di me, premendo il sederino sodo contro il mio inguine, facendomi perdere la testa.

Mi fermai quando lei raggiunse l'apice, con i muscoli che si contraevano, afferrandomi stretto. Mi spremette l'aria dai polmoni e non riuscii a muovermi, non riuscivo a respirare finché la sua acme non svanì e lei fu di nuovo senz'ossa contro di me. Abbassai la testa per succhiarle il collo e ripresi a muovermi, più insistente e più forte di prima.

La tensione nel mio pube, nelle mie gambe, nel petto, dappertutto, aumentò e non riuscii a pensare ad altro finché venni, una pressione folle che scatenava ondate di piacere mentre mi immobilizzavo, spingendomi più in fondo che potevo. Cazzo. Cazzo. *Cazzo.*

Era così meraviglioso.

Lunghi minuti dopo, mentre cavalcavo quell'onda di inebriante residuo di piacere, il letto si mosse quando lei scese, ed io mi voltai sulla schiena, stordito, sapendo che avrei probabilmente dovuto seguirla. In qualche modo riuscii a togliermi il preservativo e gettarlo. A ripulirmi prima di stendermi di nuovo, tirarla verso di me e sprofondare in un sonno tranquillo e senza sogni. Un tipo di sonno che non sperimentavo più da mesi. Forse perfino un anno.

CAPITOLO VENTI
GRAY

NON SO DOVE ANDASSERO I GIORNI. FLUTTUARONO VIA in una nebbia meravigliosa ma delirante. So che facevo il mio lavoro. So che stavo realizzando delle cose, il mio lavoro a margine per la squadra dell'analogo di Marte, la compilazione degli studi per altri colleghi. So che continuavo a mantenere la mia modesta vita sociale, quando potevo.

Ma accidenti se tutto non veniva fatto attraverso il Ryan-filtro che mi avvolgeva. Vedevo tutto come se guardassi attraverso lui. Se fosse stato un colore, sarebbe stato sicuramente uno di quelli caldi, più piacevoli, forse una tonalità giallo-dorata. Rendeva il mondo più piacevole, i colori più vibranti, le cose brillanti ancora più rilucenti. Le esperienze più vivide. I sapori più intensi.

Ed era stupefacente quanto pensassi a lui ogni giorno. E non solo quando ero a letto con lui, a fare tutta una serie di nuove grinze nelle sue lenzuola. Non solo quando lo vedevo al lavoro e dovevamo sforzarci di non sorriderci a vicenda come idioti o gongolare sul nostro incredibile piccolo segreto.

Pensavo a lui principalmente quando non era vicino. Quando stavo cercando di concentrarmi sul mio lavoro, o a scrivere rapporti. Quando ero in riunione con il team di psicologi, e cercavo di elaborare nuovi schemi e protocolli di allenamento per la squadra di astronauti.

Pensavo a lui anche quando riuscii a trovare un raro momento per allontanarmi un sabato per il pranzo a lungo rimandato con Pari, nel patio esterno di un ristorante vegano (scelta sua, non mia) vicino a dove lavoravamo, a Seal Beach.

Lei aveva davanti una ciotola di stufato di lenticchie e una grossa fetta di pane nero. Io stavo mangiando un burrito vegano con un contorno d'insalata.

«Era ora che passassi un po' di tempo con me» disse Pari facendo il broncio tra una cucchiaiata e l'altra della mistura profumata. «Stavo cominciando a pensare che forse non funzionasse più il mio deodorante.»

Sbuffai. «Mi dispiace. Sono stata veramente presa.»

«Con il tuo lavoro da babysitter... sì, lo so. E come sta l'AstroSexy?»

Sorrisi, *astrosexy* veramente. Mi ficcai in fretta in bocca il burrito per coprire il rossore che mi stava invadendo la faccia. A lei non sfuggì.

«Quello cos'era?»

Le diedi un'occhiata innocente, a occhi sgranati. Sarei crollata da un momento all'altro. Non sarei riuscita a tenermi dentro tutto ancora per molto. Ma non avevo ancora deciso quanto o cosa avrei potuto dirle. Voglio dire, mi fidavo di Pari, assolutamente, ma non sapevo con chi potevo confidarmi.

Eppure, se non l'avessi detto a *qualcuno*, avrei rischiato una combustione spontanea. Il Ryan-filtro vedeva perfino quello come ridicolmente positivo. Oddio. In un certo senso, funzionava meglio di quanto immaginavo funzionasse una droga psicotropa.

«Confessa. Subito. Hai preso una cotta per lui? O c'è di più?»
Pari mi esaminò la faccia mentre masticavo lentamente il
boccone. Di solito ero brava a mascherare le mie emozioni. Con
i miei genitori avevo dovuto diventare un'esperta fin da piccola
ma, accidenti, era difficile. *Difficile.*

Non mi ero mai sentita così prima d'ora, come se avessi un
migliaio di bolle di champagne dentro il petto, che
spumeggiavano e gorgogliavano costantemente, ed era difficile
nasconderlo.

Pari spalancò gli occhi e diede una manata al tavolo accanto
al suo piatto, facendo tintinnare le posate e spaventando una
coppia seduta accanto a noi. Si voltò imbarazzata, mormorando
delle scuse.

Poi tornò da me, facendo dei gesti frenetici con le dita.
«Vuota il sacco. Subito.»

Finsi di guardarla male. «Perché dovrei raccontarti la mia
roba quando sei tu quella che se ne va in giro con tutti i segreti?»

Pari mi risolse un'occhiata esasperata. «Che segreti? Io non
ho segreti.»

«Victoria?» La guardai con le sopracciglia alzate, aspettando.

Lei strappò un pezzo di pane e si tirò indietro, masticando
pensierosa mentre mi studiava. «Touché.»

M'infilai in bocca una forchettata d'insalata, soddisfatta di
averla zittita. Sì, era strano che una quasi-psicologa fosse
contenta di aver zittito un'amica invece di farla parlare di
qualcosa che evidentemente la turbava.

Nei suoi occhi scuri passarono miriadi di emozioni:
indecisione, curiosità, dubbio e perfino un po' di paura prima che
appoggiasse il restante pezzo di pane di fianco al piatto e si
chinasse in avanti.

«Bene, ti dirò che cosa sta succedendo se mi parlerai di te e Ty.»

«Rivelazione completa?» Dovevo stare al gioco? Misi la mano sotto il mento e piegai la testa. «Un'idea interessante.»

«Ci stai?»

«Prima tu» dissi lentamente, gettandole un'occhiata tra le ciglia. Sapevo che non era il caso di fidarsi di Pari. Mi avrebbe spremuto fino all'ultimo particolare e in cambio mi avrebbe gettato un ossicino, uno scambio impari.

Le sfuggì un sorrisino. «Non è giusto. Tu hai tutte quelle competenze psicologiche che puoi usare per tirarmi fuori tutto.»

Alzai un sopracciglio. «Falso. Inoltre a te piace vantarti di essere immune al mio "voodoo psicologico".»

Lei strinse gli occhi, sospettosa. «Bene. Circa quattro mesi fa, ho avuto un'avventura di una notte.»

Aspettando che continuasse la guardai diritto nei suoi occhi scuri. Ci fissammo e feci il collegamento che lei sperava che facessi, probabilmente per non doverne parlare a voce alta. «Porca miseria. Tu e... Victoria?»

Lei sbatté gli occhi e guardò di lato, e sul volto le passò un'espressione addolorata che sparì quasi subito.

Espirai a lungo e mi strofinai in mezzo agli occhi. Non avevo idea di che cosa mi fossi aspettata, ma non era quello. Sembrava strano perché mentre Pari mi stava liberamente parlando della sua vita sessuale, Victoria non l'aveva fatto. Mi morsi il labbro, sapendo che, eticamente, avrei dovuto procedere con cautela.

«Quindi una o l'altra di voi sperava in qualcosa di più, giusto? Che non si trattasse solo di sesso.» E se conoscevo bene Pari, sapevo chi era delle due.

Lei alzò le spalle e scosse violentemente la testa. «Non intendevo ferirla. Pensavo che volesse solo divertirsi un po'. Io...» Lasciò andare il fiato e risucchiò una boccata d'aia.

Alzai una mano. «Okay, niente particolari. Non ho bisogno dei particolari.»

«Sei sicura? Perché io al contrario ti chiederò tutti i particolari della tua storia.»

La fissai alzando le sopracciglia. «Dovresti parlare con lei.»

Lei ruotò le spalle, coperte dalla giacca a vento color cachi, d'ispirazione militare. «Che diavolo dovrei dirle? Grazie per la scopata stellare? Mi dispiace di aver ferito i tuoi sentimenti perché ti aspettavi di più?»

Con le braccia conserte, piegai la testa verso di lei. «Perché non ci può essere di più?»

Lei sbatté le palpebre, fissandomi come una lepre colpita dai fari. Chiaramente la mia domanda l'aveva presa alla sprovvista. «Beh, noi, uh... tanto per dirne una, lavoriamo insieme.»

«No, non insieme. Probabilmente passate giorni o settimane senza vedervi. Allora, lei non è il tuo tipo?»

Lei si tirò indietro, quasi offesa. «Uh, ma l'hai vista? Cazzo, è favolosa. Tutto in lei è...» Scosse la testa, quasi malinconica.

«Troppo per te?»

Lei guardò nel vuoto in mezzo a noi, poi sbatté le palpebre, come se stesse uscendo da una trance. «Già.» Si schiarì la voce. «Che diavolo ho da offrirle io?»

«Scommetto che lei avrebbe delle risposte valide e ponderate da darti, se glielo chiedessi.»

Pari deglutì vistosamente, come se il pensiero la terrorizzasse. Ma non disse una parola. Tra di noi ci fu il silenzio, pieno solo del rumore degli altri commensali intorno a noi.

«Forse dovresti lavorare sull'idea di farlo. Immaginarti mentre hai quella conversazione. Raccogliere il coraggio. Perché sai una cosa? Tu la meriti. Anche tu sei bella e intelligente. Anche se esageri un po' col sarcasmo.»

Di colpo, Pari si mise a ridere. «Eccoti di nuovo, a psicologarmi.»

Ridacchiai, prendendo il bicchiere d'acqua e portandolo alle labbra. «Quel verbo non esiste, Pari.»

«Sì, invece, quando si tratta di te.» Sospirai e lei non lasciò passare nemmeno un battito prima di cominciare. «Okay, adesso tocca a te. Sputa il rospo su te e Ty.»

Io strinsi i denti per un attimo, sapendo che era solo giusto che sputassi il rospo a mia volta. Ma dovevo stare attenta. Anche Pari lavorava con Ryan. E molti di quei particolari non erano miei da raccontare. Mi guardai attorno per vedere se qualcuno ci stesse ascoltando. «Prima di tutto, non usiamo il suo nome qui, okay?» Pari spalancò gli occhi e annuì. Dato che avevo abbassato notevolmente la voce, si chinò in avanti.

«Okay, bene. Siamo… insieme.»

«Che cosa significa? Non potete esattamente uscire insieme.»

Annuii. Non potevamo uscire in pubblico insieme. Ryan veniva riconosciuto praticamente dovunque andasse.

Sorpresa, Pari chiese: «Voi due state…?» Fece un gesto con le mani.

Mi pulii la bocca con il tovagliolo. «Il *cono di silenzio*, Pari?»

Lei mi guardò come se fossi un'idiota. «Ovvio.»

«Allora… sì» ammisi finalmente, con la voce un po' gracchiante.

Lei aveva gli occhi enormi, come se fossero stati disegnati per un fumetto giapponese.

Io sbuffai. «Non guardarmi in quel modo.»

Lei sbatté le palpebre, poi disse sussurrando aspramente. «Oh. Certo che ti guarderò in questo modo. Hai perso la verginità con un'icona americana. È favoloso. Com'è stato?»

Arrossii come un pomodoro. «Pari...»

«Beh, immagino che con tutta la figa che può avere sia veramente bravo...» Poi si fermò. «Oh, merda, mi dispiace. Non volevo che sembrasse...»

«Come se io fossi solo un altro pezzo di figa?»

Lei si morse il labbro e alzò gli occhi.

Feci un gesto con la mano e presi una forchettata di insalata. «È okay. Lo capisco.»

«Bene, bene, bene. La nostra piccola Gray è cresciuta. Magnifico.» Curvò le labbra in un sorrisino. «Ma... ma non è che provi dei sentimenti per lui, vero?»

Le diedi un'occhiataccia. «Vuoi dire che dato che è il mio primo, devo essere follemente innamorata? No.» Non avevo la minima idea di che cosa significasse realmente essere "innamorati" e avevo già ammesso che la maggior parte di quelli nel mio campo avrebbero attribuito molti dei miei sintomi, incluso il Ryan-filtro, a un'infatuazione.

Ero felicemente infatuata di lui, e non avevo paura di ammetterlo, anche se solo a me stessa.

Pari si morse il labbro e allungò la mano sopra il tavolo e mi toccò il polso con un gesto così poco caratteristico per lei. «Stai attenta, okay? Attenta al tuo cuore.»

Sorrisi e indicai me stessa. «Ehi, sono io. Stare attenta al cuore è la mia specialità.»

Ero brava ad andare sul sicuro, come mi aveva più volte fatto notare Ryan.

Andare sul sicuro era ammettere che si trattava di un'infatuazione, niente di più. Niente di più di una storia piacevole mentre lavoravamo a un obiettivo comune.

Andare sul sicuro era tenere la testa sulle spalle e ricordarlo, anche se avessi dovuto ripetermelo come un mantra ogni sacrosanto giorno.

E quanto a Ryan, non lo vidi fino a sera. Era andato in palestra per allenarsi e poi era uscito con i ragazzi. Speravo avesse scelto di non bere. Si stava comportando così bene ultimamente. Il giorno prima avevo per caso dato un'occhiata al livello che avevo segnato sulle bottiglie nel suo bar. Sembrava non avesse toccato un goccio da quando eravamo tornati da Houston.

Feci mentalmente un brindisi alla speranza che le cose continuassero così.

Quando arrivò a casa dopo l'ora di cena, mi trovò al tavolo della cucina, con il laptop aperto mentre finivo un'email ai membri della mia squadra.

Senza dire una parola, venne dietro di me e mise la bocca in *quel* punto. Quello che faceva accelerare immediatamente il mio cuore. E lui lo sapeva. Proprio alla base del collo, dove si univa alla spalla.

Piegai di lato la testa, allungando il collo per lui e lui mi accontentò, tracciando una scia di baci fino in alto.

«È andata bene la giornata?» gli chiesi.

Ryan allungò le braccia e mi mise le mani sul seno, massaggiandolo finché i capezzoli furono due punte dure. Espirai forte. Avevamo fatto sesso quella mattina, ma lui si stava comportando come se non mi toccasse da settimane.

Voltai la testa e inspirai a fondo, provando quella piacevole fitta che sentivo sempre riconoscendo il suo odore. Ma, cosa ancora più importante, non sentii odore di alcol.

«Ti dirò della mia giornata» disse burbero, con il lobo del mio orecchio in bocca. «*Dopo.*»

E con quello mi sollevò dalla sedia e mi portò in camera sua come un cavernicolo.

Mi abbassò sul letto e mi seguì lentamente, come tornando alla gravità piena dopo un periodo di assenza di peso. Quando colpimmo il materasso, le nostre bocche si unirono.

I nostri corpi si unirono nella stessa meravigliosa danza. E, come sempre, mi lasciò sudata e senza fiato e, oh, così piena di piacere residuo.

Poi facemmo la doccia insieme e non so perché mi venne in mente Karen. Non le avevo ancora mandato un aggiornamento quella settimana.

«Sai che cosa sarebbe favoloso?» gli chiesi mentre gli insaponavo la schiena.

«Fare ancora sesso quando usciamo dalla doccia?» ribatté lui immediatamente.

Scoppiai a ridere. «A parte quello.»

«Non c'è niente che ci si avvicini.»

«Stavo pensando. Forse potresti mandare un messaggio a Karen. Forse una fotografia per AJ o qualcosa di simile.»

Silenzio.

Beh, almeno non si era irrigidito sotto le mie mani quando l'avevo detto. «Pensavo, sai, qualcosa di semplice. Lei chiede di te.»

Ryan si voltò per sciacquarsi la schiena e mi fissò a lungo senza rispondere.

Alzai le spalle. «Non ho intenzione di farti pressione. Pensaci, okay? Magari comincia con qualcosa di facile.»

La sua espressione mi diceva che non c'era niente di facile per lui in ciò che gli avevo chiesto. Mi chinai in avanti, gli gettai le braccia intorno al collo e lo baciai. «Decidi tu che cosa ti senti di fare. Stavo solo dandoti un suggerimento.»

Mi baciò anche lui, poi mi afferrò il sedere e mi tirò contro di lui, approfondendo il bacio. Riuscimmo almeno a uscire dalla doccia senza fare sesso, ma per qualche minuto la situazione era stata in bilico.

Mentre ci asciugavamo, Ryan guardava nel vuoto, riflettendo. Poi alzò gli occhi e disse. «Le manderò una foto che ho fatto ai ragazzi al lavoro l'altro giorno.» Annuii. Non una foto sua, ma degli altri astronauti che sicuramente AJ conosceva bene.

Piccoli passi. Bene. Gli sorrisi ma decisi di non farne un affare di stato. «Bell'idea.»

Ci addormentammo poco dopo e non potei fare a meno di pensare quando mi piaceva guardare la vita attraverso il mio Ryan-filtro. Infatuazione o no, potevo continuare a goderne ancora per un po'.

Magari anche di più.

CAPITOLO VENTUNO
RYAN

PASSAMMO LE SETTIMANE SEGUENTI IN UNA NEBBIA sfibrante di lavoro, ore di sesso e lunghe chiacchierate. Al lavoro eravamo perfettamente professionali, quasi non ci incrociavamo mai. Io ero troppo occupato a prepararmi per la prima sessione di simulazioni di volo e lei stava completando alcuni progetti che mi aveva descritto nei particolari a letto, tra un round e l'altro di sesso.

Eravamo come adolescenti che avessero scoperto l'orgasmo per la primissima volta. Eravamo ossessionati.

«Dovrò cominciare a fare un questionario mensile con gli astronauti» mi disse un pomeriggio. Eravamo a malapena entrati in casa prima di cominciare a toglierci i vestiti in soggiorno e scopare proprio lì. Ora stavo pensando che ero affamato e lei era sdraiata di traverso sopra di me sul divano, e mi attorcigliava pigramente i peli del petto. «Sarà strano per te? Pensi che dovrei farlo fare a qualcun altro?»

«Sei l'unica che voglio che mi si faccia» dissi ridendo.

La sua mano si fermò ed io mi chiesi che cosa avessi detto, ripetendomi mentalmente la frase che avevo detto. Mi si strinse lo stomaco. Normalmente ero molto attento al linguaggio che usavo con le donne con cui andavo a letto, nelle poche occasioni in cui si faceva conversazione. Cercavo sempre, accuratamente, di mantenere i rapporti casuali. Non dare a una donna una ragione di pensare che potesse trattarsi di qualcosa di più di quello.

Ma con Gray era difficile. Le nostre vite si sovrapponevano in molti modi, e, beh, per qualche motivo, continuavo ad avere dei piccoli lapsus come quello. Facendolo sembrare qualcosa che poteva durare.

Magari era possibile?

***

Qualche giorno dopo, il nostro gruppo di quattro astronauti emerse dal simulatore di volo dopo la prima simulazione completa. Ci fu la seduta post-operativa cui parteciparono gli astronauti, Tolan Reeves, il nostro AD, e Adam Drake. Adam aveva lavorato su una grossa parte della programmazione della simulazione tramite una società di realtà virtuale che aveva acquisito di recente.

Passammo ore ad analizzare la simulazione, esaminando com'era andata, come si poteva migliorare, discutendo possibili variazioni e immaginando catastrofi per mettere alla prova ogni astronauta che sarebbe salito in una capsula Phoenix.

«Sembra che le cose stiano andando bene con il tuo "romanzetto", Ty. Normalmente non seguo il gossip, ma ho controllato i reportage. Ben fatto» disse Adam dopo la riunione mentre gli altri astronauti uscivano. Ero rimasto indietro per scambiare qualche parola con lui. Quando lo sentì, Kirill voltò di colpo la testa e mi rivolse un'occhiata piena d'accusa. Restai perplesso e gli diedi a mia volta un'occhiata che diceva "che c'è?" quando voltò la testa e sparì.

Sconcertato, mi chiesi se pensava che ci fosse veramente qualcosa tra Keely e me. Forse non era indifferente come al solito e cominciava a provare qualcosa per lei?

Ma Kirill era sempre stato molto attento a giocare a carte coperte quindi chissà che cosa stava pensando? A volte dubitavo che lo sapesse perfino lui.

Finii la mia chiacchierata con Adam e Tolan e uscii per andare in palestra per allenarmi prima di concludere la giornata. Quella sera Gray aveva una riunione all'UCLA con il suo relatore e non sarebbe tornata ancora per ore quindi avevo un po' di tempo, e di energia in eccesso, da smaltire.

La palestra era spaziosa e occupava la maggior parte delle stanze polivalenti nell'ala ovest dell'edificio della XVenture. Potevano usarla tutti i dipendenti ma a quell'ora normalmente era deserta. Lo avevo scoperto, con piacere, quasi per caso quando ero venuto a quell'ora qualche settimana prima. Allora era stato un modo eccellente di sfogare la frustrazione sessuale che stava crescendo dentro di me, mentre passavo tutto quel tempo con Gray senza poterla toccare, nonostante lo desiderassi disperatamente.

Grazie al cielo quei giorni erano finiti.

Tutti i ragazzi erano in palestra quando arrivai. A quanto pareva, erano venuti lì direttamente dopo la riunione.

«Ehi, guardate chi c'è. L'uomo del momento» esclamò Noah quando entrai. Stava assistendo Hammer che era alla panca di sollevamento pesi. Kirill stava facendo trazioni alla sbarra, e muoveva le braccia talmente in fretta che sembrava che avesse i pantaloni in fiamme. Guardava fisso davanti a sé e finse di non vedermi quando entrai. Che diavolo aveva? Sembrava incazzato e stava comportandosi nella tipica, gelida maniera russa. Ma lo conoscevo abbastanza bene da sapere che c'era qualcosa che lo preoccupava.

Accantonai il pensiero e cominciai la mia routine, immaginando che prima o poi avrebbe parlato.

E avevo ragione. Non ci volle nemmeno molto.

Dopo, nelle docce, gli altri avevano deciso di prendere in giro Kirill per i segni di graffi che aveva sulla schiena. Seriamente, sembrava che avesse lottato con un gatto selvatico. Abbondarono i fischi, mentre lui sorrideva imbarazzato.

«Kirill si sta facendo la mia falsa ragazza» dissi ridendo mestamente. «Ben fatto. A quanto pare è una tigre a letto.»

Il suo volto si scurì. «Non solo l'unico che si sta dando da fare, però, vero?» I suoi occhi di ghiaccio mi inchiodarono ed io distolsi lo sguardo, irritato. Chiaramente sapeva di me e Gray. Aveva visto qualcosa, o forse l'aveva visto Keely oppure, chi lo sa, le ragazze si raccontavano cose. Forse a lei l'aveva detto Gray.

E a quanto pareva, Kirill non era contento. Beh, almeno non lo stava più nascondendo.

Presi un asciugamano e mi tamponai la faccia, sperando che tenesse la bocca chiusa davanti agli altri. Ma no, a quanto pareva era una speranza vana. Noah gli chiese subito che cosa intendesse dire.

Kirill mi indicò con il mento dicendo. «Chiedilo a lui.»

Scossi la testa e uscii dalle docce, andando nello spogliatoio. Fanculo quella merda. Non ero pronto a parlarne. E di sicuro non avevo intenzione di scambiare chiacchiere da spogliatoio, letteralmente, su Gray. Niente da fare.

Perché per me lei significava molto più di quello. Perfino l'idea mi faceva venire la nausea.

«Kirill ha ragione?» chiese Noah. «Ti stai facendo qualcun'altra. Non hai paura che la stampa lo scopra e riveli che stai "tradendo" Keely?»

Lasciai cadere l'asciugamano e mi vestii più in fretta che potevo. Niente da fare.

«È molto peggio» disse piano Kirill ed io mi voltai, solo parzialmente vestito, e lo fissai.

«Non cominciare nemmeno» gli dissi in russo.

«Peggio? Che cosa significa peggio?» chiese Noah.

Kirill scosse la testa ma non distolse gli occhi. Io inspirai a fondo ed espirai. Poi trattenni il respiro successivo. Ma non parlai. Avevo tutti i muscoli tesi.

«Visto che stai mettendo in pericolo l'intero programma, non credi che Noah e Hammer avrebbero il diritto di saperlo, prima di tagliare completamente i ponti con la NASA o chiunque altro?» Le sopracciglia folte di Kirill si alzarono sopra i suoi pallidi occhi azzurri.

Ripiegai le braccia e mi appoggiai al mio armadietto. Dato che non avevo la maglietta, sentivo il metallo freddo tra le scapole.

«Di che cosa sta parlando, Ty?» chiese Hammer da dov'era seduto sulla panca davanti al suo armadietto.

«Esattamente, perché la mia relazione con Gray dovrebbe mettere in pericolo l'intero programma?» chiesi a Kirill, ignorando la domanda di Hammer.

«Aspetta, cosa?» Noah chiuse il suo armadietto e si voltò verso di me. «Relazione? Con Gray Barrett? Cioè la figlia di Conrad Barrett?»

Scese un silenzio assordante tra noi quattro mentre tutti assimilavano la sua domanda. I loro sguardi indignati mi inchiodarono mentre accuse non formulate rimbalzavano sul pavimento di cemento lucidato sotto i nostri piedi.

«Stai chiavando la figlia del miliardario?» chiese Hammer, chiaramente incredulo. «Sei diventato matto?»

Kirill scosse la testa. Distogliendo lo sguardo da me borbottò imprecazioni in russo, cose che avevo imparato da mio nonno quando avevo cinque anni. Roba pesante che di solito non diceva a voce alta.

«Non la sto chiavando. Non che siano affari vostri.»

«Ma la *stai* chiavando. E sono affari nostri» si lamentò Hammer. «Se suo padre lo scopre, che cosa pensi che succederà? I nostri soldi spariranno.»

«Cristo, Ty.» Noah sbuffò, diventando rosso come un pomodoro. «Per una volta, dovevi tenerlo nei pantaloni, invece di scopare tutto quello che si muove. Stai rischiando di mandare a puttane il programma per un pezzo di figa?»

La rabbia mi incendiò la pelle, tendendo ogni muscolo e mi voltai, fissandolo. Come cazzo osava? Strinsi i pugni lungo i fianchi, in un chiaro avvertimento.

E poi lui ricominciò con quella sua merdosa diatriba ed esagerò. «Stai veramente sfruttando la nomea di eroe americano, e non te ne frega niente di ciò che può costare a tutti noi, eh?»

Feci un balzo e saltai oltre la panca per sbattere Noah contro il suo stesso armadietto, con la faccia a due centimetri dalla sua. «Ho detto che non era così. Per caso stavo balbettando, stronzo?»

«Vaffanculo, Ty» ansimò lui, cercando di liberarsi dalla mia stretta mentre lo tenevo inchiodato contro il metallo freddo.

Afferrai la sua t-shirt, attorcigliandola. Scuotendo la testa sibilai tra i denti. «È un anno che ce l'hai con me, Noah.

Facciamola fuori adesso. Sono stufo di tutte le tue occhiate di merda e dei commenti borbottati. Risolviamola da uomini.»

Sia Hammer sia Kirill mi afferrarono per le spalle, staccandomi da lui. Noah mi fissò come se avessi perso la testa.

«Forza» urlai mentre mi tiravano indietro. «Sappiamo tutti che incolpi me per l'incidente, quindi andiamo, maledizione!»

Mi liberai dalla presa di Kirill ma Hammer mi tirò indietro. Avrei potuto farcela con uno di loro, ma non entrambi. Non senza finire conciato male.

E Noah non abboccava, lo stronzo. Strinsi i denti. Volevo pestarlo. Di brutto. Ero stufo di girarci attorno.

E pensare che una volta era uno dei miei amici più intimi.

Ma dopo la missione… da quando ero andato al suo posto, era cambiato tutto. Noah avrebbe dovuto essere l'astronauta senior per quella passeggiata spaziale. Ma poco prima del lancio aveva sviluppato un ascesso a un dente che gli aveva impedito di volare.

Ed io avevo pensato di essere un bastardo fortunato perché ero il suo sostituto. Avrei avuto la mia seconda missione in meno di due anni, una cosa quasi inaudita in circostanze normali. *Che fortuna.*

Sapevo da sempre che Noah credeva fermamente che se ci fosse stato lui in quell'attività extraveicolare le cose non sarebbero andate in quel modo. Ed io sarei stato seduto al centro di controllo della missione come CAPCOM al suo posto.

Ora le sue parole confermavano che, se non fosse stato per uno strano scherzo del destino, sarebbe stato lui l'eroe del giorno.

Mi tirai indietro con il cuore che sembrava volermi uscire dal petto, pieno di adrenalina. Noah mi guardava a occhi sgranati.

«Adesso dovremmo calmarci tutti» disse Kirill, stringendomi più forte il braccio mentre Hammer andava da Noah nel caso avesse deciso di affrontarmi. A quanto pareva avevano deciso che la soluzione migliore fosse di separarci fisicamente tenendoci il più lontano possibile.

Bene. Non è che avessi intenzione di sedermi e parlarne con il bastardo.

«Sei tu che hai cominciato tutta questa merda» ringhiai rivolto a Kirill.

Liberai il braccio con uno strattone e andai al mio armadietto, ficcandovi dentro la roba il più in fretta possibile.

«Eravamo preoccupati» rispose Kirill. «Per il programma. Per te. Questo atteggiamento distruttivo…»

Mi irrigidii, ma la mia stessa furia mi aveva ammutolito. Chiusi con forza la cerniera della mia borsa da ginnastica e afferrai il resto della mia roba, pronto a scappare, deciso a finire di vestirmi in bagno.

«Ora che avete finito di interferire, potete andare tutti a farvi fottere» dissi a denti stretti mentre uscivo.

Ribollii di rabbia per tutto il viaggio verso casa. La semplice insinuazione che stessi andando a letto con Gray solo per spassarmela era offensivo oltre ogni dire, e cercai di non domandarmi troppo come mai fosse così. La parte logica della mia mente sapeva perché lo pensavano.

Ma qui non c'era logica. Lei non era semplicemente una delle tante. Era di più. *Molto di più.*

Avevo parecchia voglia di vodka quando arrivai a casa. Ed ero stato bravo. Non ne avevo nemmeno avuto voglia. Ma, maledizione, quasi me ne versai un bicchiere. L'unica cosa che mi fermò fu il pensiero della sua reazione una volta che Gray fosse arrivata a casa e ne avesse sentito l'odore nel mio alito. Invece andai a correre nel canyon. Quando arrivò, ero completamente, assolutamente esausto.

***

Inutile dire che non passai molto tempo a chiacchierare con i ragazzi nei giorni seguenti. Eravamo educati e cordiali al lavoro. Facevamo ciò che era necessario fare insieme ed era tutto.

Qualche giorno dopo, avevo un appuntamento con Keely per una cena di beneficenza in un hotel di lusso a Beverly Hills. Arrivai in smoking per il tappeto rosso, le fotografie e la cena e poi sgattaiolai da una porta laterale per andare a casa, dove volevo veramente essere, tra le braccia di Gray.

Giorno dopo giorno continuavamo con le simulazioni di volo. Le superai tutte alla grande. Elaboravamo, discutevamo, aggiustavamo e mi scaricavano addosso una variante dopo l'altra. E andava tutto liscio.

E con Gray, le notti erano bollenti. Ardenti. Non ne avevo mai abbastanza di lei.

Era entusiasmante, tutte le volte in cui la rivedevo dopo essere stati separati. Il mio cuore accelerava, il respiro diventava affrettato. Non mi sentivo così da…

Sbattei gli occhi, pensandoci.

Non mi ero mai sentito così.

Mi sedetti sul divano, guardandola mentre infilava alcuni vestiti e oggetti personali in una valigia perché la portassi a casa mia, in modo che non dovesse tornare qui troppo spesso a prendere la sua roba. Più tardi, aveva un appuntamento con suo padre per mangiare insieme, come tutte le settimane.

«Sai» disse mentre metteva un altro paio di jeans e una pila di t-shirt nella valigia. «Si potrebbe dire che te la stai cavando così bene ora da non avere più così bisogno di una babysitter. Non è quello che volevi a maggio? Forse potremmo incontrarci quotidianamente al lavoro?»

«No. Pongo il veto. Ho decisamente bisogno di una costante, ravvicinata supervisione.» *Specialmente nella mia stanza da letto.*

Avevo gli occhi incollati al suo bel sederino mentre si abbassava. Se fosse stata una qualunque altra donna, avrei sospettato che assumesse quella posa per sedurmi. Ma non questa ragazza. Lei non funzionava così.

Tutto in lei diceva che era un tipo diretto. Forse era il motivo per cui avevo cominciato a fidarmi di lei così in fretta. Perché, francamente, era scioccante perfino per me la velocità con cui era successo.

Si voltò e mi scoccò un sorriso ironico e poi andò a prendere il suo tablet e qualche libro da infilare in valigia.

«Sì, devi decisamente continuare a venire a casa mia, voglio dire *in* casa mia» dissi, con la bocca atteggiata a quel sorrisino compiaciuto che la faceva impazzire, così mi aveva detto.

«Pensavo che avessimo una regola? Niente sesso mentre siamo sotto lo stesso tetto?»

Mi misi a ridere, appoggiando la testa sullo schienale del divano e guardando il soffitto. «Oh, cavolo, quella regola l'abbiamo proprio fatta saltare, vero?»

Gray sorrise, venne verso il divano, si chinò sopra di me e mi baciò sulla bocca. «Numerose volte.»

«Numerosissime volte, direi. O almeno ci stiamo arrivando.» Ammiccai e le diedi una palpatina. Ehi, le sue tette erano *proprio lì.* E non perdevo mai un'occasione.

Gray sorrise e si raddrizzò, togliendomi educatamente la mano dal suo seno. «Stiamo sprecando tempo.»

Secondo me non era una perdita di tempo. Avevo voglia di imballare il resto del suo appartamento e traslocarlo da me se avesse significato che lei sarebbe rimasta. Non avevamo ancora parlato del fatto che il nostro accordo aveva una data di scadenza. Al test di volo mancavano ancora un paio di mesi ed eravamo ancora a metà estate. Ma quando fosse arrivato l'autunno, allora?

Non lo sapevo ancora. L'unica cosa che sapevo era che non ero pronto a mettere fine a *questo*. E non pensavo che sarei stato pronto tra due mesi. Ovviamente dovevamo ancora definire e dichiarare che cosa fosse esattamente *questo*.

Giurai che avrei fatto tutto quello che potevo per non farla soffrire.

E con la stretta che sentivo in petto, mi chiesi se fosse *il suo* il cuore di cui mi dovevo preoccupare. Quando si sedette sul divano accanto a me, chinandosi verso di me, il suo profumo di fragole e menta mi avviluppò ed io sbattei le palpebre, continuando a chiedermelo.

Perché, senza saperlo, mi ero appoggiato lei. Quindi dove sarei stato una volta che lei non ci fosse più stata?

Se, Ryan. Se lei non ci fosse più stata.

Feci un respiro profondo. *Cazzo.*

Lei ovviamente si accorse immediatamente del mio cambiamento d'umore. «Che c'è? Desideri veramente tanto venire a cena con noi?» scherzò. «So che sei il fan numero uno di Conrad Barrett.»

Risi. «Tutto il contrario, direi. Non ero io quello che arrostiva sui carboni ardenti nella riunione in cui si parlava di investimenti.»

Gray mi passò le dita tra i capelli. «Oh, dai, puoi sopportare senza problemi un po' di punzecchiature da parte di mio padre. Lui abbaia ma non morde.»

La passai un braccio intorno alla vita e la tirai cavalcioni sulle mie gambe.

«Quindi presumo che non sarebbe un gran fan di quello che stiamo facendo, vero?»

Lei rimase zitta per un momento, con gli occhi che mi studiavano il visto mentre si spostava, mettendosi comoda. Il suo peso aggiungeva una pressione gradita attraverso i miei jeans, mentre si sistemava contro il rigonfiamento nascente della mia erezione. Reagii diventando più duro e lei fece un mezzo sorriso compiaciuto.

«Non gli ho ancora detto niente. Se è quello che mi stai chiedendo. E il motivo principale è che non sappiamo ancora di che cosa si tratta.»

Annuii, senza darle altre risposte.

«Oh sì?» chiese sommessamente ed io alzai la testa per guardarla negli occhi.

Le mie labbra fremettero mentre la guardavo, tutta carina e innocente. Non l'aveva mai fatto in passato, e nemmeno io, e stavamo girando intorno, incespicando, a quella che avrebbe dovuto essere una conversazione importante. Un balletto poco elegante dove ci avvicinavamo, e poi ci ritraevamo.

Come se stessimo costantemente cadendo. Come la gravità.

La forza che non solo ci tirava sempre più vicino l'uno all'altro ma ci teneva anche costantemente l'uno nell'orbita dell'altro, a girarci intorno senza farci avvicinare.

E un oggetto in orbita intorno a un corpo più grande era in costante stato di caduta libera. E questo... anche questo assomigliava a una caduta libera.

Le strinsi le braccia intorno ai fianchi. Avrei osato dirglielo? Che mi sembrava l'inizio di qualcosa di più? Che era così diverso da qualunque cosa mi fosse successa in passato?

E avrei osato dirlo adesso? E sperare che lei volesse restare nella mia orbita?

La mia testa era ancora troppo incasinata per pensare a cominciare qualcosa come questo adesso. Era una cosa troppo preziosa, troppo nuova, troppo luminosa per me. Io la stavo ancora guardando dall'oscurità.

Deglutii.

«Ci stiamo divertendo, giusto?» Cercai di sviarla.

Sulle sue labbra apparve un sorriso insicuro che mise in mostra la fossetta sopra il suo mento. «Sì» mormorò.

«Vieni qua» dissi. Con una mano premuta sulla schiena, l'avvicinai a me, unendo le bocche in un bacio appassionato. La sua bocca si aprì e la sua lingua venne fiduciosamente incontro alla mia. Se prima non ero stato completamente eccitato, adesso lo ero di sicuro, specialmente quando le sue braccia mi circondarono il collo e lei mi premette il seno contro. Aveva i capezzoli eretti sotto la canottiera e mi facevano impazzire strofinandomi attraverso la camicia. Un momento dopo avevo la mano sotto il tessuto sottile e stavo giocando con quel bocciolo mentre lei sospirava contro la mia bocca.

Tutto il sangue mi finì a sud e lei cominciò a slacciare i bottoni della mia camicia, più in fretta che poteva. Resistetti al desiderio quasi travolgente di spingerla sul divano e seppellirmi dentro di lei. Invece immaginai che visto che era sopra, avrei lasciato che pilotasse lei la nave. Poteva anche essere una novizia in fatto di sesso, ma aveva imparato in fretta.

E, gente, quanto mi era piaciuto insegnarle i trucchi del mestiere. Il più spesso possibile.

Quindi rimasi seduto e tenni le mani sui suoi fianchi mentre lei tracciava una scia di baci dal mio collo, giù sul torace nudo, prendendosi tutto il tempo per dedicare attenzione al mio petto e ai miei capezzoli come tendevo a fare io a mia volta.

E anche se era fin troppo piacevole, ero ansioso di arrivare al dunque. «Accidenti» sibilai. «Adesso mi stai solo torturando.» Lei stava gemendo e strofinandosi contro il rigonfiamento nei miei jeans mentre passava la bocca bollente lungo il mio petto. *Cazzo*. Era una tortura. Una dolce tortura.

Quando feci per toglierle la canottiera, mi spinse via le mani, facendomi capire che ci avrebbe pensato lei. E, senza preavviso, si rimise in piedi. Forse voleva che andassimo in camera invece di farlo lì. Guardai l'orologio. Suo padre non sarebbe arrivato almeno ancora per un paio d'ore. Avevamo tempo.

Tempo dolcemente delizioso. Tempo solo per noi. Quando feci per alzarmi dal divano, però, mi appoggiò una mano sulla spalla e si mise in ginocchio davanti a me. Ci fissammo negli occhi e mi sentii stringere il petto. Deglutii, respirando tre volte più in fretta del normale. Solo vedere il desiderio nei suoi occhi, la sua fame per me, faceva fare gli straordinari al mio polso.

Nell'ultimo anno o giù di lì, il sesso era stato solo qualcosa da fare, una fuga veloce e stordente. Voglio dire, ero fortemente motivato a farlo, e spesso. Ma l'atto in sé non era stato niente di speciale.

Fino a poco tempo fa. Fino a Gray.

Passò una mano sul rigonfiamento nei miei jeans, afferrandomi attraverso il tessuto spesso. «Stavo pensando a quanto ho bisogno di *lui*.»

Risi. «Ed io sono più che felice di dartelo. Tutte le volte che vuoi.»

Lei sorrise, continuando a fissarmi negli occhi. «Lo so.» Mi slacciò il bottone della patta. Respirai a fondo e misi la mano sulla sua, aiutandola con la cerniera dei jeans diventati stretti. Lei afferrò la cintura, tirandola in basso, liberandomi i fianchi dai jeans.

Adesso era in ginocchio china sopra il mio inguine, tra le mie ginocchia aperte. Le sue intenzioni erano chiare ed io, beh, ero d'accordo con il suo piano. Non riuscivo a staccare gli occhi dalla sua bocca, anticipando la sensazione di essere avvolto da quel calore, sentire la sua lingua e le sue labbra scivolare intorno al mio sesso. I miei fianchi scattarono in avanti quando liberò la mia erezione dai boxer, per guardarla mentre mi sorrideva, leccandosi le labbra.

Cazzo.

Si chinò lentamente in avanti. Il suo fiato caldo bagnò la pelle sensibile ed io chiusi gli occhi, assaporando l'attesa. La sua lingua uscì ad assaggiare la testa del mio uccello. Mi si fermò il fiato in gola mentre il piacere mi attraversava il corpo come un fulmine. Poi le sue labbra mi toccarono lì. La carezza più leggera che cominciò dalla punta prima di aprirsi per ingoiarmi, scivolare per la mia lunghezza, divorandomi.

Spalancai gli occhi guardando una parte maggiore di me sparire nella sua bocca, e quel luccichio famelico nei suoi occhi verdi che diventava più acuto. *Bella*. Così bella. Era una leonessa. Ed io ero la sua felice preda. Per ora.

Entusiasta di essere cacciato e inghiottito da lei.

Le infilai le dita tra i capelli morbidi, incoraggiandola a continuare, facendole capire che mi piaceva. In alcuni casi, guidando gentilmente il suo movimento quand'era necessario. Non sembra le dispiacesse, visto il modo in cui la sete nei suoi occhi si intensificava mentre emetteva un gemito.

Era talmente favolosa che stavo per venire troppo presto. Ed era imbarazzante. Una mano piccola mi afferrò alla base del sesso, l'altra accarezzava i peli morbidi accanto al mio ombelico. Puro piacere mi travolse, togliendomi il controllo e portandomi con sé.

Glielo permisi. Le permisi di condurmi dove voleva.

Le appoggiai la mano sul seno e le mie dita trovarono in fretta il suo capezzolo, stringendolo e accarezzandolo finché fu una punta dura. E non sapevo che cosa mi eccitasse di più, la sensazione della sua bocca calda sul mio sesso o i mugolii che faceva in fondo alla gola.

Qualunque cosa fosse, mi portò dove stavo andando, in fretta e senza attendere. Presto cominciai a sentire il familiare avvicinarsi di un orgasmo. Da parte sua, lei continuò anche se a volte doveva rallentare e aggiustare l'angolazione.

La sua bocca succhiava e il mio piacere si impennò e capii che era inevitabile. «Gray» gracchiai, «sto per venire.»

Feci per tirarmi fuori dalla sua bocca, ma lei scosse la testa e si spinse in avanti, accogliendomi più in profondità mentre io stringevo gli occhi e tendevo i muscoli, immobilizzandomi, quando il puro piacere mi travolse e sussultai.

Ricaddi contro i cuscini, felicemente svuotato mentre lei si alzava e andava in bagno, per tornare qualche minuto dopo con una lavetta per me. Andai a mia volta in bagno per ripulirmi.

Quando uscii, vidi che avevamo ancora almeno un'ora. Quindi, mentre chiudeva la valigia, la sollevai gettandomela sulla spalla, facendola strillare per la sorpresa. La portai nella sua stanza, le tolsi i leggings, affondai la testa tra le sue gambe e le restituii il favore.

Farla urlare stava diventando velocemente uno dei miei passatempi preferiti.

Ebbe a malapena il tempo di vestirsi per la cena e accompagnarmi fuori dalla porta. Anche se sapevo che l'avrei vista dopo poche ore, continuai a baciarla nella tromba delle scale prima di andare nel parcheggio, con la sua valigia in mano.

Avevamo ancora mesi insieme davanti a noi. E non avremmo più parlato di dormire insieme per motivi di studio o lavorare sui miei problemi. C'era solo del buon sesso pulito, e a volte sporco, seguito da un ben meritato sonno ristoratore.

La salutai dal parcheggio mentre lei mi sorrideva, guardandomi andare verso la mia auto.

Guidai verso casa con un sorriso stampato sul volto per tutto il viaggio.

CAPITOLO VENTIDUE
GRAY

L A CENA QUELLA SERA ERA IN UN POSTO SCELTO DA MIO padre e quindi nel suo posto preferito, Applebee. Mio padre era famoso per il suo amore per quella catena di ristoranti poco costosi e i media ritenevano un adorabile vezzo il fatto che usasse i buoni sconto quando mangiava lì.

Ma quella sera era insolitamente silenzioso e studiò il menu per lunghi minuti senza alzare gli occhi. Ed era ridicolo, perché ordinava sempre la stessa cosa.

Quando arrivò il cameriere, io ordinai un'insalata Caesar con pollo e ovviamente mio padre sbuffò. Odiava le insalate ed evitava la maggior parte delle verdure cotte. Spesso scherzavo dicendo che aveva il palato di un bambino.

«Come ti senti stasera? Mi sembri un po' pallido» dissi quando finì di sistemare le posate e di lucidarle più volte con il suo tovagliolo.

Lui alzò le spalle. «Sto bene.»

«Non ti senti bene?»

«Sto bene, Gray. Smettila di assillarmi. Ho solo avuto una giornata pesante.»

Rimasi sorpresa dal suo tono pungente, così insolito per lui. Forse era andata male una riunione. «Stai ancora controllando la pressione tutti i giorni, giusto? Con l'apparecchietto automatico che ti ho regalato a Natale?»

Ora sembrava esasperato. Quindi tesi la mano a palmo in su per placarlo. Appoggiai il mento sull'altro pugno e mi guardai intorno, notando le coppie, le famigliole. Capivo perché a mio padre piaceva venire lì. Quando restavi incastrato giorno dopo giorno in un ufficio e nel mondo della finanza e dei sicofanti, un posto che ti riportasse alle tue radici della classe media doveva essere una pausa gradita.

«E tu?» mi chiese finalmente una volta serviti.

Masticai il mio boccone d'insalata e alzai gli occhi. «Ed io cosa?»

«Sembri occupata. La mia assistente mi ha detto che ci sono voluti giorni per riuscire a contattarti per prendere quest'appuntamento.»

Gli sorrisi. «Mi dispiace. Il lavoro quotidiano e tutto il resto, i rapporti e gli studi su cui stavo lavorando.»

«E la faccenda di fare la babysitter. Come sta andando?»

Annuii. «Benissimo. Si sta comportando magnificamente. Sto continuando a mandarti i link dei media che lo menzionano. Spero che tu li abbia visti. Il pubblico adora il suo romanzetto.»

Lui sbuffò, e si buttò sulle sue fettuccine.

«Mi preoccupano i tuoi studi» disse dopo un po', dopo un silenzio insolitamente lungo mentre si godeva il suo piatto.

«Niente di cui preoccuparsi. Ho in programma di cominciare le ore di tirocinio quest'autunno...»

Scosse la testa. «Dovresti farlo già ora. Concludere tutta la faccenda.»

Mi fermai mentre stavo masticando, dandogli un'occhiata esasperata. «Beh, sei tu il motivo per cui ho cominciato a lavorare con il comandante Tyler. O l'hai dimenticato?»

Cominciavo a preoccuparmi. Che cosa stava succedendo? Stava facendo marcia indietro? Era così insolito per lui.

«È stata tutta una perdita di tempo» sbottò in tono irritato.

Lasciai cadere la forchetta che finì rumorosamente sul piatto. «Scusami?»

Lui smise di mangiare e mi fissò ed io arrossii. Adesso mi stava facendo arrabbiare. Ma sarei mai riuscita a dirglielo, in un milione di anni?

No. Diavolo no. Strinsi i denti e ripresi la forchetta, infilzando l'insalata, respirando a fondo e contando fino a dieci prima di parlare di nuovo.

«Papà, perché non hai completato il finanziamento all'XPAC allora?» Ecco, la mia voce era liscia come l'olio. Ero fiera di me stessa.

Non mi rispose per un bel po'. «Voglio che tu abbia successo e voglio che ti piaccia ciò che fai. Temo che non finirai quello che hai cominciato.»

Scossi la testa. «L'unico modo in cui potrebbe succedere è se l'XPAC non venisse finanziata. Allora non avrò il lavoro.» Meglio fare ancora un po' di pressione per impedirgli di tirarsi indietro, se potevo.

Sul suo volto passò uno strano mix di emozioni e sembrò esausto. Doveva aver dormito male quella notte. A volte gli succedeva. Ma evitai di dirlo perché sembrava solo irritarlo di più, visto il suo umore.

Non ci attardammo sui nostri piatti quella sera, né mio padre ordinò il dessert, quindi finimmo in fretta, confermando il mio sospetto che non dormisse molto. Tornammo a casa mia in silenzio. Nel parcheggio di casa lo abbracciai forte e lo baciai sulla guancia.

«Cerca di dormire un po' papà.»

«Ti voglio bene Gracie» disse lui, in uno strano tono monocorde.

Ci volevano tre quarti d'ora per tornare a casa di Ryan, quindi caricai la mia playlist di classici e ascoltai Diana Ross e le Supremes cantare che non si può far fretta all'amore.

Mi obbligò a chiedermi, ancora una volta, che cos'era l'amore e qual era la linea di demarcazione tra ciò che provavo e l'amore o l'infatuazione.

Nel mio campo, qualcuno aveva già pubblicato qualcosa sull'argomento, dicendo che l'amore si poteva definire da certi comportamenti e caratteristiche. Un focalizzarsi sulle cose positive, come il mio Ryan-filtro. Un'instabilità emotiva che dipendeva pesantemente dall'oggetto del desiderio. Dato il modo in cui il mio umore cambiava in questi giorni, c'eravamo. Il rush di dopamina, come lo scorrere di una droga, cui avevo spesso paragonato quella sensazione. Un intensificarsi dell'attrazione, e sì, lui era molto più bello per me adesso di quanto avessi pensato quando l'avevo notato la prima volta. Continuavo ad apprezzare le sue impeccabili caratteristiche fisiche, ma ora che sapevo di più del suo cuore, il suo cuore d'oro sotto la facciata dello stronzo arrogante, non sarei riuscita a staccarmi.

E la lista continuava. Pensieri intrusivi, dipendenza emotiva, sognare a occhi aperti sul futuro, possessività, bramare un'unione emotiva. Li avevo *tutti*.

Maledizione.

Ero innamorata.

Stringendo il volante mentre uscivo dalla superstrada, diretta a nord verso le colline, inghiottii l'onda di marea di euforia, felicità a gelida paura.

Ero profondamente innamorata di Ryan Tyler.

Respirai a fondo, cercando di calmarmi. Riuscivo a sentire il ticchettio del mio cuore anche sopra la musica. Dovevo dirglielo? E come? E se non quella sera, allora quando?

Ordinandomi di calmarmi svoltai nel suo quartiere, accendendo gli abbaglianti per vederci meglio. Sbattei gli occhi e mi sforzai di riflettere con calma.

Non ero portata a lasciarmi prendere dalle emozioni. No. Io ero Gray, la ragazza che andava sempre sul sicuro. E avrei affrontato anche questo in modo calmo e razionale, come tutto il resto. Non avrei permesso al fatto di essere innamorata per la prima volta di farmi perdere la testa.

No, avrei lasciato che le cose si sviluppassero naturalmente sapendo che il mio intuito mi avrebbe condotto a divulgare quel meraviglioso segreto esattamente nel momento giusto.

E speravo, Dio come lo speravo, che anche lui provasse gli stessi sentimenti.

CAPITOLO VENTITRÉ
RYAN

LA MATTINA SUCCESSIVA, NELL'UFFICIO DEGLI astronauti, ci stavamo preparando per la nostra prossima simulazione completa in tempo reale. Noah, come mio sostituto in questa missione, mi stava aiutando con il calcolo dei tempi e la checklist per ogni passo dai controlli pre-volo al touchdown. Fortunatamente eravamo riusciti a mantenerci professionali dopo l'esplosione nello spogliatoio della settimana prima.

Il gruppo completo si stava preparando per andare a Cape Canaveral in Florida il mese successivo per i test della rampa di lancio e per essere pronti dovevamo avere il calcolo dei tempi preciso fino alla frazione di secondo.

«Stack trentacinque» stava dicendo Hammer. «Vai a T meno venti...»

La porta si aprì e l'assistente di Tolan infilò la testa.

«Mi dispiace interrompervi. Il signor Reeves voleva sapere se Ty poteva incontrarsi con lui alle tre, nel ristorante dall'altra parte della strada, per una riunione informale con alcuni degli investitori.»

Rimasi sorpreso. Sembrava improvviso e strano. «Ha detto chi sono?»

L'assistente alzò le spalle. «Mi ha solo detto di assicurarmi che ricevessi il messaggio e che ci saresti andato.»

«Okay.» Alzai le spalle. «Capito.»

Strano o meno che fosse, ci sarei andato.

I ragazzi non dissero niente e tornammo al lavoro.

Non molto prima delle tre uscii dall'edificio e attraversai la strada per andare nel solito vecchio posto. Quando arrivai, vidi che era di turno Cheryl. Si ringalluzzì quando mi vide arrivare. «Sono qui per incontrare Tolan» dissi quando mi salutò con un menu in mano.

Lei spalancò gli occhi. «Giusto, è nella stanza di dietro. Con un tizio famoso. O almeno è ciò che dicono i tizi in cucina. Io non ho idea di chi sia.»

«Un tizio famoso?» chiesi stupito.

Lei annuì. «Ovviamente anche lei è famoso, quindi non è così importante chi sia quel vecchio.»

Famoso? Vecchio? Con Tolan? La sua assistente aveva detto che doveva incontrarsi con qualche investitore. Forse era qualcuno di nuovo che voleva partecipare? Continuai a pensarci mentre Cheryl mi accompagnava nella stanza semi-privata sul retro, riservata alle feste societarie o a gente che voleva più privacy.

Eppure quel bar-grill non era per niente elegante ed era un posto curioso dove incontrare qualcuno di importante. Tolan avrebbe dovuto portare chiunque fosse all'impianto, fargli fare un giro, presentarlo a tutti gli altri, non solo a me.

Quando entrammo nella stanza, capii immediatamente perché Tolan avesse scelto di non portarlo all'XVenture.

Mi sentii sprofondare lo stomaco quando Conrad Barrett alzò la testa mentre stava conversando con Tolan sentendomi entrare. Non era la persona famosa che mi aspettavo, anche se non avevo idea di chi mi aspettassi. Ma sicuramente non lui.

Strinsi le labbra e poi mi costrinsi a rilassarmi. Tesi la mano a Barrett. Lui la guardò e invece di prenderla, mi fece segno di sedermi. «Si sieda, Tyler. Si unisce a noi? Devo ordinarle qualcosa? Ha fame?»

Sbattei gli occhi, esitando, poi tirai indietro la mano, ricordando stranamente quel primo giorno in cui avevo teso la mano a Gray. Lei si era infilata le mani in tasca invece di stringermela. Non le avevo mai chiesto perché mi avesse rifiutato la stretta. Ma non mi sfuggì l'ironia.

«Sto bene così, grazie. Ho pranzato poco fa.» Barrett mi guardò dalla testa ai piedi. Occupai una sedia davanti a lui e Tolan. E aspettai che l'uno o l'altro mi chiarisse perché diavolo ero lì.

«Che ne dice di una birra?»

Guardai Cheryl. «Acqua minerale con una fetta di lime, per favore.»

Barrett ordinò per sé una Diet Coke, patatine e salsa. Tolan, invece di ordinare, si alzò. «Vi lascio chiacchierare. Devo andare.»

Rimasi sorpreso e preoccupato. Chiaramente era il piano fin dall'inizio. E non prometteva bene per qualunque fossero le intenzioni di Barrett. Guardai Tolan accigliato, poi rivolsi lo sguardo a Barrett, con una domanda evidente sul mio volto.

«Tolan lo sta facendo per accontentarmi. Avevo delle domande su come vanno le cose con il programma e volevo sentirle direttamente da lei.» Fece un cenno a Tolan. «Grazie.»

Tolan lo salutò a sua volta, mi fece un cenno con la testa e se ne andò. Cheryl riapparve, portandoci da bere, le patatine e la salsa. Barrett si mise sul piatto una manciata di patatine e indicò la ciotola. «Si serva.»

«No, grazie.» Bevvi un sorso d'acqua, preparandomi. Non era un incontro generico per parlare delle sue preoccupazioni. Era chiaro. Conrad fottuto Barrett non si sarebbe degnato di preoccuparsi con simili banalità. Se non l'avessi già capito dalla sua immagine pubblica di uomo comune, sentire Gray parlare di lui per un mese e mezzo mi aveva aiutato almeno a sapere quello.

Mi appoggiai allo schienale guardandolo attaccare con gusto le patatine e la salsa. Sbattei gli occhi, aspettando. Non sembrava avesse fretta di cominciare. E questo contribuì alla mia sensazione di stare sprofondando.

Tattica classica, convocare qualcuno e poi ignorarlo facendolo attendere. L'offerta magnanima di cibo e bevande, alcoliche se possibile. Sì, Barrett aveva qualcosa in mente e se fossi stato tipo da scommettere, avrei scommesso che si trattava di sua figlia. «Che cosa posso fare per lei, signor Barrett? Aveva delle domande da farmi?»

«Mmm.» Alzò una mano per fermarmi mentre finiva di masticare il boccone e lo inghiottiva con una sorsata di Diet Coke. «Mia figlia mi ucciderebbe se sapesse della coca. Dovrei evitare la caffeina.»

Deglutii, senza dire niente. Ci scambiammo una lunga occhiata piena di significato.

Sapeva di Gray e me. Ne ero sicuro.

Ma avrebbe avuto le palle di essere il primo a parlarne o avrebbe aspettato finché avessi ceduto e avessi confessato? Stava giocando con me, almeno quello era certo.

Misi una mano sul tavolo e mi tirai indietro. «Non aveva domande da fare sul programma, vero?»

Le sue sopracciglia scure si aggrottarono. Gli studiai il volto. Non vedevo niente di sua figlia in lui. Chiaramente Gray doveva assomigliare a sua madre. No. Non era vero. I suoi occhi. Erano della stessa sfumatura di verde. Acuti. Intelligenti. Vedevano tutto. Proprio come quelli di Gray.

Solo che mentre avevo la sensazione che lei notasse, catalogasse e provasse simpatia, lui al contrario cercava debolezze da sfruttare. Conoscevo bene il suo tipo.

Tu sei quel tipo. Risentivo il commento di Gray nella testa. L'aveva detto quella volta in cui avevamo discusso di suo padre. Forse conoscevo il suo tipo così bene per quel motivo. *Forse.*

Ma, come lui, non ero tipo da cedere, specialmente quando si trattava di qualcosa che volevo. Qualcosa che volevo moltissimo.

E in quel momento presi una decisione. Volevo Gray. E ne avevo bisogno. Per quanto mi riguardava, lei non sarebbe andata da nessuna parte, per quanto suo padre facesse per tentare di spaventarmi.

La decisione prese piede dentro di me e lo fissai. Aspettando che parlasse. Avrei lasciato che fosse lui il primo a sollevare l'argomento. Che mi affrontasse da una posizione di debolezza.

Lo avrei lasciato parlare. Non avevo paura.

Barrett abbandonò la sua pila di patatine dopo un altro sorso di coca. «Ho una domanda da fare sul programma, comandante Tyler.» Alzò un dito. «Desidera veramente tornare a volare?»

Sostenni il suo sguardo e mi rifiutai di abboccare. «Sono molto eccitato all'idea di volare di nuovo.»

Si passò la lingua all'interno delle guance come se si stesse pulendo la bocca. «Davvero? Perché non sembra così. Non mi sembra molto *concentrato* su quell'obiettivo.»

«In che senso? Ho rispettato i piani. La trovata della PR sta andando esattamente come previsto. Il mio addestramento…»

«E Gray? Come rientra lei in tutta la faccenda?»

«È parte integrante…»

«Non è ciò di cui parlo e lei lo sa benissimo.» Strinse gli occhi. «Posso sopportare parecchio, comandante Tyler. Ma una cosa che non sopporto sono le stronzate.»

Mi spostai sulla sedia e sostenni il suo sguardo. «Allora perché non parla chiaramente e non mi dice di che cosa si tratta veramente?»

Le sue labbra si assottigliarono. «Ieri sera sono andato a prendere mia figlia per portarla a cena. Come ben sa.»

Fece una pausa. Lo fissai, senza né confermare né negare i suoi sospetti.

«Guido sempre io, lo preferisco. Altrimenti soffro di mal d'auto. Ma aspettavo una telefonata dalla Cina prima di venirla a prendere. Quindi sono arrivato a casa sua in anticipo e sono rimasto seduto in auto per rispondere alla chiamata. Ho parcheggiato proprio davanti alla sua porta. Mi segue?»

Sbattei gli occhi. Beh, aveva messo tutto bene in chiaro, no? Valeva la pena di negare, adesso? L'aveva vista accompagnarmi alla scala, anche quella completamente visibile dal parcheggio, darmi un lungo bacio con le braccia strette intorno al mio collo mentre le afferravo il sedere. Poi mi aveva visto andar via con la sua valigia. Sì, aveva visto abbastanza da incriminarmi.

«Che cosa vuole, signor Barrett?»

Arricciò le labbra. «Che stia lontano da mia figlia, nel caso non fosse già ovvio.»

«Sua figlia è un'adulta, in età da consenso, che può decidere per sé.»

«Come lei, un uomo in grado di prendere le sue decisioni sulla propria vita. Quindi le chiedo di nuovo, Tyler. Vuole veramente tornare a volare?»

Intrecciai le dita davanti a me e le fissai a lungo. «Si è fatto l'idea sbagliata della situazione. Non è solo...»

«Non come tutte le altre donne che ha avuto nella sua vita...» fece un movimento circolare con la mano «una dopo l'altra, almeno per tutto l'anno scorso? Ognuna delle quali è apparsa sui tabloid? Non è così? Mi dica quale uomo in tutto l'universo vorrebbe sua figlia coinvolta con un tipo come lei?»

«Gray è capace di...»

«So perfettamente di che cosa è capace. La conosco da tutta la sua vita. È una lottatrice. Non sono qui per coccolare lei. So che è forte. Ma non ha mai avuto una relazione. E non voglio che cada preda di...»

Scossi la testa. «Lei non è una mia *preda*. Né la preda di nessun altro. Gray può...»

Barrett alzò una mano, fermandomi con un'espressione sul viso che chiariva che non avrebbe tollerato stronzate, né da me né da nessun altro. «È giovane. Inesperta. Lei ha cambiato più donne che mutande. Non la voglio vicino a lei. E dato che sono stufo di ciurlare nel manico, lo dirò chiaramente. Se continuerà con questa inopportuna linea d'azione con mia figlia, non avrò altra scelta che staccare la spina e ritirare il mio investimento.»

Strinsi forte le mani che avevo già unito. Sapevo che stava arrivando. Perché diavolo ero così sorpreso? «E, facendolo, rischia di inimicarsi Tolan e perfino sua figlia. Togliendo il suo sostegno al programma, distrugge anche i suoi sogni. Questo programma non riguarda solo me.»

Conrad Barrett strinse gli occhi, con furbizia e il volto palesemente arrossato per la rabbia. Bevve un altro lungo sorso di Diet Coke e annuì. «Esattamente, comandante Tyler. Esattamente. Questo programma non riguarda solo lei. Una cosa che dovrebbe farla riflettere quando prenderà la decisione. Ci siamo capiti?»

«Perché non mi chiede che intenzioni ho, o…»

Lui scosse la testa ridendo. «Non mi interessano le sue intenzioni.»

Sbattei gli occhi. «Quindi, semplicemente, vuole che io… E rischiare comunque di alienarsi sua figlia.»

«Penso che non serva dire che Gray non ha bisogno di sapere di questo piccolo incontro. Giusto? Soffriamo tutti di delusioni nella nostra vita. Meglio che succeda adesso piuttosto che più avanti.»

Scossi la testa per negarlo, ma prima che potessi parlare, lui continuò.

«Che cosa le dà il diritto di pensare di meritarla? Tutta quelle stronzate che le hanno messo in testa sul fatto di essere un *eroe*? Lei non è un eroe, Tyler. Il suo amico è morto. Lei si è lasciato indietro un uomo. Il suo miglior amico. A morire e marcire in orbita. Ha deluso la NASA e l'hanno licenziata con disonore. Deluderà anche Gray, inevitabilmente. Sono io quello che dovrà raccogliere i pezzi quando lei frantumerà la gemma preziosa che è il suo cuore. Quindi non lo faccia. Si tiri indietro adesso.»

Mi appoggiai allo schienale. Stordito come se mi avesse sferrato un calcio al diaframma. E notando la mia reazione, lui si alzò e si raddrizzò la giacca del vestito che gli pendeva addosso. «Ho dedicato a questa faccenda tutto il tempo che merita. Non si alzi.» Uscì dalla stanza lasciandomi seduto a guardarlo andare. A bocca aperta per la sua calcolata maleducazione.

Bene.

Cazzo.

Mi appoggiai le mani sulla fronte, infilando le dita nei capelli mentre un cameriere che non conoscevo veniva a sparecchiare. Lo stronzo aveva buttato sul tavolo venti dollari per pagare il conto e il cameriere li prese in silenzio senza tentare di parlare con me.

Dovevo pensare. Dovevo…

Ma cazzo. Chi? Come? Dove?

Tornai al lavoro mentre quasi tutti stavano preparandosi a uscire. Fortunatamente gli altri non avevano idea che "l'investitore" che mi stava aspettando dall'altra parte della strada fosse Barrett altrimenti nessuno mi avrebbe risparmiato il suo *te l'avevo detto.*

Feci finta di niente, c'ero abituato. Era una delle cose che facevo meglio. E mi incontrai con Gray davanti alla mia auto. I nostri orari avevano coinciso, quindi eravamo venuti insieme dato che quasi tutti sapevano che stava a casa mia per via del suo incarico.

Comunque eravamo stati attenti, eravamo stati discreti, arrivando presto e parcheggiando nel punto più lontano e non andando mai all'auto insieme.

Eravamo a metà strada verso casa quando finalmente lei smise di guardare fuori dal finestrino. «Sei silenzioso. Com'è andata la tua giornata?»

I miei colleghi astronauti quasi non mi parlano perché hanno saputo di noi e quel bastardo di tuo padre mi ha dato la madre di tutti gli ultimatum.

Tenni gli occhi sulla strada. «Bene e la tua?»

Lei fece cenno di sì. «Bene. Ho parlato con Marjorie riguardo alla conferenza con il mio relatore. Mi assegnerà altri incarichi in modo da poter accumulare ore di tirocinio. Sarò il dottor Barrett prima di rendermene conto.»

Mi sforzai di sorridere. «Favoloso.»

«Pari mi ha chiesto di vedere un film con lei stasera.»

«Bene. Mi farebbe bene una lunga camminata nel canyon.»

Mi diede un'occhiata. «Non ti dispiace?»

Aggrottai la fronte. «Perché dovrebbe? Non dobbiamo restare sempre appiccicati.»

Lei fece un verso. «Non adesso, ma più tardi spero di sì.»

Mi sentii stringere lo stomaco. Dolore. Strinsi forte i denti.

Non c'era niente che volessi di più. Ma era tutto così per aria.

Avevo bisogno di un po' di spazio per respirare.

«Manda un messaggio a Pari. Penso che passerò la serata con i ragazzi.» Mentivo.

La mia voce era tranquilla, il volto placido. Avrei ingannato il novantanove virgola nove percento della popolazione. Ma non Gray.

Tolse gli occhi dal telefono. «L'ho appena fatto.» Mi osservò per un lungo momento. «Sei sicuro che vada tutto bene?»

«Mal di testa.» Un'altra bugia.

Quando uscì per andare a cena con Pari, andai a fare una lunga camminata nel canyon, assicurandomi di rientrare usando le strade ben illuminate del quartiere molto prima che il sole calasse. Poi continuai a camminare per ore in quelle strade.

Rimasi fuori per buona parte della serata, a pensare, continuando a ripensare alla conversazione con Barrett. Pensando a Gray. Com'era stare con lei. Il suo profumo. Il suono della sua voce. La maniera in cui non riuscivo a nasconderle niente. Anche quando tentavo, lei sapeva che c'era qualcosa in ballo.

E pensando a quanto non volessi nasconderle nient'altro.

Le avevo svelato i miei segreti più intimi.

Perché mantenere *questo* segreto?

Perché. *Perché...*

Non avevo il diritto di danneggiare il suo rapporto con il padre, per quanto fosse un bastardo.

Gray mi aveva detto che erano molto vicini. Che lui era il suo sostegno, le sue fondamenta. Non potevo toglierglielo, per quanto lui non la meritasse. Non avevo mio padre da più di metà della mia vita. Avrei dato tutto per riaverlo. Non potevo portarle via il suo.

Perché io meritavo ancora meno.

In verità, non avevo idea di dove fossimo diretti e non ero riuscito a risponderle quando me l'aveva chiesto. Non avevo niente da offrirle. Ero merce guasta. Lo sapevamo entrambi.

Il vecchio aveva ragione. Non la meritavo.

Quando tornai a casa era quasi mezzanotte.

Accesi il telefono, trovando un paio di messaggi di Gray nei quali mi chiedeva dov'ero. Poi uno per dirmi che non ce la faceva più ad aspettarmi. Era stanchissima e stava andando a letto.

Mi feci la doccia nel bagno degli ospiti ed entrai nella mia stanza senza fare rumore, sapendo che lei era lì.

Aveva lasciato le luci accese per me. Era rannicchiata sul fianco, con il corpo rivolto verso la mia parte del letto. Mi si formò un groppo in gola che quasi mi impediva di respirare.

Sì, aveva senso mettere fine alla storia, ma...

Ma...

Questi *sentimenti*. Che cosa significavano? Era...

Che cos'era? Scossi la testa.

Non potevo fermarmi adesso. Non prima di scoprirlo.

Con un lungo sospiro, mi infilai sotto le coperte. Un attimo dopo l'avevo presa tra le braccia. Lei si agitò, mormorò qualcosa di assolutamente inintelligibile e appoggiò la testa sulla mia spalla.

Voltai la faccia verso di lei, *respirandola.*

Quel profumo caldo che era *lei.* Avevo la pelle d'oca. Dappertutto. Chiusi gli occhi.

Oh, no. Cazzo, non volevo rinunciare.

Niente da fare.

Il vecchio poteva andare a farsi fottere.

La storia di Gray e Ryan si conclude nel prossimo libro di questa miniserie, Alta ricompensa (Il punto di non ritorno, secondo volume.)

BIOGRAFIA

Brenna Aubrey è un'autrice bestseller di USA TODAY di romanzi contemporanei centrati sulla cultura geek.

Ha sempre cercato conforto in un buon libro e nelle storie lunghe e convolute che intesse nella sua testa. Brenna è una ragazza di città con un grande amore per la natura nel cuore. Quindi, appena può, cerca i grandi spazi verdi e aperti. È anche una mamma, un'insegnante e una geek, una francofila, un'indomita dipendente dai videogiochi, nonché un'accumulatrice compulsiva di libri.

Attualmente risiede sulla costa occidentale degli Stati Uniti con suo marito, due bambini e due adorabili golden retriever.

Ulteriori informazioni sul sito www.BrennaAubrey.it.